中国少数民族
文学之星丛书

击壤书

绿 窗 著

作家出版社

编委会名单

以民族的情意，打造文学的星辰

——“中国少数民族文学之星丛书”总序

邱华栋　彭学明

“中国少数民族文学之星丛书”是中国作家协会少数民族文学发展工程的一个新项目，于2018年开始实施，由中国作家协会创作联络部具体组织落实。出版“中国少数民族文学之星丛书”的目的，是重点培养少数民族文学中青年作家，打造少数民族文学精品，为那些已经在少数民族文学界和全国文学界成绩斐然、广有影响的少数民族中青年作家，再助一力，再送一程，从而把少数民族文学最优秀的中青年作家集结在一起，以最整齐的队伍、最有力的步伐、最亮丽的身影，走向文学的新高地，迈向文学的高峰，让少数民族文学的星空星光灿烂，少数民族文学的长河奔流不息。以文学的初心，繁荣民族的事业；以民族的情意，打造文学的星辰。

入选“中国少数民族文学之星丛书”的作家，必须是年龄在50岁以下的在少数民族文学界和全国文学界广有影响的少数民族作家。不管是否出版过文学书籍，只要其作品经过本人申请申报、各团体会员单位推荐报送、专家评审论证和中国作协书记处审批而入选的，中国作协将在出版前为其召开改稿会，请专家为其作品望闻问切，以修改作品存在的不足，减少作品出版后无法弥补的遗憾。待其作品修改好后，由中国作协统一安排出版，并进行广泛的宣传推广。

中国是一个多民族的大家庭。每一个民族都沐浴着党的民族政策的光辉、感受着党的民族政策的温暖，都在党的民族政策关怀下，蓬勃发展，欣欣向荣。在这个伟大的新时代，我们正创造着中华民族的新辉煌。每一个民族的发展与巨变，每一个民族的气象与品质，都给我们提供了生生不息的创作源泉。我们每一个民族作家，都应该以一种民族自豪感，去拥抱我们的民族；以一种民族责任感，为我们的民族奉献。用崇高的文学理想，去书写民族的幸福与荣光、讴歌民族的伟大与高尚；以文学的民族情怀，去观照民族的人心与人生、传递民族的精神与力量。

我们期待每一位少数民族作家，都能够到火热的生活中去，到广大的人民中去，立心，扎根，有为，为初心千回百转，为文学千锤百炼，写出拿得出、立得住、走得远、留得下的文学精品。不负时代。不负民族。不负使命。

2019 年 5 月 18 日

目 录

从击壤书，认识绿窗 冯秋子 /1

第一辑 击壤之歌

我是一个“格格” /3

吃个野意儿 /11

击壤歌 /14

击壤书 /29

挖掘者 /42

时间的乌鸦 /58

耕稼的圣母 /72

猫道 /81

忧郁的马车夫 /88

羊活着 /94

寡妇家的驴子 /100
青丝玫瑰 /105
聊斋的木匠 /115
嚼不烂 /120
燕蝙虎，穿花鞋 /127
入赘者 /139

第二辑 村庄的眼睛

杏花白 /153
金鸡满架 /157
乡间阅微 /162
琵琶奶奶 /169
花姐 /174
青丝窈窕 /181
梨花落，梨花开 /187
还乡 /197
村庄的眼睛 /206
尊严 /210
乡间的信心 /214
荒谬的诅咒 /219
门前一树马缨花 /227

第三辑　香草大院

樵夫·郎中　/259

大宅·出诊　/270

三老太太　/277

大先生　/281

奶奶　/285

不醉不休　/288

赤脚大仙　/291

猎手纪事　/297

秋风落木叶　/301

母亲的盛事　/306

窗花帐子　/313

瓦尘瓦辩　/316

有女如云　/324

谁已先我们离去　/344

郭小川的凤山古镇　/349

生命的香气　/365

贞静的粮食　/371

野性的未来　/380

从击壤书，认识绿窗

冯秋子

在申报的中国作协首届少数民族文学之星的选题中，读到绿窗的散文原稿汇集《击壤书》，暗暗惊喜。这是一部卓尔不群的作品集。有一些遗憾，但仍然遮蔽不住作者深长的思想锋芒和锐利的艺术直觉。在我们认识绿窗之前，她已经走得很远。读到好东西，是什么可以与之交换的呢？由此想，读到一部好书，看到一部好影片，欣赏到一部好的舞台作品，听到一支好歌，付出多少费用，是能够和那个好作品相等，而钱又能说明什么呢？

虽有个别篇章作者的自我规定比较有劲，文字硬性，气流不够自然，残酷而粗糙的生活蕴生的愤怒，让力气不及。使出行未能从容，着落的结果是不尽准确，顾念的东西，下笔时候自以为痛快淋漓，但是，把想要说的话凝聚成一个词两个字，隐晦地、憋着气似的运转，于是文章处在作者主观意志的猛烈切割中——也许作品内部流动着一条生命的暗河，但是地表、作品样貌上，呈现出意识上的块垒与阻隔。一般情况，这种作者清楚，阅读者费心费力却仍然停留在作者个人化的表达之外，在效果上会打一些折扣，因为于欣赏设置了阻障，隔绝出一些距离。我反复读这几篇作品，想体会那是一种什么情形。回到散文创作的内部规律看，写作者个人行走的不同形态，客观上其实是在寻找、接近和艺术思想的分寸相谐、相契的记录过程。相抵着的东西，我相信会在知觉过程一点点地自然消泯；反过来看，阅读者不能尽得，不能尽兴的经验，也是督促和警醒，审美要求即是希望所在。关键在写作者，是不是有要求、能跨越。

绿窗悟性很高，充分交流以后，她调整了作为自己第一部作品集的个别篇目，补充和修缮了在新的意识和把握中，能够有的整体格局和准备。现在能够见识到的，就是每一篇作品自身携带的成熟品质，与作者难能可贵的准确恰到的行进方向。绿窗多年的蓄积和揣摸，深厚的阅历、精到的思想和意识，以及她的艺术的胸襟和格局，在这部作品集展现出来。

令我常常回想的，是绿窗何以安静地往前，把生活中积重难返的困惑，有节制地一点点地挖掘出来，她的控制力，既有刀刃之功，又有不喧嚣不铺张的韧性和教养，在客观的中缝或者路径上，跟终极的大爱的目标融和一致，捕捉和呈现别样的独特而具有积极的贡献。她的作品，总有纵深度，有几重的维度，有不尽的表现可能和魅力效能。

艰难在她的作品中，怎么样就不仅仅是个人的苦和难和痛，她怎样就把很多的困苦消化成痛定思痛的更多人的起跃之基点。何况还有历史、民族文化，她从属于她的历史中浸漫持续过来。我欣赏她带进作品的不同的文化气息，文明形态，和创造性的精神意味和内涵。

绿窗写作的魔力不可忽视。

第一辑

击壤之歌

一株旷野的玉米，幸福是浩荡的
头顶星光，脚下锦缎，风拦腰抱紧
耕稼者扶犁穿过，唪声如酒
刚举起，就有群山来碰杯行令

我是一个“格格”

一

人家说，我妈长的就是地道满族人的面孔，微长瓜脸，皮肤白细，单薄眼皮，眼仁偏黄，鼻梁挺直，后脑壳扁平，发黄而软，肩膀宽阔。这些特征我完全遗传过来，尤其家族历代单眼皮儿，没辙，但细看下，更深邃聚光。

村里人说道：“瞅瞅那孩子长得，前奔儿喽后勺子，福相薄。”往左一撇嘴，嘲笑孩子妈没给脑袋睡好。嘴往右一捺，“水蛇腰，溜肩膀，衣服撑不起来罢了，水性杨花之兆。”这又是挑人家母亲的碴口。

我妈说，过去生小孩别说铺被褥了，炕席都卷起来直接生在光炕上，勤快的男人会弄来细软的谷草，懒的就灶火坑掏盆细灰铺上，还好草木灰有净化作用。初以为是穷，后来看《红楼梦》写道：“小儿落草时虽带了一块宝玉下来，上面说能除邪祟。”满族人生小孩原叫落草，这可不是为寇的前缀，铺草是模仿祖先的荒野生活，不忘本之意，也暗喻小生命像野草一样坚韧顽强。孩子也像一捆草扎绑起来，只留出或左或右一只胳膊自由，为的身体长直，防止出罗圈腿。

我们都是捆着长大的，满月就睡小米枕头，基本仰面睡，小米微凉清热，沉沉实实，把勺子睡平，面庞饱满，肩膀宽厚。好身条好面相是睡出来的，后来发现也有不好的，乳房长趔趄了。

偏这两个好我都不喜，扁平脑壳缺乏坡度，披发少了垂感；我少女时代瘦猴一般，越发显得脖颈细长肩膀支个架子。看人家一头黑瀑，涂杏核油又香又亮，人家水蛇腰削肩膀画里的仕女天生一段宋词，就使劲把肩膀缩起来。

后来看见萧红的后脑壳也扁平，敢闯新生活，遇难呈祥，还得鲁迅先生偏爱，忽然平衡。后来身体发育良好，都说我是衣裳架子。又说有的美乍看惊艳不能看第二眼，满族姑娘的美猛看一般，特受端详。再长老些，眼皮微垂，自然成双。事情就像季节，走着走着成熟了，心情就像苹果，晒着晒着泛红了，雨也拿它没办法，风也没得说风凉话。

我接受自己的民族特性，也冥冥中接受祖先的血统暗示。来自白山黑水的渔猎民族，懂耕稼，善骑射，并不像蒙古人完全是马背上的生活，是绝对可骄傲的，勤于学习、勇敢、包容、开拓性的民族。

鲁迅先生在《略论中国人的脸》中提到，外国人画中国人："头上戴着拖花翎的红缨帽，一条辫子在空中飞扬，朝靴的粉底非常之厚。但这些都是满洲人连累我们的。"不好意思连累大家，但辫子飞只是民族特性，不该拿来诟病的，而满洲人刚从白山黑水出来时，个个英武心神强悍，缔造强盛大国，纵使原初的野性蓬勃后来江河日下，眉宇间总能藏着些的。

二

我的出生地属于燕山以北，也称塞北，明朝皇帝体恤戍边之苦，把官兵百姓一起迁回长城以内，惹不起还躲不起吗？塞北千里荒原都成了蒙古族繁衍放牧的世袭领地，我家所属锡拉塔喇河川是蒙古语黄色旷野之意。古濡水即滦河水流经高原下坝，草野肥厚，养良马也招英雄。“要让青草覆盖的地方都成为我的牧马之地！”成吉思汗的铁蹄横蹚地球也荡过我的草原，世间唯一能和他匹敌的，是努尔哈赤，大草原嗅到英雄的呼吸，等着喂养我兵强马壮的满洲族人。

大清一统锦江红，万民康泰五谷丰登，过去说书的开头。祖先可以追溯到舜禹时代，称肃慎，汉魏为挹娄，北朝是勿吉，隋唐为靺鞨，辽宋元明为女真，皇太极建女真为满洲族，创满族文字，建八旗兵制，天眼开启。祖先最大的功绩是民族大团结，蒙古、新疆、西藏、台湾，都牢牢笼进中华版图，创建世界独一无二的避暑山庄及周围寺庙群顶级宗教建筑文化，和合天下。

皇太极天聪九年，满洲族开始迁居塞北。康熙十三年迁入塞北丰宁的旗人急剧增多，史上罕见，以达绥服蒙古，抑制沙俄，保卫北京热河，巩固疆土的目的。驻守八旗军和“汤河西围”官兵落户。木兰围场建设之前，大清在丰宁汤河进行狩猎活动，开设御马场，奉养“热河十万铁骑”。退役将士亦来此圈地跑马解决生计，当地十分之七都是满族人。

我的母族就是跟随圈地跑马的兵丁而来，一趟川属于瓜尔佳氏或阿拉哩氏，李姓，镶白旗，繁衍成大户旺族。随后我的曾祖爷在雍正朝开始的大移民时代，也跋山涉水从山东那疙瘩往塞北奔走，在另一趟川耕稼行医谋生。清亡后，满族不只受歧视，甚至性命交关，为避祸旗人纷纷改汉姓，不惜费银百两致倾家荡产，“文革”中一些满族人被打成大地主批斗流血，又迫使一批满族老姓更改为汉族。伦理约束也来了，满族姑娘嫁入汉族，妇随夫族，子随父族，而汉族姑娘与满族联姻，子随母族。满族人数锐减。

老太爷三房老太太都是本地满族姓氏，奶奶家崔氏亦为满族老姓，母亲自然是满族姑娘，都被迫改为汉族，自身那些满族属性不得不放弃了。直到后来倡导民族团结，大多家庭才恢复满族身份。

这样一通追溯，算来我的满族血统还有一定浓度，不是七攀八扯来的，于是常以格格自居，原来格格也不过是家常姑娘。

三

我一直疑虑父亲是瘦弱的书生，却能在雪山上跑得比兔子还快，轻松猎获狍子、獾子、狐狸和狼；弟弟无师自通会钓鱼，天生沉稳，鱼都往他这儿来，吃不了送人。应该都源自祖先白山黑水的渔猎基因。我一直骄傲母亲娘家大年初六都隆重地接姑奶奶回娘家小住，舅爷们天天开席请饭，原来满族姑奶奶地位高，早先平民姑娘也必须进宫选秀，有望为家族争光，自然家族不敢怠慢，习俗就传下来了，尤其我大姨盘腿炕上训话，舅爷们恭敬听着，是大家族的主事。我还奇怪姥姥家的家族婚礼都是在夜间开始，五更吉时拜天地，新娘接来第一夜先住别人家，叫“住下处”，新娘不叫嫂子叫新姐，亦是满族的古老民俗。

只是我的家族老人这一块严重缺失，没见过老太爷，爷爷、姥爷在父母幼年去世，奶奶、姥姥在我五六岁去世，父亲又在我而立之年去世，家族旧事想了解，四顾心茫然，想跟我妈探讨一下，她说“我的脑袋是一盆糨糊”。但她偶尔蹦出几句来，也是通向祖先的灵息。

说我姥姥年轻时梳过大如意头的，她跟我姥姥去姥姥的娘家黄旗镇，有大黄旗和小黄旗，有大戏楼，年节大戏一唱半个月，舅姥爷接了她和姥姥看戏，散了戏，小姑娘一人往对面关帝庙玩，漆黑的柱子，关云长红脸塑像，一束光打进去忽而狰狞，吓坏了。黄旗镇位于潮河源头，水有一人多深，舅姥爷让母亲过河去他家拿菜，母亲眼看别人踩着两根棍子飞跑过河，愣没敢过。

黄旗镇水好，气候偏凉，盛产金黄小米，籽粒饱满，熬粥时上不见米，下不见底，香气荡漾。顺治二年满洲正黄旗遣六姓十户垦荒于此，康熙二十二年狩猎途经黄旗打尖，吃到了农家小米饭，闻之如茶，嚼之如肉，这里立马成了皇庄贡米，尤其生产宫廷御用祭祀白小米，全国加起来就十五亩，非常珍贵。但民国后不再供奉，民间种植渐少，我妈生我们时，姥姥还从黄旗镇专门换来白小米，月子吃滋补养人，我小时家里也种几分山地，专门待客，真的粒粒莹白，香浸满屋。

对姥姥只有一丁点印象，白头白发，满脸皱纹，地指标时饿得大脑袋前张后仰，还半夜一人独自爬过有狼出没的大梁山，给要生养的母亲换吃儿。满族姥姥家更疼外男外女。

奶奶不曾宠过我们，她的面色一直青冷，在生产队号称铁姑娘，和男人一起挑担子，冬天顶着刀子风去山上羊圈屋喂羊，开会时和一帮老爷们儿坐一块，绾髻戴耳坠子，大襟衣服，抽长烟袋锅子，闲了耍钱，输得多，秋天就让人家去地里收粮，再不够就给人家扛活，做鞋纳底子。爷爷三十出头去世，她独自养大三男一女，是个刚强角色。

满族姑娘这么能干，缘于天足，从不裹脚，大脚丫片子上马能飞，下马能跑，绝不委屈成三寸金莲。到我妈这辈孩子一大堆，就成了上炕拿剪子，下炕拿铲子，出门推碾子，花钱靠汉子。

我算念书多的，能上山下地锄头挖锨干粗活，也能捏绣花针盘腿炕上做大被子描龙绣凤。这能力必然源于祖先的赐予，内心藏有一份倔强与傲性。

四

许多民族跑着跑着就没了，我敬佩祖先力量卓著，能从原始社会走到大清盛世，因为什么？我想是信仰，相信万物有灵，敬畏自然，同心同德。

肃慎祖先创立萨满教，是崇尚母性的多神教，对风云雷电、狐狼虎鹿、山野树木都充满敬畏。对不知者心怀敬畏，比屠戮践踏好得多。萨满传介人神之间的灵息，因怕被死神和神灵认出怪罪，戴着面具为人世祈福、求雨、医病、驱灾、占卜、预测，解除人们的恐惧自卑，增加信心与凝聚力。

这种信仰一直在民间，从未丢失过，民间香头、跳大神都叫野萨满。姥姥的亲妹妹就“顶仙”看病，有人来看仙，炕上立马支上桌子，洗手焚香，开始“打灾儿”，上钱，一通说道。

我村里也曾有过跳大神，那高胖的妇人设着香案，红对联黄粉纸摞一处极艳，她顶着花手巾在天井般的院子里扭，像巫婆一样扭，像羞涩的小姑娘一样扭，扭给村里的人看，扭给她老头看，也扭给自己看。她的歌咏有的听得懂，更多听不懂，这是她的舞台，为着惬意的沟通，又似乎释放着压抑，诉说渴求与向往，她神情庄严，也许是迷蒙，试探着进入一条幽密的隧道，万物在灵，灵在感知。

这些都当作落后迷信被禁止了，但满族的原始性情是磨不掉的。满族人不吃狗肉，不打乌鸦，家家都供着保家仙，狐仙（狐狸）、黄仙（黄鼠狼）、白仙（刺猬）、长仙（蛇）和灰仙（老鼠），正是信仰万物有灵的写照。一个小土包就是灵验的土地庙，一个小土坎就是送逝者去往西天路上吃三餐的可敬之地，一棵老树当然能系着求财求子多个心愿。我和我姑娘住家时忽然都发高烧，打针吃药都下不去，母亲急得躲着医生父亲，院子里四处烧香磕头，以为冲撞了花仙树神等，夜里一阵大汗好了。看春耕一月青苗愣是不出，预感有大雪冰雹，看瓜秧都往墙里长，不奔拉河边去，就预测有暴雨，果然就应验了。万物有灵，不观察不触动，就无法躲避灾害。祖先早就暗示，我们需要张着耳朵倾听。

万物有灵就是民族的根性，像敬畏神灵那样敬畏自然是智慧，一个村庄的和合之象就是一个民族的凝聚力，得不到自然庇护的民族寸步难行。那些有神秘力量的心灵图腾在泥土、在枝头上悄声说话或注视，终有一天我们的灵息会碰撞。

五

波澜壮阔属于祖先，细致的生活在民间。这片蒙古马蹄踏遍的土地后来一直为满族人居住，哪怕后来多汉化，满族的痕迹与精神还是会留下，个别村庄还保留着旧时礼仪，礼仪就是修行。满族人礼多，春节、清明、端午、中秋，都要上山祭祖，先把祖先张罗好了，才能安心过节。

村庄还有五十大几的儿子过年一进门，不管跟前多少人，说声："娘过年好，给娘磕个头。"跪倒行大礼。男人拜年也行满族礼，叫"打千"，左腿向前跨出微屈，右腿弯屈，左手扶左腿，右手向下请安，不知道的以为进门要打架。

满族人好客，母亲做饭总是多，突然来两个客人不用另做，上炕就吃。部分饮食因喜欢传下了，如满族歌曲里唱的"八月里，是中秋，糜子豆子一齐收"。是说大黄米黏豆包，红芸豆做的豆沙馅加糖，裹上带香植物苏子叶，上笼屉蒸熟，三种香释放，顺着美味念叨先祖的好。

村里常说的话，好多都来自满语。我编一段试试。

那光棍穿得踢了嘡啷，胡子拉碴闯进家门，饿死鬼托生的，在厨房犄角旮旯翻找，发现一大碗剩粥，闻闻还馊了，奶奶这老蚌壳都糊鲁巴涂了，还那么抠搜，要是倒了一准指着他鼻子骂：“背性鬼。”他嘁里咔嚓撅一把干柴烧火，把粥倒进马勺，加点碱一煮就没味了，粥还乌拉巴图，他就着一个晒蔫的咸菜疙瘩，提里吐噜都喝了。出门看见几个粉头花色（shǎi）的女孩在地上欻嘎拉，一五一十数着。他“啃儿喀”咳嗽着凑过去，一边倒（dáo）齁，一面胡勒勒，说才从城里下汽车回来，赶上修路，坑坑洼洼，费老鼻子劲了，一路吃得凉头瓦块，肚子不舒服，那尿脬（suī pāo）子都快憋半儿了，大街上干籽儿都是人，好不容易挤出去跑到玉米地，嘁里咔嚓一通完事。孩子们懒得听他蝲蝲蛄子叫，太袄应了。一个长相筋筋格道的女孩正扔高了嘎拉去欻，他贱巴喽嗖胳肢她胳肢窝。对面胖不伦墩的小姑娘叉腰骂道：“臭光棍，再耍魔怔信不信姑奶奶我扇你个逼斗。”光棍嘟囔道，等会儿我回家偷着烀上一锅焦黄的山药，你们这群蛤蟆骨朵儿就抢着跟我玩了，招紧绷子还是吃的管用。旁边一老者摇摇头，这老光棍，说他夜正不拉吧，还真二逼扯曳。

这些满族语言鲜活有趣，加上说话人的姿态表情，生动得很。有生命力的东西时间也灭不掉，民间是沙漏的底部，总有珍珠般的种子漏下来，不知不觉蔓生着。我和祖先在心灵上从未松开过手。

吃个野意儿

一

男人是村庄的猎手，从荒野觅得了它。村庄是男人的麋鹿，用来喂养女人和孩子。男人是村庄的捍卫者，也是继承者，只有男人占稳村庄，把女人带回家，村庄才会延续。男人抒写村庄就霸气，像大太阳下对着一面墙，一个山坡，一棵老树桩撒尿，气定神闲。

女人是流进村庄的河，缓缓流，把男人的窝棚也当成王后的城堡。女人的女孩则是河流的下游。女人总是囊中羞涩，说起故乡犹抱琵琶。

二

阳光越过大片田野，追上村庄的胖婶，她双手拎着沉重的袋子，一步一踮很吃力。她的老头刚刚骑自行车咣当过去了，怎么不帮她？“他才不管呢，自己舒服得了。”胖婶冷笑道。

有回她趁着酒劲跟老头撒一次泼，男人瞪着牛眼斥骂“滚回你家去”。胖婶愣了，住了几十年的家不是自个儿的，劳动几十年的村庄不是自个儿的，父母没了哪里找家去？况父母的家就是自己的吗？

娃总是自己的吧？“我不踩绒，你下个熊蛋。”咔嚓一个响雷，把她热爱的最后一寸瓦片劈碎。可是拢下头收收泪，她继续兴冲冲打理男人的家，管男人的娃。“好歹老下的时候，有个埋的地儿。”她踩着松软的黄土一踮一踮往家挪。

这么苍凉、委屈，可是被她走出一种意兴和开阔，像萧疏的大观园外一直有个刘姥姥，善于拨云见日。她一点不憔悴，真生得白白胖胖，所以不能简单地归为认命。万物生长，风吹草动，人就容易忘情。一切究竟是谁的，那要看谁挺在后头！她认的是自然，扎扎实实的老理。

三

城市的桨声灯影，倒也照进书里的一页页农历，荒野的根须也能浅触苍白的神经。然而读书像插花，望梅止渴，依旧算贫穷。没有一个村庄坐镇，没有一个荒野供你落脚，心是慌的。对父亲是山的说法，是父亲提供或继承了一个村庄。

我幸运是地道的柴火妞，翻过村庄每一座山，摸过每一样粗实的农具。我也一直在外行走，但从未离村庄稍远，外嫁多年还像小女孩满村跑着拜大年，这还了得。而每一个大小节日，我会喜滋滋倚在村庄的门楣，把酒话桑麻。

我注定是村庄那段流也流不走的水，拥有离离香草浸透过的祖先，望闻问切殷勤开关的大河之床，它们是村庄的脉络，最富有的一笔弯向我。

那晚阴天，家家都闭了灯，村庄陷入黑，山尖亦不见。蜘蛛美餐完毕，溜回房檐睡觉。我在廊下看手机，蚊蛾轰轰炸进裙角，我也不挪地儿。

天鹅绒的黑夜，就这样奢侈。

我们说着三条腿子七湾地王八盖梁，与三姑六婆喝了好些酒，依旧是奢侈。

四

昔日有久米仙人，驾云飞行，路过故乡，见河边洗衣妇人用双脚踩踏衣物，露出雪白的小腿，忽生染心，即时坠落。

我对故乡也是仙人飞行，染心日重，跌在村庄的脚背上。夜晚吹了灯蒙着被头听故事，星空月下，茅屋瓦檐，田间地头，歇马凉亭，柴花草事，土庙娘娘。它们不断发出声响，一如灶膛里轰轰燃烧的柴棒，村庄红光满面。我的心上亦有雪兔跳出来奔跑，差点迷失于丛林；像鼬鼠爬上斜生的大树，而后醉酒一样滑下，开心得停不了；我也会像一只面对狂暴狮子找不到父亲的小鹿，哀鸣不已。

我忽然觉得，空荡荡一如沟壑的心，长满了春天；忽然觉得，阅读村庄会是一场音乐般的自我救赎。我看见，父亲在山坡上掐着草药微笑。

五

村庄是落地之尘，终有自己的线索。我低微的心只想慢慢跟着它，像一尾鱼跟着河流，一粒种子跟着春天。

我心上富足，却也忐忑，一如刘姥姥多收了几石粮食，挑个吉日良辰，装筐携篓，赶上马车，晃晃悠悠送进大观园，茄子豆角辣椒南瓜西红柿，叽里咕噜往外掏：

都是头茬掐了尖的，您尝尝鲜，吃个野意儿，也算是我们的穷心。

击壤歌

天地别无勾当，只以生物为心。

——朱熹

三分地的朝圣

冬绷不住了，怒张的箭梢终于收住了飒飒的风声，匍匐于大地。大地还皱着眉头，不能平息对付严寒而耸起的鸡皮疙瘩，树枝亦警觉地张开手指，试探天空的蓝脾气。万物继续收敛，但其实，它们和人一样有心计，比季节站得高远，沟沟岔岔都听着风声，做着打算。“在世界的冬天准备果实的成熟。”我七十八岁的老妈决不落后，春节一过就布置院里的三分地，种白棒子烧着吃，黄棒子养俩小鸡，再种五垄高粱扎三把炊帚钉个小盖顶。

我说咱们多多种花，走哪哪开，蹲下站起来都碰着花，一旦摔跟头有花扶着。她不干，多种菜好不。也是，马铃薯花一片雪白很壮观，西葫芦花挺在阔大叶子上有清荷之韵，就是不当花。我沿墙根开辟了一条花地，老妈赶紧又种了一圈玉米挂了豆角，才满意。

嫌鸟踩疼了它，一枝树梢拱着嘴唇吱了一声，恰好被路过胡同的黄母牛听见了，它朝石墙上架着的老杏树一努头，大概想起什么旧忆，眨着大核桃眼哞叫。小牛犊赶紧跟了几步娇喃，后面几头黑公牛附和着哼哈。它们有锦缎的毛衣，尊贵的传承，代表了当年一河滩的牛，一大东坡的牛，代表暮色炊烟里，家家为牛敞开的大门和吆喝声。村里最后的一群牛，由着黑塔样的大叔赶过来，也指明了他家有大堆的牛粪，他家还会晃悠悠地赶上牛车给地送粪，他家的三十亩玉米谷子必须纯良好吃。

我妈早听声了，拎着烧火棍挪到墙根儿，三下五除二跟大叔讨论了天气小牛，以及送粪种地的大事，又敲定了要他家两挑牛粪种菜的小事。牛不管这些屁事，踱着方步前进。牛觉出了大地深处根的萌动，闻到了稀薄的青草味，是风千里万里捎来的。

风更像牛的脚步，四条腿不紧不慢，只踩自己的点，抽一鞭子，无非拱拱头，哪来哪去，何起何落，自己懂得，脚下从来不乱。乱的是人心，两扇嘴皮子一撇一捺，一惊一乍，天上的就掉地下了，地下的就没影了，没影的又被风揪出来了，在河边与胡同溜边哨。安静的村庄从来没静过，像小媳妇的心眼儿，压根儿一直冒泉水，咕嘟咕嘟的青春。我目送牛们走过墙外，确切地说，早晨六点钟，我家长方形菜园子墙外，开始稳住乱奔的心蹄了。

牛把人引向村庄，地把人引向深处。打今儿起，我的牛皮鼓就支在这里，燕山北部尾巴尖上的三分地，大地一个珍贵的细胞。我将为园子里的生灵击鼓念经，为偶然闯进来的外客致欢迎词，这块地上所有的一切都是我的友朋，可享用我的汗水和眷顾。但除了庄稼蔬果外，我暂时不知道它还会奉献什么。这是个谜。

被群鸟诱惑的日头

东方升起百合的芳香，光子反、折、穿、越，打造日出十样锦。

我闭眼张爪于菜地上，与光瀑对接，它探索了大东坡上所有的动植物，穿过后梁翘出的斜肩膀，带着一种近乎嘈杂但令人愉快的万千吼声，汹涌地腾冲过来。但它扑不倒我，我就是一粒尘埃，也能托住它狂热的爱情。

这翠绿的、鸣叫的光。我宁愿叫它日头，日子的头头。日头升，日头落，日头毒辣，日头慈祥。晒豆腐干，晒蘑菇，晒豆角丝葫芦丝，晒衣晒被，晒腰晒腚，晒死细菌，晒红思想的籽粒。日头是人间，有酸甜苦辣咸，日头可依赖，是柴米油盐酱醋茶。日头看起来头上长角身上长刺，但更是一条魔幻的鱼，哧溜钻进生命的秘道，吐出新鲜的钙质，我们因此饱满、欢愉、坚定，有防御力。

随着光箭忽有万千嘈嘈切切的密语往耳朵里灌，但丁的天堂？繁花，信徒，翅膀，衣袂飘飘，收不住脚步，汹涌地滑下，但依然还在巨大的曼陀罗拱顶，虔诚的吟诗，唱大戏哼小调跳芭蕾抛水袖，暧昧的清风左吹右撩，长啸或叹息，欢欣或嗔怨，回旋曲层层渲染，墨痕淋漓。这声音是灌进耳朵里的太阳，仿佛体内长出了千种植物，摇曳不止。

牧神的早晨，是我撞到了洒满秘密的春天，鸟儿的花期。声音来自后梁槐树林，怎么会有这么多鸟来，这么多年我都没有听到过，在后来的其他月份，我刻意早起于同一地点，再也没听到那么神秘的共鸣。我妈喊“吃饭了”，我长长一应，后梁上的声音随之就暗了。我吃过饭再来听，侧耳细细听，除了麻雀叫，都没有了，仿佛刚才那么盛大的热闹是听错了，它们只是村庄早间天堂的一丝裂隙，我捡了漏的，真是福分。

对于九十三岁的大爷爷来说，晒太阳是一日中最光辉的大事，走一步晃三晃，在自家门口晒晒多轻省，但他一定要拄着拐杖穿过深窄的胡同，高昂的玉米，浅水拙鸭的河滩，像老牛耕犁，慢腾腾磕绊绊但自有节奏，挪上个把钟头，到村中大家聊天的石阶上，和几个老人端坐，注视前方。这排沉思的向日葵，耳朵聋了，但面膛红润，耳根发热，周围笑脸婆娑，内心就如太阳一样安定了。那样的日头才叫日头，那样的晒一回，才叫一天，才叫活着，晚上可以放心睡去，不必担心第二天是否醒来。

只有太阳才能真正晒透我们的皮囊，每一个细胞。连续七天没晒着太阳，人心就慌了，动物踌躇，植物也犹豫了。莫扎特早逝，缘于深夜过度劳作，白天睡眠晒不到太阳，维生素 D 不足致缺钙，免疫力降低；大提琴家杜普雷的多发性硬化症，浪漫主义作曲家马勒的细菌性心内膜炎也都缘于晒太阳少。必须在阳光下亮出皮肤来，在太阳底下耕作，求得大自然慷慨的恩赐。

人是大自然最顽劣的孩子，机关算尽捕捉各种能源，直到大地一片片死寂，才明白，只有来自太阳的能量才是最安全最普世的。绿植汲取太阳的光能占稳大地，以果实之味养活了动物和人，这种模式古老而廉价，从未出现过问题。

日头鸣叫着奔来，每粒泥土都敞开窗户迎接光子，它宠幸过的地方将绿妖纵横。

这土，像摸在皮肤上

我很卖力气挖地，深挖。土地上劳作是自我救赎，挖出杂七杂八的枝蔓，细细地切断，拍碎，暴晒，灭菌。我要像土地一样内心干净，皮肉干净，像梨花无风自落，只留果实的雏形。但我不想成为植物，固定在泥土上，我更愿意在大地上行走，像种子跟着风，拽着鸟，过有山有水的好日子，死了一生，还有一生。

别挖太深，齁费劲儿的。我妈担心我累着，学堂上课的人哪有劲儿干活。我赶紧声明愿意干活，挖地使使力气就好，上课是在打仗，内涵老深了，学生闹腾，要斗智斗勇，学生跟手机较劲不搭理你，你得给自己打气，孤独地完成授课，找到台阶逃走。那状态，不让除草还得长好庄稼，得什么功夫，累草鸡了。

挖过的地新鲜赭黄，看了高兴，茄子辣椒玉米土豆各得其所。可是挖深点还是浅点好？我忽然产生探究的想法。

这一查，我挖错了。土表的有机质只有薄薄一层，被翻到深处，根须扎不到位，而翻上来的少量营养土，经暴晒又丢失了。原以为土见光是好的，杀死害虫野草和树根，但同样也杀死了真菌，和来不及跑掉的蚯蚓，而它们正是土壤的肥沃因子。一季一季这样的流失，地越种越苍白，贫血的孩子难当大任，不施肥，苗就是搁浅的船。

好土是什么味道？你到林子里，到松树下，挖开一层土就知道了。黝黑的厚厚落叶堆，盖了潮湿的小屋，里面是分解了的碎叶，更细小的叶末与土粒融合，无数的虫飞虫跑，看不见的微生物上蹿下跳，分解，松土，似乎能听得见土壤大师煎炒烹炸，还借雨水甩上十三香，腥味灿烂，就是好土的味道。谁去松树下翻耕了？土地亦能自我律动，给它时间就行了。可见生在乡村，也未必更懂得自然，最终的老师仍是自然。

这时，我才看到了朴门永续设计的理想种植模式，不施肥，不翻耕，不打农药，不除草。我兴奋，学着层层盖被法养一块地：杂草剪下，保留根部，不破坏土壤的结构，利于微生物和蚯蚓活动，铺一层果皮叶子等厨余，再铺瓦楞纸或落叶，压住草根，遮光，存水。再铺一层土，浇水。这样做的时候，像是在养土地的婴儿，充满期待，不嫌繁琐。一周后，检查土壤，果皮叶子变小或不见了，腥味浓重，插孔种菜。这个法子真好，不施化肥，就是回到自然，生生不息。

不管你愿不愿意，健康的身体必须养着许多微生物，最终肉体也将依赖它们归于黄土。滥用抗生素杀死病菌，同样能杀死益菌，人最终消化紊乱，无法清理肠道，垃圾成堆。大地如同人身，农药杀死害虫，也必然杀戮土壤微生物，地会越来越板结，什么也不长。然而我们厌恶微生物，它细小，看不见，它太能扩张，它出乎意料。但人永远干不过它们，要企图消灭它们，无异于自杀，平衡是唯一的手段。

谁去平衡，谁为这些未来的恐慌事件去忧思？活在当下的理念，必少有人真正思考未来。大铲车翻山越岭碾过河流两岸，最优质的田地突然矗立了巨大烟囱，有没有问过良田上的禾苗？我深切担忧。我家那么一个深山小村庄，也狂用除草剂，一遍连三遍地打药。原来锄地的时间都去打麻将了，一身混合着青草的汗水味，变成佝偻的哈喇味。而庄稼自古就是在与野草的游击战中顽强生存的，它们相互提醒切磋技艺，深谙敌疲我打敌退我进策略，失去了掰手腕的对手，庄稼会越发丧失抗争的动力，不再硬朗，一旦野草疯了，庄稼逃得动吗？

最深的毁灭是看不见的，百足之虫，死而不僵，大地靠化肥撑着，但大地患病了。患病的土壤只能生出患病的庄稼，坏的基因只能繁衍坏的生命。产妇要坐月子，土地必须养好，等它病在骨髓，土地爷也得尖声叫着设法逃命去。说地越来越馋了，是说地害喜了。一块地裂出缝隙，多像怀孕女人没吃上那碗红烧肉，眼底生出的红线，是醒目的提示。早先粪肥不够，村庄开辟一块地，割山槐子黄芩益母草，都是上好的中药，铡碎，浇水沤粪。现在人累死饿死毒死了土地，还抱怨破地啥也不长。是人辜负了土地，最薄情的。而敦厚的土地，依然生有慈眉，拼命读取雨水、落叶、虫豸、尸骸，地就丰富了，能养活更多的生物。

地是在修行，且给人看。但大地能埋住它深邃的悲伤吗？许多人看到了，以为无力，只求远避城市，坐在山上看人类社会崩塌。但我们是可以做一些事情的。

我手脚并用挖地，脑袋瓜子翻江倒海。老妈也来翻地，我赶紧给她纠正："你把熟土都变成生地了！"挖一辈子地还挖错了？但她听我话，挖半锹，松动，不翻出来，直接拍碎，保存土壤结构和水分，省力，也不生尘。深浅适宜，亦是懂得。

摩托声哒哒响，大老远的舅家表弟来了，这个强壮的庄稼汉，立刻蹲下来，用蒲扇般的大手铺在土上，拍碎，抹平。"这土多好啊，像摸在皮肤上。"

一道闪电击中了我，土地是皮肤！广袤的大地既是锦缎的皮肤，如今还剩下几块完好的？高速路与我村庄隔一个山梁掠过，那里半个村庄转移了，上好的耕地被占了，村庄发了。我庄的人叹息，就差一道梁啊，再也没有机会发财了。我却庆幸，村庄保住了肌肤完整，可以继续生产玉米土豆，养育子孙。且只要肌肤尚好，消失亦不怕，无非回归了荒野，呼应自然。

根的宗教

根是隐遁的智者。小时候憋大河抓鱼，直接用沙土筑坝很快被冲垮了，大人说，"用带草根的土"，小伙伴立刻去河边，挖出密生着红蓼扁猪芽委陵草的大泥坨子，沙袋一样截住水了。根在，沙土就跑不了，根有强烈的探索精神，但根遇到人就没辙。

我挖到李子树墩了。早先挖地出汗，脱下外衣直接搭在李树枝上，立刻碎花乱洒，隔五十米也喷香，那香真是喷，蜂蝶蚊虫，吵群架似的奔舞。李子爆豆似的结，树越来越高大，在地中心，多遮地！老妈忍不了，挥起斧头砍了几个主枝。第二年李树毫不犹豫，气哼哼蹿出好多新枝。上锯，哧楞哧楞断掉主干。第三年它照旧试探着晃少量枝叶，再砍。第四年，什么都没了。它被锯齿的寒气吓倒了，气死了，或是转移了？

一棵树的消失过程，有多少挣扎和不情愿，是我妈彻底断了根的念想，饱含乳汁的母亲再找不到它的孩子，只得忍痛憋回了乳汁。树拗不过人。树把人引入村庄，有千万根须与世相争，争不过一把斧头。在荒山野岭跑太久，突然遇到杨树林，就离村庄不远了，遇到桃杏李梨，那就是人家了。果树是乡愁，果树也让人哽咽。

然而菜地仍然布满了树根，撩开地表，应该是个大地图，处处是它投出的草蛇灰线。我咔嚓挖断，很解气，再寻着细根溯洄挖，根逐渐变粗，且不远处就有呼应，五六条根铺张散射，藤一样粗实，牢牢地霸住一方水土，非深挖，非用斧子砍断不可。我终于替它心疼了，擀面杖那么粗也要费上几年功夫，可怜坡坎处那两棵杨树。

有根的地方就是江湖，就是一个小生物群落，根须握住示意讨好的真菌，舍出糖分，而菌带来丰厚的矿物质，它们缔结了牢固的联盟。怪不得老妈抱怨，这片地浇多少水放多少羊粪，贵贱种啥都球球蛋蛋，蔫不出溜，二妈生的。

地边不种杨树。杨树的根往深处扎，又四处扩张，占着碗里盯着锅沿的，管谁的王土啪啪甩出刺鞭，比较无赖。西墙角有棵梨树，挖到根前，也没碰到根，年年种玉米也结老大的穗。果树就比较文明，只占稳深处的江山，只搂紧自己的女人。

好谷子的根也就一拳头大，谷子很得人心。高粱的根扎得深，不怕旱，也值得炫耀。玉米的根有一锨大，要结双穗，需花点力气，当初祖先因为玉米太能吸水致地干旱差点抛弃了它。向日葵的花冠有多大，根也就蓬蓬勃勃那么大一团，葵籽就养人，但种完向日葵的地，第二年最好歇歇，如同地黄，收获后地变苦，精心养上七八年才能转甜，地黄的根就贵重，服之三年，面如桃花。

蟋蟀草的根四处抓土，七嘴八舌一堆儿，也叫牛筋草，如果能抠住土一齐提溜出来，很过瘾。稗草的根比谷子牢多了，叶子却极嫩易断，攥住一把才好拽出来。刺菜，也就是小蓟，叶尖上也是刺，干了更扎人。还有鸡爪草马蜂草狗尾巴草甜麻苦麻菜酸不溜，一棵谷子的根要与多少草根作斗争才能结实，一碗小米粥来得不易。

根是大地的心灵。说到底，地上的一切斗争都是地下的根在展开军事活动，彼此探寻意会，能合作决不上刀剑，地上长着什么，地下完全不是那么回事，很奇妙。多少不屈的根静息为种子深藏，倒塌的废墟里突然怒蹿出失踪多年的植物来，是大地上最诡异的花纹。

马铃薯喜坡，先挑坡地种。母亲把马铃薯剜成有芽的块根，用灶膛里的草木灰裹上，这是从小见惯的，草木灰是钾肥，促进发芽，还是一味中药，老人用来治疗大骨节病，奶奶们用它泡洗衣服。灰烬也是宝，不能妄自菲薄了。我抡镐头刨垄沟，看它笔直地延伸，臭美一番。抖落羊粪，提水浇垄沟，坐水种出芽率高。

包有种子的黄土，是美的胞衣，佛的袈裟。老妈猫腰摆块根，艳阳下大红牡丹的毛衣，配新鲜的泥土，古老的农具，几百年前老生活的缩影，不繁不简，时间不掉。只要还能种地，烦人的衰老就离我们还远。我们是躬身求助者，一束苍苍色，知从涧底来，大地不会亏待的。我们也是土地上的贵妇人，惯会击壤作歌：日出而作，日落而息。凿井而饮，耕田而食。天下大和，百姓无事。

这本身蕴含禅意，禅宗源远流长，托了以农养禅的智慧，禅与土地融合，禅即是朴素的深沉的，像根深植于泥土，必然开花结果，发扬光大。低头耕作的姿势，就是禅宗的虔诚心。

黄昏上来，母亲熬粥，我继续去墙外胡同口种花，奋力挥镐，撒下各种花籽。我希望这些新移民能战胜干旱和野草，在村庄扎下根来，今年一棵，明年就是一片。而我在大地上当然有了牵挂，它们都是我的亲人了，会带来花朵、果实和希望。我会比别人更关心雨水、风霜、毛虫、蝴蝶、散步的公鸡、驴子的嘴巴，以及拐过胡同的邻人禁不住发出的愉悦声。

不断有人匆匆来去，牵牛赶驴，带着种子出发。略一抬头转身，南山，后梁，东坡，西地，浩渺的群山之外，都有人群和播种机。只靠种地越来越无法满足生活，但春天一来，种地仍是天大的事，只有丢下种子，才真的扎下了根，才觉得张开手能抓住些什么，虽然有些年头什么也抓不住。

蚯蚓的悲情

我挖这三分地相当于多少条蚯蚓的活计？蚯蚓土里刨食，也算靠天吃饭。这些地下的联合纵队，几百年就可以把整个大地翻个遍，又相当于多少挖地的女人？蚯蚓亦是耕稼的圣母，是我们的恩人。

突然意识到蚯蚓毛也没见着，它闻出锋利的刃味先逃了？又立刻了悟，粗暴的日头，出来找死啊。我的脚下应该藏有几万条，可怜的小东西，夜黑头才敢偷摸钻出来，咬一口地表的残叶。没眼，但有心，它嗅出甜食和酸味，躲避苦味与油腻，它也有性格。说人类未来的主食是昆虫，蚯蚓富含蛋白质，也该登上餐桌，现在觉得恶心，当初人是怎么吃上蚕蛹的？大饥荒时，人们怎么没想到挖食蚯蚓，而只把它当药用。

夜里有大雨，清晨跑步出去，园子、路上、地边惊现成群肥硕的蚯蚓，蠕动缓行，勾肩搭背，湿漉漉黏糊糊。是雨水挤出了土里的空气，它们出来呼吸了，我躲着它们的漫步。大太阳上来时，蚯蚓多半回家了，来不及入土的，被牲畜车辙踩踏受伤的，呻吟在路边。我拎起几条扔到阴凉的墙根，一会儿它钻进去了。

路上踏杀者，名千人踏，入药更良，为地龙，可兴云知雨。《本草纲目》解到。但又说其鸣长吟，故曰歌女，这实在没听过。台语有歌谣："风雨声音扰乱秋夜静，时常听见蚯蚓哭悲情。"它哭什么，难道前世原为一条鱼，误钻入岸边泥土，只知道向前向前吞吃，忘了归家的路，继而哭瞎了眼睛，磨掉了鳍，再回不到水里，一步一步陷入黑暗与悲哀？那么它是孤独的流亡者，是隐秘的囚徒，只有夜静更深才能等到大地上的星光。它是为这个哭泣吗？恐怕大地年年抛洒的化肥与农药、工厂倾泻的大量毒液污染了土壤，核电泄漏死了的土地，令它们成批的儿郎渐渐殒命，末日到来，才集体痛哭失声吧。

夜里，我匍匐蔷薇花下，耳朵贴着泥土听。悲声倒没有，却见到一条蚯蚓像孩童挑门帘，露一下尖头，咬了口叶子，淘气而羞涩的，又马上闪回土里了。后来初秋夜，我再听，呜咽若有若无，蛐蛐霸占耳膜，叫成了一阵秋雨。

地里还有许多凿洞穿行的动物。黄娘，也就是蚁狮，成虫像蜻蜓，造喇叭形的细土窝，你喊一声：黄娘黄娘快出来，你妈给你送饭了，哨哨哨。它就像老太太的微型篡儿，倒退着出来了。后来换成爹也出来，换成姑奶奶也出来，原来只需喊一嗓子，以为有小虫子掉进小土坑，冲出来吃香喝辣的，光滑的细土窝是它布下的陷阱。蝲蝲蛄（蝼蛄）咬食种芽和苗根，穿地表而过，产生一串碎土，比较坏。山驴驹子也叫铁蝈蝈，个大深咖啡色，它一出声，别的虫都没音了，它一膀一膀地叫，沉着，稳重，有力，颇有沙场秋点兵的范儿。它们破坏庄稼，也捕食害虫，男孩子常抓住尾巴带剑的大肚母驹，即雌蝈蝈，长剑是产卵器，揪起来倒栽葱埋了，就露个尾巴，或者拎起来，甩出老远，死活不管。这些小东西在土地上活动，使板结的土地像发面馒头，有了大大小小的丝窝。

但它们所有的作用都不如蚯蚓。蚯蚓构造简单的身体里都是消化酶，通过更为简单的运动，不断送出蚯蚓蛋白质或维生素。且蚯蚓对绿植一点不破坏，是上天馈赠大地的行吟者，用它的生命带给大地生命。

除了蚯蚓粪粒之外没有沃土。达尔文决绝的论断。

相信蚯蚓吧，这冻伤的玫瑰，忍住疼痛给予大地厚爱。存活数亿年而从不想着进化，是蚯蚓的本色，像耕者忠于土地。看到蚯蚓，就如看到蕨类地衣等古老的植物，想到永恒。恐龙是地上的霸主，蚯蚓是地下的霸主，太庞大招摇的早已遭到灭门，低调的地龙，今天还是龙。是它的执着拯救了自己，还是大地的慈悲与宽容？唯愿大地继续慈悲，愿蚯蚓更加强大，到能吞吃和转化毒药，让谷物和植物少吃点，拯救人类的肠胃，进而拯救人类的心灵吧。但是强大的人类，凭什么要让微小的动物来替代惩罚？人类已经够聪明了，不要再有贪婪心了，越简单生活，才越能安生。

大地是人类的皮肤，蚯蚓是活肤的因子，一旦受损，我们将骨肉模糊，破绽百出，无以自救。

两棵树的荒野

菜园后山坡处，有两种少见的树，印证这里从前是深山密林。

第一种树学名白杜卫矛，俗称野白杜、明开夜合，这名称缘于果实。九月蒴果，先绿后粉，裂开四瓣，是假种皮，犹如四颗橙红种子的披风。奥妙在于，种皮能依靠光源自如地控制开关，光照不足，就闭门修炼，故能日升即开，日落就合。相当于保养，十天半月无憔悴，这花就有了一种承担，见了它，有天地常新，日长如小年的欢欣。榆树几年就大腿粗了，明开夜合还胳膊腕似的，出去半月，果还红着，出去几年，还在原地等你，似乎它的血管里有种体恤。

但见惯的东西，祖母绿也觉寻常，我那时爱着菜园的苹果树，树下有锅灶，梨花儿一朵前一朵后，落在炊烟里，锅盖上，拈起来，还是香白的。添上一把柴，拄着烧火棍往后山坡望去，有人正倚在明开夜合壮阔的树杈上读书。

“明开夜合红了，我想起一个晚上你来我家，桌上点着红蜡烛，你恰也穿着红衬衫，新洗的头发披散着，全世界的晚上都是你的青春气息。”书生说，顿时，后山坡脆生生红遍了。

我忽然想，纳兰容若喜欢明开夜合，是向往天真烂漫的自由，崇尚野性之美，是把黑裹起来，只容纳好光阴，是那样一个年代，盛开过最美的花事。“阶前双夜合，枝叶敷华荣。”宋庆龄后来居住府邸，定然也念过此诗。他们都是惆怅客，需要懂得的树烘焙时光，而明开夜合需要同品性的人来供养。

一只黄翅蝶埋在明开夜合上，仿佛它遇见的是一枝来自深宫，而流落山村野店的奇花异草。叶子有特别的苦味，不是所有的嗅觉都闻得惯，那样一种野性。

第二种树是文冠果。说刚盖房子的时候，西坡坎处有一株老树，一搂粗，几百年了，树高五米，七条虬枝龙腾虎跃，村里有个极倔的老爷爷给偷偷伐了，老树有精气，实在不妥。

新生的丛枝一长几十年，只有一棵长成胳膊粗，羽状复叶，油绿薄嫩，像槐树叶。总算赶上今年开花，漫坡一串一串的白花红蕊，香喷喷的，无患子科，落叶灌木，总状花序，花蕊初时淡黄，渐变粉红，越老越红。七月果子高高低低挑起绿色的小灯笼，好奇摘了一个吃，三室，卧着九枚粉嫩的果仁，味道像杏仁，等熟时就变黑了，味道像榛子。

说毛泽东主席逝世，夫人江青在灵前献上特殊花圈，用的文冠果花。说文冠果和木槿是“钦定植物”，文冠果又名文官果，寓意“文官掌权”。谁不爱吉利语？我就愿意取文学之冠果的好意，能照耀我写出锦绣文章来。它还叫木瓜，“投我以木瓜，报之以琼琚。匪报也，永以为好也。”是个暖心的。文冠果种子可以榨油，供得佛前灯火，这么有道行，都喜欢。

那个砍树的倔老头听说打老婆打得最狠，一次打断了老婆的腿，一躺半年。一儿很好，可惜早逝，一女难产亦早逝，另一儿半痴，孙子在他的强烈干预下，炼成愤愤的正宗光棍，愤愤地走来走去的老倔头愤愤地老早离世了。

我父仰望着后山梁脑说，人才几十年，跟树争什么？要心存敬畏。又叹口气说，后梁头比咱房子还高，压得他上不来气儿。我闻听，立刻挥着小号镐头爬上墙头，刨起土坎子。父亲一顿训斥：“下边鸡窝都刨漏了，赶紧给我下来。”现在老妈又常说，那梁头压得她一身病。我想，是他们的耳朵都太好了，夜夜听得见村庄的呼噜，老树的咳嗽，和山里的各种声响，心里有些嘀咕。

夜晚，我也去捕捉那些声音，门外夜色深重，月亮有如灵兽的眼睛贴在窗棂，大得出奇，我不敢闭眼彻夜睁着，各种声响都来了，它们跃下山坡、老树枝头，窸窣地穿过玉米地，到蔷薇花下，墙头石阶，它们斟酒倒茶，摆着尾巴说话。它们随时进得屋来，倚着门框，坐在炕沿上，柜子上。我下意识抬头看红柜子，上面果真坐个枣红棉袄白白净净的长发女人，跷起二郎腿，盯着我这个入侵者。也许是鬼魂，也许是只狐，这儿曾经是它们的洞穴，是它们奔跑欢爱哺育小孩的地盘。我满身汗水，不以为是做梦，那晚是中元夜。

它们属于兽、鸟、虫蝶的自由荒野，我“凿井而饮，耕田而食”的祖先步步吞占了它们的地界和果实，逼迫它们退隐，它们子子孙孙一直在等，它们必定会靠倒人。树在，种子在，荒野的根就在，古老的血脉不会变，也砍不没，过了多少辈，它们也找得回来。

没有鸟儿飞不到的林子，没有蜘蛛爬不去的岛屿，荒野有永生的力量，这最后的依靠必将带着我们向前去，哪怕人类全部忘了它们，天地仍是一团生意，覆载万物。

击壤书

风扯出来的

村里几十年都只有一两棵榆树，当街胡同光溜溜，料不到有一年春笋般冒出无数的小榆毛子，这是托的哪阵风，把哪个山头上哪棵榆树的钱儿大把大把地刮进村，迅速占领了房前屋后？菜园里的拔除了，墙外相当多的小榆树，按等距留下数十棵，几年工夫就成半大小伙子，成排伫立纳凉了。假如没有人住，村庄很快就是榆树的天下。

在村庄，你把握不住风向。只看沙土、种子、树叶、榆钱、蒲公英往哪儿飘，往哪儿落。每个季节都有标志。味道打哪儿来，风就在哪儿。风是无根的树，无根的水，有风，你就不迷失了。到山坡上就看草，草都往一面坡强势倒去，没有一根戗着来。风刮进菜园里，刮不出去，打上旋子，圈出窝子，像风婆子唱歌突然忘了词，忘了去哪儿，猛然驻足，愣在那儿了。

一片荒地，不撒种子，长得最多的是什么？母亲有两年在城里住，夏天回来时，满院都是灰灰菜、蒺藜、大派儿二派儿的，比草还疯。“灰灰菜，菜灰灰，你妈养了一大堆，大的会走了，二的会扭了，你妈肚子里又有了。”小时候的歌谣，说的是这野菜蓬勃的生长力。当年孔子困在陈蔡之间，七日无食，煮藜果腹，而弦歌不误。怪道圣人尚有力气，藜富含营养，预防贫血，促进钙质吸收。我秋天刻意查看藜的种子，圆锥总状花序，小花序四百粒，一株二十个，八千个籽，庞大密集，长满一块地，一阵风一枝花序足矣。

荒野只有人气儿压得住。人气儿是人的作品，人不在，风就可劲儿涂，篡改一些物种的命运。

墙外的小径，两排东方亮，也就是牵牛花，日本叫朝颜花，红黄蓝紫那个狂野。第二年没人管，立马成为拉拉蔓（学名叫茜草，也叫血见愁）的庄园，种子包裹在枝角横生的种皮里，有邪恶的狞笑。哪阵风刮来的？它吃掉了东方亮，触角还猖狂地延伸，过道越发狭小，刮伤人和衣服，蚊蚋乱扑。一周没人走，两侧很快会连起来，一个月没人走，路就没了。三天不打，上房揭瓦，这道荒了。然而这正是野性的力量。没要你施肥管理，撒欢生长，多么美。

我向风的背影致意，它刮过就忘了，从不理会感激或责骂，不重复，不回忆，只是刮来刮去，不断创造，绝不相同。我紧张劳作，也带着风声，我是哪个黄昏、哪阵风的作品？

趁我不注意，有股子风翻墙而入，鬼针草嘘了一声。我希望它带来一颗野种子，恰好落在刚挖的坑里，希望我种豆得瓜，得稀有的花。

隔墙有人喊。榆树下站着笑眯眯的榛子姑，扛着锨挂着空袋子。她的发顶竟然快秃了，当年我亲眼见她嫁进村庄，从蒙着蓝布篷的马车下来，脸红鼓鼓的，大辫子黑粗粗的，上山下地干活，山泉水一样新鲜鲜的，唱着歌就能奔向远方。我笑了，不知对她，还是对风。我细细地打量榛子姑的面颊。这是会种庄稼的女人，会照顾男人会生好孩子的女人，就认玉米、谷子、殷实的种子。这是家的佐证。她是哪阵风吹来的？一落定，就扎根，扎下一炕的人，陀螺一样转，辫子没了，发际秃了，一脸的春夏秋冬，一身的车轮滚滚。风掀过她的快乐讨过她的好酒，也穿过她的哭声吵闹声，啥样的风都经过了，变形了也扯平了，剩下的就是安生。她安生，所以她种花，种满院子满当街满胡同的花，你必须穿过满胡同满当街满院子的花才能见到她。花吃了杂草，吃了荒凉，吃了平凡，吃了衰老，吃了异味。她清爽爽走出屋来，推着瘫痪多年的男人，她是金灿灿的花。这是风最好的作品。

很多家花，开着开着就没了，哪也找不到。多年后在某条街巷某家篱笆外，风再次带它回来，正惊喜，稍不注意又没了。风惯会捉迷藏，某种花消失了，不是那花没了，是那阵风没了。风带着根来，根一扎下就不走了，风立刻刮出新目标，风永远不担心丫鬟婆子不够用，但风到天涯才发现，身边只有风。

屋里灯亮起来，母亲喊我闩门。风无孔不入，门只是形式，掩上也是形式。

植物的通灵术

这云头多嫩生！

我妈看看天空，说了一句。我以为好过王熙凤芦雪庵联诗“一夜北风紧”。

严峻的春旱。“干燥的大地，默不作声，天空，漫无止境。”洛尔卡写道。

为难的是种子，出也不是不出也不是，出了一半干死了，风刮死了，一场冰雹雨冻死了。不出吧，还有那么一点点湿气，胀得生疼。认识到出来的危险，忍住不出的，又遭主人担忧或咒骂。只有强大的种子才能躲过种种劫难，兴致勃勃在垄间画眉。

土豆平素放着还突突冒芽，仍不出来必有道理。有一年春天，下种一月秧苗出来甚少，乡人急得满山走遛，不防天色突变，狂风冰雹骤下，顷刻间已出的秧苗残骸涕零，未出土的种子则安然静息，待风平雨静，只一天工夫，地就青苗了。又一年雨季，河边矮墙内笼着一片瓜地，往年瓜们最是淘气，长长的脚丫能探进河里，那一年瓜秧总往墙里长，任你把瓜藤拿到墙外，又费力回挪。疑惑间，暴雨山洪，墙头坍塌，墙外傻乎乎的瓜们都牺牲了。

果真来了一场倒春寒，坝上高原大雪夯天，冻死成群的牛羊，可怜新出的黄瓜角瓜都冻死了。重新点种，接着还是旱，老妈郑重地发愁。这点地就是给你玩的，玩不动就晾着行不？晾着好地造孽！她费力蹲下扒开垄沟查看，种子如胖胖的蛹，撑着全部梦想正准备蹿房越脊。缺一场雨，浇地吧。哪浇得过来，且浇过的地皮更易龟裂，不耪地，苗还得死。那我就耪。老妈不出声，等我接水哗哗响，马上喜滋滋，绊绊拉拉指挥了。老妈是循循善诱啊。我一桶一盆一铁壶地浇，硬骨骨的羊粪蛋也软了。累一身汗，地没湿几处，我倚着门框发呆。

这时，我妈说出那句著名的诗。云头已然黑壮得冒油，雷震得窗户飞，雨才是星星索的试探，呜喂……干裂的土地早高高噘起饥渴的长喙，狠狠嘬紧了，有婴孩的奶腥味飘散开来。赶紧备柴火。我站猪圈墙上，头撞着杏树枝子，给一垛干棒秸铺上塑料，压上石头瓦块。

雨一下凡，轻松拿个大顶，有心又有力，它路过的地方没有花姑娘，河滩、山坡、空气，一一宠遍，屋瓦、石墙、树叶现出最原始的色彩。“你头上有一堆杏花。”我妈示意。我摸下来，是青杏脱下的花衣。那么雨是云脱下的珍珠衫，果实是大地脱下的指头，我们是母亲脱下的种粒。种子在陶罐里是小女孩，进入土地，成为女人。如此花落门开，果实进屋去，坐床，像新媳妇，还要春风以柳条鞭打门框，喊：“擀面杖，敲门框，丫头小子养一炕。”种子呀，这一番折腾。

第二天晨，我视察菜园，脚下暄腾腾，种子蠕动。种子如蚯蚓，爬行着钻出头，春天就圆满了。蚂蚁爬上马莲花，猪尖兽傍上羊妈妈，被踩踏的紫花地丁，倔强地开出浓紫。太阳会照看这些生灵，也穿透我的红格衫，热热地富有。忽然，我发现地里生了许多苦麻菜，白胖的两只玉手，从前半棵也是没有的。哪来的？我问妈，她歪头算。

王八盖梁来的。我知道那块地，榛子姑家的，窄斜的地，犁成弓形，减少牲畜抹弯的烦恼，田垄曲线延长，漂亮极了。一个好农民相当于一个有价值的诗人。那地甚是厚道，长上好的玉米谷子，也长苦麻菜，屁股不挪窝，左右蹭几下，一大筐掐满了。掐了头茬有二茬，到老秋又生三茬，人与猪都高兴。时令正该苦麻菜亮相，我弯腰搜遍，竟然一根菜芽也没有，除草剂也不该零生长。再问母亲缘由，我吃了一惊。

榛子姑嫌苦麻菜层层叠叠没完没了喧哗过度，且常有人去薅菜顺便也会掰走几棵大棒子，烦恼了，因此给地施了咒。大锅烧出热油，挖了一筐菜倒进去，铁铲啪啪炒成烂泥，一边念叨：赶紧走，不然给你们抄家灭门。

杀鸡给鸡看。植物长着眼睛和灵魂的，被谁揪走怎么吃的，心里明镜一样。它们觉到了煎熬与疼痛，全家老少祖宗八代迅速撤走了，根毛不留，好像从没来过。《南村辍耕录》记载：每春夏之交，群蛙聒耳，寝食不安。天师朱书符篆新瓦上，使人投池中，戒之曰：“汝蛙毋再喧！”自是至今寂然。我村农妇与南村天师如出一辙，皆异人也。那盛夏午后满树拉大锯似的蝉鸣，也能奉个咒？

我忽然顿悟：苦麻菜分散求生了，别家园子也一定出现，而且它们竟然察得明白，现如今，农家也当它稀罕宝贝了。那么一池的青蛙不是不叫，是此地不留爷，自有留爷处了。

我再次注意到外屋门口西侧的蜀葵。它原来在东屋窗根儿底下，十几株蹿上房檐，大红大紫，就是挡窗玻璃，坐炕头上只看它了。我妈念叨过，早晚得把它砍了，不然招长虫也吓人。第二年春天一来，蓦然发现蜀葵没出来。我在原地浇透透的水等它，甚至深挖了一大块寻找，但根芽也没有了。空落落的窗下，仿佛丢了东西。隔几天，却见门口西侧冒出几片叶子来，不是蜀葵是谁？很快长大，开花，蹿上门檐了。是它听到我妈的话，就暗运根蔓，挪了地方？这么有心不得了。它在窗根儿底下，像父亲坐着吃烧棒子，它在门口站着，像父亲在门口守卫，我妈的一切它都在意，我们做的一切它都看见了。或许，每棵植物都寄养着祖辈的灵魂，它们从未离去，一直看着我们生活。

我妈叹道：老话说得好，屋里说话，窗外有人偷听；道旁说话，草棵里有人偷听。

野蔷薇里的村庄秘境

一花一世界，一分地，一万里河山。

凌晨四点，天已大亮，自然醒，窗外有大公鸡叫，枕边有老妈催，有点奢侈。从不会撒娇偷懒，赶紧穿了厚衣出门，去东山根儿水泉洗脸。端午采艾，也算是为家人祈福消灾，谁家没去人，没上山，井泉都清楚，那里没有他们的脚印。

菜园里的妖们还睡着，柴门一直睁着眼，互相凝视握手，熟悉味道。它习惯沉默，响声不大，像父亲多年前的一声咳嗽，或者门口老黑牛的低叫。它们都是菜园的兄弟，彼此照应。

采来的艾置窗台上，嫩艾叶沸水焯了做艾叶饼。一枝野蔷薇随意泡水葫芦里，单瓣粉，在露珠里娇憨。我记住井泉边的大娘大爷孩子们，但我拿回了野蔷薇。

我透过这枝蔷薇看了村庄。从近及远，玉米地，石墙，孙家大叔赶牛沿河走过，槐子的羊群才漂流到河滩，绕过两头毛驴和秸秆垛，后山一角老杏树，榆杨林里东钻西卧的红房子，我家靠后山的灰瓦院落以及围在墙里的三分地。天空深蓝、淡蓝，到瓦灰、灰白的远山、天际。远眺让人迷离，我绾髻插花长裙挎篮走过，村庄就是十九世纪英伦范儿了。看花就是看自己，透过花看出去，就是世界。

一出喜欢。不要对村庄失望，对一个人失望，也不要对一只不下蛋的母鸡和一棵不结果的梨树失望。它们都有心，懂得你的惦记，有一天将回报惊喜。果然，我家有棵长了二十年也没结果的老梨树，是老父嫁接的，哥说了，就是以后啥也不结，也养着，突然今年满树花开，缀满了绿色珠宝。无心的人突然长心了，让人哽咽。

我的照片里花朵繁茂，你若来寻可别失望，它只是点缀在菜园左右。蔷薇倚在墙角，凤仙花大铁锅里，蜀葵房檐下，洋甘菊躲在玉米高壮的脚脖子处。但我透过它们照石头墙、柴门、老瓦，就是美得不像话。勾魂的还有傍晚，瓦檐荡下来端庄出镜的蜘蛛，它刚刚围剿了一只巨蝉，正思忖着从哪儿开咬。和谐，宁静，古朴，时间慢。这些小情景让我陷入大冥想。

过去夏天太热太咬，蝉叫得吐血，突然大东坡上传来两个牛倌的破锣嗓："赶紧躲开，牛跑疯子了！"百多头牛吼叫着从山上俯冲下去，山洪一样沿着河滩涌向村庄，窗户都震动了，那样一种狂野奔放，尾巴几乎撅平了，那是耕牛一生中最美的时刻，我喜欢那样的暴发和放纵，它们接到了祖先暗示，脱胎换骨了，不再屈服于人，它们是未被驯服的生灵，回到原始的春天，脚下是大草原、老森林、地平线，是湍急的大河，混沌而古老的迷蒙。那种天性的暗示深藏于牛心，不定哪天长出冲天的犄角，拼力奔向神秘的迁徙之路。然而牛终于迷失在玉米和蜀葵的香气里。

忽而温湿的雨后黄昏，铺天盖地的柴火虫，从家家老柴火垛底下蹿上高空，团成褐色风暴，疯狂来袭，飒飒作响，以为蝗灾，家家闭门，残阳浸血。

晚生几年你根本看不到，牛不等你，柴火虫不等你。万物均有出处和结局，自然会把它们安排妥当，属于鬼魂的归鬼魂，属于上帝的归上帝。也或一一拆解，分子接分子，原子接原子，它们一直有层次有先后地出发与撤退。丢失的记忆，就是损坏的蛋白质，老化的寒腿就是散去的钙质，维持生命的链条每天都在一个扣一个襻地掉。但此时，它美着，我看着。

毒日头打脸，蔬菜给我消肿。听说好些资深农民都没有种出生菜来，它籽小而轻，深了不是浅了不是，我碰出来的火候，恰好降住了调皮的种子。美好的夏日，村庄会最充分地利用太阳，把所有颜色来个大灌篮。

傍晚，光柔得无敌，我扔下所有活计，全不管青山变老，但消受半日虚闲。我请老妈给留个影。我妈照例哆嗦着拿不稳相机，经历一块裙角、半边身子、东倒、西歪、晃动之后，真有一张完整的画面出来了：门开着，门神鲜活，我倚着门看着菜园，寻着老妈。

她是开着的蔷薇，脚下一分地，身后红高粱，天边怒放的霞，霞光外，云山苍苍。

孤独是一只飞蛾

小螳螂在韭菜堆里，就是宽叶韭菜。油葫芦一捏，就吐出一大滴金油来，吃多少大豆油葵呢。没有山驴驹子的影儿，往年成队从后梁下山，两垄葱地不够吃的，现在山地打了几遍药，能活着是奇迹了。就毛虫命大，毒不死烧不尽。一只蚂蚁咬住大绿毛虫的肚子，叼着走，而不是拖行。

毛虫让人厌恶，却隐藏着美的秘密；大地相貌堂堂，却也藏污纳垢。不能轻视，也不能盲目崇拜。

毛虫的卵呈筒形，密集地排在小树杈上。我小时候到山上撅过带虫卵的小枝，一枝一分钱，全村人都锁上门进山了。但家里的梨树忘了查，长了两窝毛虫集团军，毛虫海了，里三层外三层，都变成蛾子那不得下场沙尘暴?

毛毛虫的体毛越丰富，越有可能发育为灯蛾，叫扑棱蛾子或枯叶蛾，形状和色泽极似它栖居的树木之叶，最艺术的拟态，甚至连叶上的斑点，叶脉镂空纹都能模拟，什么样的敌人把小蛾子愣给逼成顶尖设计师了。蜇人的洋辣子则发育成毒蛾，依然体壮毛粗，体色醒目，很可怖。菜青虫变成菜粉蝶，也朴素着，没人搭理。

一条毛色丰富的巨大毛虫一旦树立梦想，或可变成翅尾带灯笼的金斑喙凤蝶。孩子们发现过这样的一只，集体猛追，有个男孩抓住了，后面的孩子立刻狂扑上去，他青筋暴起，“我吃了它！”闪光光的蝴蝶打着灯笼跌进他的口腔，咔嚓嚓，绿汁流淌，咽了。孩童的眼光，蝶是蝶，虫是虫，吃了蝶的孩子拍拍手哼着歌走了。成人才有前身后世的纠缠。

灯是蛾的大戏，蛾的皇。顶棚的电灯才拉着，大大小小，灰翅黄翅黑翅争先挤着，前往献吻，一片嗡鸣。不为求偶，不为捉食，就好这口光。我端个水盆放在灯下面，它们立刻翻个跟头噼里扑腾往下扎，一会儿水面上都漂满了。蛾子聪明还是笨呢？而灯上面，只清灵一会儿，斗士们又聚多了。蛾爱光，白天怎么见蝶不见蛾？原是怕强光强热折伤它的翅膀，潜伏于墙缝、叶下、沟槽里，等待夜灯微凉的暖意。如果这一晚停电，没见着光，它会不会失望？

老妈一向关灯看电视，虫蛾就少，也算救了蛾的命。我要看书，则嫌它们太闹，只好牺牲蛾子了。朱熹赶来提醒我“人若爱惜物命，也是替天行道的善事”。罪过！以后要学母亲，“扫地恐伤蝼蚁命，爱惜飞蛾纱罩灯。”至于看书，暂免了罢。万物通灵，门外溪山，眼睛都不够用。

午夜风凉，我忘了屋里开灯，猛然开窗要关外面纱窗，潜伏在窗棂上无比渴望的一群幽灵立扑进来，吓得我尖叫。突见屋里的强光，它们也花容失色，惊慌逃撞。怕它们四处产卵，也只有尽可能啪啪地拍光。它们也实在是可恶，我存的核桃，挨个儿养了一窝后代，葫芦条被灭成粉，一百零八颗桃核长串，也因了它们顽强钻探而报废。我对蛾子爱不起来，有些部落庄户晚餐就坐在路灯下，一手抓飞蛾，一手把啤酒，上好的胃口，但到底不如切三斤牛肉，打四角酒来得痛快。伍尔芙面目沉静描述一只飞蛾的死亡，地动山摇的较量，那一阕《雨霖铃》，我仍爱不起来。想到螓首蛾眉，也不服气，蚕蛾触须般弯曲细长的眉毛，不敢苟同。待细细搜看一只只蛾子的触须，我才要羞愧了，梳子、鞭子、绳子、虬须、凤尾、炊帚，简直风情万种。阿弥陀佛，万物不可小觑。

光是蛾命里的东西。一只飞蛾撞向光烛的最后看到了什么？

星光满天，四野安静，我去园子溜达。才打开手机，一只金绿的蛾子立刻在头顶飞行。关了，不见，再开，继续闪烁。蛾为什么不理会天空的星月，而贪恋我手间这一点荧光？对，它喜暖，同虱子，凉了就逃了。星光与月亮都是冷冰冰的刺，它一定试追过，第一批有理想的蛾子指定也冻死了。

我比较蝶与蛾的汉字构成，蝶可以解释为生于世间草木的虫，有仙气接地气。虫和我，高贵的人，怎么就构成蛾了？或者，对理想的追逐，人如同一只飞蛾。一只飞蛾的孤独，亦如同地球在荒凉的宇宙，知道结局，也滚滚前行。

老种粒

衣穿新，吃要旧。但保不住老种粒，种粒太娇贵，不种就没了，种了也未必有。

菠菜籽是在种子站买的，长出后叶子硕大黑绿，我妈害怕不敢吃，送了人，反而留了几棵开花打籽。我说甭费心了，说明书早写着，莫留籽，种不出。

“那它不绝户了？”我妈慌慌地拔了根，一溜空洞眼。她一直有心，每年都留下早年的白玉米种子，不让耗子给嗑了，不让虫蛀了，只在院子里种，上粪肥，穗小不高产，秋天亲戚回来，烧着吃煮着吃，皮薄浆嫩，香气在灶边一散开，这一年的乡愁全解馋了。

几垄红高粱，背倚孔雀蓝的天空，挑着一盏盏灯笼，有飒飒的仙气。吴冠中先生画过高粱，粗壮结实，中规中矩，真没有我家高粱的纵情和任性。但吴老那年月的庄稼与人就是那样子的，忠诚有余，灵性不露，灵性在线条苦涩的脸上。

三春不赶一秋忙。收割的农人，越冬的动物，赶着结婚生子而后凋萎的虫，叫声更加急迫：抢抢抢。街头空旷，爱骂几句不孝子的老头们也止了声，盯着麻喜鹊一对长尾巴帘，低缓地扫过老屋灰瓦，去蹬最后几颗树尖的红枣。最后一茬韭菜，最后一茬豆角，最后一茬青椒，最后一茬尚有无数花骨朵的菊花。

我翻出旧年腌咸菜的灰瓦罐，腌韭花葱叶的小口大肚锈绿瓷坛子，做酱的砖红色小三缸，还不够，废旧的瓦盆、铝盆、铁锅、旧油漆桶，都栽上一坨坨姚黄紫金，摆在老屋檐下，绣花门帘卷着一角搭门槛上，一束老夕阳抹过去，印象派画意。夜里冷，我妈会给它们加件披肩，熬过霜冻，抱香眠去。冬天就要来了，山里会像一本书，睡着了，我就枕在书页上，听土地爷唠嗑。

当你采摘浆果的时候，大地就是浆果的气息。我蹲苍耳丛摘锦灯笼，吃掉里面橘红的浆果，酸甜多汁，喉头舒畅，世间美好如此。而苍耳子如微型刺猬，滚遍了我的袍子和围巾。我一路走一路拽，帮它们在大地上占个位，还有几粒颠簸着跟我来到城里，实现了远行。

没错，自然是以种子和死亡抗争的，我们也是自然的种子，一生警醒，从不沉沦。种子的信念，就是遇到适宜土壤，立即萌发，传递古老的密码，拓展疆土，并保留祖先迁徙的痕迹。种子的秘密就是人的秘密，但种子满足人的好胃口，人却一直干预种子的自然进化。种子越发没了自己，由了人类打乱，重组，长成连自己也不认识的模样，释放从未属于自己的气味，甚至生出不可知的毒害，它们能走多远？

老园子、老自留地，是老辈子植物的栖息地，比如苏子、芫荽、旱烟、小菠菜、小芹菜、小辣椒、白棒子，维持着村庄的老胃口。因为老人执拗，就要那一口味道，儿子就让那些种粒静静守在柜角的铁罐里或墙上老葫芦头里。它们是地球生物多样性的碎片，是无价的。它们能留几时？

老人走了，老种粒也就消逝了，而年轻人慢慢会忘了老种粒的模样，像大地空有种子而遭遇旱天气。有一块地可以按自己的意愿耕种，多么重要，对于四体不勤五谷不分的人多么重要。只有安好的大地能给生命以出处，只有从大地获得的快乐才是深沉而持久的。

“那马铃薯怎么办？我们还没有挖出来。”切尔诺贝利核电站事故后，村民被迫离开村庄，唯一让生命牵挂的是果实。那是人对自然的怜惜，也是种子彼此的怜惜，大地得用多少年时间去吞噬太多的心酸，长出可以放心食用的果实来？

天地别无勾当，只以生物为心。大地比所有生物更努力，密码会重新排序，分子会积极碰撞，生命不会选择独生，大地不会孤独。

挖掘者

一

隆冬腊月，我给大弟打电话问他是否回家过年，大弟说正在山上刨药，黄芩、苦参、苍术等。大地冻得邦邦的，怎么下镐？母亲一听就难过起来，大弟出过矿难，腰椎是一排钢钉支着。大弟却淡然道：“慢慢刨，找阳坡湾，咋也弄点生活费不？”

大弟是煤矿工人，煤挖光了，矿山被迫关闭，就像一辆高速列车突然刹停，来不及防备的人们纷纷被甩了出去。生命在惯性的驱使下一向安于现状，现在却面临安置、买断、分流，年轻的转入大型煤矿，或组织出去包活计，老弱病残还未转过魂来，他们迷茫地等待。但解决方案迟迟下不来，这的确太有难度，从上到下都着急，有时连最低生活费也难以保障。效率是一个有弹性的词，它可以催促流水线上的工人透支身体，也可以消耗闲散无用的耐心，让他们自己挖掘自己。熬不住的人，拖着伤残的身体去外地打工，大弟一个人养家也陷入困境，但仍满怀期望。

总会有办法的，矿区就像他的亲人，亲人不可能太决绝。他越过矿区的废墟，到静寂的山里刨药，一镐又一镐，似乎掘的不是药，而是煤。四野空旷，只有他的镐声在山谷里颤抖。

二

大弟只有八升命。他一次次偏离父亲预设的路线，本可以衣食无忧，环境和条件更好，但就是没那个命。大哥有一斗命，初中考试全乡第一，虽说因为成分不好，没得到大队推荐，上不了本地高中，但他总能从石缝里钻出来，一直向上生长，阳光就对着他微笑。他到远乡读书，每周回家背一兜子棒面饽饽和咸菜疙瘩，毕业后做了乡村民办教师。生活艰辛，并不妨碍他继续攻读师范、专科、本科，转正中学教师，一路晋职到高级教师。大哥以励志的方式把自己的命运填满，大弟却总也填不满。

母亲挨肩养下三个姑娘后，大弟隆重降生，父亲乐得亲自下灶伺候母亲月子，那个傍晚，他喝着小酒满面红光。大弟聪明，有灵性，却也淘气。一年春耕在草丛中打死一条蛇，偷偷埋到粪堆里，老光棍叔管给垄沟上粪，一锨铲断了半条蛇，“妈呀”吓倒。光棍叔没少吃我家的药，喝我家的开水，烤我家的火盆，抽我家的烟丝，又随口把痰吐我家地上，但他愣是看着我父抡起牛鞭子开抽大弟，而不劝一句。大弟卧在垄沟上连连翻滚，不求饶不吭声。

就这倔脾气。初二时大弟与班主任发生了嫌隙，老师停了他的课。他回家不敢说，早晨照旧背着书包上学，在学校附近的树林里转悠打鸟。他使用弹弓的功夫很是了得，凡被他看中的鸟逃不过。这天上午战果丰硕，午间他背着一书包鸟儿进教室，得胜将军一样掼在课桌上，大大小小花绿蓝红，还有少见的青靛儿蓝靛儿，共四十八只！同学们嗷嗷惊叹，聚拢过来，从来没见过打这么多鸟。

这时老师进屋了，脸色铁青，一番怒斥后召开了全校师生大会，以把鸟穿起来挂在大弟脖子上的方式来昭告“破坏地球生态平衡”的罪名。那些鸟似乎突然活过来，支棱着尖嘴啄他的脖子。

大弟的脸像红布一样，第二天就不去念书了。父亲骂、打，断了几根棍子，甚至拽着他两条腿拖出院子，拖到街上，他身上脸上都是血痕，贵贱打死也不去。父亲趴在柜子上一夜没睡。

大弟撒丫子往山上跑，种地、割柴、扛大个、挖菜、捡蘑菇，一刻不闲，他在享受他的生命乐趣。父亲是个崇书人，不喜欢他这野性，不久，就教他学习中医来收心回性。眼看着《汤头歌》背得滚瓜烂熟，打针输液手轻针准，正要尝试学习针灸时，大弟却和村里人出外打工去了。

三

大弟的第一个工作是一家砖瓦窑，干这行的被称作“窑驴子”，他十六岁，不到一米七，是条瘦弱的小驴。

窑里闷热，新出的砖五六十度，出砖工浑身是灰，汗水肆流，手上戴着皮夹子，熟练地截砖，装车，身上都是烫坏的累累疤痕。

砖车要装满二百块，叫一丁，车就叫丁车，铁质，五百多斤重，每块砖五斤，一丁车两吨来重。拉砖工弓身一步步挪，青筋暴起，肋骨绷紧，腹部劲力回缩，像一堆蛇不安地怒视。到窑口，拔出丁车插销，一只脚踩住丁车腿，手腕向下按压车把，一丁砖自动立起来。他们每天必须出够三万块砖，要做到夜里十二点。道路凸凹不平，尽是砖头瓦块，大弟有时几乎跪在路上爬，手抠破了，膝盖磨破了，内心一定充满了吼叫与哭声，但都淹过伤口咽进肚子里。

“窑驴子”流行话：冬天穿着夏天衣，一年吃了三年饭。然而辛苦几个月并没有换来一分钱的工资，差点把小命扔那儿，要么继续干，要么走人，窑主的强势总能得逞。他们带着满腔的愤恨离开了，多年后都不愿想起那牲口一样的日子。

除了家乡，他们对外界知之甚少，不懂维权，苦难只能由自己埋单，还要庆幸留条命。村里有两个男人，一个出去之后就蒸发了，留下妇人小孩苦等；一个从工地高高的脚手架上掉下去，他的父亲只见到骨灰盒和两万块钱。然而，外面的诱惑似乎不可抵挡，更多的人还是出发了，也许自己命好呢？就像广平兄弟俩，一个带了不花钱的媳妇回家，一个成为当地的上门女婿，后来又盘下老板的店面。就算十个人里只有一个小有成就，他们都愿意冒险，一如阿拉斯加的淘金者。

那是二十世纪九十年代初期，我家里种着十几亩地，要交公粮和多项税款，弄不好还倒贴钱。父亲拖着中风后的身体，成天灰着脸，拄杖门前。弟弟仍四处打工，建筑队锄大泥，砸钢筋，拼死拼活，后来去了另外一家砖厂，照样累惨，但工资发得出来，吃得饱，心情舒畅些了。实在缺乏油水时，有人偷农家的鸡，收拾后加点盐，用泥巴带毛糊住，放在烧砖窑口处闷熟，嫩香四散，大家一起吃喝说段子，算劫来的一点小乐。他的血汗钱还了家里的千元老账，也支付了我的部分大学生活费用，花这些钱时，我就会想起他佝偻着腰身拉着一车车砖蜗行，再看到建筑工、“窑驴子”、煤矿工，他们都是我最亲的兄弟。但大弟不觉得苦，很快蹿到一米八，也壮实了许多，整个人透出青年人特有的光彩。

四

命运之神似乎向大弟招了招手，大伯所在的煤矿招工，大弟和村里一个年轻人去了。试用期满签上合同，这意味着，他不再是四处漂泊的临时工，而成为了堂堂正正的合同制工人。他不再是农民，他有一个显赫的大家庭背景——矿区，村里姑娘可以多瞅他几眼了。

本来安排他做井下安检工，他认为钱少，主动申请去了开拓区，相当于全矿的犁铧尖头，最重要，危险系数也最高。大弟的工作流程是这样的：

入井前，首先参加班前会，值班工长布置工作任务和注意事项，强调安全第一，生产第二，强调每一入井人员必须携带矿灯、自救器、矿工靴，严禁携带烟火，绝不能穿化纤衣服等。虽然矿区条件偏于落后，但严格执行“一通三防”“一炮三检”制度。开拓工来到工作面后，先由瓦斯员检查通风、瓦斯及有害气体，当班组长到工作面检查支护、帮顶是否安全；合格后开拓工开始工作，接好风、水线，上好风锤，开始打眼；完毕后，瓦斯员检查工作面瓦斯，不超限，再由安全员和爆破员进行装药；完成后，瓦斯员继续检查瓦斯，不超限才能进行爆破；爆破后瓦斯员最后检查瓦斯，不超限，开拓工方可进行出渣，钢架支护，完成风巷和运输巷工作。接下来掘进区圈采面、掘横川、打眼巷，开拓与掘进二区都是为采煤区服务的。

大弟参与打眼、搭支架、清理巷道，不吝力气。一米八的个子在井下很吃亏，低矮不平的巷道，一个工八小时下来，已经说不出是什么滋味。大弟是条硬汉子，他受过的苦和罪比同龄人要多得多，这对他来说不算什么。他当了一个光荣的“煤黑子”，“煤黑子”不好惹，一个人也敢和一群痞子招呼，大板锹挥起来哐哐有力，人壮气粗，运好命盛。

大弟从一个农家子锻造为一个挖掘者，虽然一样地出大力流大汗，但身份是不同的。他还可以往高处走，好似踏上了通天的台阶，在他眼里，黑色比黄色更高贵。虽然种地是日光下的劳作，端自己的饭碗，而挖煤是漆黑的深井下劳作，端公家的饭碗，但是为国工作和为己工作截然不同，初中未毕业的弟弟，也是有雄心壮志的。

五

身是挖煤工，心还是农民的。才攒下一点钱，大弟就受到买户口的蛊惑。非农业户口对普通农民的诱惑力太大了，那才是市民，真正脱掉一身黄土坷垃味，是说媳妇的筹码，也有机会在矿区分房。三千多块钱一个，他办了，那时他一月工资才几百块，需要抠出一两年的牙缝。

随之，家里归他的责任田没了，归他的房基地没了，他也彻底断了回到乡下生活的念想。他并未觉得是多么大的损失，相反，以一个城里人的身份回乡看看，心里装着满满的荣耀。祖坟无疑是冒青烟了，逃学的孩子终成大器，让人刮目相看。

那些年父亲一直在割田，大哥考学，大姐二姐嫁人，我上大学，大弟买户口，小弟上学，家里大片的田地不管贫瘠与富饶，一个山坡一个梁头地失去了。失地似乎是祖传的，中医老太爷率领十几个孩子辛辛苦苦开拓过近百亩良田，爷爷被诬陷关进了伪满洲国监狱，老太爷一块块好地割了出去换银子救赎。老太爷锥心般难过，但拎得清，人命比土地重要。

我不知道父亲面对土地一块块失去有多复杂的情感，但当时土地的价值并不大，就是丰收也离致富遥远。耕耘者，被贴上了底层和卑下的标签，到城里总被投以歧视的目光，像被高山斜睨的沟壑中勉强挣扎的野草丛林，无法比拟山顶一棵草。

户口成为衡量一个生命高低贵贱的准绳，农业户口就像只有八升命，神仙也弥补不了这天然的缺憾。大弟摇身一变成为非农业户口，忽觉神清气爽，虱子也爬得耀武扬威。他后来给媳妇也买了户口，因为孩子的户口只能随母亲。同样，媳妇也失去了家乡的土地，但他们没有愁云，煤矿仿佛有挖不完的黑金子，足以养活他们一辈子。国营企业，当然是打不破的铁饭碗，不怕天旱地涝，是乡下人眼中的神话。

那年头就算有钱也未必能买到户口，还要凭关系，一张纸就能决定命运。纸是最神奇的东西，粮票、布票、户口页承载着生命的幸福，就像“爱新觉罗”四个大字承载着避暑山庄的荣耀。大弟的户口本犹如当今的不动产证，决定了妻子的容貌，生活的幸福度，家庭的荣誉感。我们的生命是维系在纸片上的。这也许是个哲学问题。

大弟不是一个哲学家，但他是一个社会学家，他知道带着娇妻还乡时，来自家乡的社会艳羡指数会提高数倍，亲戚朋友的热情度也会攀升。

六

当文字像一束光追逐到黑暗深处，挖掘者只是柔软的吃土虫，蜗行的蚯蚓，夜幕降临才露出头呼吸一下星空，拖几片残叶换食谱。蚯蚓造福大地，可爱的“煤黑子”给人间挖掘火种，每天面对生死和疾病的多重考验，他们必须要有坚韧的意志力。

井下潮湿幽暗，长年晒不足太阳，易致脾肾功能衰弱，他们是最应该补充维生素 D 一族；常暴饮暴食，致胃肠功能紊乱；狭窄的坑道导致强迫性体位，造成肌肉和骨骼不可逆转的损伤；穿着棉衣干重活，一身臭汗，脱了衣服强风寒气立刻直刺骨头；粉尘茂盛，口罩就是摆设，还有爆炸逸出物，氮氧化物、一氧化氮等不良气体。井下呼吸，意味着肺叶不设防，各种有害物质长驱直入，对肺泡和气管来一场痛快淋漓的大屠杀。

瓦斯的幽灵在隧道里徘徊，不知道哪天这哥们儿突然翻脸爆炸。更危险的是井下开采破坏了原煤及岩体的初始平衡，导致局部应力集中，如果支护不及时或方式不正确，冒顶秒秒间发生。挖得越深，地压越大，哪怕顶板出现一个小缝隙煤渣就会强喷，甚至大面积崩塌。

每一步向下的掘挖，都是触摸深渊的牙齿，每一天，“煤黑子”都在向上帝不停地靠近，越发需要虔诚与敬畏。挖掘者也许就是掘墓者，但更是修行者！

八九百米深井下去，压抑感越来越强，大弟是不怕地狱的，他习惯了在长长的隧道里蜗行摸索。尽管工友们每一次下井都有焦虑感，脸色凝重，但看来仍是若无其事的样子。没有强大的心理是做不了挖掘者的，挖掘者像他挖掘的煤，就是要在地壳的深处承受莫名的压力，抑制对黑暗的恐惧，封锁内心深处的渴望，不让自由的灵魂喷薄而出，反到是升井后尘世的浮光令他们茫然，黑黝黝的面孔透出些许惊讶。

挖掘者在某种情况下成为一种道具，有些地方，女人把男人逼到矿上挖煤，她们吃喝玩乐打麻将，吸高档烟。一旦有矿难，可获高额赔付，那时女人对着挖掘者的尸体大哭一场，好让他完成作为道具的最后一次使命。再找对象还是非挖掘者不嫁，越是危险的煤矿，矿工反而越抢手，女人主动倒贴。挖掘者并不觉得悲哀，生命价值似乎就是建立在纸质货币的考量之上的。

十几年，煤炭行业空前繁荣，大弟的身体也开始出现不良反应。腿寒，腰、颈椎间盘突出不必说，相继出现萎缩性胃炎，严重的口腔溃疡，齿龈出血。强大的劳动应该增加营养，但几乎所有的挖掘者都舍不得吃喝，只消耗自己。

他竟满足。挖掘者的满足点很低，幸福总是触手可及。和小煤窑比，那些矿工更悲惨，为了多背几次，坑道矮低，常常爬行，出来很久直不起腰，后来再也直不起来。很多人因矽肺不得不提前退休，挣扎在死亡线上，花光挣到的钱还负债累累，甚至被家庭抛弃，那些只有八升命的“煤黑子”。

七

然而煤鬼还是向大弟伸出了爪子。

那年八月末，他正在井下进行三十度上山掘进，坡度大，赶上六槽滑溜子煤，煤质松软，不需打眼放炮，就溜上去十余米远。他和组长在工作面负责架木支护，十点多，已顺利棚上了四架。本想做点杂活就下班，这时值班工长来到工作面，说这条件不打眼不放炮，顶上光滑如镜，怎么也得弄它十架八架的。说干就干，大弟很快挖好柱窝，在巷道右帮上准备立柱腿。

突然，工作面大面积溜煤，又猛又多，栽树一样大弟被直接埋到胸部。运气真不佳，刮板运输机坏了，煤捡运不出去，组长急了，赶紧和组员拿铁锹拼命往外豁煤。很快，大弟露出了腰腹，只剩双腿被埋，大家都松了一口气。但是更大量的煤石顺坡塌下，立刻把他灌顶，那一瞬，他本能地拱起腰背。煤鬼不依不饶继续残忍，一条半米厚两米长的顶板岩石崩落，砸坏了前探支护，重重落到大弟的脊背上。

工友们喊他，他一应声，立刻鼻子嘴灌满煤面，必须眯着。他的意识一度虚脱，仿佛回到烫人的日头下，他挂着那四十八只五彩的鸟儿接受众生批判。他在这一刻忏悔，他伤害了那些无辜的生灵，或许这就是报应。他乞求上天原谅，孩子还小，他希望孩子成为一个读书人，能够在阳光下工作。

他很快休克，不知道现场惊心动魄。组长救人心切，想几人合力把巨石顺坡移开，若真那样的话，大弟会被碾成煤饼。恰好两个电工闻讯跑到现场，及时阻止了。他们先用木头顶住巨石做支护，再小心实施救援，用铁锹豁煤，用手拼命刨挖，搬挪，手肘血淋淋，仍然一次次插进煤堆，决不停下，决不放弃！

井下人都知道，此时冒顶还可能继续发生，如果更大的煤层塌下来，他们会全军覆没，因此就是跑了也情有可原。但是听到被埋者的惨叫，谁能迈得出逃命的腿？因此一般冒顶事故往往牺牲数十人，其实最开始不过是几个人被埋，大家拼命营救而遭遇毁灭。他们粗粝的外表下都是血红的肉心，是一个人一个整体，他们挖的是煤，挖的又是人性。越深入地心，彼此贴得越近，是对方的光与力量的支撑，谁有事都大家有事！这是矿工骨子里的东西，自古牢牢嵌入的基因。

露头，露胸，露腰了，大弟苏醒过来，继续挖，露出了双腿，考虑到越快越好，他们问“把双腿拽出来能行不？”大弟想能活着就万幸，腿就放任吧！他们拔萝卜一样吼叫着把大弟完整拽出来，矿工靴留在煤堆里。上苍眷顾，腿没事！

最短的时间，二十多分钟，大弟给挖出来了。老电工迅速用刀子割了风筒，穿上两块板子，将他平放，他们一路喘息不停奔跑向井口，救护车早已等候在外。

煤鬼最后一刻松开了爪子，苍天在上。

八

大弟捡一条命，落下暗疾，他不抱怨什么，他也只不过是倒下的又一个兄弟，每天前进的路上，都踩着别人的幽灵。

说那日早起大弟有点懒懒的，但从来没有误工习惯，也就照例上工。到矿区听到各处都在放炮祭祀，这才意识到是特殊日子，农历七月十五，民间说的鬼节，一般工人都忌讳不来上班，尤其下井，大弟想来之安之，谁知就遇意外了。幸好煤石是滑下来，令脊柱一点点受压变形，造成腰椎第一至二节压缩性骨折，右横突一至四节骨折，左横突第一节移位骨折，腰部剧痛。

大弟原来多强壮，秋收玉米二百多斤大麻袋，两个人都抬不动，他一个人撅起来就走。现在他的力气在腰间断了。

事后他们回忆，月初家里来个男人收破烂，走时神秘地说大弟印堂发暗，这个月要小心灾星，且他泄露天机，应该给点钱求破。大弟给了钱，但心里觉得硌硬，十分小心，眼看差一天到月底了，竟还是没逃过，民间真有灵验者，还是神佛怜悯凡人，要化成走街串巷的普通人来度化？

大弟有佛缘，我在大佛寺请了开光菩提手串送他，保佑平安，愿那些矿工兄弟都有佛祖保佑。而他更多检点自己，努力修为，反思过去。

这次的劫莫不是与从前的杀生有关？比如打鸟、杀蛇。他不怕蛇，见蛇必抓，蛇从左边袖筒进去，从右边袖筒钻出去；顽皮起来就把蛇剥皮，肉送人，他自己从不吃，蛇皮挂树上吓唬人。似乎他身上释放信息，蛇见了他不敢逃跑，老老实实等他捉。蛇在乡间叫长虫，是长仙，保家仙，本不能轻易动。

经此大劫，大弟的野性收敛许多，弹弓砸碎，钓鱼从不钓小鱼，遇有水蛇、草蛇愣往跟前凑，只拿棍子拨开，说声去远点，像哄小孩一样，晚上则细心抄写《金刚经》，一家人清简度日，平安即好。钓鱼时他真正忘了自己的所有身份和苦难，成为群山之草木，万物一水滴。他钓鱼，也在被生活垂钓，他们互为诱饵和成果，不可把握，但他的精神是自由的。

修养两年后，领导照顾他做一线辅助工作，瓦斯检查，洒水消尘，没有重体力劳动，但仍然长期处于阴冷的井下，每天第一个下井，最后一个升井。认真，严格，心细，不管做什么，他让人放心！

井下工作二十八年，他的生活与身心发生许多变化，外界更是变化剧烈。国内经受价格低廉的进口煤冲击，全球煤炭行业突然间萎缩了，惶惑感席卷而来。

九

大弟所在的煤区原本富饶，二十世纪八九十年代达到高潮，月产量九十万吨，到大弟上班，还保持六十万吨。但私营煤窑主突然爆发，几百家蜂窝一样插入山体，掠夺性挖掘，煤山日夜轰响，那声音昭示着繁荣，亦可说是畸形与恶性，鼓励个体经营而又乏于管理的尸香魔芋花，越硕大释放的臭气越多，引来各路虫豸，花很快就萎谢了。

当加大力度大肆清理了小煤窑后，煤层空了，不空也得关闭，突然间生机勃勃的矿山偃旗息鼓了，可怕的寂静笼罩着这片暗灰的大地，焦虑、诅咒、躁动、失落，袭击所有相关的人家。

大弟护家如护犊子，他有自己的安然活法，别人怜悯担心，他并不沮丧，一家人在一起就好，苦一点也不分开，每个人都是一团小小的火焰，互相温暖着日渐衰弱的身体。

七岁那年大弟患急性痢疾，针灸人中处，一扎一个窟窿，都已经备上草席了，他幽幽醒转过来！三十年后再次面临矿难而不死，冥冥中还是有神仙保佑的。他一直勤勤恳恳，不怨社会，身处困境而不妄自菲薄，哪怕下一餐饭没着落也充满精气神，他一直这么努力地生活。

十

过年，村里当年一起去煤矿招工的伙伴来看大弟。伙伴活得滋润，面相年轻，并无沧桑感。

当年他嫌累，嫌下井危险，工资低，又好喝两口，不够酒钱，如何养家？两年后他选择离开矿山，也没花钱买户口，没放弃老家的土地，四处打工，到底寻个当工头的好差事，月挣万八千，家里媳妇打理田地，在玉米价格高的时候，也有不菲收入。一儿一女，富足之乐，关键后顾无忧，他还有一片属于自己的土地，想种什么种什么，想怎么种就怎么种，这是多大的恩惠。他还有新农合保障，还有种田种树补贴，再老还有低保，或者万一被拆被占，还能有更多补贴，脚下多么坚实。虽然乡村不改革不转型，也将是一片废墟，至少土地实实在在。

一走一留，命运这般不同。同样拼了性命打天下，打了许多年，甚至大弟更努力，但到头来身如浮萍，体如糟糠，糊口的工作也下马了，他无法对自身身份界定，但他尽力维护着尊严。

“八升命不能求一斗，一步赶不上，步步赶不上。”他嘲笑自己，当年因打鸟破坏地球生态平衡而退学，现在又因挖煤破坏地球生态平衡而失业，典型的八升命，不管怎么努力，也填不上那两升，命中缺失的圆满，就像永远没有十五的月亮。他后悔不曾听老爸箴言，时间不能回流，他再也不能到山野上无拘无束地奔跑了。

在煤矿，他成了局外人，在生养的村庄，他也成了局外人。他觉得一生都在挖洞，不只向地球深处，还向内心深处，那洞深不见底，似乎已能听到岩浆发出的喇喇声。

十一

煤去镇凉，疮痍满地，瘦高的他站在废墟之上，像一只焦急等候春信的鸟。

他去矿区问询解决方案，照例无果，或给出个大约的日子，人就在大约中抱着希望挨日子。山上、街区下面据说都是洞，不知何时何处会塌陷，有些地区已经由政府发钱搬迁，有些地方任由塌陷，能走的都搬走了，风风火火的矿区迅速瘪了，人心萎缩得更快。街头空空荡荡，只剩下一种麻木，就像挖掘者升井后的表情。

昔日的矿区已长满荒草，他觉得这也是好的，将来会长满树木，长成森林，会飞来很多只五彩斑斓的鸟儿，让黑黑的矿区落满五彩缤纷的叫声，他再也不会惊扰它们的快乐，也不会抛弃它们。

“当某种技术或者工业走到尽头的时候，那些待业的人们确实是不幸的。”科尔曼在《精神的力量》一书中说道。我不知道科尔曼的“确实”二字里包含了多少种感情，是同情？是无奈？是悲愤？是控诉？我们只是隧道里、轨道上的小车，只能沿着一个方向前进；我们的状态取决于车子的速度和轨道的曲度，或者直行，或者被甩出。

我们也不断向深处挖掘着自己，直到身体出现一个洞口，我们从洞口向外窥视太阳的光芒，它似乎锋利得能够割伤眼睛。我们不能够直视我们自己，只能不停地挖掘，直到将灵魂挖出一个巨大的透明的窟窿。

十二

挖掘者可以说，“我们温暖过所有苍凉的城市。”但都是曾经了，“煤改气”方案进展迅速，许多乡村都已是无烟村。

春天，我给大弟打电话，他仍在山上刨药，刨的防风，不值钱。他和工友们还在矛盾中等待。

大片的废墟尾矿已然开发成绿色园林，有更多的鸟儿栖息，还有的地方做光伏发电。每一项目诞生，他们都欢喜一阵，昔日的矿区在悄悄地改变。解决方案虽然还没有下来，但至少空气里充满了阳光，他对幽暗的隧道深怀恐惧。

啃噬是个小光芒一样的词，黑暗中不停地咬，身体充满了坑洞与疼痛，现在轮到阳光下嘴了，是辣痒痒的舒服，一口口吐出了钙质渐渐填满了缝隙，骨与肉贴得更紧。但作为几十年的挖掘者，他的四周仍是黑色的围墙，要么墙自行消解，要么他冲出来，这需要时间。

六月无闲人，大家聚在老家给老妈整修房子，没告诉大弟，也没人攀他。夜晚看北斗星舀水中天，乡村的夜黑得踏实，守家待地好歹也是依靠，大弟怎么办呢?

这时他的电话响起来，“总刨药也不是法，不想再等了，能帮着在城里找个工作不?”

大弟心上的那堵黑墙终于坍塌了。我立刻问寻市里的保安工作，不管吃住月工资才一千六百元，没法养家，看来还要继续等下去。但相信，人挪活，精神会再次长满。不久大弟托亲戚找到了饭店电工工作，离家两小时路程，两千多块，管吃住，就干上了。至少先养家，大家也都松口气。

暑期，煤矿解决方案也最终下来了，上面考虑了他的身体，给安排了轻省工作，但是离家千里之外，无法照顾家庭孩子，他选择买断工龄，交完养老保险也差不多没了。但老了总算有一份保障，他感恩，内心安然，继续返城打工。

而矿区逐渐被绿色包围，矿工们的肺在清新的空气中也一点点生出红色。尽管收入菲薄，他们也会带着家人在新建的园林里走一走，脚下，黑色的长长的隧道像巨树的根，探向四面八方，挖掘者在自己亲手挖掘的根上生活。窑驴子、煤黑子，都已成过往，一切不如意都将会被埋葬，只剩下阳光和微笑。

时间的乌鸦

是前几年秋，我乘车穿越山野，苹果垂向大地，尘寰静美。前座的男人忽然讲起一个惊悚事件，北方偏僻村庄的，残篇断简，话如刀锋削过树枝，立刻后背冷森森了。更多细节被恐惧遮盖，我怯于凝视，当作深渊远远地避着。直到我阅读茨威格，“如果你长久地凝望一个深渊，它便也就凝望着你了”，说尼采生命最后的五个月，激情疯狂，幻象如暴雨，仿佛魔鬼扼住了咽喉，必须喷薄奔涌，医学上称为欣快症，茨威格说是深渊之上的舞蹈。也许濒临绝望的人心里都曾奔跑着一个尼采，突然爆发一种力量，超乎寻常，如同精神错乱，伟人抓住了真理，怯懦的小人物呢？大概只能制造一次事件。

有些恐惧如同疼痛，时间埋不住，早晚要龇出牙齿，昭告世人：不珍重待春风、细雨、花朵、阳光，甚至寂寞些的安宁，是傻透顶，不知福。岂知有些人要用掉许多年甚至一辈子，才能赎回被黑乌鸦叼走的好时光，苦难远非我们想象。

一旦追溯根由，仿佛我就立于实验室，抄起探针，刺进一只青蛙隐秘的颅腔，左旋右捣，蛙毙。蛙忐忑，我亦战栗。生命在承受诡秘的深渊，耳朵逼迫意识，剥离下去。

一

黑夜使他放光。讲述者说。

这天，他子时即起，露水汩出植物的清气，一颗星快速划过西南角，本该呼啸，却像一抹烟碎掉了。他劈柴烧水，火光雕刻他的表情，似哀伤似祈祷，犹如忍受过蟒蛇缓缓勒紧的摧残，眼睛是深陷的猪笼草，鼻唇沟蔫成大旱天玉米秧的锥尖，尖顶却顽强地冒出一丛花线来，他的长须，接壤颓肩的灰发。

他抱起半疯的女人，她咒骂着蹬踹，一进水里，老实了，脸上现出孩童的光芒。他呆了一下，他怕这种光，像他逝去女儿生动的脸色，他给女人洗了二十年澡，仿佛也给女儿清洗了二十年。之后他也坐进水盆，用力搓洗厚厚的尘垢，多年累积的屈辱，不甘，愤怒，漫漫长夜黑透的星光，看不清色泽的花朵，都要一瓣瓣剥落了。

胡须那么轻，仍是重的，剪，控制嘴巴的链子，咣当委地。

大黑夜做这些如同白天，他早混同了黑与白、哭与笑。他去镇上买回最鲜的菜肉回来，太阳才昂昂地爬上山尖。

他在村里一家一家地走，多年不走动了，看惯了他病态的阴郁，冷不丁像个人样，每一户都一惊。他诚恳地邀请主人到他家吃顿午饭，极力笑了下，如刀切在极艮极涩的瓜上。他们来不及考虑，惊慌着答应了。他武二呀，肃杀。

院子深而静，武二独女已折，不年节不过寿，门口贴了红对联，摆着鞭炮，瘆得慌。但见四桌大菜，泛出香味，大家略有松弛。

二

我发觉试图还原记忆，亦是小磨难，窗外一黑，我即惶然，几次欲搁笔。为稀释紧张度，我插入我们村庄的另一件狂人纪事。我曾疑惑，现在也不肯定，他们的行为对与错，善与恶，美与丑，在医学上是否属于精神的缺陷。但我以为小人物和伟人在心路历程上，也定有着重合处，他们都是黑暗中长期摸索，努力寻找光明的人，与心魔搏斗的人，是深渊之上的舞者。

在我们村，只有红白喜事和孩子满月，才能动请村中所有家庭。这正显示村庄独特的责任与力量，不论亲戚贵贱，存在古老的缔结关系，一家的悲伤就是全村的悲伤，一家的喜事也是全村的喜事。冲这点，村庄永远高于城市，体现远古的人类精神。

腊月底了，大家忙碌过年的事，村东传出有板有眼的哭调，心立刻紧缩起来。东面，雷爷家的柴门上头挑起了岁头纸，雷爷长子脸色凝重，急急走。

雷爷，二十世纪三十年代生人，满族后裔，黑红脸，身高粗壮，有使不完的力气，早年种地饲马，后遇良人荐了管仓库的活，后摊上了官司，人生大起大落，仍改不了骨子里的血性，不管啥事尥蹶子就上，一匹草原上奔腾的烈马，打不倒，幺蛾子多，抽不冷子就拽响一个雷，吓村镇上一跳。高兴时三吹六哨，这叫精神，骨气，这叫老骥伏枥，比晒太阳等死，上了一个榛柴坡了！那架势，天地日月都会照应他长命百岁，忽而腐朽了？

说，是老人自己作的。孙子来送饭，见雷爷赤条条横地上叫，炉子灭了，窗纸扯坏，风嗷嗷地灌。赶紧叫人一番收拾，弄好。再去送饭，老人又是赤条条趴地上。几天下去，儿子们终于明白，老人是在说话，他要“挪铺”了，要“下去了”。

那条小径曾经雏菊挡脚，篱笆墙钻满灿黄的金簪子花，几头牛懒懒地嚼着祥和，雷奶拎着铲子站在屋檐下，呵斥叫嚷的大黄狗，一面笑着邀请行人，声音里有酥甜的烙饼味。

转眼锅凉灶冷，雷奶去世三年，雷爷也走了，带着他的秘密和不甘。院子沉了，多子多孙的雷爷家，肃穆里有另一种丰盈。

三

猛然间。车震动了一下，讲述者嗓音变紧，仿佛弦要绷断了。

一人瞥见棒秸遮盖的紫红大柜子，靠墙小案上，供着花果，黑白照片上灿然的姑娘立在大号黑匣子上。他骇然一叫，大家的脸跟着白了。都知道，匣子里不是器物珠宝，不是骨灰，是李慧娘那样，怒目圆睁着的，武二女儿的头颅。

这匣子他拎着走了二十年。麻雀咕咕叨叨换了几十茬，陪他一起痛哭的人，有的入土，有的远走，有的成家立业杏花满枝头。只他一门素简，一身黑衣，像黑纸白字，醒目的枯冷。他拒绝红，不吃肉，不穿过暖的棉衣，不刮胡子，每根胡须都是不屈的小乌鸦。

他的不幸，指定也是村庄的不幸，他一个人的黑暗，整个村庄都阴郁起来。拎着炸弹的幽灵，肩负秘密使命，怒冲冲走着。他一走上街头，街头就空旷了，他一出门，天就黑了。

他就是一袭鬼魂的形象，有暗夜的气味，但许多活在光下的人，似乎也不过是傀儡罢了。渐渐地，他自己也怕了光，只愿在黑夜行动。锄地，施肥，在大月下等一枝野花开了又合。他盼着祖先的幽灵能一个个出来，帮他行风行雨，倘或有一条明路，他宁愿是甘心赴死的老秃鹫，给成群的儿郎啄吃。

他空着手，手上仍像拎着一把刀。以为林教头的风雪山神庙，百般憋屈，终于擲出明亮的一枪。但这个怪人，凶狠的面孔下，内心却是良善的土壤，刀只扎向自己，骨头密布内伤。

他拿不出柔软，炊烟里迷蒙的温馨，嗅不到每一个节气里类似玉米大豆成熟的清欢。他的老房子是洞窟，洞壁低飞着悲鸟，欲向武二掏出个究竟。

四

每个瓦片都盖着秘密，每个皱纹里都匿着悲苦，一旦抻平，秘密袒露，黑深裹着白。而刀片，可以任意划开一段皮毛，肉骨分明。当它渐冷渐僵，残碎的肢体扔进垃圾堆，操作台干干净净，人们很快就忘了那个会叫会疼的生命，之前的不安也没了。

雷爷一走，一直在村庄的枝头上鼓噪的乌鸦，消停了，村里村外许多提着的心安宁了。

破老头，快八十了，十几亩地不搂干，就想说个后老伴儿，刚提了头，孩子们纷纷扣动机关，射他一百单八箭，浑身筛子眼。当年雷奶苦熬十八春，敢说老婆子进家，踹不死你。

那十八年监狱生活，是他的深渊，一辈子的羞耻。别的孩子哐哐冒出来“坐法院，十八年”，儿子们石头瓦块立刻投将过去，恨不把对方脑袋开瓢。深及骨髓的痛，必产生深及骨髓的憎恨。

他立刻蔫了，怯怯收敛着。他摆不出父亲的尊严，哪个孩子都能横眉怒目，呲他个兵败如山倒。他认，只有豁出力气，像能干的骡子，大量承包土地。老天奖励他，十年，房子一处处盖起来，儿媳妇一个个娶进来，孙男娣女一个个撒欢跑了。那真是不小的工程，别人累死也揍不出来。这匹奔腾的老马，终于可以喘口气，响亮地抽烟说话了。

可是雷奶突然走了，他的心上，如同酸菜大瓷缸里压个大石头，要发酵出什么。他从电视里听到一个新词“上访”，十分顺耳，清官过街，鸣锣开道，得递个状子上去。他过去可是官家人，识文断字，不少挣钱，但架不住雷奶土地肥实，连珠炮的一炕小蛋子，吃草鸡了。他酒后起了贪念，拿些仓库的东西，正是严打，二十年高墙就此垒成。

雷声隐隐，河滩上的茅屋灯光闪烁。他仔细研究买来的法律法规，以为当年量刑过重。威严的庭上那一记槌声苍然落下，他这树干折了，他的七郎八虎遭受多少磨难，小儿尚未断奶。夜半他突然奔出茅屋，跑向梁头，抱着一棵老杏树哭号，才从麻将桌下来赶回家的人吓毛了。

时间的乌鸦蹿出尘封的巢穴，他要上访，他是犁铧下激情燃烧的种子，无可阻挡。

五

万物朝生，纯粹的孤独是没有的，受难的状态，精神的苦闷，是一棵树上的叶子，风来哪片不动?

讲述者仿佛犯了偏头痛，摁住太阳穴，齿间费力地蹦出字来。

花枝开，随手花枝谢。二十年前的深秋，武二一生唯一的果实被残暴地收割了，他活着的食粮、生命、未来，都没了。他的女儿，银行小职员，被一个贪污事件污染了，在押解的途中申请去小解，憋急的她向着林子深处奔跑，子弹瞬间穿越了她的脚步。她被蓬头垢面扔进了太平间，被加上重重的潜逃罪责，白纸黑字的长棺戳了三寸大钉。

愤怒者藏了刀，借着黑，潜入太平间。

他捧着她回家，像捧着幼小的芽孢。他摸到冰凉的断颈，喉咙憋进腔子里，发不出声，心上左一刀右一刀，白厉厉的茬口，流不出血泪。他用清水擦洗她脸上的惊愕，梳理她发丝上的哀尘，小心放进玻璃容器，福尔马林里，像制作一件精美的医学标本。他挖了更深的地窖，搬进冰块，安放了这颗长发飘然的头颅。

夜里她冒着满腔的热血来找他，含着泪水恳求放她投生。他咬牙不答应，她罪不致死。他叫她的灵魂暂且歇着，他要带她的头颅去找清水，大江大河、大雨大雪，来洗泡她，让她透亮，让她有真面目，桃红李白。

世界只有通过极端才有价值吗？极端了也未必展现真理，倒刺反戳向自身。她的母亲惊断了魂，大骂他们造孽你也造孽，要天打五雷轰，下十八层地狱，自此昏厥不醒。她心中的灯灭了。

他披挂上阵。他奔跑于旷野。他大战风车。那野蛮又危险的人，那嗜血的冒火的眼睛，那风雪交加深一脚浅一脚的路，那不腐的水里漂动的乱发。

六

是什么思想的激流奔泻而下，魔鬼撕扯着他的灵魂，他竟如此激烈愤怒，号向天，刃向骨肉。那一断，惊破心。

鲁迅说，不知死日，不知死地，不知死法，是生命最悲苦的代价。包公审过一案，一家突然出现无头女尸，父亲被下了大牢，女儿为了给爹澄清，自缢而死，母亲随即割下头颅，送上大堂。绝望的逼迫下，一门刚烈，爱到极致，冷到极致，完全超乎常人的理解。

他暴虐的气质，也许源于长期的性格闭锁，也许来自家族深刻而孤独的血脉，也许他中了狄仁杰和包公断案的毒，只有触目惊心，才能触动法庭，触动社会，制造大的效应。理智，属于圣人伟人，要么是无心之人，懦弱之人，麻木的、不敏感的躯体。

善良的血液里也藏有暴虐的因子。我初时带学生做实验，也曾拎着兔子耳朵锤击枕骨致其死亡，有时枕骨青烂，亦不死，解剖一半，它突然苏醒尖叫，魂都飞了。但我也竟能趁着那一点温热，三两下剥掉一只兔子的皮毛，一撕一拽，仿佛对付的是一匹绢帛。我做药理课题时，颈椎脱臼处死过几百只大小白鼠，嘎嘣儿，脊髓与脑髓拉断，脆，成为一种节奏。

令我不安的是断头处死小鼠，瘦弱温婉的导师沉着示范，左手握鼠身，右手锋利的剪子，对准脖子咔嚓剪下。掉在水池的头颅尚没意识到这变化，眼睛还在眨，努力扭头要看个究竟。我忘不了小白鼠朱砂痣一般哀伤的眼神。它牺牲于暴力，它有邪恶之气。但我坚定地以为，它就是通往救死扶伤的沿途祭品。反省是后来的事。

“生命的实质似乎是绝望与惊骇”，列维坦触摸俄罗斯苍茫大地的时候感慨。当我深入靠近生命，看到了扭曲狰狞血腥。我仍不敢在凛冽的刀锋停留片刻，骨的疼痛只有骨头知道。头颅会想念它的肢体吗？灵魂会想念它的肉身吗？二十年孤独的抗争，雷填填兮雨冥冥，猿啾啾兮狖夜鸣，他们要怎样穿过暗黑之痛？人们定不愿提起这迂腐笨拙的怪物，可怜可悲可叹的黑乌鸦，怕不祥的空气污染了阳光和干净的清风。他寒入骨髓，而他的房子和村庄之上，世间一切明媚。

七

我不能勘破，那个默默挣扎忍受的灵魂，我只是在时间之外，揪出那个尖利的黑点。出发是活着的佐证，是为了寻找光亮。我想不出那个神秘武二走的路，但我知道我村庄的雷爷，为了驱赶那二十年的黑暗，自己驳掉老年的老字，躲开阻拦的儿子们，踉跄上阵了。

一级级申诉，一级级驳回了，路上荒草一片。他首次让心爱的玉米泡了荒，再一次向更远出发。他没有什么醒目的证据，只有他苍老的年岁。

午后，街头大榆树下，一辆警车威风地驰进村庄，京字号。一个武装战士下了车，打开车门，恭恭敬敬搀下一枚老头。雷爷！他们护送他回到茅屋，郑重地交到儿子们手里。

这一次，他秘密地，扛着大牌子，去了北京。他太激动了，日头刺进他和他的影子，晌午歪时，昏倒在大地上。醒来后，粉嘟嘟的护士正给他挂输液瓶，“国家医院，国家给治病，那大房间，护士跟天仙似的，说话跟小鸟似的，咱全镇找不出一个。”雷爷的几根长眉毛快飞到树梢了。“这回国家给做主，层层下报告，我那二十年，要翻过来了！”他背着手踱到街头，眼神明亮，像刚从前线下来，身上带着打胜仗的硝烟味。

果然，镇里来人了。“说，上面一个电话打到市里，市里一个电话打到县里，县里一个电话打到镇上，镇上一个电话打到村里。市里罚款，县里罚款，镇上罚款，村里罚款，好家伙！威风！”

八

力量从大地上生长。种下玉米的，祈求玉米拯救。

讲述者喝了一口水，调整情绪，说出结局。

四处都是栅栏，有身披铠甲的勇士。武二无法出发了，灵魂也似乎被关在了匣子里，守着日历，一日日黑下去，黑撕尽了，会不会露出白？

他拿起了木匠活计，要给孩子造个像样的宫殿，让她有正宫、行宫、别院。觉得样子单一，刻进一些鸟兽花朵。为着画得有神，他盯住野鸡、野兔、狐狸、獾子、桃花、桔梗、山樱、百合。他怀着悲伤的眼光，看着这些毛茸茸的生物，似乎慢慢长出柔软的皮毛。大雪天，猎手们上山布置陷阱，后脚他就溜过去，拿木榔头碰坏了伪装。

然而他越发不安，痛苦万状。她托梦说，造最好的宫殿，她也戴不上王冠，身首异处是最严酷的刑罚，她前世造孽何其深重，今生才受此诅咒。他大汗淋漓，控诉别人的暴行，焉知自己亦生着施暴的手，他动了魔鬼一根头发，魔鬼回手扼住了他整个头颅。她托一次梦，就是给他上一次夹棍。他堕入了溃烂的深渊，忍不住发出尖厉的号叫，人们既恐惧，又心疼，随后的寂静堪比疼痛刺耳。

他行将崩溃。他去恳求香头，村里的大神，负责全村人的灵魂解脱。神说，他身上阴气太重，暴虐性重，阳性的不敢近身，他应该深埋一切带有血污的东西，多晒太阳，积德行善，多长正气，以去邪气。神说，地有土地爷，山有山神，家有保家仙，他的一切行动皆在天地神明的注视下，神也一定在庇护他。

野花绕过来，日光纷纷射入了他的胸膛，逼迫寒气一点点起身，骨头也似乎热了。“该做的你做了，不该做的你也做了，现在你该从黑夜挤出白色的圣果，让它指引今后的日子。”神教他祷告，那个圣果叫宽容，你愤怒，果实就不会成熟，灵魂永难安生。

他似懂非懂。但做回阳光下的农夫，做回他在红白喜事中熟练操作的大厨，说声“油着，慢回身！”而乡邻都盯着他，无比羡慕。这些思想，突然像满坡横生的野草，压不住的新生气力。他能否解禁自己，解禁房屋、小路，和不安的村庄？

九

正是，鬼魂已谅解，复仇者还挥舞着长剑。他匍匐在自己的黑暗里，看不到外面的世界亦有灾难杀戮疾病非正常死亡，多少人因此绝望哀愁，一片惶然。但大地深处有多少寒气，大地之上还是草生花长，这就是天道。所有的功成，只能来自内心，上天救你，实是自救。

雷爷偏执了，白纸黑字的重新判决并没有落实，他夹着黑包再次出发了。回来时，脸上密布颓废的汗珠。大巴车和出租车主都有他的照片，拒绝拉他。工作组带着慰问品来看他，儿孙满堂，消停了行不？儿子们接了任务：看好他，谁捅娄子谁负责。

一个精神有毛病的人，一个令人讨厌的人。雷爷涩答答了，不种地不做饭了，孩子们轮值。他散步，采菊，遛狗，思考大事。他到镇上逛，跟摆摊的妇人唠嗑；往暧昧的按摩店里去；他盯住妇人的背影拐进瓜地，硬把自己的影子叠加上去；他像河边那头老驴，自言自语，或刚刚大笑。每一件事都引起村庄的悸动。他终于按捺不住，哐哐敲了寡妇的门。

雷爷倒了。儿子们羞耻心驱动豺狼虎豹，打断了他的精神。

一场透雨，他又翠绿了，他那蓬勃的思想用不着春风吹。法院的传票突然递到儿子们手里。趁大家忙着收玉米，他把儿子们告上法庭了，说不孝。才吃了儿媳送过来的饭，马上又上堂对质，滑稽，他遭到严厉的训斥。破老头，生蛊虫了，就不能安静老去？

夜半，儿子们请了香头，画了几张黄符，点燃一张，念念有声，“该走的快走，该留的留下。”绕他身上一圈，把那闹腾的魂灵送到西天去了。

十

讲述者一直没回头，他徐徐吐出一些细节，响应我手里剔骨的刀片。最后的现场，他在。

他头皮发炸，但还是坚定地看着。武二拦住了骚动的乡亲。“我想让大家见证，送她走，让她安生去。”受难者不是孤立的存在，天空大地人，都在。

武二用水泥封上了地窖，倒了三碗酒，敬天，敬地，敬亡灵。而后，打开了黑匣子，露出玻璃器皿，她漂动的发丝，紧闭的眼睛，树皮一样的脸色，羞怯，惶恐。武二安慰着，请她的灵魂原谅，用干净的白布擦拭，梳理，移驾到她的宫殿，穿好衣服的木身子上，缝好。她圆满了。武二叮嘱她要痛快地喝完孟婆汤，一滴不要洒，来世她会是纯洁的新人。

鞭炮热烈地响起，那沉沉地压了二十年的不安，请出去了。武二净水泼院，扫房，除尘，迎接新的阳光。仿佛他的食粮，他的自由，他的小鸟，那个院子，都将在阳光下活过来，过去的一切都是虚无，是荒谬的噩梦。

散发寒冷的，只配得到寒冷，散发温暖的，温暖来到。这时，天上掉下了终结之果。武二收到十几万汇款，一份迟到二十年的裁决。

十一

人的内心亦潜伏破坏的力量，向内使，自杀，向外使，杀人，或搅乱空间，失衡。搅不动了，玩儿完。

那日早起，我踢着露水草跑过雷爷的家，见他黑蟾蜍一般，摞在门前的石墩上，胸戳进肚子里，脑袋戳进腔子里，像身体对头颅视而不见。我从远处拍下他此时，和他在街头远离众人孑然而坐的影子，那种嗜血的孤独与尴尬。

他眼里的公平与孝道，指定和儿子和法庭都不一样。就是满足他的需求，估计也只是一时，他的内心澎湃着激情，努力地要活出他认定的，一匹奔马的模样。但与人们的惯常越来越远，成为可笑可悲的范例。

我说，雷爷，石头太湿了，小心着凉。他把头抻出半寸，哼了一声，又缩得更深，更矮，到扁，到无。

没到人生秋天，他痛快地摇落了自己。他砸碎所有的药，赤身一次次滚落湿冷的水泥地。这刚烈的血性的死，是他最后的作品，再次惊动村镇。人们把他当作一个有德行正常寿终的老人，隆重地送走。

十二

时间把人冲得七零八落，自然一步步推进，什么样的结局都属瓜熟蒂落。我在雷爷孤独的影子里，看到故事里武二更深切的孤独。也许他们最真切的需要并不是真理，而是来自情感的真实温暖，内心的安宁。

二十年，悲哀爬进每一个细胞，苍凉看饱，武二穿过深渊，是哲人了。人如草芥，但不能活得如草芥。他将扶起自己，冷静于深秋，大地之上。他推着疯呆的老伴晒太阳，花朵在身旁开放，他们满脸是受难后的安详，天国的光辉照耀着。

但很可能，武二得了强迫症。他不能饶恕自己，长日到墓前摆酒谢罪，大把地烧钱，终于在一次大醉后，以头做锤，疯狂击在墓碑上。痛苦中埋下的利刃，长出了更锋利的寒光。

或者武二远走异乡，像斩掉一颗头颅一样，斩掉了故乡。

或者，讲者就是亲历者，我怕他回头，会有一幅瓜亚萨明骷髅般的肖像。

也或者事件本身就是虚拟，我的刀片只是分解了一只鸦，我听到的只是一种含混不清的呼啸。一只时间的乌鸦，多年后叫出的预言，也许没有什么用，终究是个警醒。

生命，饱受生活的逼迫，即贵且贱，无不惶然，每个人都该是深渊之上的舞者，努力去嗅大地横溢的豆香，聆听太阳安静地碾过万物，而充满飞翔的勇气。

耕稼的圣母

一

《耕稼的圣母》，不是德拉克洛瓦的名画，但耕稼总是比其他词更能击中我心。我敏感那一纸金黄、秋日的麦地、撒欢的孩童，和圣母野果般微涩的目光。

然而看她的眼，却乎没有孩童与丰收，她一直往前看，穿透画面，穿过看画的我，到更远的远方，她看到了什么？是死亡，和后面辽阔的重生。她饱受着煎熬，通晓儿子耶稣的命运，又必得顺从意志，那恢宏的荣誉与信仰，喜串着悲，悲又生喜，是颠覆的人生。

德拉克洛瓦捕捉了一个母亲复杂的内心世界，她是麦田里的农妇，男人是木匠，养一堆孩子，清贫人家，这样的圣母离心灵最近。圣母若生在东方，她的精神支撑会是什么？

二

我穿过一场罕见的大雪，截下一幅雪野耕稼图。

大雪如泼妇，掐着粗腰恣意泼下了咒语，白欺了世界，但一个普通的农妇轻松撕开了天机。她猫腰在雪地，掰开玉米苞皮，黄澄澄的大棒子不断划出金色的弧线，划出尘世的愁烦，和难以驯服的天空。而后驴子颈着脖子，不慌不忙拉着车往家走，四野茫茫，烂贱的玉米像雪一样安卧山坡，燕山山脉荡着尾巴尖，俯视一介老农妇马丽奶奶的盛大收割。

耕稼当然是大事，但生来不只为了种地。到了该享清福的年龄，且已是寒冬腊月，还不得不辛劳，她必有一肚子的悲戚和隐情。但在空旷的雪野，她赶车吆喝的声音，像钓鱼的钩子甩出去，坚定又苍远。总得有一种力量支撑她，鼓着这口气。她常说："我就念老理儿，忍着，忍过了好事就来了。"我相信所有的宗教信仰一旦融进大地五谷，就会演变为民间精神，乡村灭了，它们落在草上，草枯了，大地收藏，纵使内心沦为荒野，自有春风照顾。

三

土地上劳作的妇人，我都想尊为圣母。马丽奶奶就是那样身怀悲戚，而心神明亮的妇人。

四月，我在门外种花，那是个垃圾坡，溃疡一样泛滥呻吟，我奋力刨坑，撒满了花籽。

马丽奶奶扛着挖锨路过，聊起来，说到我妈一个人的寂寥害怕。蜘蛛从瓦片上一下来吃晚餐，就带来不安，怕压下来的黑暗，暗中潜伏的灵魂。我们都相信去世的人和宰杀的牲畜，会在村庄扑腾走动，也或闯进主家看看。

"我要有你妈的小心眼，得喝十回药。没金没银，没鸡没鸭，不怕小偷，也没狼没虎，就是自个老头子回来瞅瞅，怕啥，要我就问问他，那边过得咋样，说老婆子没。”

她声音豁亮，能驱走三千魔障，静白的面上黑雀子生动地荡漾。老头常去坝上高原捡土豆掰棒子挣点零花，她一个人的大院，紧邻西大沟坟地，东边是个空房子，有男人上过吊。不怕。“说嘴打嘴，那年丫毛难产没了，我哭得眼睛快瞎了，大冬天，睡前去外屋捅炉子压煤，门窗玻璃上贴着一个人脸，恍惚丫毛，细盯过去，就是。”我立刻汗毛如竹笋扎出来。

“她回来了，也怕，但是自己姑娘回家，不能把她关外头。我开门，撩帘，让她进屋，坐炕上，给她洗苹果削梨，说道家里的事，又给她铺了被褥，丫毛今晚别走了，跟妈睡，但是就一晚，以后不能回来，家挺好的。夜里并没闹动静。第二天晚上，我特意再看玻璃外，黑洞洞的，再没人影了。”

这天聊的，一到天黑，竟是不敢盯着玻璃看了。丫毛村里本有对象，马丽奶奶决不同意，玉米地流向谷子地，活出啥新了？女孩得往高处攀。马丽奶奶人脉广，带姑娘四处寻亲，最好进城，想找更好的，又一个个打散，丫毛烦了，死活按停一个，鬼使神差嫁进深山沟了，万没承想临生小孩，一剂催生针下去，全身有如万千针扎，顷刻二命皆没。

“那叫狡牙，再哆嗦一下子，孩子满大街跑了。”狡牙，马丽奶奶独创，拧着来，难缠之意。她用缝纫机上拼个花布垫，嗒嗒嗒走着线，说：“嘿！这布，真狡牙，就差这么一小条。”

后来想，万物自有其长短横纵，走到哪儿停下，必有其来由。花布其实是使尽了力气，无法走成四方，于丫毛亦是使尽了力气，不得不松手。神如诸葛亮，祈禳之法到关键处，魏延闯进，扑灭主灯，也只有嗟叹“吾命如此”。狡牙的花布是个窗口，窥视人生，世间一切其实很难圆满。狡牙的丫毛则是通往顺产婴儿的献祭者，只不过，马丽奶奶不会通晓未来，她的悲哀只在生命逝去产生，这是凡人的福气，神知未来而不得不隐忍，大悲。

所有的生都是竭尽全力，所有的逝都是无奈。马丽奶奶面色凄惶，奔菜地去了。丫毛常常傍晚扛着锨，袅袅婷婷从地里走回来，长辫花枝一样摆。这记忆是马丽奶奶的十字架，她宁愿扛着这鲜活的花枝，也不愿细听她临去时“妈妈”的嘶叫，万千针扎。她必须拿起锄头劳动，从马铃薯、韭菜，或浮在叶上的小青虫，嗅出女儿的芬芳。

四

我妈老了，只有种院里菜园的力气，春天一来，还是大敌当前，那样一种郑重，急迫，不安，令种三五十亩地的人觉得可笑。但半亩地的春风等同于五十亩，我妈争的不是那几棵菜，是一介农妇最后那点好时光。

你马丽奶奶面上光鲜，争了一辈子，没省心过，命不济。这话反过来说，马丽奶奶尽管活得悲戚，但她不邋遢，精气神在。争是冒险，不乏侥幸，马丽奶奶欲掌控三个孩子的命运，设计的挺好，生活都来个逆转。大女私奔远嫁多年，当时气盛断绝关系，竟死活不肯回家。马丽奶奶牢牢把住丫毛和儿子的婚姻。结果丫毛命薄，儿子生不如死，如果信命由天定，马丽奶奶的固执是顺应了天意？

儿子本也勤恳，搞了对象，马丽奶奶说那丫头忒疯，娘家妈死能嚼气，捅散。她能耐人，立马给儿子盖了大房子，娶了新媳妇，抱了大孙女，风风火火一气呵成，功德圆满，出来进去风飒飒。

然儿子不平，想闹出点事的人，都是觉到不平。新鲜两三年，他即跟外村小媳妇触发了玉米地爱情，要离婚，那份强硬，仿佛他逮到了仙女，天兵天将也得乒乓让路。村里早早晚晚响着他媳妇的尖叫，或披头散发跑过街头，男人拎着烧火棍追出来。马丽奶奶正在河边洗衣服，霍霍拎起洗衣板横过去，厉害的嘴茬子敲铜锣一样训骂儿子，"二牲口，犯浑，疯魔了你！"她的脑袋立时被烧火棍砸出了火星。但管得了白天管不了夜，儿子并不收敛，打媳妇打得狠，一次次拽住头发往墙上撞，掐脖子，致昏厥，致血崩。马丽奶奶心疼媳妇，不行离婚吧，怕打坏了。媳妇更倔，死也死你家炕上。果真就学那尤二姐吞了金戒指，戒指顺着食道，溜达到胃，辗转停在九曲十八弯的小肠，光折腾不出来。亏了老中医吐一妙方：宽叶韭菜，切大段，大油生炒，大口囫囵嚼下，即等排出。

娘家人大闹，儿子被打破，马丽奶奶不拦，不求。后来她当街跪下，为儿子谢罪！多要强的女人，但没占住理，必须低头。

要坏一个人，必先让他嘚瑟，而后命运收拾他。老婆走了，情人大门深闭，再没有女人哪怕残疾嫁进来，他是家暴的代名词，他打败了旧家庭，也打倒了自己。此后他天天醉酒，陷在深深的怨恨里，马丽奶奶是他的头号敌人，舀她的米，摘她的菜，偷她的钱买酒肉，醉了骂她的一切，春不种，秋不收，一晃十年，早废了。

冬天，大家靠墙根晒太阳，见马丽奶奶急匆匆奔来，说儿子冻挺了，快帮忙送医院。酒醉易冷，不烧炕不生炉子大睡，找死。马丽奶奶精心侍候一周，苦口良言满天星斗，好了还是酒鬼牲口。"从前他叫大绵羊，多乖顺哪。"马丽奶奶的天平倾斜了。伯父要我上进，所以我要堕落，当年侄子卡尔那么蛮横，贝多芬毫无办法，仁慈对堕落，只有损耗，无有胜者。

三个孩子其实都遗传了马丽奶奶的倔脾气，或拿远方，或用生命，或拿事件向父母索债了。他们是家里的伤疤，也是村庄的新伤口，献祭者，警醒者，以尖叫和溃裂说话。

五

款款地，一箱子财宝，这时现身了。

说来，马丽奶奶的婆家是大户，大宅门，九排九颗铆钉，二进大院，车马牛骡碾子磨，相当幽深，总归有野史的。后来各位爷都搬走了，只剩下老大这一房，闷头做事，厚道仁义。一年翻修房屋挖地基，镐头突然碰到硬硬的东西，大爷及时喊收工。然财不外露，风有眼睛，说夜间他们悄悄挖，好沉的箱子罐子抬出来，搬进屋里。眼见就阔了，地基打得更高，房子一排六七间，豪华装修，去过的啧啧叹叹。大门开开，二老扛着锄头挎着粪箕子，沧桑朴素，还是苦大仇深的老农民。

马丽奶奶眼睛涩涩的。传说老院子有东西，“文革”时上边挖过，没有。早年春天种地时，夜深人静时，各房亦亲自犄角旮旯挖过，没有。罢了，老院子太深霉气，走。可是宝贝竟有了。当年这一带土匪猖獗，大院太爷的妹妹就是某山压寨夫人，姑奶奶时常回娘家，夹三带四丢下几摞碎钱，就够一家子吃香喝辣了。解放军一来，土匪麻爪了，把些金银细软运进老院，埋在哪儿，没人知。那土匪夫妻骑马逃跑，才过梁子就被击毙了，枪声震破小村的窗户。

钱财就像命，该谁有寿，病与灾都惦记不去。

春耕，马丽奶奶试图叫儿子帮忙，拉开门，酒臭垃圾熏个跟头。这深深的陷落突然像空谷的磬钟，震了她一下，“日子就得消消停停好好过的，胡乱折腾，什么都吓跑了，财宝若落在他手，还不给败到喜马拉雅去。”

她的意识瞬间得到了扭转，平衡了。平衡在于内心的认识，有时看来严重的倾斜，但恰恰是维持生命的必要，小与大，重与轻，死与生，恶与善，都如此，打破那微妙，才乱。

“有胳膊有腿的人都指望不上，冰凉的钱能怎样？”矛盾和悲伤不都是因为钱。她牵着驴骡爬上山坡，驴骡坚持着她的真理，太阳在她们头上，风吹着风，日子踢着脚后跟。这些才是真实的存在，其余都是虚妄，为了消解意志。马丽奶奶在亲人的遭遇里，脆弱的精神一次次锤炼，深知儿女安生才最要紧，如果她在幸福中，她或许会炸破老院的。

藏与露俱有缘由。财宝有心，人知，人亦有心。

六

我很失落，阴雨天气刻意种下满坡的花籽，一芽没出来。不气馁，秋天四处搜罗花籽，清明待要拿回家种，发现竟是苋菜，花籽不见了，好一阵惆怅。满坡的垃圾，在我家门前，但它是整个村庄的疤痕。粮食喂养躯体，花朵喂养精神，哪个我都要。我将继续准备更多的花籽，节气一到再撒下，花朵将会年年自行繁衍，铺满大坡，我怀着这样的意志。

马丽奶奶匆忙路过，摁着老腰。年轻时一次小产后，本该在炕头静卧，却惦记着门前那粪堆肥，到底哐哐捣碎，推着独轮车运到菜地，出了一身汗，歇在阴凉地，当时不觉，一遇阴天腰就折了一般。那疼是记忆，节气一到挥剑刺入。

节气逼人。她和老头继续承包几十亩地，风不催雨催，长不催短催，黄昏不催月亮催，露水不催虫子催，玉米不催大豆催，它们闯进躯体，把暗、酸、涩、不洁、恶，都挤了出来，灌满了阳光、希望、宽怨。睁眼就是活儿，每个细胞都嗡嗡叫着拱出来忙碌，足以击溃她内心的苦闷和失败。土地重生五谷，犹如母亲重生孩子，拯救是众生之间的互救，大地和太阳让一切倾斜归零。

她扛着一袋玉米上坡回家，沉沉的袋子感觉轻些，以为儿子帮她，回头看，是一阵风。一个人的悲伤有多深？她伤痕累累地扛着，“我就不信人心不是肉长的。”所有的弃都是自暴自弃，大夏天他站那儿直晃，伸出鸡爪样的手，凉得骇人，白得吓人。他眼光闪烁，不敢正视人，说明内心羞愧，他不祸害别人家，只是逃避，被怒火和嘲笑压塌了，他站不起来，悬崖是更深的井，他拿自己的躯体在填。“好死不如赖活着，他不养老，总不能看着我们老到炕上吧？”她继续耕种，要供孙女读书，希望她桃花一样的品貌，能让他爸立成个人，有一天会尾随老父母上山，让大地恣肆的豆香荡尽浊污。

马丽奶奶再累，活着有目的有尊严，有自己的节奏，从不慢腾腾，也不急得钗鬟横斜。劳动着不难看，骡子给养得大马一样，像她人的精神，不会被打倒！而世间最大的慈悲原来是繁衍术，节气一到，沐雨而生，犹如你低下头，神即献出果实的安慰。老理儿上讲的好事也可能终生不来，但人心被好的想法占据，就能支撑自己，穿过废墟与荆棘。

七

最后一个放弃的肯定是母亲，埋进种子，就有了生的理由和信念。

秧苗快青垄了，凌晨五点，我们已经耪了一根长垄，太阳刷下一山的青草味。邻接的玉米地也有俩人在耪地，毛驴车停在地边，车上的男人裹着被子酣睡，脑袋胳膊晾在阳光下。马丽奶奶家，她做什么？

她担心儿子长年居阴，会比酗酒更坏了身体，就和老头每天早晨把睡成死猪的儿子抬到驴车上，拉到地边晒太阳，呼吸着马莲花、黄芩、山槐和野蔷薇，他打着喷嚏醒来，像一棵草扑棱棱钻出地面。起初恼怒，咒骂着摇晃着下山了。无所作为的实质是灵魂的怯懦，咒骂是它的虚张声势，不能保卫母亲给她以血肉养护，还不给她希望，就是坏透底了。

马丽奶奶涨红了脸，清晨寂静的山坡骤然响起她的大喇叭金句。“懦夫！一件事打趴蛋了，谁有工夫老揪你的小辫子看你的笑话！我等了你十年，你必须担起责任来，种你的地，撒你的种子，养你的子孙，不然我饿死你！”

回去这一路，也算锻炼身体，第二天接着捉来，马丽奶奶有的是时间。他们拿躯体布道，道在身后长出来，好事也跟着长出来。外面的世界变得如何，家里的地得耕种，外面的人怎么活管不了，在家就得这么活。

我猫在玉米中间，以锄头探寻生长的秘密，虽然天力与宿命不可违，但天上不会掉下智慧与救赎，必须在春天实施种植术。但德拉克洛瓦《耕稼的圣母》为何取景秋天？他是强调大收获与大失去吗？悲戚的内心与恢宏明亮的秋色，反而造就出莫大的感染力，这是德拉克洛瓦深厚的文学心灵，犹如圣母怀抱着伟大的种子。

我盯着马丽奶奶的脸，一束苍苍色，知从涧底来，几乎辛苦耕稼的农妇，后来都是这个模样，不敢散架的老骨头，悲戚又坚定，而马丽奶奶又渗透了一种智慧，好不是终点，坏也不是，一朵花或许是谎言，枯枝也许就有出头之日。

不管东西方，母亲的心是一样的。这耕稼的、隐忍的母亲，这女人的仁闪耀着意志的光辉，四处都是塌陷，她保持了心不荒芜，心怀力量。德拉克洛瓦来作画，如何布局调色，把一介普通农妇画成春天的圣母？

猫道

一

后半夜，月光吝啬的小尾巴摆进老红柜子底下，小篮子铺的棉窝里，一只黑白黄三色小花猫蜷缩着，叫娘，叫命，弱极，哀。

哭泣的小月牙儿，将死亡的气息拽来，黯淡了所有的声音和想法。

猫有九条命的，不会死的。我们祈祷。可小黛玉还是魂归了离恨天，月光游走，它也游走了。

就这么走了？它不该这么走。它还没长成大猫，没抓过耗子，没立过功，甚至不曾见过敌人的样子。它原本有希望成为一只好猫，像它的祖上大花猫，勤劳看管主人的粮食，闷了随爪逮过一只灰耗子，表演放了抓，抓了放的游戏，老了也不用人侍候，不必担心，一个猫，独自地，悄悄上山了。

一只好猫的死，应该带着微笑，视死如归，像一株植物萎在荒野，干干净净。

猫老归山，雕老归天。那是动物的祖性与尊严。

可怜的小猫，它突然病倒走不动了，哀叫里有着说不出的痛楚，半个身子横在篮子外，爪子嵌在缝隙里。它曾试图用尽力气往外爬，它想走，想升到祖先暗示的天堂？我送它上山，埋在一棵桑树下，嘱它尽快托生。

说猫在山上还会变成野狸子，再活好多年，看到前世的主人打山上走过，会钻出来叫。一旦有动物与你格外亲近，要想到它与你前世今生定有着因缘。夏天，我要去摘桑葚，期望有一只野狸的眼睛盯住我，深情地唤一声，喵~。

二

猫的祖宗在山里，猫天生有野性。猫有锦衣玉食，仍然要抓耗子。野味才劲道，逗逗惊吓中的猎物，其中有得意，彼此都多个戒心，不忘祖宗传下的抓捕和逃难本领，为的生存。猫从来不只在房前屋后打转转，那是没出息的弱猫。一只好猫每天都要深入浅出一次村庄，穿山越岭爬高上树，带回野草、露水、山耗子野鸡来，为的靠近冥冥中的祖训。

耗子肉有牛磺酸，这东西维持夜间视力，猫必须摄足，才无夜。长期吃了人饭，猫只有夜黑头，无鼠。猫少了野性，变成了人的宠物，只管逗主人笑，依主人的心思，以防被遗弃。猫胆敢反抗，叫不明不白的春，阉了它。

一只城里的猫得意里总有着惶惑。没有门，没有山，没有房前屋后自由的空气，没有一群兄弟姐妹争宠，没有一个夜半的墙头或屋檐供它恣意闹春，还残酷地剔掉做爱和做母亲的权利。老了也不放走，只好躲在床底下残喘，哀怨成愁，不吃不眠，瘦骨嶙峋，像一个由不得自己生命的重病老人，在痛与瘫面前，久久地丧失尊严，呜咽里有更多的羞愧。

猫不喜主人看见它垂死的状态，听到它悲鸣的挣命，也是不想给主人添麻烦，更不想主人找到它。日子临近，它先上山寻视坐化的地方，试着待上一两天，又下山和主人亲热地告别，吃几口主人备好的饭菜，在她的身边蹭上几圈，伸出舌头舔舔主人的手臂，眼里有不舍的泪珠与决绝。而主人是早已明了的，抱在怀里安抚，顺顺毛放下，不拦亦不送。因为你根本不知道它什么时候才离开，它连背影也不留下。

老了就要回到荒野去。不能捉耗子了，还要人怜悯，这是一只有尊严的猫不能容忍的。一只好猫只会让人永远记住它的温良、它的勇敢。

三

多年前，我的老红柜子底下就卧着这样一只黑白黄，温婉的美猫。不知翻了几座山流浪来的，吃了锅台边半碗饭，就留下来了。露上山支支沟，下山滚蒺藜，摇头梆子响，洗脸不会梳头。第一是蛇，第二是刺猬，第三是驴，第四是猫。花猫好干净，外面逛回家，先跳上炕沿，吐舌头舔毛洗脸，爪子也舔得粉嫩，这才蜷炕头晒太阳睡大觉。猫的洗脸像猴子互相找“虱子”吃盐，是必需。因毛上有晒太阳产生的维生素D，舔净吸收，身子骨就结实了。说猫嫌贫爱富，确是有的猫馋，闻见肉味就来，清汤寡水就走，眼睛贼尖，忽然它靠近了肉盆，拱开压着重物的盖顶，迅速咬住一大块，一阵风刮出屋门，蹿上墙头去了。但花猫像大家闺秀，从无讨厌行径，它尽量捉耗子吃，搓玩它也不恼，尖趾甲深埋进软垫里。走路无声，不惊耗子，也是不想打扰主人。猫是讲究礼仪的。

大花猫盯住了一只家雀儿，这只鸟过会儿就是小弟的野味了。它不吃，好像很不屑地，扔下就走开了。它又从山上拖回一只野鸡，还没断气，往母亲的身边拖。它好不容易抓来的，母亲不要，但它也不吃，母亲只好剔了些肉，剩下的给了它，它吃得毛都不留。仁义。

良禽择木，一只猫绝对要生一堆好崽子。眼面前的公猫它才看不上，必要登高远啸，招来一堆邻村的良公选择，要么远行，一夜不归，跑几个村庄找不同的情郎，一次实现所有混血理想。猫是雌性的典范，毫不客气。大花猫养过几窝猫崽儿，从来没在院里掐架狂欢，吓唬母亲的孩子。只觉它一夜夜出行，天亮才归，毛上一圈青草野花，一身的露水香气，肚子也就鼓起来了。

猫却不是寻欢，每一次的孕育都饱受痛苦。光棍家养了十来只猫，夜里发情的时候，有如小鬼进地狱，实在瘆极。猫何以痛苦得痉挛，听得出强忍颤抖，因公猫的生殖器上有许多倒刺，释放精子的时候刮剥母猫的子宫内壁，为了要崽，这样的疼痛每天进行多次，之后满地打滚，促进精卵结合。母猫值得敬佩。

大花猫开始迟钝了，不抓耗子，吃不动饭了，开始出走寻山。我们意识到了，我抱它，把它的小鼻子凉凉地贴脸上，它舔我的脸颊手心。夜里猫就不见了，没吭一声，像它的来。

大概它早变成了花狸，躲在松树上。我去树下捡松塔见过一只，它真的跳下来看我，吃我手心里的瓜子。

四

老花猫走后，留下它最矫健的小王子——大黑猫。这个野小子，通体黑亮，眼睛更亮，一天天在外面冲锋陷阵，吃饱喝足回来睡觉。家里耗子少了，要到别人家里打食。一日出去后，再没回来。

它还年轻，不到进山的时候。我们忐忑。

果然黑猫进了黑宅了。许多猫进了那宅院就没了，什么颜色的猫没了，那家门口的垃圾上就飞着几撮什么样的毛。

门洞里钻出一个黑衣的寡妇，梳着极小的纂儿，满脸皱巴横肉红血丝，有抓挠伤痕，手上裹着破布条，吸着尖钩的鼻子，尖细地说话。

知道猫肉啥味吗，酸的，煮不烂，像没熟的杏儿。

黑寡妇有四个儿子，最疼老小，猫肉没少给他吃，养得白胖，指着这孩子养老啦。老小娶了媳妇，生了儿，黑寡妇挺着尖鼻子欲抱，孩儿一见大哭。黑寡妇愣抱起来，婴儿哭得岔了气。老小脸就黑了。

老小不许黑寡妇进他的屋。孩子出门晒太阳不想遇着黑寡妇，又禁了她出屋，但总有黑寡妇撒尿的时节。老小就把黑寡妇请到了山上，他家看秋的茅屋，扔下半袋子玉米面，破锅俩碗，不许她下山。有时忙了想不起，几天才给一点饭，后来干脆不上山了。

黑寡妇的女儿隔个把月偷着上山，放下一兜子烧饼。有上山干活的也偶尔扔进几个饽饽。黑寡妇爬出茅屋叫饿，晚上也叫，跟着秋风的拍子，黑灯瞎火地叫，狼腔鬼调地号，像野猫凄厉地钓羔子。

黑寡妇死后就地埋下，什么都没有破费。给穿寿衣的人说，她脸上身上都是条条瘀紫的伤痕，像猫挠的。

找人算过了，她是猫命，猫老归山，是寿终正寝。老小郑重地说。

嘴上须留德。吃猫肉不托生，轮回没位置，慢慢地转吧，地狱里。香头也说。

五

浮生如逆旅。生而往死的路上，人人求的是善终。

李二爷挑土垫牛圈，挑筐一滑，人像一坨子牛粪，吧唧拍地上，热气飘着散着，就凉了。

三奶奶家人从地里回来，见她半蹲半倚在灶坑墙边睡过去了，手里的掏灰耙还捅在灶膛里，饭菜熟了，柴草也扫得干净净。

四叔在老屋西山墙用横条子编筐，琢磨一个花样，忽觉红彤彤的夕照日变成太上老君的炼丹炉，瞬间他融化了，凝成一粒丹，永远刻在墙上了。

不到最后一刻，不撒开手中的家伙什。走得真好，壮烈又安然，让后人念念不忘，提起来珠泪涟涟。

山里的人多像一只勤恳的好猫，活得诚实，老得庄严，去得体面。

可青姨要怎么说？做事干净利落，要了一辈子强。

十四岁上当童养媳，顶着星星起炕，推米压面，做十几口人的饭，洗十几口人的衣服，晚上侍候六七个爷们儿抽大烟，小姑娘依然活得结实。干活利落，话茬儿厉害，遇着事儿也拿得住理儿，放炮似的说出一枪膛的话来，受气包儿忽而就成了一家人的主心骨。家家遇着事也都爱找她给说道说道，她也就女侠女管事女霸天地冲过去开枪放炮，大派儿二派儿地坐在人家炕头上，摆东摆西，日头有日头的理儿，月亮有月亮的错儿，该接接着，该受受着，该吃吃，该睡睡，该干吗干吗去。也就平息了怒的、悲的，个个安静了。青姨回家也该干吗干吗去。

青姨受所有人的尊重。她似乎就为这尊重而活，这样的活才是体面。

体面地活着也要体面地死，最好是做着活儿就去了，不麻烦任何人。青姨一直这么想。

青姨突然中风瘫痪了。前几个月孩儿侍候得紧，常换常洗，后来就收拾不动了。青姨在尿窝里滚，咣咣撞墙，扒着窗户呜咽。

给我一包老鼠药吧，还不如一头老猫，反得了更多的嫌弃、厌恶、咒语。所有过去的苦，做过的好，享受的尊重突然都没了。

寿多则辱？许多老人倒吸凉气，暗自思忖：年轻时可别太要强太逞能太利索太干净了，老时一样样反着来都驮上身了，甩都甩不掉；等我老了，谁也不用侍候，早点买药存着，不行自己死个屁的了。孩儿们就一个事儿，预备齐，哭！

六

有人送来一只白猫，不肯抓耗子，母亲几棍子打跑了。愤愤说，不干活，养它什么用？那是波斯猫，邀宠是本行，哪里会做乡下老猫的粗活。我家再没养猫了，但外屋锅台总会摆着一碗饭菜，第二天早上准保舔得干干净净。

猫是夜行客，门窗都关严了，猫从哪里进屋呢？

猫道。秘密在乡间老屋的外屋窗户，最下方总会有一小格不糊纸，粘块布帘，恰好容许一只猫钻过。老太太锁了门出去，钥匙也顺手通过猫道挂在里门闩上。猫来去自如，吃了饭，顺便溜达一圈，逮只耗子，想走就走，不必非以此为家。有猫道在，野猫就饿不死，耗子也就少了。

与猫方便，自己方便。猫道亦是人道。

大花猫顺着猫道找到一家热炕头，大黑猫顺着猫道撞在黑寡妇的黑心尖上。给动物一点点安慰，相信那些动物会以自己的神秘方式，度你临终时脱苦。有过不可饶恕的贪婪暴行，即令许多动物不得善终，就不要想着漂亮地轮回。

只是乡间老屋还剩几处了？新盖的平房是城里水泥屋的缩写，大玻璃，无缝。

堵住别人的路，自己也将无路可走；欠缺慈悲心，必是有来没去。如此，床下老猫病猫痛楚地呻吟，羞愧地死去，一定是那人不争的结局。

忧郁的马车夫

马是村庄的异物，人与动物都要仰视，只有植物与它平起平站。马毛发闪亮，脖颈总挂着串铃，老远地响过来，大家要行注目礼，要退后三尺。马是骄傲的，但不骄横。马高马大的，也只有马车夫能摁得住它，套在屁股大的碾道上淘米压面，马一肚子的委屈，依然昂扬，一步一扭拉着磨转，仿佛能把磨拖到田野山上，踏得粉碎。人都跟着抢活，跑着扫面、舀面，跑出来筛面。马慢不下来，永远慢不成散步的牛，也不会像牛一样回头缓缓哞叫。它叫也是快速的、向前的，节律明快。马天生该属于战场、草场、浩荡的原野。马在村庄没有机会奔驰，人、动物、庄稼，都是它不能伤害的，唯野草是它的知己。

马是否羡慕一朵没起过名字的野花，马要是不知名，就叫野马，荒烟蔓草的年代，奔跑，瞭望，像追太阳那样追逐一匹母马到天边，生小马驹子，自生自落。

一匹乡村的马，也曾经是有理想的。它可能是将军的坐骑，是皇帝的御马，它和兄弟们都有个极品的名字，与英雄联在一起名垂青史，比如绝地，足不践土；翻羽，行越飞禽；奔霄，夜行万里；越影，逐日而行。或者另一些文绉绉的马帮，绿耳、纤离，骑上能见西王母的，叫哪一个都上得厅堂。偏它在乡村，拉车拉磨，无法拨云见日。

一匹蜗居村庄的马无比惆怅，有梦想就有疼痛。它没事就看人，人生求天求地求功名，最后要么空想，要么跌得头破血流，方归于朴素。人不如马光明磊落，明明命里没有富贵，人却说是选择，不好那一口；若给了他，立刻马花怒放，奔到山坡上嘶叫。马心里明镜似的，马看懂了人，马就俯视人，鼻子里喷出不屑，不像牛羊那么谦恭和依赖。《太平广记》说马笑如嘲，听听就知。

马粪和驴粪不好区分，一头瘦弱的马常被当成一头驴，一头健硕的大驴常被当成好马。马不空叹命薄，马有自己的傲气，不成仁宁消失。马天生看得破红尘，落身不落魄。村庄里头头脑脑它都不应景，它只听命一个人，马车夫。

青云！有人喊，马和马车夫一起答应。马车夫是村庄的异人，恰好姓马，叫青云，并把这极好的名字赐予了马。一介马车夫几乎承载了一匹好马的全部灵魂重量，马因为拥有了人的名字而无时不表示忠诚。喊谁都一样，反正两个青云必在一起，互为影子。他们常常交头接耳，说些人与自然、马与世界的密语。马车夫因知道得更多而表情郑重，因为无人理解他的梦想而自叹孤独。他想自己的前世可能是个大将军，上马杀敌，旌旗一片。马车夫也常常到山上嘶吼，走路也一副忧郁的样子。

一日上山给马割草，马车夫发现了一颗手榴弹。他拍拍马背，青云，大炮来了。他一面美笑一面研究，一下子拉开手榴弹的导火线，眼前走起千军万马，他骑着他的驽马，挥着大刀冲进风车里去了。轰，手榴弹炸了，几乎同时马猛一抬蹄踢走了他。他打个滚站起来，他满眼金光，还在冲杀，刀锋闪过，血肉横飞，他竟然射出了两发子弹，打着呼哨飞着血滴，敌人倒下，哈哈哈哈，他一手叉腰，一手搭上凉棚，英雄一样俯瞰烟尘落下。他突然惊呆了。手上都是血，两截指头空空了，血像一对山泉眼，汩汩地蹿，溅到花草上。同伴吓得哇哇哭，一捧一捧的土盖到断指上，血柱哧哧又冒出头来，像砍不断的梦想树，枝条使劲钻入天空，欲写出自己的大字。

村庄戒断了马的理想，手榴弹斩断了马车夫的梦想。两匹落魄的马达成共识，今后彼此就是对方的理想，安心人马生涯。

马车夫和马一起踏露水，踩草径，看夜色，送粪，拉粮食，也拉人，走与停只需要眼神和抚摸。马车夫从来不打马，甩两鞭子是提神的，相当于歌声。牛羊驴都叫牲口，难听死了，他的马就是马，决不会有这等恶名。青云马感激他，别人坐上车辕子，它立刻尥蹶子咆哮乱跑，抽不中用，疼死也不听任驱使。马是有骨气的，马忠于主人。马比狗能干多了，狗吃的是啥，马吃的是啥，人不明白。因马不会跟狗一样摇尾乞怜，也不会听风是雨，见人就叫。马的沉着，马的懂得，一条狗学不来。马车夫一坐上车辕子，马立刻安稳了，柔顺了，不待指令，就去该去的地方，该用力就用力了，只需上坡的时候，马车夫给它喊声号子，它就无比地精神了。

这样的唯一给马车夫带来了荣耀。他比村里的年轻人高了一等，不用下地生产，谁要想坐马车，那得他同意，他停下才行。他爱这马，也和马一样，只听命一个人，媳妇儿。

媳妇儿是马介绍的，老马识途也识女人。马青云赶着马车去镇上，青云马看见别的马灰头土脸，身上有伤痕很是气愤，庆幸自己遇到了好主人。它决定给主人一个艳遇。另一辆马车歇在大河滩，两匹马搭上话了，是母马哎。青云马内心狂跳，与之头碰头尾对尾亲密拉家常。马只觉得世界上两种动物最好看，牛头，马面。牛头代表诚恳攻坚，马面代表智慧。至于人，男人是性格不同，女人是屁股不同。马觉得马车夫的媳妇儿首先得爱马，不能对他说马的坏话，要不一个枕边风，马的日子就不好过了。青云马一边和母马说话，眼睛瞟向车上的姑娘，头大肩宽，身体粗壮，屁股不小，一扑腾能占半驾马车，生一马车孩子算个屁事，关键她看马的眼光是慈爱的。她跳下车给母马喂草，就像马是她怀里的兔子，关键她也悄悄递给青云一把草。青云凑近一看，是张麻脸，密布高粱粒或米粒大小的坑儿。

马咴咴地笑了。

马青云想走，青云马就是不走，那就歇会儿。马青云就和对面马车上的姑娘眉目传情了。赶车的是她父亲，当爹的眼睛贼。赶马车的人眼睛都贼，不贼跟不上马的心灵。老爹顺着姑娘的目光转到年轻的马车夫身上，小眼巴叉，厚道又精明，差不离儿，能赶牛车的就不错了，能赶马车的人通晓动物灵性，也必知晓女人心。青云马和母马后来又约会了几次，马车夫见了几次母马姑娘，虽是没有近前细瞅，已经有大家过在一块的心思了。

春风得意马蹄疾。马青云赶着宝马香车兴冲冲接回了母马姑娘，两匹马各铺各的红灯喜被。马车夫这才看清姑娘的麻脸，有点不适，一介马将军，娶不着穆桂英怎么着也得是烧火丫头杨排风不？马太狡猾了，他拍着马背埋怨。但是马不这么看。麻婆脸上的每个小坑都曾经住过星星的，是天上的灯官，是天使。天使下嫁马车夫，坐上马车飞一段路，还是天使，命中注定的。再说马车夫的手指不是也有深坑吗？

小伙子你为什么忧愁，为什么低着你的头？

马车夫郁郁的，只有晚上才撒蹄子尥蹶子。麻婆马高马大的，马牙大嗓的，比他壮硕，比他能干，下一次种就生俩胖小子。马车夫一扫忧郁，直夸青云马会看面，够在全村乐上一回子。麻婆又马不停蹄，生一堆丫头，转眼就坐满一马车了。青云马制造过几个小马驹子，可怜它只偶尔见过一两次，一腔父爱只好投给马车夫的孩子，它温柔地蹲下，驮他们过大河，在村庄不时地扬个马威。

马要变成村里人的腹中餐了。大旱求雨许愿，本要杀一头牛，牛都在健壮期，只这匹马老了，卖不了多少钱，吃罢，也是为村庄做贡献。马准备牺牲了，马骄傲了一辈子，看不起牲口的奴颜，到老了才知道，长了这张马脸，就逃不了牲口的命。这才是最朴素的真理。

村里人懂得怎么吃一匹老马。大锅的水沸腾着，以防马肉中毒，又都备着苦杏仁。

青云马不落泪。马车夫和麻婆陪了它半夜，它不耐烦，尥蹶子撵走了。最后的时刻，它只想静静地回忆戎马一生。有马车夫做知己，有共同喜欢的女主人，和一群小马驹一样的孩子，上过多少次山梁，不小心踢过村长家的野小子，那娃牲口，总欺负马老大的孩子，去过多少次镇上，有过多少个热烈的情马，镇上的母马比乡间的还要温柔，鬃毛松软，懂得调情，它们欢快地追逐，在大河滩上……

马青云把青云马的四蹄埋在村庄最高的山坡，栽上一棵松树。马青云躺在炕头上也能望得见山坡上，青云马的梦想跟青松一起生长。火烧云上来的时候，乌云翻滚的时候，青云一定腾空走了。你进了我们村，最先看见那个山头，一棵松，独自挺着，就是。

赶过马车的怎么能再赶驴车，放过马的怎能再放羊。马车夫空落极了，他失了一个马友，扔不了马鞭子，放不下马架子。

他一辈子只懂得跟马交流，其次懂得欣赏老婆，虽然他也只是微笑地看着他的马，微笑地看麻婆，少有说话，从不会高声大嗓。他是出了名的好脾气，也有人说是受气包，惯着马和女人。说他一辈子没见过女人，带眼儿的就是宝。他们哪知道马车夫的心思，麻脸就像老马。他说，女人这一辈子最累，累草鸡了。那一大家子，没完没了的活，抬不起头来，还得侍候男人，男人不高兴还要揍上一顿，女人没个哭的地方，男人不疼，还怎么活？他心甘情愿疼麻脸，下了地就回家陪她，从来不串门。麻婆是村中唯一没有挨男人揍骂的女人。归功于青云马，麻婆深切懂得。

麻婆突然哈欠连天，绾髻插花，挥着黄手帕在庭院里边扭边唱，成香头了。家里香烛旺盛，半壁墙明晃晃，猛然看见要惊着魂。孩子们嫌丢人，他却许她成仙得道，对天使顶礼膜拜，她扭着唱着偶然飞个媚眼，马车夫欢天喜地。突然孩子推开大门回家来，麻婆立刻摘掉头花扔了手帕老实坐下来。马车夫跟着掩饰，说俩人扭扭腰活动筋骨。

马车夫老了，麻婆也病得不能下地扭了。马车夫一针一线细细致致地侍奉她，直到麻脸天使翅膀收拢，栖在青云马长眠的山根儿。

孩子们建了新家，马车夫不搬，仍住老院，怕老马下山找不到家，麻婆腿脚不好嫌远。

马车夫的话突然多了，人也精神多了，也东家走来西家串。我坐在老家炕头上，马车夫穿过庭院菜园子到屋里，跟我谈天说地。天是他的马，地是他的婆。他就谈他俩。

“现在的马和女人一样，享福，顶多驮驮人。那年头马跟女人一样，累草鸡了。咳咳。”说完，满足地走了，去下一家。

马车夫赶了半辈子马车，说了半辈子马，八十有五，还能说几年呢？再说，一个村庄也像马一样是有理想的，说不定什么时候嘶叫一声，腾空而去。

羊活着

一

上帝多次透露出，人有羊性。羊温驯、撒娇、童心，见着吃的挪不动步，爱扎堆，有奉献精神。绵羊更具母性，能在群羔中一下认出自己的病羔，不管地下有水有冰，卧倒喂奶。羊又是明智的，樱桃小口只吃嫩草段，长妩媚的身子骨，只出让肉体，不卖劳动力，世界再发达，不怀好意的牙齿也好这口。

所以羊还成群地住在村庄，和鸡一样，篱笆墙内安然地好梦。鸡一茬茬死去活来，羊越来越多。偷鸡贼一直还在偷鸡，羊从来没丢过一只。羊当然看不起鸡，羊是上得厅堂入得厨房的，去得塞外进得都市的，人围着烤全羊唱歌跳舞，有鸡啥事。

羊多嘴杂，你听不见它说什么，只有羊倌儿懂得，哼哈应着，羊就得意起来，甩大牌，叫起来咩滴滴。羊在风中咩一下，人心就颤了，男人想起要抱抱女人，女人想要抱紧娃娃，娃娃抓一把棒粒儿扔到羊群中。

羊不按套路出腿，每只羊都想留下些什么，各走各的道，花花绿绿的羊常网起一面坡。羊倌儿是个大蜘蛛，哪个网线上风吹草动，立刻一鞭子甩过去，风声就止了，草就安静了。羊今天在大东坡上花开花落，明天在尖山头上云卷云舒，后天是南梁上一群采蘑菇的小姑娘。羊美得天高地厚。牛马不在山，羊称大王了，至于一两头驴子，忽略不计。

羊满身的书卷气，有关智慧的事都记在羊皮卷上，虱子也喜欢爬在羊皮袄的缝隙仔细阅读，说虱子多不咬，是它们忙着撰写读书笔记，白花花的虮子排过去。所以羊能在六畜之首，卖狗肉的也想挂羊头当招牌。羊上山就是一幅壮丽的山河，一进村就带回满山的花朵，站住大院必须代表六畜兴旺。羊有文人执笔安天下的气魄。

三个公羊一台戏。你瞅吧。两只公羊都想断后，趁羊倌儿远远地在前头，掐了起来。水边，巨大平缓的石头上，一羊把一边，磨角霍霍，绷直了头，跳着三步栏冲过去，响起清脆的嘎嘎声。剩一只羊在旁边，眼巴巴观战，走也不是留也不是，很孤单。一两回合不分胜负，再来再来，秀气的羊也有猛男时光，空空的山谷里羊声鼎沸。

羊倌儿恼了。大步蹿回来，青筋暴起，抡起鞭子杆揪住羊犄角照屁股一顿乱揍，一脚一个踹河里了。羊哭嚎。我在山腰上采榛子，正看得呆，连忙为羊求情。“槐子你轻点，别打坏了。”槐子转过头，露出好看的笑容，甩个响鞭，羊乖乖地向山顶爬去。

二

羊倌儿总体比牛倌英俊些，也比牛倌多些狡黠。

牛憨厚，牛倌儿也闷声瓮气的。牛个大，牛个性直，牛太能干，牛走路很少回头张望，拱着大脑袋向前向前，结果走过了村庄。过了村就没店了。牛才明白靠出卖劳动力生活，早晚被现代化收割。牛的最后一滴眼泪，流到了玉米上，它们曾相依为命，都是农民的命，玉米越发铺天盖地，牛没路可走了。牛让人哽咽，有乡愁。羊乱叫一通，河滩心乱如麻。

槐子甩着响鞭儿，统率他的三宫六院。羊彼此争宠又互爱，总是走走停停，回头看看后面的娘们儿孩儿跟上没有。槐子有的是养羊的经验，得了老羊倌的真传。为此他足足破费了两瓶九龙醉、二斤猪肉，在老羊倌腥膻的茅屋里唠了半宿。

老羊倌是光棍，大眼嘟噜，面膛红润，个子挺拔，冬夏一身黑，后背横个长长的大羊铲，时不时铲起一块小石头抛到羊群里。说他原是有老婆的，长得挺俊的，天天倚着羊圈屋的栅栏嗑瓜子。关于她的走有两个版本。

第一个，羊婆吃醋了。羊倌看羊的眼神比看羊婆温柔，跟羊说的话比跟羊婆多，跟羊待的时间比跟羊婆多，明显对羊比对她好。母羊生产，他把自己的面条给羊；羊病了，他抱羊在怀，拍着安慰，不睡不吃。像爹，更像一个爱护女人的男人。羊婆摔盆子摔碗，把羊倌赶到羊圈住，羊倌真就搬上铺盖卷去了。羊婆大闹，挥着羊铲撵羊，羊倌疼哪只羊，就打哪只羊屁股，一边混骂，要你骚，要你撅屁股装可怜。羊倌发脾气了，羊只他打得，别人不许动个汗毛。羊倌夺过羊铲打女人的屁股，比打羊狠，还振振有辞："你有羊温柔吗？会咩着撒娇吗？你的肉能吃吗？你羊活着能行吗？"

你跟羊过吧，腾地儿。

第二个，羊婆饿跑了。羊婆见羊倌待羊好，心想也一定待女人好，就想学一只母羊，吃草晒太阳不干活，养胖胖的，给羊倌生一堆崽，让羊倌疼死她。可是老羊倌长得挺风情内心木麻麻，不明白羊婆的梦想，反认为你个死女人不种地不挣钱，喝你羊的东风破啊。羊婆装病了，见羊倌前脚走了，赶紧起床和面擀面条，卧上俩大鸡蛋，吐噜吐噜吞进两大碗，急急地，两颊冒汗，打着长嗝，赶快洗碗，收拾停当，长舒一口气，缓出门，看花，喂鸡。

羊倌晚上回来就是棒子面饽饽，棒糙粥。羊倌发现白面少去一截子，怒，却不动声色，偷偷把白面藏起来。他的心比羊细，不想漏掉一棵草，不忍糟蹋一点粮食。羊婆一看这架势，也藏，一瓶过年喝的小烧，一块紫汪汪的腊肉。二人白天比着捉迷藏，晚上大炕头比着撒欢。眼看羊崽一只只下地了，羊婆什么也下不出来。羊倌生了暗气，索性把粮食都藏起来了，看看柜子里也空了，到吃饭的时候，竟然无米无炊。

羊婆坐在门前，支着气儿骂三天："臭羊辣子，羊活着你！"

三

刻薄的女人唠叨起来顶上一群羊，凭尔去，清净。

老羊倌的精神早被一群母羊和羊羔绊住了，被一群羊绊住，就是被一场纷纷扬扬的花事绊住，被仨一群俩一伙的小欢喜给绊住了。羊从来不藏藏掖掖，羊之间没有距离，没有私生活。女人水灵，但远没有羊通灵。

一只母羊不安分，三蹿两跳爬到立陡立陡的大坎子中间，小窝窑里，娇憨地俯瞰众羊。他立刻爱上这只羊，觉得这只羊更靠近他的精神境界。忽然一只公羊三步并作两步跳了上去，与母羊交头接耳，指点江山。他的火气来了。一羊铲抛上一大块硬土坷垃，端端正正扣在公羊的脑门。

而有羊的日子呼啦啦过去了，他的后半生孤独地种田劳动，身边留有那只母羊。他好干净，羊从来一身雪白。他们共住一屋，共用一个水桶，一块香皂，一把梳子，一条毛巾，过年一口锅，两碗饺子，他的肉馅，她的嫩青草，夏天他特意藏在深洞里的。他喝一口酒，她舔两下酒盅，辣得咩咩叫，羊眼媚媚地瞟他，不错眼珠地，一往深情地，要把他瞅化了。羊是他的七仙女，他幸福地掉泪了，把羊搂过来，披上小花褂，对酒当歌，羊生几何？

羊还是比他先走了。埋羊的山坡生满了羊妈妈。羊妈妈是春天的植物，条形梗叶曲曲弯弯的荷叶边，像羊羔毛，奶汁甜香，羊倌挖一大把羊妈妈，搅在面里做馅饽饽，年轻力壮地，默默地，羊活着。

槐子家的肥羊霍霍过来，老羊倌连女人都懒得看的眼睛，突然捻亮了。羊也凑上来闻，新羊没见过他，可认得他的味道。没儿没女没羊，他那满腹的羊皮卷，只有槐子能与他切磋一二。

羊似乎好养，钱来得快，忽地冒出几个羊倌来，力气谁没有。山沟草肥水美，垒房盖圈，背了铁锅米柴，买了几十只羊住下了。结果三天一小闪，五天一大雷，羊赶快散尽了。

看羊下菜碟，草眼看羊低？明明槐子的羊吃得流油。

老羊倌佝偻在墙角的脑袋笑颤了。

养得了大牛大马大骡子，未必侍候得了小羊羔，羊比女人娇，比小孩淘，要人宠着爱着，小声耳语着，羊有一点点发热，羊倌马上就能感觉；羊跟女人一样怕凉，露水草，雨水草，霜草都吃不得，得大太阳晒暖了才行。你一辈子该打光棍该娶个好媳妇是有数的，该挣啥钱是有数的。

四

槐子就是照这套路来的。但槐子比老羊倌明智，疼爱老婆。老羊倌的家始终是羊圈，槐子的家就是人家。老婆和羊都水灵灵，一个占满里屋，一群守在外屋，三围山坡上，三个大羊圈，几百只羊，好壮阔。屋里女人叫，屋外一群羊叫，听听都是叫槐子。槐子心花怒放，根本没时间去蹲墙根挠痒痒，根本没时间去外面当农民工受欺侮。羊活在他造的圈里，他活在自己的圈里。村庄不能没有一群羊、一片青草，和一个羊倌。

槐子生的女儿，不读大学，不用盖房，积了一柜子的钱了，他的羊还是欣欣向荣。羊是他的理想，是他满地的玉米，一片一片金子的安慰。不种，地就慌了，没羊，心就慌了，出去，家就慌了。

槐子和羊在大东坡上，天路纵横，羊还在往高爬，比人到得更远，咩声如浪，把天女祥瑞的花朵拽下来分撒。

槐子坐拥花间，忽然惆怅起来，低头沉思。

羊只走向草场绝不向着闹市。羊内心坚定从不出轨，走牛马的路。肉欲横流，羊还是羊，只吃草不吃荤。

羊是一块肉，没错，总有任狼撕咬的一天，羊知命而乐天，安心奶宝宝，听从大自然的暗示。这是羊的智慧，羊才能那么安详。

人也不过是一块肉，由自然裁夺，人却总想造，作，活出别样来，忽而脱离了人性，成了机器，成了狗，成了野兽，找不回做人的路。

板斧握在自然的手里，多么危险。羊替人着急，羊看人的眼神多么忧郁。下世，眼前的人，或许是它的同伴，那时，你还认得我吗？

槐子生了怜悯心，羊越肥，下得羊羔越多，槐子越难受，索性坐在石盖上一大哭。一批羊换成了钱，老婆有多快乐，槐子的心上就被剜了多大的坑。因此他需要更多的羊来填补巨大的空落。他累得像个老头了，胡楂满脸，矮墩墩，吼哈在羊群里分不出羊与槐。

槐子被他的羊包围了，他逃不出他的圈，他越来越觉得空虚。也许除了羊活着，还需要些别的东西？他想不出来。他抱着自己的羊皮卷，盯着羊发呆。

寡妇家的驴子

驴子闲，不拉磨，只拉粪蛋。不用蒙眼睛转到天黑，驴脾气没处发，蹄下荒凉，见小孩过来，也送上笑眯眯的驴脸，眨动汪汪一对大眼想唠唠心里话。驴明显不喜欢马，有这大哥在就没兄弟啥事，说出天花来驴唇就是难对马嘴。但是马不在已多年，大叫驴充一回马也能赚不少掌声。

河滩上的驴子，倚着丰厚的玉米垛，哪儿好吃哪儿，随它折腾。吃了几块地的，拉了几堆粪，没人跟它算账。卸磨杀驴的事儿，影影绰绰听村头老驴磨叨过。女人的手搂过驴头，蓝花褂子蒙眼上，驴脑袋顺势拱了妇人的胸，所以它隔会儿就放慢脚步撒个娇，只要妇人摸摸它的头，哪怕扬起笤帚抽它的屁股也行，立刻昂扬地转圈，像能干的男人。一头老驴过去都能拿出男人的气概来。而今，闲蹄下只有扁猪芽、马蜂草和七千姑。河滩上的驴子进入怀旧年代了，极力想象一盘磨对齿痛嚼米豆的香气，女人的酥手结上驴套包，和小手挥动的笤帚疙瘩，当然少不了几声清脆的嗔骂、孩子们的嘲笑。它忽然周身舒爽起来，拱着大头刚刚地叫了一阵。没人理。

王八盖梁的驴子位高心远，喜鹊停在它宽阔的肩膀上，晒太阳谈情爱。它一动不动，任小鸟依驴，任它们啄来撵去，就差在它的毛发里垒窝养崽子了。《昆虫记》载，雌狼蛛每天背上驮着一群小狼蛛晒太阳，一动不动达七个月，好奢华的慈祥，而狼蛛长大一去不返，也不悲伤。王八盖梁的驴子效仿老狼蛛，驮着三五宝贝悠然来去，背痒痒了，也惬意地广播几声，而后支棱起长耳朵，龇着大牙讨好地笑。像村里月白风清的老光棍男，顶乐意帮妇人家扛活，哄娃，沾巴点老来乐。

一头井泉旁的驴子，遭遇到蔷薇激情。花开糊涂了，数不清多少朵，仿佛微醺的驴子即兴喷就的诗稿。饱了也叼根草，抖着蹄，一如《红楼梦》里的秋桐“靠在门框上，翘着腿，剔着牙，眼里春波荡漾”。一头井边思考的驴子更像西装革履装满一屋子精装书的暴发户，脚下是换不了的带泥巴的黄胶鞋，张口一堆土坷垃，固然烘托水泉的天然甘美，真怕玷污了清纯的野蔷薇。

总体，山上的驴子虚怀若谷，温和可靠；河滩的驴子爱找事，隔几天须抽一顿鞭子松一松皮肉；蔷薇边的驴子有烂漫心，若能苦学青草山泉的本领，保持天真性情，倒也驴生锦绣。

但是这些驴子要和寡妇家的大叫驴相比，立刻显出吃的盐走的桥跨过的门槛识的驴还是太少了。所以闲着的驴子必须懂得跟随村里的风声，学习斯文新生活，相当于一个有德行的寡妇慢慢适应凉着的屋子，学习把凉水样无色的日子过得热乎了。

夜深，葵花婶子还没睡着觉，想起眠居山里脾气很坏牲口一样欺侮过她的男人，淌下泪来，拉灭电灯让电视开着，演啥不管，门没闩不管，只顾细细抠出清水面条的往日小快乐。

三尺之外，一老一小两个光棍也睡不着。瞅着夜色不错，二人遂嚼着花生米，嘬着二锅头，满脸涨红地吹些女人皮。老的说，咱们，玩，扒光腚呀。小的说，哪，有扑克牌呀。去，老寡妇家。认出来，多不好。我在河套洗衣，顺脚捎走，二妮的丝袜，套上，走。

两个野人突然蹿进屋，葵花以为电视情节，愣怔了，这二人上炕撕扯，葵花这才惊恐乱叫。很快给扒了光腚，又亲又咬扑扑腾腾，这仨人一大炕。

突然，院里爆响起一串铿锵的喇叭，响雷一般破空凿窗，满天密集的星星都骇出一条金地毯来。寡妇家的金牌驴叫。俩家伙立马酒醒，滚下地跑了。还喘着说体会，我摸了奶，我咬了屁股，光滑，暄腾。

第二天，葵花抱着膀叉开两腿横在门口，见人就说不幸的遭遇。

“昨晚招贼了，我跟他俩撕巴半天。我家那头驴叫起来，一人一脚给踢跑了。啥也没丢，就是把衣服扒了，想偷钱，我钱从来不搁兜里，王八蛋。”

俩光棍二逼扯业，葵花也缺心眼子，就那头驴通人性，那火暴脾气，那仗义劲儿，还真像葵花去世的男人。

葵花，五十有几，面白如饼，丰腴声闷，恼了就骂，喜了也骂，只一句，王八蛋。一日，媳妇赶上高兴，拉过葵花的头脸画五彩，像日本的艺伎，葵子。葵花也笑。我老刘老刘食量大如牛，吃一头老母猪不抬头。媳妇捉弄够了睡觉去，葵花这才无声咒骂，口形顿挫三次。

葵花就不敢惹媳妇。说媳妇的钱，还是大姑娘打工挣的，命已搁在了外头，葵花疼的是大姑娘的血。媳妇笑，好像大姑娘在笑，媳妇噘嘴，就是大姑娘噘嘴，媳妇要跑了，那还了得，那是姑娘的魂丢了。

葵花现在是香饽饽。村里一老光棍，有几摞存款，身体壮硕，热爱劳动，喜滋滋去提亲，吃了葵花一棒喝。“长得巨齿獠牙，大叫驴似的，看一眼黑天睡不着觉。”纯处男当场吐血，非要报仇，不到半月买了媳妇，花红柳绿站在葵花的门口。葵花瞅了一眼，嘴撇大门后去了：“就这拉秧的黄瓜，长了锈的老豆角？”老光棍的眼珠子差点蹦出来砸过去。

美上没几天，黄瓜条卷了老光棍一笔钱，跑了。老光棍大病，葵花闻听狂骂王八蛋，立刻擀面条卧鸡蛋端过去慰问，又亲自拿顶针刮痧，一条一条前胸后背揪出紫杠杠来，才好了。一码归一码，驴性。

葵花有个小九九，想嫁夫弟，也是老光棍了，好玩好赌，住快塌了的祖屋，善抓蛇，剥皮，挂村头大树上，专吓女娃，自个躲树后乐。葵花说给两百块钱意思下就成，四下照顾，还不离村庄。行，镚子儿没有。这个窝心脚，葵花羞愧，想隔壁六十五岁大姐老头才死半年轰轰烈烈把自己嫁了，干脆也奔外村走。儿媳不干，“你要走，我也走。”葵花就不能走了，那是姑娘发话，她可不能让姑娘回家找不到妈。可是葵花有好吃的，照例依从前端给小叔子。一家人，能说啥，挨打受委屈也出力气干活。还是驴性。

媳妇拾掇得妖气，性情也多变。早晨吃饭还笑嘻嘻，打了一圈麻将硬拉上儿子离婚去，家里的钱可都在她的小包里，葵花揪心，跪求也不行。儿子郁闷也走了，满大院就剩一光杆葵花。一群小王八蛋，葵花号啕大哭，仿佛姑娘又丢了一次命。

葵花把眯在山上的驴子牵回家了。院里有活物就壮胆，这驴耿亘，机敏，刚性，干活是把好手，叫起来声震村庄，就是脾气暴，有它听不惯的声儿，耳朵即刻立成两座山，有它看不惯的事儿，蹄子哐哐踢出去。一头好驴略同于一个好男人。原来它的地位是长工，现在不同了，是守门员，守好寡妇的门，就是守住不怀好意的窥探，守住主人的清白家风，管你人五人六，想敲寡妇门，先过俺的铁面铁蹄，且来个全村直播，驴鸣一片淹不死你。驴子精神抖擞，雄心勃勃，龙城飞将在。

敢情这么好的资源被一头破驴占着。对于想要同寡妇做些事的，成就美满姻缘甚至后半生幸福大事的，这驴真讨厌了，属于驴不做驴事，非要拉牛屎。这么肥嫩的寡妇，光瞅着上不了架趴不了窝，忒难挨。村庄安静又躁动。弄些馒头青菜的贿赂一下，驴的，还软硬不吃。这直接打击了一个光棍想毒死这头驴的主意，不过是远远地扔它几块石头，砸个腿青屁股肿，或偷扎它几针流点血珠子招些苍蝇蚊子泄一点私愤，大叫驴忠心不改。

寡妇门前风烟俱净，葵花乐了，抻了抻握在手里的缰绳。

午后，葵花优雅地在门洞里歇凉，纳着十字绣。有老哥老姐找葵花染头发，她三两下调配好染液，揪过脑袋就抹，一边开着玩笑。之后凑了一桌打麻将，赢点小钱换酒。是夜，见一壮阔人影悄悄溜过来串门。葵花俩人摊个鸡蛋，拍根黄瓜，整瓶小酒，好像也嘀咕着扑腾些好事。葵花在灯下黄灿灿的，扯过被子一梦，天就亮了。

大叫驴呢？

青丝玫瑰

一

中秋那天，我去山上摘野蔷薇的果子，穿手串玩，它们像醉红的小枣，绕腕三圈，色泽饱满，堪比南红。我妈及时给我补了一课。说早先凤山镇经典的月饼馅“青丝玫瑰”，青丝是青杏果肉，玫瑰就是野蔷薇的果肉，一酸一甜。这说法新鲜又合心。另一种说法青丝是橄榄，玫瑰是玫瑰花瓣，这就俗了，闻闻即知，单瓣的野蔷薇花有多香，而玫瑰哪里能结果？

我瞬间重新爱上老牌“青丝玫瑰”了，这名字锦衣素心，遍身罗绮，又野性朴拙，真真美过所有的月饼品牌。丰子恺有漫画诗：年丰便觉村居好，江边新添卖酒家。其实过去清贫的八月节，只有几块青丝玫瑰的五仁老月饼，心上依然富饶。

晚上等月亮。月亮像金线。妾有绣腰襦，葳蕤自生光；月亮像月牙。红罗复斗帐，四角垂香囊；月亮像半块月饼。足下蹑丝履，头上玳瑁光；月亮像孔雀开屏。指如削葱根，口如含朱丹。大东坡清辉浩渺，小村庄香雾流觞，我亦腰若流纨素，耳著明月珰，和村姑们一道拜月，听风听水作霓裳，狂的月亮，舞的草，酥的虫，两只蚂蚱，四只蚂蚱，六只蚂蚱，一家一家的过日子。山有依，树有靠，岩石有担当大事的气定神闲，水边有绾髻垂簪的女人，看得见樱桃小口齿如剑背，睫毛上的桂花叶子。

月亮落草村庄了。东山坡上惊现一堆篝火，牧羊女和她的男人，守着茅屋群羊演绎远古小戏，男人舞动大羊铲长嘶短吼，妹妹你大胆往前走，萌呆了星星草，月亮一激灵抖了个连环步。女人披发，系树叶，扭腰击盆，尖细的阿娇摇着船。羊群扒着栅栏，左咩，右咩。

好野性的阿娇。你能与男人在山上击鼓作歌，下山盘腿坐炕上跟我唠嗑，你的神话业已完成。神话的最高境界就是男耕女织，度一切苦厄。

这个夜晚不能沉默，我也在街头跳舞轻唱：在那东山顶上，升起白白的月亮，年轻姑娘的面容，浮现在我的心上。直到山上的篝火灭了，阿娇隐于月色，大概进了茅屋，也或许有一场恣肆的狂欢，之后沉沉睡，旧青丝，老玫瑰，野草黄花安然月下。

二

满月自古有着神奇的力量，能唤醒腐朽，带动海浪，不开花的开了，开了的更圆满，动物亦惴惴不安，蠢蠢欲动，烦恼的人丢掉愁，胆小的获得力量，想吃回忆的果实，自然陷入花枝缠绕的迷离小径越走越远，越来越年少。

这样的月光照得见过去，青春白壁，静夜小戏，村里第一台录音机袅袅如烟，张五可和青春，左手蝴蝶，右手玫瑰，大树后面假山石，你要王俊卿还是贾俊英?

哼，对着镜子慢闪秋波，嘻嘻哈哈仔细观瞧。碾道上的月亮，河边的月亮，瓜地的月亮，东山顶上的月亮。走一步，凤展翅，走两步，踩云霄，天生一对，地配一双，自信还是自夸，希望还是绝望，一飘一转，春草已然化了秋虫，砂粒揉成珠贝，声声嫩变作了声声慢。

吃完青丝玫瑰月饼，拿水盆照月亮，月亮出现七彩。你一歪头，要有姻缘了。你那么笃信，脸上眼里都是天上虹，虹里有个男子。

果然那年冬天好事近。你打工回家领个山东小伙，一身牛仔，十分俊秀，干干净净的浪子燕青，真长脸。之后你坚决地嫁过去了，蓝的天，黄土坡，添了大红袄大眼睛新娘。撞的好日子，正是中秋。你又和他一起照月亮，非吃老家带来的青丝玫瑰，从五仁里揪出来，一根根细嚼，心里非常踏实。

自然也照出了虹，虹多喜庆。可七彩亦是多色，代表诱惑，分裂？我们都看不分明。就像此时，我在山下看你，仿佛伸手就摘到月亮，而月亮其实在更高更远的山外。

三

春天傍晚，你在园子里挖土种葵，我扶着篱笆墙跟你说话。你说，要是当初一直在那疙瘩安心做主妇，那个人也许……后面的话和几粒籽被你一锨土压住了，啪啪踩实。天黑了，后背有些凉，我走了，你还在踩。踩得下去吗？十八层地狱油炸酥了碾子压碎铁刺穿成筛子眼也能轻易架上人间，囫囵地扎你个血溅桃花。

你生下男婴，在母亲家养着，他回来也算欢喜，抱着小不点转了一圈又一圈，可是晚上爆发了一场激烈的争吵。你性子烈，他不吃屈儿。天不亮就走了，你还气着，竟是没有唤他。

你倒是追出去呀，拉他回来，喊一声也好，稍微服个软，送上些热情，至少不会独受后来的灾难。金童玉女的婚姻，要多好。你偏不，你倔，倔没有好处。

多年后我还是惋惜，你气走的大好日子。人一脚挪出门去，怎么就是天涯颠倒，再正不起来。今晚月亮这般好，一会儿单眼皮一会儿双眼皮，一会儿唐装一会儿宋服，但千年一面，多么恒久，让人安心。忍不住推门院中，月亮已然高堂在上，母仪村庄，玉米如侍女，添香捧茶。夜是有香气的，夜是个大屋子，山坡是帐子，石头是坛坛罐罐，摆得好随意。为你所用，是福气，一旦绊了脚，怕也是该着的。

人家手段比你高，是绝尘，再无声影。不忍想你后来的苦，一寸寸折磨你的细节。多看你的笑容吧。

你现在的男人真高，背后横着长长的羊铲，简直大号十字架，率领百十多只羊上山，以为基督和众弟子的化身，是个忏悔的队伍。你头上箍着粉色绒线帽，两手抱着草料袋，一盆子的火热蹿上蹿下，撂下挖锨就是扫帚，又打一盆糨糊，贴春联，小女跟在后面叽叽喳喳，是不停扇动翅膀的红蜻蜓。

你说，再也不想四处跑了，累了，回家养羊。说着，你成了牧羊女，腰身壮，胆气豪。还有一只更加腰身壮胆气豪的大狼狗，义薄云天地守在门口。

秋天你种的葵花安静结籽。你还一阵风来，呼啦拐去。这命了，一生操劳。可是你满眼放光，满脸瑞气，你有一家三口不忙怎的。你说那是个好车夫、好羊倌儿，也说他的坏脾气、你们的疯狂夜。

最后我们总结：甭管什么时代，找个靠谱男人，生个健康孩子，才安心，才可能幸福。你过得这样好，我们都淡忘了旧事，从不说起那些年，你一个人的漆黑，喊千万声，无人应。

四

七年，你老老实实在乡下，把自己当蜡烛，点着熬，熬断一根手指再续一根脚趾。

七个春天，没有一只紫燕像他的背影，或捎回他的消息，只有你一枝一朵的自残。

你抱着小孩，确切地说是个病孩子，非常糟糕。牙齿和指甲随生随着都磨掉了，不知道疼痛，见火就抓，见刀也抓，老高的墙头一骨碌就跳下，他有多少处骨折和伤痕，你有成倍的担忧和泪水。他又极怕热，夏天睡在水缸下，你也舍了炕陪他。你舍的是命。

你才静了。开始在月光下画画，画那个人的皮，那人的骨，画他满脸是血，声嘶哀号，流离栈道，断腿缺眼；画他是石缝的牛蒡，沟沿的断肠草，粪堆的屎壳郎，毒日头下呼呼气喘的山驴驹子，被孩子倒埋进土里，只撅个尾巴尖。不好，扯碎了，再画。红纱帐，灯跳心跳，浪子燕青露出花绣的脊背，李师师百媚千娇，情愫在烧灼。你妆罢立春风，一笑千金少，俺家燕青心如铁石，端的是好男子。

你扔了笔，撕了画，跑进月光里，倚着庭前老榆树哭，老榆树守着门哭，门自顾自哭。门自那次他摔下走了，就再没为他开过，梦里也不曾有一次吱响。许多个夏夜，你在老树下睡去，老父亲偷偷在树下放了厚厚的玉米墩。

你像个白袍女人，一直在树下低头做鞋，吭哧吭哧做了好多好多鞋，可是没有人能穿，你做的是纸鞋，抑或是铁屐。你比露水凉，比树凉，比石板凉，比月亮凉，比一块月饼凉。七年，你不再吃青丝玫瑰月饼，不再照月亮，只一口口嚼给孩子吃。青丝是桂花树的叶子，玫瑰是悔不了的嫦娥，你是不死的心，那把万恶的斧头夜夜砍，砍断了还长，血干了再流，疼炸了就昏去。

但是天阳一出来，你还是发丝青亮，眼神流光，煮饭洗衣，街头闲侃，不曾诉说一点哀愁，也就不曾有人乱送同情。孩子就磕磕绊绊地长大，像你一样眼睛大而清澈。

哪棵老树上不收留着几只哭哑了嗓子的鸦。鸦的悲伤掩在黑里，鸦的笑容也掩在黑里。你道它是笑是哭？它不停地飞，偶尔叫几声，还要躲着人。鸦内心惭愧，还是怕污染别人家的阳光？你不如一只鸟，飞不动，不能躲，孩子在那儿，沉沉地坠着。你完全可以甩手，爷奶说养。不给。他爸不要他了，妈要全部霸下，你严格地管教，又过分地宠溺，谁是谁的天？

五

你这湿漉漉的柴，费劲地点燃，烘焙自己，再去暖和你的孩子。

可生命就是一撮炉灰，燃烧是为了落架。

你落架了，怀揣的玉兔丢了，熬尽心血的孩子跑去了天国。你驾夸父的战车也追不上，就像你无法撵上那个男人。你撞墙挠墙，你哭碎月亮，没用。落架了，就是木头没了，大梁没了，房子塌了。你的月宫一片瓦砾，你任它瓦砾，不扫除，不上火，身后有风，凭它吹去。

现在他就是带一个王国回来，八抬大轿，跪下，呈上凤冠霞帔，他完了，没用了。

你一身清辉，你是自己的月光。

忽然看见了，涛涛一挂银河，纵贯南北。你怎么只喝一瓢就呛住了，且一直咳了七年？

原来村庄不过是个井，我们是淤泥上的水，仅够舀起一桶半的刻度，撑住月饼大的一块天，月亮走到井台上，我们才仰望到，脖颈累酸了，影子才落进手心。可月亮却和井水一样凉，没有温度，没有香气，没有绿色，一点拯救的意思都没有。月亮和月饼你还是要月饼吧。

六

跟谁不是搭伙过日子。那个长得倒俊。你雄赳赳气昂昂跨过鸭绿江，节奏十分明快。

登报离婚。出外闯荡。你要重建帝国。身边多个男人，无父无母，无出众相貌，无多少文化，只有几亩薄地。你是大学漏，念过英文诗，学过微积分，也被称过浓眉大眼，俊俏灵透，未来如何如何的。这样的纯土坷垃委屈你不?

可他把你当宝，十分依赖你，大概说啥也不会跑掉。至于感情，俩人就是摆家家，一把子树叶一堆石头一泡泥，摆长了，也是真家了。沉一起真刀真枪炕上地下火拼十几年，有上好的玲珑小女，日日柴米油盐共同熏蒸，一层一层浸透去，信与不信，多年的婚姻，实质已腌成上好的腊肉，黑里透紫，紫里透红，红中间白，风味老辣，让你舍也不舍。

可以推倒菱花不再瞧了，不再需要“怒冲冲我把青春叫，唤阮妈上楼问根苗”。美貌只是一口气，吹了就没了。媒人只管硬捏，合不合窑性，要看命运两头的泥人，打碎了搅一搅才知道。

七

许多人爱听你侃大山。一嘟噜豆角一串辣椒地扯话，句句有劲儿卡在刃上。你怕过什么，小女孩时大冬天自己起五更做早饭上学，秋天一个人钻深幽的庄稼地，给祖先上坟。野小子面前没有邪行鬼道。你似乎没皱过眉，没说过愁字，没叹气过，天大的事，就一个字，做，想法子，东奔西跑地，乒乒乓乓地做，枪立在那儿，你就敢拉大栓，给你大刀，就能抡出青龙偃月。

这等精气神，你活得有骨有肉。

又是十年，你和女儿都白白胖胖。你外省的屋檐总算爬满了春色，也有燕子筑巢，蜘蛛结网，借一方宝地，静静捕食，养育小崽。有仁慈之光。

你在千里之外奔波。

有个车子从千里之外开回来，穿过小镇，穿过乡村三级公路，两旁苍翠玉米，缓缓地停在村口。一个不惑之年的男人下车，站住，往村里打量。

八

纳凉的大嫂大叔们手搭凉棚看去，在记忆里搜寻着。突然都变了色，八成是……

一个月后。

长亭更短亭，说不完，他。在小镇的一面山坡，一个长满荒草野花的小土包，坐着。

他还是那么俊美，沧桑这多年。你心想。他离家不到一年就进了那地方，一蹲十五年。十五年没有人探监，家父早与他断绝关系。他竟然不知，孩子早没了，还梦想着见到比他还高的孩子。他跪在草上闻，亲，轻轻拍，像一个悲伤的父亲那样。

他原是多么干干净净的人哪。这个落魄的浪子。该揪光他的头发，打烂他的牙齿。

那个午后阳光是蔷薇花的，晚霞是蔷薇果的。你记得特清楚。

一点都不想闹，你比山坡还静，你的三寸不烂之舌如同蛰伏的动物，思想则翩然拐上另一条路了。这些年在家怎么也待不住，过了年节就想往外跑，就想走在路上，是否心底有个不愿承认的小小心思，说不定哪个黄昏哪个早晨，哪个城市的小巷或饭店，说不定有个邂逅。冲上去掐死他，让他看着你的骨头铮铮的笑容。

你对他一笑。笑他还是笑自己，这么多年，早不是青丝玫瑰的女孩，是女汉子，爱大笑，哈哈哈的那种，不加掩饰的。

你当他的面扔掉手机卡，外界从此没有了。你是早已厌倦奔波了，想稳稳地待在家乡，埋头于一群羊，只是下不了决心。忽然明镜了。你站起来，对着空谷喊：我要回家了！

九

你山上的茅草屋，非常简陋，可汤茶暖被，有台有面，令野字泡汤，荒凉逃避。不管遇到什么，认真活着，锣鼓铿锵，从不应付。就是这态度拯救了你自己。

有点像，夜深忽梦少年事？

你把玩我穿的蔷薇手镯，红得这么美，这么短暂，一天就会蔫掉，刺出毛来扎皮扎肉。玩与吃都得趁鲜。趁鲜，剔出果肉，埋进面粉，与青丝结盟，成美味月饼，就长久些了。

现在也有青丝玫瑰月饼，可还能是从前的青杏野蔷薇吗？

我们一起等十六的月亮，说先看见最圆的月亮，就有好运气。有些女人一直站着面向东方，不眨眼。我们靠感觉知道，自顾说话。

那个早晨，雾气蒙蒙，他气哼哼地走了。他和他的老板拼酒喝。他被扶进老板的房间。他是假浪子燕青，老板是冒牌李师师，妖孽十样锦，缠死，无生无念。

他收到两家老人辗转的信件与电话，他看到老婆低声下气的求告，他想马上赶回去磕头作揖跪钉板，一辈子给老婆孩子扛活。然而李师师扶着洁白的肚瓜挡在门口。他醉醺醺种了李师师的孩子，只好稀里糊涂代管了她的公司，给她们开车呵护，摸黑道白道的屁股，花一天酒一地打架冲锋，也拿碎酒瓶子扎自己的痛。终于捅了大娄子，进了局子。

李师师派律师来了，他眼里放光。仔细一瞅，是半篇信，说公司卖了，她带着孩子出国了，还特换红笔标注一句：不用惦记孩子，跟你之前就有了。

哈哈哈哈，你笑出了眼泪，笑得像释怀的月亮，忧伤的月亮。当初不过是一场小吵，孩子放谁家里养大的小矛盾，的确离悲剧十万八千里。可是一个旋风，蓬舟吹取三山去，全岔了。半步都没有得迈。

你第一次叹气。

只有我知道，你的歌里还有泪。你尽管努力擦了许多年，以为擦净了，它还是猝然掉出来，有饱满的伤口，一串串的血珠子。这血珀样的晶莹，像青丝玫瑰中的蔷薇果子，只在满月的夜晚，且一定是八月十五，才动如脱兔，冒出刺来。太阳一现，立刻又静如处子，锦衣素心了。

聊斋的木匠

初冬的时候，兰子顶着细雪嫁到我们村儿，枣红马车上篷着蓝布帘，上面浅浅飞着雪，青青白白，像顶着瓦屋的蜗牛。抿着嘴钻出壳来，却是个红花棉袄大辫子姐儿，玉米面一样的脸，眼睛粗黑壮阔，能装下整个村庄。咧嘴笑开，仿佛溪水冲过石头青草，竟有余香似的。

她家在村庄隐蔽的东南角，必须路过一条幽深的大沟。早先是旧学堂，一天到晚吵吵嚷嚷顶是热闹，学校撤后，那片沟坡萧条阴冷，木匠家买去了。大木匠老邪是很有意思的，全村的房子都由他带着儿子们掌控，看风水吊线。坐北朝南，好了，架起四梁八柱，垒墙盖屋，瞧吧，一排排的房子亮起来了。结果房子集体偏向右斜那么一点，太阳来得就迟些。没人指责，他就是斜眼嘛，才叫老邪。

小邪要娶媳妇了，老邪决定这次正正当当地吊回线，所以小邪的三间大瓦房是全村唯一真正坐北朝南的房子。会风调雨顺吧，老邪乐，小邪也乐。老邪乐了就竖起大拇指说："第一，好。"小邪咻咻地乐，把头更低了，呼哧呼哧推刨子，刨花长长地卷起来，软软地落了满地，嶙峋的木头转眼就青云出岫了。小邪的木匠活做得更精当细致，严丝合缝，平平整整，哪怕小桌子小板凳也绝不含糊，十里八村出不来一个。四下里找活的多，月上柳梢头这才返家，东家早酒肉招待了。兰子一天都寂寂着。

冬天日短，趴在窗前看南山，荒草半坡湮没了木匠家，只能见到檐头瓦片，晚炊的烟冒起来，会以为野外有狐点火取暖。那果然是荒凉处，这才有神秘感。这个角落就是我们常玩的据点，常玩的也只有我的大同桌，玩也不过是图兰子家的安静，安静也不是为了说什么私房话，她独自在家，盆火旺盛，炒棒粒儿吃。那样的黄昏，我照例出去找宿，路过玉米架，顺手抽出一颗大棒子，藏在棉袄里，跨过河，穿过沟，奔到兰子家，院里好大一堆柴火垛，这就是温暖的保证。我的同桌也抱着大棒子喝咧喝咧进了屋。兰子极高兴，晚上一人在家正害怕。长辫子用粉红的发夹穿在后面，搓棒粒儿，猫腰刷锅点火，都不滑脱。潮湿的棒粒儿热气滋滋冒出来，嘭嘭乱跳炸开花，出锅又撒了糖精水，上炕围着火盆边吃边说话。

小木匠说话费劲巴拉的，为啥要嫁他？我们不明白。兰子说父母早没了，只有叔婶做主，说木匠是手艺人，挣不着大钱，但肯定饿不死。木匠人老实，话是说不出几句，倒知道疼人。大冬天多冷，人家都在家待着，他也不歇工。兰子眼底闪着满足与羞涩。小木匠这时挑帘进屋了，龇咧一笑看着小兰子，眼里再没有别人。兰子赶忙下地，倒上热水，捂住一双冰凉的大手。我们赶忙撤走了，还议论着兰子怎么和他过，急得跳墙也蹦不出一泡尿来，憋死了。

我家也请木匠做门。小木匠低头做活，刨花拉锯，眼睛根本不看别处，好像一生就只这一件事，再没有其他。两扇门对在一起，一丝缝没有，却一点不轴，天生的好木匠。母亲问，啥时抱大胖小子？木匠红了半扇脸，嘴唇咧到耳朵上了。低头更用力地推刨子，全身流动幸福的曲线。刨花聚了一堆，我们一条条抻出来，挂在脖子上胳膊上玩天女散花。忽然觉得木匠兰子俩人就像这刨花，看似硬生生的合不拢，其实很柔软地缠绕着。

兰子生了胖小子，老邪背着手绕房一圈，看来房子正当了是好，孙子都乐意先到，小酒喝得叭叭的。阳光晴暖，大院静寂。孩子在屋里哇哇叫，小木匠在窗外叮叮当当，做小手枪、弹弓、冰车，跟修房盖屋一样郑重。

这样地缠着有多好，但是夫妻两人的缠，还是像林间鸟，经不起外间的一场大风雨，就湿了断了，彼此拯救不了自己，反是殴伤对方的神魂，各自天涯罢了。

下大雪了，打猎好时候，男人们开始收拾夹子土枪。这本无关木匠的事，他根本不是猎手。可是村里突然隳突乎南北。小木匠大半夜拎着斧子不打猎，要杀人，凿了一家有名有姓的大门，呜哩哇啦吼叫着，砸墙砸玻璃，眼睛红得像火炭，看谁一眼要烧出几个窟窿。几个壮小伙强绑了木匠，嘴里塞了臭抹布，押到兰子跟前，一顿藤条之后，逼兰子说话。

“他是不是胡说，他疯了。”

兰子搂着孩子叫喊否认，木匠又遭一顿藤条，昏死了。兰子放下号哭的小儿，趴在炕沿上哐哐磕出血来：“各位大爷放开他吧，是他疯了，他胡说。”

听说木匠的女人被人欺侮了，木匠下工回家恰好看到，追出去。但憨直的木匠反成了猎物，血淋淋地堆在地上。谁是冤的。

小木匠醒来后，世界颠倒了。他变成拆匠。一只懵懂的神力野兽无法无天，越战越勇。砸碎所有的木匠家当，一把火柴火垛烧了，粮食拖出来扔进火堆，衣服掏出来扔进火堆，呸呸吐着口水，念念有词。都砸碎了，不能留，都不能留。又去摘窗户纸，细细地一个纸屑不剩，风雪立刻蹿进屋里，兰子抱着孩子躲在一角哭泣。木匠又抡着大镐上房顶，碎瓦片叮叮当当滚下去。兰子呜呜哭喊着，“别砸了，老天爷，还有孩子。”狼崽子？小木匠夺过孩子扔窗外了。

兰子趴在小坟包上号哭，辫子乱草一样刮在乱草上，仿佛孩子的手钩住她。木匠笑嘻嘻一剪子给断了，抱着大辫子四处美：狼尾巴也剪了，什么都没了，都看不见了，吼吼吼。随后小木匠索性披上花被子，扛着木棒，唱着革命京剧“打不尽豺狼决不下战场”，极其昂扬出庄了。

空空的四梁八柱，兰子跪在残垣断壁前，老邪奶奶扯着她的头发又踢又踹，骂着骚狐狸精，吃了她的儿子孙子。兰子穿着扯碎的红花棉袄走了，一头乱蓬蓬。风雪很快湮没了那点红。她来时，以为整个村庄是她的，走时才知道，村庄装不下她那一点红。

有人说，老邪盖房出了问题，这个庄的风水，还就是得稍斜点才压得住。老邪跺着脚，他觉着一生英名毁于一旦，再也没有精力教出好徒弟了，再不想给谁家修房盖屋了。

多年过去了，我还牵挂着小木匠，那片家园的灰飞烟灭。也不是风水问题，后来几家人分了那片沟，早盖了新房娶妻生子，过得好。我没进去过。我的记忆还是小木匠的家。

初春，小雨软绵绵下过，四野青寂，我在山坡上捡地皮菜。山脚下兰子撅着肚子倚在门前编辫子，小木匠拉锯做活，小葱、韭菜一池池绿着。木匠吭哧瘪肚唱起歌：“姑娘好像花儿一样。”不知拐到哪个山洼了，兰子哈哈大笑起来，肚子跟着颤悠悠，木匠扔了锯奔过去，捂住兰子的肚子，又笨拙地替兰子编花辫，盘到头顶，拿镜子照。傻木匠也会演金玉良缘，怪有心眼的。木匠在四乡里弄了好多花回来，栽在院子里，只有一个品种，凤仙花。嫣红，水红，深紫，浅紫，粉白，纯白，单片，复瓣，薄皮，厚肉，围着四四方方的篱笆墙恣意开。兰子穿着水红的小褂缓缓走出来，山妖似的。太阳晒落了露珠，兰子摘一大把最红的凤仙花，就着白矾一下下捣碎，堆在指甲上。指甲红了，木匠就回来温酒了。

听说兰子后来几经周转嫁了很远，克夫败家，近处的没人敢要。小木匠再也没出现过。

嚼不烂

一

这女人是话痨，能把一件事从十万八千里外拽到跟前，掰开揉碎，打破砂锅，说个底朝天，再哗啦拍地下，说到一个筋斗云后。眼看太阳从东墙根儿悠到西墙根儿，说了第四遍我得回家做饭去，一顿不做吃不上，没治没治地，依然拉不动腿，因还没说透，熬烂。

母亲见她进院，赶快摘一筐豆角，或挑一堆韭菜，慢条斯理地做，都做完了，她的一通话尚在长途列车的第三节车厢逛荡，豆角旗列，韭菜飘飘。随后站在屋中间，掀着门帘，外屋锅台，当院，攀着篱笆墙，缠绕着，遇到花说籽，遇到鸡说蛋，猪拱圈了说截年陈儿的肉耐吃能过个好年。好不容易蹭到大门口，手扶柴门又阳关三叠摇头捶胸，嘴巴像泥鳅泛出紫沫，总算拐进胡同了，杏树伸出的枝子又是一番春意闹，这才不舍地走了，还不断回头薅上一段葱，拌块老豆腐。

初时以为她舌底翻莲，有天花乱坠之奇效，后来几锄头下去，不过一摊污泥。

瘟神，难送。母亲快回屋烧火，父亲才是急嘴子。至于那个女人，家里自有温顺的婆婆做着一切，她回家不能立马吃上饭，能把婆婆磨叨死，甚至想跪下求她，你喝口水歇歇嘴。

有时高兴了做着饭，恰男人外面回来，她拿着水瓢淘着半道米，堵在门口说开事儿了。说说评评，密不进针，瓢就那么端着。灶上的火早灭了，孩子饿得叫，一脚门里一脚门外的男人总算插上句话，让我先把东西放下行不。

来亲戚了，简直送上门的听客。快上炕，盘腿坐下，拉开话匣子，说得你眼皮睁不开，烦躁得想呕吐，要晕厥，不省人事，还得拿小棍支着听。饭点过了，亲戚只好走，这厢又马上热乎乎地挽留，在这吃吧，就是不抱柴火不下米，婆婆问做啥饭，没媳妇指令不敢擅定。一句话斥了出去，“那没眼力见儿的，正忙着，过会儿的。”亲戚只好说家有急事必须走，这才下地，卿卿我我地，细水长流地，恨不能送出二里地去。出了城，过了关，但只见山上的樵夫把柴担。别人家吃过晌午饭闷一觉又上山干活了，她才刚满足地转回家。回家就大骂婆婆不做饭。

她荣获了几个称号，嚼不烂，倒嚼，倒粪。列位还不知其长相，妇人有一头焦煳的“獾子角”，蜷曲的羊羔毛都松开就是一大头笸，粗粗地编结两根大麻花辫。黑黄的面上生着许多扁平疣，嘴唇天生黑紫，话多酿出泡沫来，令人想起夜晚湿墙根儿处鼓噪的蟾蜍。

她的烦恼像毛毛虫一样，乌泱乌泱团到别人的身上，自个满肚子风清月明，一夜好睡去。打足了呼哨，第二天丰神秀目升座开坛。

高音喇叭也抵不过没完没了的中音，男人早已臣服这等波涛翻滚被里三遭外三遭灌成水鸡，婆婆习惯低眉闭气，公公厉害先被呛死了。前世寂寞多少年，今生那张嘴偏是泉眼，昼夜汩汩地冒，打头鲜明些，接着都是烂菜帮子破布头了。

穷说不打盹，咱当会儿金子，就一会儿？男人试探。

不说天就黑了，人就哑巴了，病就来了，被看轻了，没能耐了，还活个啥？喷个满天星。

听母耗子磨牙，不如听蝲蝲蛄子叫。有小伙子讽道。

两个少妇在街头拦住了“嚼不烂”。

她从山上下来，扛着挺沉的一捆草。二少妇你言我语，问天问地，各牵话头，逗引她说下去。她小眼放光，厚嘴唇越发紫，泡沫越多，那捆草左肩右肩地换，就是不放下。二少妇预备的话头都已问完，到最后就问：“婶你早晨吃啥中午吃啥。”磨了一个时辰，汗水从嚼不烂的獾子角里淌下来，神情还亢奋如头上的骄阳。二少妇反倒累垮，赶紧告别，跑到角落里捂着肚子笑。嚼不烂掂掂草得胜还朝。

谁家贪上嚼不烂的官司，也别想有好结果。她永远是自己和孩子好，孩子伤了人，天生善于蛮缠，翻舌头功夫气死诸葛亮。果然孩子弄出人命逃跑了，这一大家子人也都连夜逃了。然而孩子终落法网，到底折到枪杆子上，翻到地底下了。

嚼不烂，这回肉烂在锅里，舀不出一句成个的话了。

一夜间，村庄俱净。能听得见花开，叶落，草长，虫飞。也分得清鸦噪，鹊叫，猪狗哼哼，猫鼠打架，驴子长鸣。

一个人的话音气场，竟然围歼了一个村庄许多年。

二

老家一女孩定亲，邀我作陪，我一上车，进入雾霾重灾区了。前两排是女人，四个姑奶奶坐拥天下，叼着烟卷吞山吐水，狂飙高音，眉毛横飞。后座男人赌钱，大烟筒不小，气势有所收敛。家乡的女人会领导，老婆大人在上，哪敢碰瓷。

唯定亲的女孩坐在中间，温柔贞静看着窗外。灰秃秃的原野，仍能给人以安慰，因它埋着春天的种子。定亲的孩子就携带着种子，只等结婚的适宜土壤。所以我见女孩，犹如冬眠后的动植物，就要咬住春天的乳头。

车颠簸着进入村庄，数十男女已在门口候着，穿过鸡鸣兔跑的小院，进屋落座，一脸郑重。娶媳妇时谦卑有加，聘姑娘定要摆出些姿态来的，扬眉吐气待何时。茶上得晚了，两个姑姑沉下脸，对方赶紧赔笑。正乱哄哄，男方主事的说道："时间到，咱擦脸了。"

还不明白缘何要洗脸，却是要谈正事的意思。男方递过彩礼单，又礼貌地请问女方还有什么想说的。女孩的叔思忖着说："这两家的负担都挺重，不知男方能否担得起。"那位准女婿腾地站起来，眼睛瞪红了："我能挑，我挑得起，行不，叔。"大有拍案之势。大家一愣，捏一把汗。而这位叔，破天荒只说了一句："那就好。"年轻时也是拳脚风云，一点屈吃不得的主，是岁月、生活，还是他恬静的妻，把那火暴的脾气改造了。

姑姑们一样火暴性子，眼睛立起来，互相看看压了下去。之后双方交换礼物，两个孩子认亲敬茶，敬到我哥那儿，我哥站起来说："以后我们就把孩子交给你了，两家担子一肩挑，任重而道远，好好把握珍惜！"话不多，声声重。

吃饭时女人一桌，两个姑姑艺高人胆大，不怕人家灌，反似主人劝大家多吃多喝。大口喝酒，深度吸烟，豪言壮语，涛声阵阵，欢实的胖头鱼摆尾撅臀，正愁没一个水岸和看客，一屋子都是她们的气场，真够男方喝几壶的。三姑说："我这人就是爱说，打死也是要说的，我闺女死不待见我，一天嘚啵嘚，嘚啵嘚，烦死了，可不说不行，吃亏也是要吃在明处的。把侄女婿请过来说话！"

准女婿过来，赔了若干不是，姑姑左姑姑右叫得甜蜜蜜，干了一杯酒才放过。四姑技痒，她的好戏还没机会上演，恰巧一个男人过来敬酒说话不中听，欲为男方挣点面子，可算错了心计，四姑奶奶借着酒劲儿泼过一杯酒，打了两耳光，又连说带逗一路打过去，三个插嘴还嘴的男人捂着火辣辣的脸，被拽出去了。大家心知肚明，有拉有劝，说笑着闹不大。

离开的时候，女孩的叔哽咽着：“憋屈呀！”大男人哭起来了。妻搂着他脖子推上车，小声劝：“想想你为谁憋屈呀。”姑奶奶们显然都喝高了，无视一个女人和村庄的尊严，高声叫闹，跳着脚擂着大腿还要往回扑腾，要理论个明白，只好硬拽上车。哥礼貌地和男方家人道别，车子总算开出了村。

几位姑姑自小泼辣，大眼睛山核桃似的，双眼皮挑大梁似的，托在谷壳似的赤红脸上。笑起来人仰马翻，一览众山小，发起怒来，比个狭歹不逊色。管你老少，管是谁点着了战火，捋起袖子乒乒乓乓就干仗，叫骂个昏天黑地，呕哑嘲哳，无羞无愧无敌。

> 枝叶瘦金体，单薄小黄花，花落针出，坚硬，倒钩，长了鬼眼，牢牢钉住路过的动物和人，扎进肉里去，只能一根一根拔掉。明年，你扔的地方就是一堆小鬼，难缠，得名鬼针草。

这样的野花谁敢采？但就有勇敢者采摘了，捧进家门，大权奉上，随她带刺，随她霸气，一天不扎还难受，以乖乖地侍奉姑奶奶为乐，日子就叮叮当当煽风点火扑扑棱棱地过。

车上姑奶奶们依旧闹，搂抱着哭骂，仿佛受了天大的冤屈，声言：“结婚时必须再掀它几桌才解气”，又声色俱厉斥责女孩：“太老实了你，也不知说句话，等着受欺侮吧，哎哟，肝疼。”长腔哭调云去云来。姑奶奶们的丈夫拍着搂着劝着，任鼻涕眼泪往身上扛，终于声息渐小．各自瘫在自家男人的肩上，一只慵懒的猫。

车上突然清静了，我和哥哥说的话才冒出芽来。窗外炊烟四横，黄昏迷茫而温馨。想来世间一静一闹一收一敛，总有和解的道。

结婚当天，果如姑姑们的性子，新郎官儿一步一障，跋山涉水，一颗血红的心摔得鼻青脸肿了，才接出泪眼迷蒙的新娘。

那些场合，真是她们的春秋时代。若在过去，泼女们要怎样掐着粗腰跳着小脚一歪一斜地骂人，滑稽了。

三

晚上观月亮有一层淡淡的黑圈，要下霜，是时候砍白菜了。

家家都去同一块大菜地，家家都是七八口子人，来来去去，窄窄的田埂，一个姑娘突然破口大骂，刀条脸上血丝膨胀，薄唇，快嘴，分明一头母狮，浑身长满了刺。

华姑无意碰着了小母狮子，可是滚蒺藜了。狮女顿时蹿起万丈火苗，她母亲才辩几句，狮女的嘴巴霎时驾起了粪车，一顿炮喷。四处的人直捂耳朵。好男不和女斗，好女不和母狮子斗。狮女的妈赔着不是，说从来管不了这孩子，甭理她。狮子爸可不良善，一旁助阵，又有三四个粗实的哥们儿撞腰板，灶火又添了干柴，狮女一路奔骂到祖宗八辈，声音突然断了，也怕遭报应，内心有怵自动改了口。

华姑家总体文弱，医生老师纯良学生，根本不好意思张口骂出脏字来，只恨恨地说，红口白牙不会有好下场，君子报仇十年不晚，看她怎么趴蛋了。及至她两个弟弟成长起来，身边有护驾的天王，再没人敢欺侮了，心上的疙瘩也就平了。

那狮女，听说她姐跟婆家吵架了，一个人拎着石头直奔那个村庄。

婆家早闻其恶名，快插好大门，凭小狮子门前叫骂，碎砖石头扔进去，鸡飞狗跳，树枝断肠。

我看着那些场面，想自己为何不厉害，天不怕地不怕，说得出来，说得出口，去好好教训她一顿，让她有个怕的敬畏的。梦里真就变成快嘴了，声音尖厉，暴雨泼洒，砸得四周无话可应，舌战群婆子，说啊说直到嗓子哑，一群狗落水，一堆蚂蚁钻洞去。醒来一笑，算过足了瘾，想想还是做自己的好。

没有嫁不出去的雌儿。狮女在婆家，一天八场战斗不误吃饭。与公婆斗，其乐无穷；与小姑大伯子斗，其乐无穷；与东邻西舍斗，其乐无穷。狮女嘿嘿笑着，有独占山头的喜悦，扛着大旗还要找对手，拔剑四顾一片茫然，大家都绕着走了。跟河妖讲什么人道，自有宝塔来镇着。

人不记得天有数，狮女遇着对手了。男人出门做生意，翻车了，双腿残废，抬回的那天，狮女任男人挺在炕上惨叫，不管不理，只从早到晚坐在大门前，号啕不止，骂天骂地，骂人骂社会，骂鸡骂狗，想看笑话，门儿都没有，想打倒姑奶奶我，门儿都没有。又大骂男人家，缺了八辈德了，让她个弱女人摊上大事，活不活了！

第二天风晴日暖，无有声息，以后复如是。都以为狮女会扔下残废男人带了孩子离婚，才合了她的脾性。狮女却认真照顾起男人和孩子，认真种地养家，屋里屋外忙碌，不与别人搭话，且绝不许婆家插手她的事，她也绝少回娘家。嫁鸡随鸡了，不离不弃了。

骂人要有动作表情相配，跳脚抛砖都是力气活，骂人的词儿要出新出巧不重复，一句是一句的脑力活，太耗费精神，如今把这些省了，她的能量真不小。

野蒺藜结束了她的战国时代，进入大喘息时期。路过那条街，大门楼大瓦房，露出蔬菜架来，结得滴嘟水挂，院里静悄悄，好像一家子人都睡着了。

燕蝙虎，穿花鞋

一

夏日黄昏，河边都是乘凉的人群。孩子们撒欢叫：

> 燕蝙虎，穿花鞋；
> 你一只，我半截。

甚至真脱了一只鞋子，往天空抛。一忽悠工夫，矮矮的低空下飞来数只蝙蝠，就在头顶窜来窜往，跟着鞋子跌落的方向扎下去，渐黑的夜空荡漾着幽微神秘的气息。

蝙蝠真的喜欢女人的绣花鞋？二奶奶收起正在刺绣的鞋帮，吐字像星星，一颗是一颗的："老辈子说，蝙蝠是女人的情郎，一到晚上就出来，看见绣花鞋以为女子召唤，纷纷出动勾魂来了。"这话让人兴奋，"今晚蝙蝠精会找哪个姐姐？"

二奶奶眼一立，"屁大点打听啥，关紧窗子，小心黑鸟蛋子就是了，去哪也逃不过我的一锥见血。"二奶奶的视线追着女人堆里穿蓝色百合花褂的女孩，见她起身走了，立刻把线绳绕在鞋上，背着手跟了过去。红缎鞋面上两只飞翔的小蝙蝠，随着她走路一跳一跳的好看。

二

二奶奶是个故事王后，绣花针一刺一穿，怪异故事便牵出花红柳绿来：

有个小姐生得漂亮，父母视为明珠，养在阁楼里大门不出二门不迈。某晚，一团黑影闪进窗来，落地化为年轻男人，高个微黑，华丽的长衫从上到下盘了一排精美的纽襻，小姐喜欢，二人行了夫妻之事，奈何衣服一解一扣好费工夫。鸡叫前男子又顺着窗缝消失了。父母听到异声，推门看看什么也没有。过了数月，女儿神情恍惚，肚子渐大，不久产下一堆小蚰蜒。人皆惊骇，原来那一身纽襻的黝黑男子是个蚰蜒精。

仿佛蚰蜒唰唰爬进洁白的脊背，我们身上立刻冰冰凉。蚰蜒也能成精勾魂，那蝙蝠当是更为可怕了，可是这些妖精与女人私会的故事还是美艳之极。想来人们总会把一些丑恶或可憎的动物幻化成俊美的男形女形，堂皇驶入人的世界，闲来咀嚼一番，寂寥也能生花冒叶了。

寂寥的二奶奶领着几个半大女孩上山采猪食。秋天，洼地里的庄稼都收割了，却还有一片片苦麻菜嫩嫩地深入浅出。洼地四面环山，有四处坍塌的老屋石墙，偶尔也会冒出来几根接近风化的人骨。彼时天已黄昏，最后一叶阳光从山凹撤走，四周阴影笼过来，虫子也不吭一声的。只有二奶奶的老故事灯影般游走。

小女孩亲妈死了，后妈总给气受，夜晚躲在四面透风的草棚哭泣。忽然窗外有闪烁的光亮，推门出去，一片黄灿灿的花开得耀眼，就顺着黄花到远处漫游，花朵渐渐不见，现出一座巨大的石门，一触即开，厅堂瓦舍，只是有股子湿气。一个女人站在院里亲昵地招呼她，是妈妈！女孩喊着跑过去，妈妈搂着她说："要忍耐呀，会有出头之日的。"妈妈端来一笸箩金花，"随便拿，你会变得富有。"女孩见到妈妈早已满足，只拿一个。妈妈笑了，推了下女孩，女孩眼前一切消失。一年后，女孩在山里辛苦采摘野果，有锦衣少年进山打猎，驮着她走了。

妈妈惦记女儿的命运，故幻化出一座老宅，那一笸箩金花就是人生要经历的苦难，拿得越多，出头之日越难，女孩不贪，只拿一个，她的幸福一年后就来了。

那以后有关黄色的花朵也便笼上了怪异。夜来香，我就很少采，它的香泽让我想起小女孩的奇遇，黑魆魆的蝙蝠、蚰蜒精随之扑颠过来，二奶奶和她的女儿蓝朵儿便浮于诡秘的老故事之上。

三

二奶奶是旧时小镇上的俏女人，认得一点字，喜欢风花雪月才子佳人的故事，与一风流男人死命相爱，偷偷来往，遂有了身孕。那风流男人却彩灯高挂另娶了一位官家小姐。二奶奶喝下野大夫的草药，千痛万楚打掉孩子，草草嫁人，却是几年不能生养，被休。另嫁，还是遭到遗弃。乡间的婚事，无后是最大的罪过。第三次被夫家赶出门来，二奶奶满目秋尽的肃杀，颓废在破庙里最后一次诅咒："蝙蝠精，害我不成人，等我下地狱把你也拖去！"就在她把头伸进系好的绳索，一声女婴的啼哭惊得她咣当摔在地上。

她爬过去，抱起小被子里黑俊儿的女娃，女娃眼睛蓝汪汪地看着二奶奶，笑了。二奶奶后来一直认为，这个女娃是她曾经不得已打掉的孩子，不忍见亲娘的苦难，再次投生在她的怀里。孩子的身边一两枝翠雀花蓝幽幽地开着，就给孩子起名蓝朵儿。

蓝朵儿是救命草，二奶奶带着蓝朵儿随后嫁在我们深山小村，给二爷做填房。二爷对二奶好，有个男孩。午后的阳光慢慢退去了火热，二奶奶在院里摇着纺车，把成堆的牛毛羊毛纺成长长的粗线，二爷把粗线一条条穿起来，织成麻袋，蓝朵儿和哥哥在摊开的麻袋片上爬来滚去，听二奶奶讲老披狐（披着人衣的老狐狸）：

一家子父亲长年在外，当妈的要回娘家看姥姥，临行前嘱咐门插关、掏灰耙、笤帚疙瘩、炊帚头子四个孩子：晚上不是妈妈回来决不开门。可是妈妈路上被老披狐吃掉了，后半夜老披狐穿着妈妈衣服当当敲门。老大问怎么这么晚？你姥留我吃饭了。老二问声音怎么粗了？风呛的。老三顺门缝看，“脸怎么黑了？”老披狐编呀：“东来一阵风，西来一阵风，刮来一把荞麦糁，一贴贴在我脸当中。”小炊帚头子不管不顾跑过去开门，非跟老披狐睡。半夜老大听到嚼骨头声，老披狐说：“你姥给我的肉没吃完。”“叭”地扔过一块来，是小手指头。老大心惊，示意老二老三快下地撒尿，老披狐吃饱了嫌烦：滚灶火坑去，滚门外去，滚当街去。三个孩子赶紧逃出去爬上高高的树喊叫四邻，得救了。

二奶奶爱怜地看着孩子，身上肆虐着那次被“硬摘瓜”的撕裂。要当门插关、掏灰耙、笤帚疙瘩，千万不要像炊帚头子那样幼稚受骗哪，我得牢牢把住了门，别让什么精什么老披狐钻了空子。

四

蓝朵儿是村里唯一穿绣花鞋走来走去的女孩儿。蓝朵儿素净的衣衫或裤脚也必描着一两朵斑斓的花鸟。二奶奶闲了就支起花绷子，钱包针线包枕头门帘窗帘钟表布罩手帕鞋子，都落上了花瓣。没钱买花线，二奶奶就带着蓝朵儿去山上刨粘角花根，也叫小叶锦鸡，有金灿灿的花可以吃，根洗净了清水熬煮，就可以染出金黄丝线了。二奶奶有个锁着的小箱子，裹得紧紧的布包，那里收着什么，就像二奶奶姑娘时的风流韵事，只能猜测。

蓝朵儿偏是早熟，用二奶奶自豪的话叫“出落得树桩桩，俏式式的”。细眉凤眼，小而厚的唇嘟起来，很受端详，就是削肩水蛇腰，二奶奶稍嫌不足。古书上说这样的仕女腰身或为水性杨花，二奶奶私下里便多了十分防御。所有的男人都是敌人，必须让二奶奶筛子般的毒眼儿滤过，甚至吃奶的孩子也在她的防范之内，长大了谁知道是不是色狼。有妇人开玩笑：“看我们家孩子四方大脸多俊，配你家蓝朵儿咋样？”二奶奶嘴一撇：“三头六臂也白搭，我可是火眼金睛。”哪个男人多看蓝朵儿一眼，二奶奶刻薄的话当即张牙舞爪：“眼睛长大疔瞎了你。”一个男孩与蓝朵儿玩家家时间长了，二奶奶故意到人家的门口骂鸡，“好好管教下鸡鸭鹅狗吧，四处瞎叫唤放骚气。”回去又骂蓝朵儿：“小骚狐，这么小就知道勾引男人，不给害了你难受是不。”蓝朵儿赶紧拿起笆斗上山采猪食了。二奶奶继续唠叨，像我念了高小，不还是蹲在山旮旯了，命好啥都有，命不好累死你也上不了架。正好家里的老母牛怀崽了，不能跟着牛群疯跑，蓝朵儿回家放牛了。

村人纳闷：这二奶奶指定年轻时受过什么刺激，看什么都是歪的，就她家孩子是公主是皇姑，看她将来嫁个什么孬人给她打脸。二奶奶不管这套，她要护着她的朵儿不给任何男人染指的机会，像她当年一样稀里糊涂就被毁掉了。

二奶奶强大的灯影下，却早有个雄壮的蛾子悄悄飞临了。

五

青城喜欢细致的古香古色的东西，蓝朵儿从村里穿过，脚上软缎的绣花鞋一闪一闪拴住了青城。青城老早没了父母，哥嫂带大，因成分不好又没钱托人，全校第一的成绩也不能推荐上大学，寻思在中学当个代课教师，又被顶了，只得回村当个牛倌儿，总比下地轻省些。

青城忽然觉得放牛其实也有实在的意义。每天可以自然地路过二奶奶的大门前，蓝朵儿站在门口撒牛，又挡着牛群别闯破她家的篱笆墙，一边歪头编着长辫，像编结两枝软软的藤萝。青城心里就一波波地绿起来。

温顺的蓝朵儿话不多，但与什么近，就与什么亲。她喂鸡就喜欢鸡，放牛去，就喜欢牛。二奶奶给蓝朵儿说，牛是上天的使者，上天让它到人间传话：一天吃一顿，衣服换三换。多美的凡间生活。可是牛粗心记成一天吃三顿，衣服换一换了。农民为这三餐苦苦劳作，还吃不饱，也没钱做衣裳。上天生气了，派牛下界帮助农民干活，牛于是俯首吃青草、犁地干重活，以示真心悔过，一生决不偷懒。所以乡间轻易不杀牛，不得已杀牛时眼睛要蒙上黑布，不然牛能看到天上的悬崖峭壁，和缥缈的宫殿，瞬间记起前世天上的风光，就会疯狂地跑到大山上跳崖而死。蓝朵儿想起来，有一年求雨，村里杀掉一头羸弱的老牛，老牛悲哀地长叫，眼眶里积着一颗硕大的泪珠，映出整个的天空来。

蓝朵儿想着牛真可怜，就格外疼她的黑花母牛，像爱惜柜子里的粮食。蓝朵儿每天把牛赶到一处青草坡，自己摘摘花，看屎壳郎拖粪球，捉肥胖的山驴驹子，再远远地抛在温厚的田里。牛饱了歇下，蓝朵儿帮母牛拍牛虻拔草鳖，给老牛唱牛郎织女：夜静犹闻人笑语，到底人间欢乐多……

渐渐蓝朵儿把牛赶得远了，高了，离青城的牛群近了，听到青城在山头恣意吆喝，喊声里有一种野性的宣泄，他在石头堡、丛林间腾挪跳跃，甩响长鞭，那些花草都跟着摇动，像二奶奶故事里魅惑的精灵。蓝朵儿此时觉着这个世界比二奶奶的老故事还要新鲜丰富，心中隐隐升起一种以前不曾感知的喜悦。其实纵有二奶奶的金刚护法，却难阻碍蓝朵儿日渐增长的好奇心。

青城粗野的吆喝声戛然而止，像一只大甲虫转动触角，凝听纽柔婉转的曲儿，山谷里静寂着……当蓝朵儿再唱起树上的鸟儿成双对，青城响亮地回唱，绿水青山带笑颜，轮到蓝朵儿愣了。蓝朵儿的母牛哞叫着，青城的牛群里几只公牛哞声回应。蓝朵儿就与青城坐在一处了。他们说些什么，只有石头花草牛儿和地下的小蚂蚁知道。这天蓝朵儿从山上回来，迷蒙的脸色像夕阳金色的裙带抹过坡顶的辉光，两条辫子温柔地摆着。

六

夕阳又一次退潮，留下星星点点的贝壳，青城背着蓝朵儿赶着牛拐过山弯。蓝朵儿脚崴了，软软地伏在青城的背上，奶样的清香吹着脖颈，长辫子垂在青城的前胸，青城的眼都花了。幸好牛群有头牛领着，安分守已地走。

二奶奶的脸立刻绷起来了。绷着脸的二奶奶接回蓝朵儿，审视地看看两个人。她的朵儿这么快就长大了。她有点晕，眼前晃起十八岁的自己与一个号称蝙蝠精男人的轻狂，以及后来尖号着泄下一摊血块的惨景。

掌灯时分，二奶对二爷说，闺女大了立刻嫁人省心。二爷说哪有现成人？二奶说远在天边近在眼前，你儿子。二爷说疯了，我一脚踹死你，那是兄妹俩。二奶说我才不疯，我不能生，朵儿是我在破庙里捡来的。二爷说你个糟老婆子，瞒了这多年，我说这些年费劲巴力攒着架势就是要不来老疙瘩了。不怕人家笑话咱违背纲常？二奶说亲上做亲谁管得着。二爷乐了，多皱的脸上又增加了几重山水。赚大了，当年娶老婆连儿媳妇也捎带来了。

青城每天赶着上百头牛，气壮山河地穿越大河滩，那股子腥膻气久久穿梭在村庄每户人家的院子里，自然也飘到二奶奶的大院里，二奶奶恨恨地骂道："想当蝙蝠精蛐蜓精，没有那道行，跟山鬼混去吧。"

青城孱弱的身影包围在百头牛中上了大山，牛四处吃草，偶尔满足地叫上几声。他躺在大石头盖上，半旧的军挎包里掏出饽饽咸菜，看一本残旧的《聊斋志异》。倦了就仰面看看日头，天幽蓝幽蓝的，他想起蓝朵儿，觉得满天都是蓝朵儿蓝汪汪的眼睛："我是狐仙吗？"他不答，只在蓝朵儿的发丝上嗅，给她讲聂小倩，讲宝儿。

七

二奶奶对蓝朵儿的哭闹不理不睬，锁在屋里筹办大事去，硬是请了众人热热闹闹办了酒席，蓝朵儿成了从小长大的哥哥的老婆。哥从小护爱着小妹，一时也觉别扭。红烛高烧，蓝朵儿红袄长发噘着小嘴坐在大红牡丹炕被上，脚上套着二奶奶新做的红色绣鞋，两只小蝙蝠活灵活现。二奶奶说，蝙蝠绣在鞋上天天穿着，福就跟脚来了。哥哥看着朵儿蜜桃的样子，激情上涌，欢天喜地做了新郎官，并在以后的日子里像个男子汉那样，坚决地捍卫着丈夫的使命。二奶奶也就放松下来，非常满意自己的安排。

一年后有了儿子，蓝朵儿还是小姑娘样，牵着儿子在村头老树下玩耍。牛群归家了，牛阵气昂昂地横穿村庄。牛倌儿身影茁壮，望去却不是青城。

蓝朵儿家仓促的婚事不仅让青城感到突兀，全村都发着蒙。青城几天难以下饭，蹿出满脸的胡楂，有时拿牛出着气，遭到乡邻的指责。长嫂如母，嫂子疼惜这个面貌英俊的小叔子，特意把自己的亲妹接过来，与青城一起上山放牛，培养感情，青城却无意。青城撇了牛群远远地出去打工了，只捎钱回来。

蓝朵儿天空所有的云朵都沉落了，可以感知的疼与爱一齐涌出来，她抱着儿子哭了。

两年后的春节，蓝朵儿在一家婚礼酒席上帮忙，绣花棉袄，高梳着马尾巴，凤眼窈窕，在一堆妇女中很是扎眼。她一眼发现了男人堆里的青城，正大口喝酒，吆五喝六，没有半点当年忧郁的书生气，身边紧依着一个娇小的瓜子脸，金耳坠子晃来晃去。蓝朵儿心里噼啪长出许多酸涩的果子，几乎要腐蚀掉她的胃。

她径直走过去敬酒。青城其实早看到蓝朵儿了，他拉着瓜子脸站起来，“这是本村最漂亮的村花，擅于描龙绣凤。”“这是京城某厂长家的千金。没办法，本人还有些魅力，硬是死乞白赖地跟着我，只好领她回家见识下当代新农村。”瓜子脸甜甜地笑。蓝朵儿也笑，青城也笑。蓝朵儿发现青城特别复杂的眼神。

夜里，二奶奶梦到巨大的蝙蝠一头扎进屋里，啄取她的心飞走了，鲜血淌在窗棂上，二奶奶大声喊着去追。醒来了，胸上还有被扎的痛感。二奶奶想这事会应在哪里呢？难道蝙蝠男人生病死了？死了活该。二奶奶啐了一口唾沫。

八

瓜子脸走了，青城留下来。仲夏的庄稼香气招摇，撞开青城内心的伤口，他只顾闷头干活。天黑下来，马喜鹊也甩着长尾巴飞隐没了，他躲在孤寂的石头小巷，看二奶奶家后山坡上几棵歪斜的树。蓝朵儿从幽深的胡同口闪过来，穿的一定是绣鞋，像只花猫无声息。他突然冲上去，一把搂住蓝朵儿，使劲箍住她，狂乱地说着朵儿。蓝朵儿惊了一下，便缠到青城的肋骨里。

他抱着她无限委屈地哭，仿佛能哭回他的青春。她摸到他冰凉的泪。四周黑寂，邻家的灯光远远地温着。蓝朵儿清醒了，她得回家，她当不起二奶奶的毒语，丈夫的眼神。青城死命拽住，蓝朵儿狠狠心撞开他跑了。青城瘫倒在冰凉的地上，悲伤地哽咽。

一个人，静寂的山谷，青城替哥放几天牛，无聊时便用鞭梢抽打树枝上的老叶。他突然闻到一阵奶样的清香，梳着马尾的蓝朵儿微喘着站在身边了。他惊得冲口一句“朵儿，连个声息都没有”。蓝朵儿笑嘻嘻放下装满蘑菇的篮子，眼睛汪成一湖的水。“就是要悄无声息地把整朵蓝都送你。”

多年梦幻中的小母牛。青城的欣喜像牛哞哞地叫响。

九

蓝朵儿家里一清早就传出了吵架声。二奶奶的感知比天气预报准，她自有主张。牛群刚一经过村庄，二奶奶便搬个小凳子坐在门前骂出成串的辣椒来，全村人都闻到刺鼻的呛味，“蝙蝠精蚰蜒精害人精，克死老爹老妈了还不老实，非等人揭了你的皮抽你的筋扒你的祖坟……”

蓝朵儿披散着头发冲出来嚷道：“甭拿你那老辈子什么精妖的破事骗自己骗人玩，姑奶奶我还就要嫁给那些精怪，就生一堆蝙蝠蚰蜒让你看。大家伙做证，我从前的婚姻是强迫是包办是硬绑，不合婚姻法，我就是要离婚，非要嫁给牛倌儿不可。”二奶奶惊诧万分，她的柔弱的朵看起来一折就断，竟然这么敢折腾，反像自己年轻的狂样。

显然蓝朵儿低估了家人的力量。当她再次与青城在山里相欢，连牛儿都不安地骚动着。一伙人尾随上来，挥起了木棒，蓝朵儿最后的记忆是，她拼命扑过去挡，棒子砸在自己头上，火红的太阳闪过二奶奶变形的脸，天黑了。

蓝朵儿严重脑震荡，常常失忆，见了二奶奶立躲，缩成一团。丈夫带着她去镇上生活治病。青城重伤，躺了一个月才好。在镇上他见蓝朵儿拽着儿子安闲地逛街，已然不认识自己了。青城的内脏瞬间碎成哥窑。

不久，二爷中风去世，院子空荡荡了；二奶奶迅速佝偻了。

十

其实乡间也太久没有见过蝙蝠和萤火虫了。那些镶嵌在古老乡村眼珠般闪烁的老故事，是滋养我们童年的神秘乐园。那些奇异的花朵，忽大忽小的星辰，一到夜间就四处出动的妖精鬼怪老披婆子，正一茬茬消没，蒸干在渐渐瘪去的河床，而河滩上曾经气壮山河的牛群早就不见了。

二奶奶你知道得真多。我们常羡慕地问。二奶奶说，我年轻的时候遇到一个男人，他说他就是黑色的蝙蝠精，寻着绣花鞋的踪迹进入女人的绣房。我就想着与他一起过日子，生上一堆小蝙蝠。可后来他被蝎子精掳去，蝎子毒呀，我惹不起。他害得我连一只虫子也生不出了，我这辈子……

二奶奶开箱取出叠紧的花包袱，是一双墨绿缎面绣花鞋，两只粉红的小蝙蝠。二奶奶把鞋子抱在怀里闻，要嗅出几十年前那个男人的味道。二奶奶套上绣鞋，去门外晒太阳，要晒晒多年的心事，顺便把对男人的绵绵恨意也一下子晒光。

菜园一棚葫芦架，已吊着数个小葫芦了，底下一片蓝幽幽的翠雀花，是她从山上颤巍巍地挖回家的。她每天就对着这些花胡乱说着话，“蓝朵儿的魂被蝙蝠精摄走了，我得到破庙里把她的魂追回来……”便拄着棍子走走回回，念念有声。

“姑妄言之姑听之……”时间长了，二奶奶自己的故事也亦真亦假起来。我们长大离开村庄，孩子们觉得她怪气吓人，渐渐少有人听了，妖精鬼怪的老故事也快在村庄绝迹了。

有安徒生格林，有樱桃小丸子蜡笔小新，孩子们哪知道蝙蝠精掏灰耙，口口相传老故事的盛宴年代真的过去了。傍晚的街头溢出昏眩的光影，几个老人在老树下说着老话。天凉了。嗯，凉了。

入赘者

一

二〇一二年，村庄第三代入赘者光荣地现身村庄史册了。

村庄掀起一股强劲的逆风，七姑八姨们邀上一百零八位奶奶婶娘老少爷们儿，刀剑磨得噌噌响，从村庄各个角落开辟战场，讨论暨讨伐那个丢掉男人自尊的小伙，多少日子没事说没事做了。

叔家一儿一女，一家子能受累，种田打工，刨药捡蘑菇，汛期挖沙，当消防看山人，要说盖大房子娶媳妇就是小菜。然而儿子打工找了新疆姑娘，姑娘执意回老家，二小偏乐意去。

父母恐慌了，面子还次要，唯一的儿子是当年从生育的虎口逃出来的，一直宠溺有加，打工受累都舍不得，要做人家的上门女婿，听人家的派遣，万一受训斥折磨，给害死丢到大山里一声响都听不见，八抬大轿给十万彩礼也不干！

况我们居塞北，二小去哪儿，新疆，老远山西的野蛮之地，有葡萄吃有大漠胡杨好看，那能当保镖啊。

大家纷纷献上二点五寸争战的舌尖，以古今中外村里村外举例论证，条条批驳，拼力拦阻，总之入赘就是“扛活”，就是悲惨，就是回不了家，危险重重。接着又好话说尽，打保票盖大房子说最俊媳妇。

无用。小伙以打工为名择日出发，这理由正当，云千条山万壑地跑到姑娘老家，入赘去了。山高皇帝远，奈何！将在外君命有所不受，奈何！

新时代父权最大的挑战，就是你无法驾驭孩子，驾驭人身，驾驭不了精神！自由过去是个虚词，现在是实词。

呜呜。那几夜，这对中年夫妇相向而泣，不能睡，睡了噩梦连连，都是儿子惨遭迫害，一到先打一百杀威棒，血肉模糊叫爹叫娘，捆在小屋里伸头接雨水，或一个人拉着沉重的犁铧，后面有恶狠狠的皮鞭，瞅不冷子抽下去。

他们深深地忧虑，整个村庄跟着紧张。新时代了，但万一碰到死脑筋，死杠上了呢。

二

母系氏族社会，走婚，子女从妻而居，男人没地位，比入赘还不如。父系社会，翻转过来。男人的力量恒久，掌握世界和女人。齐襄公立下长女不外嫁习俗，入赘仍是好的。何时成了糟粕，涉及自尊？

字面看，赘，是提升价值，招财进宝，添丁，欢喜事，行的是拯救。

入赘者就该是一剂良药，医治光棍、绝户、缺乏劳动力的家庭。且应该是中药，苦涩辛甘，温润细致，关键廉价，任你熬成浓郁的汤，一股脑贡献多年累积的精华好时光，满足各种需求，副作用小或无。

既成良药，带去火种、温暖和勇气，又保有自身人格，则功成。若不被需要，那是没长成好药，价值不够，或发霉，失效，有毒，才是可悲的。

二小此去千山万水，是为验证，亦是考证。这联姻，将是不同文化的碰撞与交流，不同差异基因的融合，孩子也算混血。那么他不管活出什么样的精彩或颓废，他都会作为不同一般的男性，录入小村的档案史，口口相传。他的生活将成为村庄的期待，看笑话的等着嘲讽，祈盼成功的等着模仿。

他起程的时候，我的笔亦饱蘸了浓墨。

三

二十世纪六十年代，村庄嫁去外村的第一代入赘者，八个辘轳压不出一个屁来，叫老蔫。家穷，有一把子力气，不得已倒插门，给人家扛活添丁。不知马车拉过去还是自行走过去，至少有一身黑衣行头。走后没回来一次。

同嫁一个村的姑奶子回来住家，才带出些消息。那一家母女俱彪悍生生过了地主婆的瘾，一天三顿轮番招待他，打骂，劳累，都不算个事，关键稍有个错处就不给饭吃，不让进屋，捞着什么就扔过去，身上新伤摞旧伤，睡草棚，吃馊饭，但是家里外头的活计不能少干一点。偶尔嘱其洗漱一把临幸炕头，生完两个孩子之后，基本就别想着上炕了。他就是一头牛，儿子早被教导不认窝囊丑陋的爹，那就一扛长活的。

二十世纪八十年代，春耕时候，冰溜子在房檐下淌成小溪，顺着这股细淌的春水，村口出现一个新老男人。

归来者。垃圾样的破烂乞讨者，腰身佝偻，衣鞋脏黑，脸脏黑，像刚从黑粪坑里捞出来的，顶风熏出二里地。

出嫁二十多年，老蔫寒碜地，落叶归根了。侍候儿子结婚后，一身病干不动重活，娘几个合伙打牲口一样，把病牛打了出去。

咽不了这口气，就得觍着脸活。入赘者绕村三匝，恳求村长赐了一棵老树枝，早已破败的两间黑茅屋，暂时依了。收些破衣旧盆，他便起早贪黑帮工，随叫随到，活一天都像是别人施舍的。从来不扎人群里，他总是掠边，两手温顺地耷拉着，怯懦羞愧低头哈腰，一句成个的话蹦不出来，谁的声音大一点，就吓一激灵，斜睨着看。

老牛在前，扶犁上粪点籽的压头遍地二遍地的默契配合，说的笑的欢乐大家庭，一场春天里创世造物的盛会。

唯老蔫不吭声，拎着铁锨粪箕子上粪。大家逗趣老蔫："你媳妇儿不让你吃喝，咋还有力气造俩小子呢？"老蔫诺诺地低头，努力龇出两个字："就是种地。"大伙哈哈大笑。

后来想，那些炕头上的秘密，应该是他终生的隐私，不可医治的暗疾。显然女方只要他的劳动力，他的繁殖力，唯独不要他的人。我同样怀疑，他一生有没有真正快乐过，孩子是他的，有等于无，从没叫过爸。

茅屋旁一树杏花浓烈，墙头上搁着他愁苦的半身影，永远地向村口张望。他的眼里有花有香味有簌簌的小雨吗？他不串门，不点灯，闲了就上山砍荆条，蹲在茅屋前仔细地编粪箕子，编好一个，就送出去，等人家赞叹他的手艺好，他像小孩一样手足无措，害羞起来。他第二快乐是初一大拜年，孩子们是门就进，他的小黑屋第一次有了人声笑语，他受宠一样咧开了黄斑大嘴，亦没糖果和烟，他哪里舍得。但他真正尝到了做人的尊严，多年来他就是干活的牲口，过年期望讨一槽好饲料。

入赘再孬，好歹有一片江山，他是有儿子的人，儿子马上就有孙子了，虽然不叫他，必须是他在世界的根。想起这些，他的笑容会荡漾几天，他更勤快地出现在别家的田地劳作，也更佝偻了。有时茅屋里传出老蔫压抑的哭声。

他偶尔出村一次，回来时脸上有凄惶又骄傲，像光荣的伤疤。说帮工挣那点钱，赶紧给儿子们送去了。在村口托人捎个信，母夜叉板着驴脸挪出来，一面快速抓过那卷钱，一面臭骂他拿回那一逼芯子，赶紧滚蛋。

这跪着生存的人，踹也不想起来，脊梁断了再接不上精神，还要拼死拿着钱祈求奴性身份，以完成养老送终的承诺。像祥林嫂的“捐门槛”，他想用钱用时间用残存的爱赎回，他的名字他的家他的从前。

但这伟大的使命早由他的儿子接管，他破损的身体不过是被倒掉的药渣。

四

那真是一道绝佳的驭夫术。

他就是那一锅子药，被置于瓦罐上，小火慢慢地熬，榨，挤，逼迫出有效成分。绝不用铁锅铜碗熬制，很快干瘪，且容易中毒，惹病上身。

药不会反抗，不会踢翻药锅子，不会撒泡尿浇灭燃烧的柴薪，只有老老实实，欢欣沸腾地，被熬。

第一锅劲猛，第二锅正当春，再熬上三四锅，有效物已被榨干，剩了残根冷渣，气息凝滞，了无药劲，街头一倒了事，任车轧人踩，还能把这家的病根带走了。他要回家，会把病根带回来，决不能了。

入赘者最后就是家主的累赘。当他药还是当人，就看女方的心性与家风，也要看自家孩子能否给懦弱的父亲做主。老蔫什么都混不出来。

但恰是离开药锅的残渣，忽然才觉出自己的根脉，曾经是会开花结果，有一寸土一寸阳光的植物，人们依据残根碎叶，依稀辨认他家祖上的气质秉性。老蔫回到生养他的村庄后，才意识到他也是人，有过家，孩子，打死也不能放下了，儿子不认父亲，但父亲永远记着血脉，帮工挣几文小钱给儿子花，这就是他在村庄最后几年的意义。

如果我们只是一味药，最后当然都是一堆残渣。从这一点看，没什么可悲的，儿孙绕膝，实在是人的奢侈与贪婪。

五

又是春耕，时冷时雨，老蔫却没有出工。春天都招呼不起来的人，“连星期六肉汤都喝不下去的人”，危险了。邻居给他抱捆棒秸烧口热水，忙起来也就忘了，他家暗黑的草房上空，几天没冒烟了，乌鸦怪叫着盘旋。

老蔫的亲弟，同一村庄，几年也没来过或管过亲哥的老蚌，让大家劝说着，这才破天荒赶到茅屋。

老蔫的尸体僵了。老蚌卷起被褥，赫然露出一叠花花绿绿的毛票，数数竟有千元之多。

都把老蔫当成没心的人，然而他终记得他是父亲，给孩子攒的钱，受着辱骂也甘心送过去，直到后来走不动了，还把最后几袋子玉米托人卖掉，换了票子。

小院无柴，缸里没米，是不活的架势。他两个儿子，大小伙子，从父亲被赶出家门十年，从来没在村口出现过。

老蚌黝黑的脸有了泪光，搂起票子揣进裤兜，侍候老蔫穿上他的旧衣。老蔫早和老蚌说过，自己置办的三格大红柜子，老下的时候直接当寿材，自己买的一身蓝涤卡布衣，算寿衣，请兄弟帮忙办后事。老蚌展开衣服，抖搂一下，直接塞进大红柜子，抬自己家去了。

老蔫躺进两格黑漆漆的破柜子里。以为足够长了，可是他活着矮，身体挺直了也不短，双脚硬邦邦地支出来了。

头不知尊严，脚不傻。

老蚌眉头一皱，跺了跺脚，出去了。阴冷的风嗖嗖吹着，该雨不雨。老蚌拿着锯，进院，对着老蔫两脚，吭哧吭哧拉下去。肉沫横飞，如雪。老蔫的双脚咔嚓断掉，像两小截木头。

老蚌捡起来扔进柜子，咣当盖上，嘴里嘟囔着，真会挑时候，忙着种地，将就些。

三寸长钉哐哐钉死。众人纷纷后退。

兄弟亦当他一头老死的牛而已，牛蹄子自然也可以割得。幸好鬼魂是不用脚走路的，鬼魂也不需要眼睛看，不然他要把老蚌瞪到地狱去。

只是老蚌，不久中风了，腿瘸，眼瞎，最后几年摸着墙角走路，儿子女儿都在外面打工，锄子儿没有，早早去地狱给兄长谢罪了。

六

这个窝囊有余阳气不足的入赘者，是给大男人的一记响亮的耳光。他的影子还趔趄在春天的大地上，沉重，艰难，麻木。如同小脚或童养媳带给女人的伤害，入赘带给男人的伤害同样旷日持久，并在村庄树立了标签，下贱，低等，没能耐，受奴役的心灵。有骨头的男人，宁打光棍，宁娶哑巴残疾，决不入赘。

那些理念绑架了入赘者的名字，也绑架了他们的生活与思想，他的人他的疼痛也被打包忽略。

其实别的男人纵在家里顶门立户，也未必阳气足的，不过依照先辈，重复日子，“早先都是这样的……”也无非套了膜，不敢出格做喜欢的事，违抗父母的命令，如他喜欢的姑娘恰好是独女，而他依照家族的规矩，决不能倒插门，与爱的人只能断开，憋屈一生。亦是病的思想，也该有一味药来纠正，但按老理，好着呢。

我想为老蔫鸣一下。世俗逼迫人家，他逼迫自己。但于他，也不全是错和无意义，至少他做出了贡献，为男人走进女人的家门进行了实际的探索，提供了经验。至少他的人生不全是模仿，他是回到母系社会，另一种穿越。

早先也许同女人有过争辩，辖制长了，伤了筋骨，也就失去反抗意识。他被老婆打败，被孩子打败，被流言打败，亦被亲人打败，但他是胜了自己的。他一直忠诚于他的家，老人老婆孩子，竭尽所有力气积攒每一分钱迎着打骂也要送回去，不知者以为下贱，那才是深情。

到最后我不是可怜他，而是赞美他的坚持，他静默的伟大，那唯一的闪光。他的孩子总有一天会认识到父亲的价值。而那老婆，世间再不会找到如此深情待她的男人了。

七

我不想记住埋藏老蔫的匪性现场，好歹家乡的土埋了骨头。罢了。

我在想老蔫的女人，长着多大一坨横肉，把个好端端的人糟蹋成一块臭肉？

她害他了吗，准备套锁了吗，她备了奸夫和砒霜吗？都没有。她所有的跋扈在于，这个男人真的不行，真的没有一点折服她的心。女人遇到折服她的男人，甘心做小鸟。哪个女人愿嫁窝囊废物？没有男人气，天生是缺陷，拿不起来，在村庄戳不住，为啥要他？是个汉子，忍辱负重，也受人尊敬，死了也不敢轻视。老蔫如果硬气一回，发一回飙，狠狠打压下母女俩的气焰，也能赢得女人和孩子的尊敬，不能，只有自生自灭。想人救，先自救。

反过来，我要赞叹那彪悍的母女，是为女人长志气，在乡村女人受男人气的时代，她们能为自己和家庭做主，是女性进步，榜样的力量，女人应该欢呼，出了一口恶气的。但女人不这么说，斥责其为母夜叉，没良心抑或毒辣，缺乏温良恭俭让。凡事，男人有观点，女人有角度，如我的母亲，一旦发现我们姐妹在男方家里说了算，男人为我们做饭就眉眼舒展，而见到儿子们为媳妇做饭洗衣就唠叨不安，皆因那是外人。

其实女家也忌讳入赘这一说法。没啥可炫耀的，证明家里没根没派，总是低人一头。若反给外来男方辖制住了，那是更丢面子的事，内心可怜上门女婿，也会硬下心来蛮横管教。

是药三分毒，好歹都得接着，焉知不是冒险。若是好吃懒做品行不端残忍无道，就是引狼入室，其实有一定的危险。金玉奴棒打无情郎即是，一碗豆汁救了街头几乎饿死的书生，又把个雪白的身子许了，又出钱给他进京赶考，中了状元，就把乡间西施推河里了，这就是狼心，但戏文里都有回转，豆腐小姐被官员相救收作义女。至于那坏蛋，女人能忘，造化不忘他，欲攀上高枝，新妇竟是豆腐西施。这一阵好打，赶将出去！

八

二十世纪八十年代，村里的第二代入赘者。

大家庭，一窝强壮大小伙子，又穷又丑，都是光棍。老大好歹说个哑巴，说反抗太严重，一晚上愣没沾着女人。说第二晚全家帮忙按住哑巴腿脚，竟然也没成功，只好把哑巴送回去了。三小子也三十多了，长得巨齿獠牙，哑巴也不肯来，眼看就要绝户了，恰好有一家要招上门女婿，老二生得略好些，相中了。走时一家子忐忑不安，如同送他去刑场一样，阴沉不语。

瘦弱的母亲号啕大哭，只怕壮如大树的儿子不到几年摧残成单薄的佝偻人，送上两套新做的被褥和上千叮咛，嘴上多挂蜜，多哄着女人，受不了气，就回家。

那母亲生得像乌鸦，面上身上除了苦色黑色再无别的颜色，一说话一抻细长的脖颈，瘦条的脸，后脑勺一小抓纂儿，嘴唇能咧到耳根子去。面相也不带着幸福的架子，看去就是可怜人。

但事情没有想的那么坏，一年倒也能回来一两次，看那脸上神采，直直壮壮的腰身，体面干净的蓝布裤褂，骑着的凤凰牌自行车，看来日子至少是好过的，总归有人样，能做得一点主，一两年上能有一次带着媳妇和孙子看一眼父母，大家的心总算舒展些，在村庄稍微抬起了头。

但他依旧言语极少，不会停下来掺入村里的纳凉大会，多少个中之事掩在闪烁的眼睛里，粗糙的大骨节手上。他混得好，也抬不起头，因为振兴的是别人的家族。

入赘者似乎脱掉了一层奴性的外衣，但温顺的性格，性格里的虎豹，还未露头。虽然有性格横的在女家做了主，在村庄当了头，极少。

这个大家庭，那么生机勃勃的，女儿们出嫁后，终究陷落，荒草满庭。

入赘者，仍是不好听不好看，避之恐不及。老光棍一个个死去，新光棍一个个练成。做自己的药，把自己熬成药渣。药渣也是孤单的。

九

窗户渐渐变白，叔赶紧打了电话到新疆，听到儿子愉快吃早饭的声音，这才暂时晒干一身虚汗。谁知这不是先送蜂蜜后上黄连，先丢手绢再拿刀子。

过了半年，这对未出过远门的乡村夫妇，接到女方家电话，已经买好机票邀请老两口飞去新疆视察。

半月后，他们带着许多民族特色的绣花鞋垫衣物小吃回村，亲自看到女家对女婿百般呵护，小爷一般怜爱，竟比在家里还要有地位，说不尽的喜欢，观念有了十八般变化。竟是出去见世面了。

那村庄既不荒凉，也不穷困，依山傍水临市，三层小楼，大家庭其乐融融，着实让人羡慕。且女子在家说了算，她喜欢的男人自然有地位。他们的观念早摒弃了老传统，春风吹到山里，山里的蝴蝶也扑剌剌往外飞。

两年后，儿子带着怀孕六月的媳妇，回到了父母村庄，要让孙子生在爷爷奶奶身边。这厢乐坏了老两口。双方平等，互为尊重，两边老人都不亏待，什么上门入赘，不存在这样的话题了。

内心舒坦，人就气壮，两老在村中行走说话，腰身挺直，我家小子可不是入赘，娶的是媳妇，生的是孙子。

晚饭后小两口推着婴儿车，亲亲热热走到人堆里说话，他就是家里顶门立户的儿子。一些妇人上下左右盯着他看，想找到一些受屈辱受苦累的奴性痕迹，没有，小伙两边都是主人，他大方介绍丈人那边的静美生活，媳妇大大咧咧看着他，满脸写着幸福。

不久，有男人率领全家搬迁到老丈人的地界发展去了。

当老一辈离去后，入赘这个词如果不慢慢消失，也会变成褒义了。入赘是文化，也将是历史，那样一种畸形的国民心理也将被粉碎。新一代上门女婿已重新构建婚姻秩序，只有异性的流动，不存在背叛人性和精神。那么不管乡村陷落与否，一群精神健全的人都会活得坦然而自尊。

第二辑

村庄的眼睛

被村庄遗弃的事物
始终念旧。光芒埋进花苞里
鸟一一啄破。魂灵就开枝散叶了
说人话，长人的志气

杏花白

杏花守拙，有梅韵，带古风。花于叶先，风寒，月清，印到纸窗上，担得起疏影二字。后半夜有鸡鸣，一声声催，早起一树樱红都松开掌心了，浅红欺醉粉，迎面是杏花风。

微雨了，灰瓦，石墙，青枝绿叶白朵朵；地下湿鲜的泥，磨久了吱吱作响的柴门，墙角才生的车轱辘菜，淡蓝的炊烟在雨丝中飘，大公鸡牵着母鸡咕咕出门去。

矮墙土院有点衰颓，像老人，箕踞在春风里，吞吐都是阅尽人间的安然。每家都有一棵老杏树，为的让孩子不馋人家的果子。青杏怜小，摘半兜边走边吃，杏仁轻轻捏软，透明；遇到可以逗一逗的同伴，突然对她脸蛋嘎巴一挤，汁液喷出来，哈哈笑。我们是深巷的杏花。

姐姐们摘了半筐青杏去镇上卖。陌上春风遍，但见有人，说话立刻变腔变调，像上台演节目，以为镇上的女儿家都该如此说话的。

青杏吃的是嫩，本无甜苦，吃的人却计较。姐诚实，说苦核，想买的人就走了。同村的几个姐妹家杏都是甜核的，早早筐净，骄傲地撩我们一眼，拍拍屁股走了。姐有些愁，要再等一会儿。没了比较，果真又卖了些，还是剩。太阳红了，落了，街头肃静了，姐站起来。买了大烧饼抱回家。天已擦黑了，母亲在门边望。

偏咱家的杏树是苦的?

我知道了缘由，后来喜欢苦的植物，苦瓜、苦碟、苦麻、苦藜芽、苦药、苦杏仁、桃仁、银杏仁，也尝夹竹桃的花瓣，舔断肠草的汁液。那些苦味涩味与其他不适，在舌尖久久留存。我用清水稀释，消化，吸收，最长一小时，它们都没了，舌尖青涩透粉。我知道它们有毒，但得有个致死量。

我吃了苦的花果，也成了一枝微毒植物，以抵抗外界纷扰的毒侵。这种苦尝，我称为微死亡体验。轻微短暂的麻痛，仅是搔痒的小把戏，仍有一些东西沉滞下来，有重生之感。好比前一秒是“林花谢了春红，太匆匆，无奈朝来寒雨晚来风”，后一秒就是“人闲桂花落，夜静春山空”了。走路从容，心宽起来，想起的事也都是好事。这种漫生的心灵自愈能力，有如渔樵的放歌。

比如，我是村里第一个穿花裙子的小姑娘。城里的堂姐寄回来，我穿出去就如响了三五级地震，走哪儿都要起一层尘土。老师特意叫我在操场上走一圈，跑跑看，向日葵花的裙子明晃晃地飞。大妞穿一件天津蓝褂子就呱呱笑一路，二丫穿一条卡其布裤子就提前一小时在校园里漫步，抄着兜面孔朝天；这时都沉默了。几天后，依我的裙样她们裁出了新花裙，但已经没有风头可比了。我是小杏花在黄土地上先报了春，收够了惊诧，自在云端。

鸟入林，鸡上窝，黑了天，是小白玉霜的夜色。吃杏吃倒牙，得找个营生扶起来。姐姐的小分队挨家串户宣传演节目，我绊绊拉拉跟了去。煤油灯的火苗在红柜子上跳跃，一家子从老到小端端正正坐在炕上，我们地上一字排开背诵，又合唱：

手拿碟儿敲起来，小曲好唱口难开。

掌声响过，兴冲冲再去第二家，不料屋门都闩上了，灯熄，人也钻了被窝。敲窗户！一家子都抱着被子坐起来，就着月光，隔一面小玻璃窗对话。我唱《花为媒》：

桃花艳，李花浓，杏花茂盛，扑人面的杨花飞满城。

屋里的婶子突然摇头晃脑接着唱：

你再报夏季给我听。

窗里窗外，静夜，和歌，皇帝小民，大国山河，都在了。月色长长，日头悠悠，甜即欣然，苦亦能度，嫩芽初上落叶松，北国春天已来临，满心都是欢喜。

功夫做到家了，心灵就能轻松越过荆棘，获得快乐。原来我一直嘲笑陶渊明的矫情，带月荷锄归，还草盛豆苗稀，农民要急死了。现在我觉得老陶吃喝不足，房子烧光，住茅屋，吃百家饭，醉醺醺路过篱笆墙还低头掐花，是小孩子的性情，撂爪就忘，乡间谓之穷乐呵，了不得。难得我清贫的乡亲都会找乐子。田间地头，老杏树下，夜晚的村中学堂，自编自演节目，硬纸板做的镐头镰刀扛起来，毛笔蘸墨水描眉，红纸浸了水涂唇和脸蛋，演的看的都当作一件郑重大事，那份怡然都是采菊东篱下。

三个小孩朗诵儿歌，老师一个劲儿说声再高点，我是跳起来嚷也还差一截。老师夸奖那两个，说回家妈妈定给炒蛋吃，而我回家得挨骂，我眼泪套眼圈就是不哭。演出时，我扎了两条粉色发带，可那高年级尖嗓子女孩不容分说给揪下去，扎到她自己的头上，因为老师说了，她是报幕员应该最漂亮。我的愤怒也只有憋回去。

小孩子的天真世界最怕磨损，但磨损亦有好处，以后大的苦涩真是要多少有多少，也都不当一回事了。其实比我朗诵儿歌好的，回去也没有蛋吃，我回家照吃小米饭熬白菜，母亲为八口人忙得手脚不沾地，哪理会我的芝麻针尖。如今她们仍在乡村种地围着锅台转：拿了我发带的高傲女孩，胖得走不动，她的娱乐就是踋着屁股去麻将桌，尖嗓子不过打骂孩子，和男人、邻居吵吵架，攀上高八度过过瘾。她们当时不知我的怅然，此时也不晓我的宽容，更不能意会“卖花担上，买得一枝春欲放”，是什么样的滋味与情怀。

无心，天地反而是阔的，简单为一株杏花，荣辱烟云，顿饭工夫。我在村庄卸下一身的赘物，站成村姑，墙外一枝横。指尖粉嫩，不用劳动，生活单调。但我城里日复一日同样的工作，受着各样的规矩，等于蒙驴走碾道，转得疯掉也未必得到想要的面粉。而有的女人还是能轻松过日子，要风得雨。比如嫁得好，家里有一棵甜杏树。

但这时，我早已是时光历练过的女人，懂得那些光华的脸面定然嵌着不为人知的沧桑。而我握着药理教授的证书，拥有一个绿叶扶疏的村庄，还独享三代中医世家深阔的滋养，朴素的内心自有着华丽的富足。我可以随时穿过玉米和灰瓦，一树蜡红枝上粉红云，歌唱：

寻常老瓦盆边醉。
不记东西。

是李伯瞻的《殿前欢》。

杏花照例微红，不存在乡愁，只是一种回味。

金鸡满架

一

金鸡满架！关于鸡的词语，这个最好！哪怕窝里没鸡，多年不养鸡，照样贴上“金鸡满架”红春联，仿佛鸡生蛋蛋生鸡无穷尽也，金子银子颠啵颠啵地往家跑。

鸡是贞洁的，宜吃米菜草虫。谁把这个词给祸害了？野鸡，鸡奸，实在讨厌。

鸡瘟，鸡贼，是两大害。拉扯大一窝鸡颇不容易，一个奶奶就因为这三五只鸡被偷，大年根下心梗发作去世了。家中恰有三寸不烂之舌，坐在大街头连哭带咒一句不带重样的，顶风狂骂了一小时。

瘟鸡更没辙。叽叽咕咕的叫声挤满了窝，挤满了夜，一旦感染快速扩散，几天工夫家家鸡窝就空了。连续瘟鸡，“坐地炮”们也骂不动瘟神，索性都不养了。

清静几年后，鸡又在村庄活跃了。一只母鸡刚下了蛋，没露头，个个大；一个脑袋钻出来，个个大；半个身子爬上来，个个大；侍儿扶起娇无力状，瞅瞅左边蔷薇右边枣花，还是无人应，讪讪地跳进草丛，犒劳自己去了。

金鸡陆续满架。

二

我家大公鸡耀武扬威，羽毛红鲜，从来没耷拉过。有阵子毛秃了，自惭形秽，低头躲避状。一旦毛齐，立刻张狂起来，抖动着羽毛，吹着哨子，站在土堆上，翘首咕咕那么一叫，躲在蜀葵花下、青蒿下闷头吃虫的皇后华妃、甄嬛、眉庄们立刻拥抢过来，对大公鸡咯咯啄手，嗒嗒拱背，好亲热的一家子。

邻居大公鸡也带着一群妻妾列队招摇，冤家路窄，俩公鸡掐起来了。母鸡们冷冷注视，并不参战。邻家大公鸡更骁勇些，把我家公鸡撵到院里了。母亲骂它没出息，一棍子打将出去。

我姑娘不清楚那家大公鸡的厉害，穿着牛仔短裤跑出去逗，“哈喽，一起玩。”忽然她变了声大叫：“妈妈，公鸡咬我了。”我不信，历来该是鸡怕人的。可是她的大腿真被公鸡大翅膀拍了，爪子挠两把，尖嘴叼一口，一片红肿，数条血痕。最可气，大破公鸡竟然追到柴门里，恶狠狠地看了一眼，见我这个老家伙怒目而斥，这才退出去，喊上妻妾们跳过墙头，鄙夷地走了。

这公鸡一定是诡异的坏人托生的。我对着它的背影喊道：“且先美着，过年吃你的肉，扎你的鸡毛掸子，天天揍你。”

鸡毛掸子没扎上，那只大公鸡丢了，接着好几家母鸡也丢了。

三

惯偷们又手痒造孽了？村里布满紧张的空气。大家聚在一起切磋，有股子兴奋劲儿，必要揪出几个贼来，像揪出女人偷养的汉子。

会是那谁不？

过去一早未醒就听见村头开骂，谁家整池子的葱、蒜、白菜都给起光了，自家疏懒不种，只需起个五更爬个半夜，一冬天的菜都有了。我家房后养几十只兔子也曾给连窝端了，真伤元气。会骂的满村转着骂一圈，后面跟一溜人过瘾助威，声势也算浩荡。明知是那谁，活牲口，小土匪，没逮个现场。

那谁从小坏事做尽。上山放火，坑蒙拐骗，打架斗殴常有，去外面打工也闹出个菜刀帮，再后来腿被打残，终于收敛了，娶妻生子，算浪子回头。老婆生了小子，这厢一高兴，三天两头炖鸡，自家的要下蛋吃，就去村里拿，不论鳏寡孤独，趁你逛集，睡熟，轻松来上三二只，歇阵子，又来二三只。明知是谁，没现场抓获，也只得再来一场空气战。惯偷家的宝贝抱出来了，吃百家鸡长大的，能长成什么鸡样？

要不是那个赌徒？

沟里是赌窝。一个俊秀男生常领个漂亮女孩去镇上逛，不种地不干活，还吃香喝辣穿皮草，且隔三两月就有小汽车送米送钱，接女的出去玩，一月后光鲜回家，又是母鸡跌米缸，大餐几个月，赌不完的夜了。

忽然小女人吃了天庭的苹果，露出慧心，不想坐车出去玩了，他哄她，许愿，甚至打骂，那也不去。反脱下短裙，扎起马尾，扛着铁锨去种菜。小妇人怀孕了，她求他专心养育干净的小孩。男人挥拳过去，诖要那个鸡种，赶快打掉。

小汽车又来了，她收拾漂亮的，说去打胎，而后去挣钱。赌男乐了，亲自送她上车，又搂又亲。但小汽车再没回来。

赌男没吃没钱，他的傻哥遭殃了。他逼着哥去偷鸡，哥不去，他就从屋里打到屋外，从玉米地打到高粱地，从沟里撵着打到沟外，傻哥被打瘫痪了。赌徒自己下手，常夜晚路过村庄，顺手拎两只鸡鸭。后来大家高度防盗，他就出村打工了，难道又回来不成？

四

鸡死在娃娃期，叫夭折，死在主人手里，叫寿终正寝，死在黄鼠狼爪下，叫因公牺牲，死在贼的手里，叫失身，像妙玉被偷，没个着落。

一场论辩从村庄的侧面深入，挑开鸡的世界，关心鸡的命运，也是安宁问题。

大家忽然疑惑，村庄这阵子总有几个陌生小伙子，叼着烟卷这沟岔那胡同晃来晃去，并不认识，也不是谁家的亲戚，想来不干啥好事。

蓦地，一妇有了发现，她家几只母鸡不大对劲，草滩上觅虫时走路歪歪斜斜，磕头作揖状，好像醉汉喝多了，闹鸡瘟还是吃毒药了？近前察看，地上撒着些玉米粒，个个膨大，闻一闻竟是酒泡过的。

这下都明白了。原来贼是镇上酒馆的，雇人四乡里偷鸡。拿劣酒泡玉米粒，撒在散放的鸡跟前，躲在一边等，鸡不断啄食玉米粒，吃醉了，闭目哈眼，跑不动，叫不出，任其捉住，骑上摩托车跑了。

大家怒寻那几个坏人，早没影了。

五

我家母鸡极想做母亲，下蛋后趴着不出窝，强赶下来，就偷偷在房前屋后叼些柴草做窝下蛋，也不咯咯叫，待攒了五六个一屁股坐上了。母亲发现时，鸡蛋已有血迹有眼珠了。可见母鸡也是有思维的。

母亲骂它个鸡血喷头。后来它去鸡窝下蛋了，蛋一出来就地蹬碎，仿佛受了蛊惑。自然又招来母亲一次次小骂。难道是鸡在表达它的愤怒与反抗？也有说是它偶然一次碰破蛋壳，吃到了美味，所以只要下蛋就想啄破了香一口。

但显然它是作，不思悔改或破罐子破摔，结局只有一个，挨宰熬汤罢了。果然下次再回家，它已经光溜溜躲在我妈的冰箱里了。

当然它们也就和乡下老太太玩玩心眼儿，欺负老太太腿脚慢眼神不好。

若是在流水线上小格子间里，激素食物强迫喂养下，只能抬头进食，撅腚下蛋，蛋尽命绝，还能有日月山川梦想，为自由而奋斗之激情那才是战斗鸡。但哪只鸡能活着从流水线上下来，去草地上吹风晒太阳，追逐打闹，吃青虫，谈恋爱，抱窝育崽？它们孱弱的腿走不了两步，虚浮的胃只合下管子，真的被解救投放于自然，面对肥嫩的青草昆虫，也许会发呆饿死。

半夜忽听公鸡打鸣，以为梦。开窗望去，楼下路灯旁挖一大坑养了许多鸡，隔一刻钟一叫，许多家开窗咒骂。灯彻夜亮，鸡无所适从，生物钟乱了。

人呢？若没黑没夜受一种光的管制，精魂也会被偷走的。但人更会安慰自己，欺骗精神，如同空鸡窝上仍贴了“金鸡满架”。

乡间阅微

一

钱塘俞君祺，月下遥见一人倚树而立，欲去聊聊打发长夜，隔十余步远，竟冉冉没，怅然作《野泊不寐》：“芦荻荒寒野水平，四围唧唧夜虫声。长眠人亦眠难稳，独倚枯松看月明。”

倚树的是人是鬼？比寒山寺的夜半钟声还要奇寒夺魄。也是月下，我与老妈都趴炕上被窝里，辗转不睡，她扬头读电视剧，铿锵的《打渔杀家》，我琢磨《阅微草堂笔记》，纸窗透出皎月树影来。

> 穴纸窥视，月光在牖。
>
> 一夕月明，推窗四望，见艳女立树下。

阅微笔记多见此类魅语，极简致美，拍案激赏，尤在乡间尤在月下尤有纸窗树影，读这书更具魅性。越睡不着越想起夜，披衣门外，见大月当空，瓦屋柴门，疏篱短墙，老树枯圈，风微叶摇，虫声若隐，正可作书中幻想，盼有绝句，或绝色女子冉冉来，只不敢往那老杏树下站。

想起另一则废宅墙壁的题诗："谯楼鼓动人去后，回风袅袅吹女萝。夜深踏遍阶下月，可怜罗袜终无痕。"亦不知人语鬼语。我家房子紧靠后梁，常有不明动物和声音悄然潜进院子，时值六月，正是树上王刚哥欢叫时候，夜猫子也是猫头鹰，有时夜间啼叫，如人大笑，万籁之梦，突听此啸，实为骇也。阅微言，其鬼大笑，音磔磔如枭鸟，十分瘆人。后背突凉，赶紧回屋闩门，让灯亮一会儿。

忽想笑，今人居闹市，昼有玻光，夜则霓虹，无黑，无烛，无纸窗，雾霾深重，无皎月倾泻幽僻小径，无山野嘤嘤之声摩挲树影危墙，竟于重帘斗室遥想女妖魅惑旦夕而至，全是瞎扯。"见丽女独步菜畦间，手执野花，顾生一笑。"这可爱情景唯乡野村居才比比是。而今所谓贵人权钱在手，自有成堆庸女腰缠，贪了再贪，腐了再腐，哪有时间读书立身，造福黎民。蠢物们不过是扁而臭的虱虫，已经烂到骨头里无法剜肉医治，只合地狱炼一炼阴魂，乡间狐魅具个慧心灵性，才不屑绕道勾上一眼，不小心撞见，也要捂鼻躲之。

聊斋里狐魅多有上好的名字，青凤，小倩，小家碧玉的情情爱爱多，而阅微笔记里一狐一鬼一女，多无名，是更底层的众生相，更辽阔的救风尘。纪老师十年苦心著一千两百多则奇诡故事，或揭露黑暗，或理喻后人，岂能只是茶余饭后漱口消闲之用，在清文字狱窒息下，借得狐鬼自由叱咤，求的是真善美大世界。纪昀远未被认识与开发，不是蒲松龄编造，袁枚道听，是草船借箭，须弥于芥子。

二

我在房檐下，对着一丛壮硕蜀葵花读笔记，花是突然长出来的。

老院空了几年，草横花发，四处都是惊讶的眼睛和逃跑的声音。忽见檐下，乱蒿拥数株壮丽花朵，冠如大碗，艳若牡丹，须尖上打了无数骨朵，已蹿上瓦檐。细看是蜀葵，但我乡邻家遍开者俱是浅粉单片。花妖光顾？大风刮来的，我妈断定。来年盛夏，院子角角落落站满了艳影，有个梳髻的奶奶立花前久久看，要花籽。她是种花高手，经年不见的村花，都在她家篱院闹妖似的开，但她种此花却寻常，不气馁，来年再种，仍不是此花。

阅微里亦有此奇事，说："大学士温公以仓场侍郎出镇时，阶前虞美人一丛忽变异色，瓣深红如丹砂，心则浓绿如鹦鹉，映日灼灼有光，似金星隐耀，虽画工设色不能及。余以彩线系花梗，秋收其子，次岁种之，仍常花耳。乃知此花为瑞兆。"

我想着那奶奶和善的面孔，何以爱花致柔，一旦对着她失了母亲的孙子就刻薄如巫，谩骂是小，饿上一天关小黑屋常事，为着一根雪糕而打断烧火棍，还不许哭叫，几死。一次刚要追打孩子，脚下一滑摔个大屁蹲，竟是骶骨裂缝三月不能起。才下地，恶习如故。追孩子跨墙头，生生将叉开的股根死命嵌在石头峰上，说阴户两只梆子肿如大红萝卜，动一动死命号叫，逾月方能走路。仍不悟，养一窝肥鸭鹅过年孩子想吃肉，又奉上一顿好揍，那么寸，夜间就来个贼子连窝端掉，那奶婆一口气没上来，抛下百枝千朵去了。

这到底谁使的动静？恐怕是孩子去世的母亲放心不下，屡次告诫吧。人不如狐鬼，阅微里说，有夫妇相继去世，遗一子周岁，兄嫂不顾，几饿死，忽见一少妇排门而入，说不如付我，尚可觅一活处，抱儿自去。这少妇原是其弟在时宠爱的狐女。

至此明了，好花择地，如良鸟择树，木魅花妖概有洁癖，怎可去污浊之地安家。我父行医，为善一方，故有瑞花争来投奔。我当学父，以己之微，向善而行。如人人为善，则乡野城市瑞花千芳，臭邪之味遁地消解了。

三

时盛夏，坐枣树底下看书。老鸡窝上铺的红瓦，垂着才转黄的杏子与新开的枣花。“庭有枣树，百年以外物也。每月明之夜，辄见斜柯上一红衣女子垂足坐，翘首向月，殊不顾人。”幸好白天读，不生惧心。

继续，“画士张无念，寓京师樱桃斜街。”这名字诱人。“书斋以巨幅阔纸为窗幪，不著一棂，取其明也。”实在阔，找事。“每月明之夕，必有一女子全影在幪心。”招来了。“一夕谛视，觉体态生动，宛然入画，戏以笔四围钩之，自是不复见，而墙头时有一女子露面下窥。”悟了，此鬼欲写照。“与语不应，注视之，亦不羞避。”深想下，月光冷墙支个粉脸，有多美就有多瘆人。但两者俱天真无邪，只为艺术，难得风清月朗，人鬼无欺。

下面几则就是因生染心而受惩罚了。

“一书生日暮独步田间，遥见女子躲入秫田，疑似荡妇幽会，追过去，静寂无踪，归而发大热。”偷窥病吗？虽无邪心，总是多事，幸好是个饿鬼，见生有禄相，不忍害之，潜没草间。也有鬼以诗嘲弄的。“书生夜遇女，挑之，不见，忽一瓦击落其帽，次日见窗纸赋一诗：深院满枝花，只应蝴蝶采；喓喓草下虫，尔有蓬蒿在。”对书生鄙薄行为无情讽刺，然小诗风致楚楚，犹见慧心，是个伶俐鬼。

然万物形色声气诱惑不浅，凡人总得用上几十年功夫抑制，僧人也难做到五蕴皆空。一僧见游女踏青，动念，恰有少妇与其软语对视，邀夜间会，僧去，“果荧荧一灯，相距不半里，穿林渡涧，随之以行，终不能及。或隐或现，倏左倏右，辗转奔腾，困不能行，卧老树下，天晓谛观，仍在故处，林中苍藓绿莎，履痕重叠，原来一夜如牛旋转磨。自知心动生魔，赶紧忏悔。”可见染心这个魔头十分顽固，无孔不入，要时常忏悔，炼就金刚不坏之身，使蚊蚋不近，邪气远离。

狐善诗，善画者极少。有周士在寓所东壁画松，邀众友赏，松下忽现一秘戏图，正是周士与妻妾裸拥之态。丢大丑了。原是狐戏弄，周置酒款待，狐方教导：“君太聪明，故往往以气凌物，此非养德之道，亦非全身之道也。”周俯首而听，再看东壁之松，净如洗也。“次日，东壁忽见设色桃花数枝，衬以青苔碧草。花不甚密，有已开者，有半开者，有已落者，有落未至地随风飞舞者八九片，反侧横斜，势如飘动，尤非笔墨所能动。题诗：芳草无行径，空山正落花。”

这些狐，内外兼修，周士彻底服了，我也服了。想今日美人遍地英雄无迹实在堪忧，学一学狐朋鬼友，去染心骄心，养浩然天真之德气，也是一修行之道。

四

灶上住了烟，枣树下摆了小榆木桌子，一碟芥丝，一碟黄瓜，两碗红豆粥，桌下蚂蚁三四个，黄花地丁二枚，燕子翼一朵，淡嚼闲谈，黄昏就下来了。老瓦屋檐搭着高梁处，悠然垂下硕大老蜘蛛，随香魂才鬼缩扁了身子，入那阅微笔记了。

我妈看我读狐入迷，也说个村庄怪事。说某爷夜里刚睡下，屋门洞大，两个白衣女人悠然闪进，飘飘下跪：“近期有难，望爷救命，切记！”逶迤遁地而去。连三日复有此梦，某爷觉出蹊跷，只不当事。隔日翻修锅灶，砍开旧土坯，赫然两条白蛇盘踞，不安地圈紧。某爷抓蛇打狼钻坟地半夜住空屋子背吊死鬼，水深火热浑不怕的，牛眼一抡操刀砍将下去，如拍两根黄瓜，蛇还挣扎，早哧啦啦剥皮开膛晶爽爽的大肉条，甩给某奶，一并炖着下酒了。之后满村邪吹去。

好端端的，某爷突然腿脚拌起架来，身段佝偻，全身骨节都在弯曲，疼得四处撞墙，说是缩骨病，日夜哀号，溃不成爷。有时突然曲爬到炕沿，探出大脑壳，苍哑地哼道："喝水。"某奶惊以为大蛇。待某爷头脚环在一处，成完整的句号，就龇牙瞪眼找阎王爷论道去了。某奶很快远嫁，以六十高龄大红大绿逃离了村庄。我知那房院，自此深草没窠，夜晚窸窣之声不绝，白天亦有长虫当门晒太阳，甚怖。

阅微笔记多有此类不善待动物的故事。"某夫人喜食猫，得猫则先贮石灰于罂，投猫于内，而灌以沸汤，猫为灰气所蚀，毛尽脱落，不烦挦治，血尽归于脏腑，肉白莹如玉。云味胜鸡雏十倍。"偶有一次此种吃法都不可饶恕，而那巫女日日张网捕杀，猫哪有九条命，盼能变作九九八十一只利爪，一条一条挠碎这毒妇而后快。那毒妇终得大病，呦呦作猫声而死。

又一屠驴者更灭绝人性。"凿地为堑，置板其上，四角有孔，陷驴足其中，有买肉者，随买多少，以壶注沸汤沃驴身，使毛脱肉熟，乃刳而取之。云必如是脆美。越一两日，肉尽乃死，箝其口不能作声，驴目光怒突，炯炯如两炬。"屠夫后来全身溃烂，状如所屠之驴，割肉之痛不绝，哀号四五十日乃死。临终醒悟，嘱儿子再不要以此为生，仍至断子绝孙。

看那凶恶吃相，骇极而恨，自是报应不爽，可是那些此法吃驴肉的人，就该逃脱惩罚吗？更可恶的是人的嘴，人的妄念。猴脑、熊胆、鹅肝、鱼子酱、貂衣皮草，甚至荒年的"菜人"，甚至大神大巫乱权草菅人命，说不完的被屈辱被损害……唇亡齿寒，要念多少阿弥陀佛才能让恶行住，恶念灭。

我相信母体圣洁，肉身无罪，因生染心，被一些饕餮鬼怪上了身，控了魂。纪老师说，青苗被野时，田垄有青苗神，形如布囊，不辨头足，筑地登登如杵声，此神一出，诸鬼各归其所，不敢散游于野。我盼四季青苗在野，此神常在，世间各安。

可是如今大片耕地被占领，青苗自身难保，苗神又往何处安？草木的村庄迅速枯萎，荒坟野径不存，纪公笔下刚正慧心的狐鬼又何以为生何以为现？大烟袋锅子要当当敲向哪个祸国殃民的脑壳？

还林于山，还村庄于旷野，还耕地于黎民，还灵魂于头脑。就先发出这个声音吧。

琵琶奶奶

听说琵琶奶奶下世了，显然是寿终正寝，面目金黄皱纹舒展，倒比活着时耐看了。多少有点诧异，老太太就像阳坡弯上的枯草，风一吹就冒芽，怎舍得撂下一院的宝贝走了。

老太太长相独辟蹊径，脸洼眍着，初看像麻布口袋，细看是大旱年间没有收成的向日葵，十指伸出来像鸡爪会咯咯叫，仰脸一笑皱纹堆起像丝网上蹲个大蜘蛛，似乎从来不曾豆蔻梢头过，真佩服有人胆敢娶进门来，一条大炕碾来碾去，竟成骄横的主妇，同时拥有几个水葱似的孩子，非要屋里屋外映衬出她的薄寡来。

她的头发一年只除夕一洗，还说伤元气。村里许多老物都下架了，唯她的发上还梳着纂儿，窝着上世纪盛产的虫儿。人越老越瘦黑跟生满苔藓的老树桩没两样，如果再成比例缩小，小到米粒那么大，就名副其实一只母虱子了。村里一介书生取笑曰：老琵琶精。盖缘于宋徽宗“朕身上生虫，状如琵琶”。踉跄的旧年，一条衣衫穿一季，谁的身上不曾养着一家老小。隆冬夜晚的火盆里，成堆的琵琶精被执以火刑抄家灭门，仍止不住虱子军团纵横驰骋，一家女孩就被吃掉了发实在可怖。父亲的身上却干净，概因每日吞服大量药片，血里自有着三分毒，虱子路过诊断：此处不宜栖居。后来大家都洗心革面，鸟枪换炮了。唯琵琶精奶奶坚守堡垒，毛发里照旧精灵出没。人们一般不敢太靠近她，精灵们惯会借路搭桥，出国捞油水，想着就哆嗦。但她是绝不会咬痒的，坦坦然安坐，不曾搔下塞了厚泥的灰发。债多不愁，虱子多不咬，罢了。

干巴巴的瘦，却是极能干活的。但有山货下来，天不亮就挎上大筐口袋上山赶头茬，捋野菜还是采榛子，都是饿虎扑食，十指鸡啄碎米，吃着碗里看锅沿的，别人只能捡剩。大家还吃着饽饽咸菜喝泉水歇会儿子再干，她早撑满了大筐口袋，过倒奔梁回家端坐炕头了。由她治家管理，那点田地起个大早贪个小黑就收拾齐了，家境殷实，日子宽敞。

但正像她的人长得干瘪，过日子也细到针尖了。树叶落地下当鸡蛋，一根草棍也是金条，哪个孩子攀墙摘了几个大红杏，她光着脚板也能撵出二里地去。她倒也从不贪图别人的便宜。

节俭是美德，过了就是吝啬。穷时没人说啥，日子好过了，家家饺子米面肉，琵琶奶还发扬优良传统，新三年旧三年，缝缝补补又三年。老头子难受了。发白了，孙子满街跑了，能有几年活头，天天盐水煮菜，戳一筷头子荤油开锅时漂进去，就算改善了。且慢，细看，一只玉面琵琶搁浅在一片绿叶上。那是琵琶奶热气腾腾做饭时掉下的，咋吃？照吃，能扒下两碗干饭。瘦人偏有蛮力，说不过，打不过，老头子认栽。偶尔哽咽着说给别人听，哭得那么伤心，像惨遭毒婆婆恶欺的小媳妇。自己做着吃呀。琵琶奶哪给别人机会，那么勤快，不容别人插手，油盐酱醋都跟钱一样，上锁的。吃根烧棒子得从肋巴下去，能骂你到二半夜。窝囊。老头一气之下喝了农药。农药怎地不上锁？琵琶奶真吓着了，一通号哭，一面命人赶着做装老衣裳。结果没死成，假药。一家子欢喜，老头也以为因祸得福，老婆子总该善待他了。太阳照常升起，还是一锅清水大杂烩。老头低声咒骂着：“钱都留着擦屁股，有油也舍不得。”琵琶奶敲着门框嚷道：“细水长流没错，这要有个荒年……”

又要痛说革命家史了。地指标时期，琵琶奶的姥姥一家断粮很久了，树皮野菜挖没了，姥爷留着一口气撑着，“哪怕让我吃上一块黄澄澄的棒子面饽饽，我也乐着死。”但就没吃上，几个儿子踉踉跄跄走出去四处村庄讨饭，好不容易有了半拉饽饽，回家时老爷子已活活饿死了。姥姥也饿得脖子细成一掐，顶不住脑袋，滴里当啷转，一家人到后来讨饭也没力气，躺在屋里等死，这时大儿子从外地回家，在金矿捡了些石头，在锅里炼出黄豆大的一小块金子，卖了还完钱还买了两斗面，救了全家，这真是天无绝人之路。

“所以糟蹋就是造，就是作。”她结束了自己的总结。

细到断了，人就绝望了。一日燥热的午后都睡不成觉，大家在街头聊得比蝉还乐呵。老头突然在大门口喊：“老婆子，二丫头，都别说了，赶紧回来给我准备后事吧。”循声这么一看，大家都吓傻了，老头穿上了新鲜鲜的大蓝棉袍寿衣。琵琶奶骂道：“死老头子，闹啥妖呢。”继续知了知了，待凉快些，方才转回家去。众人听得她极其悠扬的一声长啸，老头真在炕上挺了。

大儿子四十多了，好不容易等到琵琶奶允许分家另过，这厢高兴，天天酒肉招呼，不到几年吃出一边瘫了。琵琶奶指着儿子说，不听老人言，吃亏在眼前。她连感冒也是没有的。八十多岁的老妈搀着六十岁的儿子，颤巍巍下台阶，满地细碎的光阴，温馨又悲伤。

小儿子是语音不全的，媳妇是哑巴，生杀由老的操纵。好人都顶不上她利落，况哑人，慢一慢，头上就挨一棍子，哑媳乌拉拉叫。饥一顿饱一顿，实在难熬了，偷着在灰火里烧土豆，眼见熟了，香喷喷扒着吃，琵琶奶火眼金睛，一掏灰耙打在脑壳上，抄过土豆扔到大门外了。傻媳妇抱着鼓起大包的脑袋追出去，琵琶奶跑得更快，一脚踩碎，让你馋让你吃。媳妇不几年就折腾出大病，没了。

顽固的吝啬像她发里的琵琶精，仍与她不离不弃，仿佛另一种繁华绵绵不息。孙子耍赖要吃的，她能把一根藤条打断几截，孩子吓到发烧说胡话。觉着小命要玩儿完，琵琶奶这才想着买上一根冰棍一包糖果来哄。

她对家人苛刻，自己也是不吃的，谁没有馋的时候，她就从来不馋。前世一准被这一家人硬逼着吃肉吃到吐，今生当了假尼姑，来寻仇了。然她的心神与宗教无半点关联，不念佛更不知基督。也有人劝她，你不要太细，土埋脖颈了。她断然否决：“我这样的细，还不及我妈的三分之一，我不照样水灵灵。”众人立刻无语了，她的两个姑娘才的确水灵灵。

而她的母亲，爱惜粮食到惊人，留到发霉长虫不让卖不让吃，粗粮也上秤，几斤几两，恨不能数着米粒吃，若现在，真是好妈妈，女孩不用减肥节食了。

她的一生也有两大快乐事，玩牌算一个。老辈子传下来的纸牌，细长腰身，似乎上面有魔咒，神秘着，只几个老人会玩。但见琵琶奶一手拢住一把牌，一面抓向自家后衣襟，顺当当摸出个大虱牛来，拎到窗台伺候，大拇指甲铡刀一按，嘎嘣，碎尸血溅，回头不误和牌赢钱。输了也不赖账，倒有牌德。丁丁卯卯，泾渭明白。

剩下的快乐就是村头晒太阳。傻媳妇抱着婆婆的头，略一扒拉便掐得风生水起。再拿致密的篦子刮虱花和虮子，耙搂草一样不放过一块地。琵琶奶这才显出女人的柔顺来，舒服地闭了眼，像刚刚睡下的木乃伊。

有时看到这些难得的景致，我也是愣怔许久，时间突然慢下来，古旧的过去在街头婉转。这样的老人是井边的瓦罐，破损了亦能照见村庄前世，美人老爷下棋的书生，麻牙大嗓的长工，鬼狐故事夜黑头，狼长嚎猫头鹰怪啸，五月青苗地撒欢成瘾的少年……

谁也不曾想到，人生最后，素食一辈子的琵琶奶忽然开口了，好像回光返照，人家是肉体的回光，琵琶奶是思想的返照。她像神婆子突然哈欠连天，涕泗横流，来仙了。先前闻着油炸葱花也要呕吐，突然间要死要活地就想吃肉了。亲自逛集买肉炖肉，贪婪地盯着肉块在锅里欢叫，一顿一大碗，越肥越香，有点啥事误了买肉，便馋涎欲滴，想交流一下吃肉心得。女儿们一出嫁再不想着回家，孙子出去打工也不回了，忙活一生看似满满当当，实是悲多欢少。琵琶奶一生也只哭过三回，老爹老妈老头，这一年两条泪腺一直泉水叮咚。杏子熟透了，琵琶奶招呼孩子上墙摘去，孩子们撒腿跑了。琵琶奶恓惶地倚在树下，杏子啪啪落地了，摔成泥了。

一天梳头，琵琶奶失了声惊叫，满头的娘子军一个不见了，头发里光溜溜，空荡荡。她的心也突地沉了，空了。

她拎着酒肉一步一挪上山，像一棵枯萎多年的歪脖树。羊倌儿看到她坐在老头的坟前叨咕良久，几次起不来，可是一起来，就特别利落地下山了。那晚，琵琶奶自己穿上装老衣服躺好了，头发洗得干干净净，抹了自制杏核油，苦味的甜香散在老屋里，久久不去。自此，虱子在村庄绝迹。

花姐

一

有一段时间，我上下班路上常见一对母女乞丐。母亲高大敦实，一脸诚恳，毫不卑怯，“给一块钱吧，行行好。”我给两块，她拿一块，又转向下一个人。讨够四块钱，牵着女儿直奔烧饼摊，买俩大烧饼，俩人对着大口咬，叽里咕噜对话。吃罢，上公车，投币两块，逛街去了。师傅也不撵，她们懂规矩，衣服稍脏但整齐。女儿瘦小，十八九的样，短发乱蓬蓬，脸有些脏，能透出白净的质地，安静靠着母亲。

有时在人行道上，母女俩并排高昂着头大步前冲，越走越快，谁也不甘落后，从城西到城东，汗水四流，这才停下，抱着一棵老槐树嘎嘎大乐，无视周围的惊愕。一次我下车，见那女孩路边跳舞，一边奋力脱着衣裤，蹶着白白的屁股胡乱叫着，母亲则拍手唱歌。路边一裁缝大婶赶紧拿块布料围住女孩，大声哄着，拖进小屋去了。

这母女竟是疯子。母亲原是城郊小学老师，所以讨钱行事仍存着尊严。邻居住着个麻脸神婆，经常关心周围孩子的命运，推出谁的人生小九九换点钱花。神婆极其神秘地暗示老师的女儿是“花姐”命，说天机不可泄露，得布施些。又提醒她多烧香祷告，孩子不能找对象不能结婚，或许能保得长命。老师的心里啪啪鼓起了疙瘩。

神婆子每天端坐门口念念有词，好似衰老的狐狸盯着一对咬不动的猎物。母亲不与人说，只偷偷看紧了女儿，必须同出同回，不许与男生玩，偷查女儿日记，找出苗头就搂头盖脑地训。俩人都越来越怪了。女儿高考落榜，话也没一句了。一日母亲买菜回来，见女儿和一男生在屋，头挨头亲密说话，立刻冲进屋里，胡乱打了一场。女儿这一哭叫跑到街头，疯了。母亲也恍惚，课堂讲着讲着突然面目一变，说花神到了，摔门而去，学生吓坏了。学校只好辞了她。老实巴交的丈夫除了叫苦，只有哀声。母亲也疯了。母女俩每天早上七点半准时出门，要钱，吃饭，坐车，逛够了，再要钱，吃饭，坐车回家，每天都过得高高兴兴。

忽而这对母女都不见了。有时我刻意寻找，再也没有踪迹。

二

花姐，童子，本来自乡间的流传。小时常听大人说起，花姐是天上的花童，专司花事，或者是王母娘娘身边提灯的仙女，犯了天条，贬到人间受苦修行，期满要招回天上去。花姐都白净俊俏，只能活个十几岁，若能过十八岁会好些，但也姻缘不顺，多病多难。我听了害怕，又想花姐在天上绫罗绸缎飞来飞去，多美。母亲一笤帚疙瘩早打过来。

读《红楼梦》，芒种时节，大观园里众姐妹到园中祭花神，也是祈求平安顺畅。黛玉是芙蓉花神，据说演林黛玉的陈晓旭是香木转世，是地道的花女。南方有花神节，每个女人的生日都对着一个花神。我对应的是洛神，司牡丹花事。我自知，离牡丹十万里。

说李渔最懂得相看美女，“凡见妇人面与桃相似而色泽不分者，即当以花魂视之，谓别开体不久也。”这话又是幽冷的，我见到特别漂亮的小姑娘，私下也学李渔。在乡下，生女孩不希望有多俊，平整端庄就好，也不乐意别人过于夸孩子。你要说这孩子长得真俊儿，仙女似的，母亲或奶奶一准生气，呸呸吐唾沫，连声说，我们丑着呢，丑丫头片子，藏家去喽。转身就走，扔下别人好不尴尬。

村里的香头好使功夫，说扎个纸人当替身，办个道场烧掉，也能化解了。或者将花女送到庙里拜个师父念经，也是好的。陈晓旭后来就去庙里修行了。当她无力瘫在轮椅上，看一群农民工甩膀子流大汗嬉笑怒骂时，感叹不已。质本洁来还洁去，花神本是最清净的。

钱塘苏小小也是典型的花姐，伶俐聪慧人人喜欢，奈何体弱，终等不到爱人，早早夭折了。“幽兰露，如啼眼。无物结同心，烟花不堪剪。草如茵，松如盖。风为裳，水为佩。”读李贺诗，只觉美得阴凉，不能深想。所以在乡间山野，我最怕遇见长着青草野花的小坟包，定有花魂游荡，伺机捉个女孩当替身呢。一次放学路上，怕淋雨抄了山路，大雨还是下暴了，恰好路边有个小茅屋，就跑了进去。早有一个上山摘菜的老妇拎着破口袋，歇在那儿。有灶有锅有炕，不知是谁家看地的茅屋。老妇痴愣愣看着不远处的沟坡，我也看去。一枚小小坟包，挑得花红柳绿，正被雨水无情地踩踏，萎地了。她说那是个花童，她妈天天烧香磕头求老天爷，结果只跌个跤就死了。我望着满脸皱纹喃喃自语的老妇，撒丫子窜进雨中。

回乡下若听到谁家老人没了，我充满敬意而疼痛些微。老了多年，石头前树荫下成为雕塑，只是又雕进土里，有隆重的仪式，有一面山坡新鲜的宫殿，年节旺盛的香火，死也是活着。一次回乡，听见有三个女孩前后出嫁一年多，都因生小孩难产死了，才是心痛。什么时代了，男人呢？婆婆呢？医生呢？传那三个女孩命犯花姐，没辙。花姐在乡间一直繁衍。

三

往远了说，祖上一位小姑奶奶也是花姐之命。太爷研究中医日久，即通了玄学道学，看世相也八九不离十。小姑奶奶生下不久，太爷就瞧出端倪，告诉老太太好生将养。

我对她念念不忘，因她漂亮、神秘，有反骨。老照片里见过，短发翘在耳边，头帘微曲，面孔白，眼窝深，薄唇，碎花旗袍系纱巾，真是俏，是老太爷六十高寿生的，排行老十二。小姑奶奶从小怕风怕晒，体质柔弱，行为乖张，不爱与人说话，出门到哪儿都蒙个粉色纱巾，在镜前描啊描，点上红唇，才出门到田里，就渴了饿了，要吃要喝，要不躲进草丛里一蹲半天，与草与花叨叨咕咕，癔症似的。

太爷自然知道花姑娘该保持童贞，忌阴阳和合。但太爷又是开明的，或许夫家旺，能借得阳气获得新生。太爷一面到自家药王庙上香陈情，一面托人找了一户人家，问她同意不，她像木偶人，不笑不喜，被人牵着嫁过去了。

初夜，她只睡地下，说什么也不上炕。新郎以为羞，依了。二晚三晚还如此，新郎疑惑了，就着酒劲当霸王，扯破她的外衣裤。可是里面还有一条裤子系着裤带，再扯掉，还是一条裤子，系着猪蹄子扣，里面还有。新郎怒了，三个月竟没人得洞房，休了。

太爷以为她天生有感知，拼命护着童贞不破，也就罢了。偏有个不知情的媒人又来说亲，男人年纪大很多，姑奶奶听了竟喜欢。嫁人，生子，顺顺当当，小儿面貌像观音座下的莲花童子，清纯秀美，姑奶奶天天笑。太爷寻思或许命转过来了，也宽慰。

一日阳光极好，孩子在院里玩，姑奶奶坐在台阶上低头做鞋，拿锥子钻眼，挑进麻绳，往紧一带，哧哧地做得正来劲，忽然听见隔墙有人叫她。她站起身，把锥子鞋底放台阶上，过去答话。

墙那边却不见人，一片黄花晃得眼睛疼。她摇头笑着走回来。

她的孩子拿着锥子拖着鞋底，正玩得欢，笑着喊妈妈，跑过来。她说你别跑，小心——

她突然僵住了。孩子脚下绊了石头，像只中箭的鸟吧唧摔趴了，手里尖利的锥子，正扎在脑门上。

孩子留着最后喊妈妈的笑容，额上只流一滴血珠，像过年刻意点上的红点，看着好吉祥。

小姑奶奶疯了，经常光着身子跑到大街上叫孩子，不出几月就去了。她的男孩仿佛是天上的花童，特地下界来叫她的。

挣不过命的。太爷说。

四

往近了说，村里二老包家的孙女是个小花童，老人都说没见过长得那么俊的，二老包疼得邪乎。

二老包胸前吊个大瘿袋，得有二斤重，舍不得花钱割了，都给孙女买吃的。他脖颈上骑着穿红棉袄的小孙女，四处溜达，很滑稽。

可惜女娃三岁上病死了，二老包号得惨烈，不让埋，黑天白天搂着，快要坏了才埋在西梁道上，松林子里。隔两天，二老包扛着铁锹上山，将婴孩挖出来抱着哭，哭够了再埋掉。过两天又挖开抱着哭，再埋掉。直到看不成形，抱不成个。

埋得土松，野狗闻到味刨开了，秃鹫也飞来，后来只有红布条在梁上飘。至今西梁道上黑深的松林也瘆得慌。然这样的女童定是来讨债的，摘人家心肝的。于她自己尚未经了人世的磨难，是完整地来，完整地归去。

我没缘见那个小花童，却见过二老包在村东特为孙女垒的小庙。二老包常日去烧纸哭诉。二老包死了多年，小庙如今也还好着，年节依然有春联红着。庙棚上厚土，生着野蒿花草，小鸟在上面叫。在路边，榆树荫下，小山坡上，极小。

五

再近是难产死掉的丫毛。一个橘色的黄昏，一群妇人在河边洗衣，丫毛扛着铁锨顺着河坝扭扭着飘下来，粗长的大辫子摆在胸前，月白的脸，月白的绸衣，青色长裤，俏得魂似的。她打招呼，声音嫩嫩的，像她手里刚摘的生菜。妇人们说，可惜了丫毛，长得水灵，花姑娘命。

丫毛出去相亲了，七大姑八大姨组团，要见面礼要衣服，吃香喝辣，回头转战另外一条线继续上演相亲大戏。丫毛或者被挟持着，也或者糊涂。丫毛有成堆的好衣裳，有小姐妹艳羡，可现世报得快，骗得手顺，窝边草也搂。几十里外大山沟的老光棍，怎么从嘴里抠出的钱，一班蝗虫两三天造光了，之后人息全无。老光棍哭天哭地，一个走街串巷收蘑菇的小贩告知了细节，于是老光棍纠结了一帮兄弟雇车来了。丫毛当时就必须跟了去。

丫毛孩子早产，接生婆的大手伸进去愣拽，血污满炕。傻男人不送孕妇去医院，却来接丫毛妈。等他们坑坑洼洼颠簸赶到，丫毛的魂魄已荡去多时了。说丫毛叫了一夜的妈，整个山沟响着丫毛凄切的叫。

那些生得俊俏的女孩，谁无辜给她们贴上花姐的标签，一生都被诱导，被改写，折断翅膀了。是因没有信仰，才更容易受大仙儿邪恶的蛊惑？按《黄帝内经》说，“昔在黄帝，生而神灵，弱而能言，幼而徇齐，长而敦敏，成而登天。”婴孩都是生而拇指向手心握紧，内藏神灵之气，哪有彼此的不同。到死了，手都散开握不住，才同归，撒手人寰。所以人的命大概都是人为。一句三岁看小，七岁看老，我们似乎也自小就被贴上好与坏、聪明或愚笨的标签。若好，一生是激励，前路锦绣；若是孬的，也许一生就被放弃了。

我愤愤地想，明儿我也要给那样的女孩算上一卦，算出她们将来要当大明星，住大宫殿，有几个孩子，当上好的老奶奶。那么她的一生必然走在阳光里了。

青丝窈窕

每个女人的长发里，都窝着一束星辰。

——题记

一

北方的冬天极冷。我读高中，所有女生住在低矮的瓦屋，睡两个大通铺。晚自习后一节，先有两个人回来生炉子。那晚我先回，听到屋里有低婉的歌音，细听是京剧。

妻本是峨眉山上一蛇仙。只为思凡把山下，与青儿来到西湖边。

《断桥》。真个字字句句都像是收音机里的唱段。班里还有这样的佳人？推门而进，又一个愣。偌大的屋子灯光黄暗，只她一个端坐小镜子前，用一根燃过半截的火柴棍细细描眉，披着薄薄的粉缎扣襻棉袄，长发全部散开，梳成光滑的水，在肩下松松系个发带，垂下去，白的脖颈，白的脸，失了魂的细眉细眼，兰花指还挑着，被突然进来的人惊住了。是彼此的惊。我忘了说话，她也不语。

后来常见到这位呆痴，大家都剪了短发，唯她不肯。洗发后，有两个小时端坐小镜子前，腰肩挺直，长发根根梳了又梳，结在后背。两个小镜子一前一后，左照右照，眼神一会儿望月一会儿看太阳一会儿又淋了雨，一会儿是喜鹊上树，一会儿是鱼翔浅底。又不满意了，捋了发带再梳再结，魂都锁进镜子里了。接着又是描眉，斜俏俏地搭上眉梢，若有脂粉，她定能涂出个国粹来。她叹气，又对着镜子笑，纤指腾挪，忽然哀怨，哼出一句道白："冤……家。"又进去了，我们相视而笑。

我自小热爱老戏，寻个机会探她的底。她一笑不语。再问，只说小时与人学的。她家镇上有个大庙，平时黑洞洞的静寂，过年就唱戏，红彤彤的喧闹。白蛇有点年纪了，身段不妖娆，许仙假情假意。她跑到后台看许仙，许仙眼睛亮了，散戏不卸妆，一招一式教她唱念做打，教她梳头，梳成水，散散地结在后肩上。她就成了小小的白蛇，妖娆地缠在黝黑的大庙柱子上。那时她十五岁，枝枝不教花瘦的晨露时光，闹着要跟戏班子走，父母绝不肯。

我说元旦晚会唱一段吧，都成角了。等于白说。我傻乎乎拎着两块长纱巾当水袖，走碎步，她瞧了瞧。该这样，说着就走了一个连环步，疾走，扭腰，摆臂，甩头，亮相。身段柔美。我赶紧抓住机会，教我吧，她脸一沉，再也不语，端坐镜前，摆弄头发去了。

整个冬天，她就一直婉转在镜子里，青丝窈窕。或许那里有个许仙来着，于她永远是《断桥》。她也只念到冬尽。天暖了，冤家哪儿去了？

二

我爱的长发，是指垂及腰臀以下的。听母亲说早年女人都要盘发髻，头发少的女人实在发愁，没钱买假发髻的，每天早晨赖着脸皮串门子，谁家女人梳头掉下的发丝，一根根收拾起来，不出几月，就能盘上一团上好的大如意头，再插珍珠簪子金步摇，可以美美地见人了。真发总比什么猪鬃马鬃来得舒服，那样一份心地我十分喜欢，求美之心是端庄的，是为着这个世界，至少为了某个人，和她未来的生活。

听说某单身年轻教授极爱长发，他的女学生长发缤纷，甚至有偷着剪掉对方的头发，扔进垃圾箱的，还在宿舍展开揪发战斗。这风景无敌。长发的背后是留城，工作，婚姻，后半生的幸福。一个桃之夭夭的女孩稳坐了桃花轿子，教授一口气做了十几首诗词赞美与她的爱情，直拼当年钱牧斋西湖遇到柳如是的烂漫。她当然再也走不出教授的视野，后来她的所有生活、衣饰、社交，都圈在教授的手心。她没有了自己，她只是他身上开着的一朵花，鲜亮在他，枯萎也在他的枕席。她沉浸于这样的宠，仿佛失了心，从未醒过。有他，还要啥。

我念初中时有个女生长辫粗壮，赤红脸，爱穿红花棉袄，号称铁梅。铁梅最爱上地理课，一堂课能望穿老师额头上的三条秋水。老师讲课像说评书，讲很多世界各地故事，跟《行者无疆》一样精彩，在乡间实在难遇。只是长得比纪连海老师困难，是三十九岁老光棍。可是铁梅一毕业就嫁他了。爹娘在后面打着大扫帚追着骂着，铁梅自己放了一鞭炮，挎着小包袱，红灯高举闪闪亮上车走了，太猛。

大辫子背后有故事，不寻常，不可轻视，那执着劲儿，撞南墙只当上一趟倒奔梁，还赏到不同风景。所以，有抓人家小辫子的，没听说揪谁大辫子的，因大辫子先抓人。

三

姚家奶奶是苦命女人：男人早年痨病去世，亦没看到儿子娶亲生女。儿子能干出去打工，却摔至残废，挺了几年也去了，儿媳扔下女娃跑回娘家。深宅大院就剩姚家奶奶和孙女两人。

孙女薄唇秀目，名唤大雅，不念书，及腰的长发黑缎子一样直直地垂下，出入村庄门庭，晃来晃去，好生眼热，无须刻意，她们的消息总能灌进耳朵里。

大雅讨厌农活，常去镇上逛。镇上的人都看她，路边有座军营，大兵也看她，跟她套话。若别的女孩早吓跑了，胆大的骂句流氓，她以为美，是个新世界。“说明咱长得好，谁都不看愁死了。”不久与一个大兵陷进大片青纱帐。

说一次姚家奶奶和大雅一起去镇上，快出街时，大雅说有个女同学找她，就在路边房院里，十分钟就回。姚家奶奶就等在门口石阶上。半天也没出来，她进院里喊。石榴花半掩着白纱窗，两个人影匆忙站起来，蓬着发，松着衣衫。姚家奶奶当即昏倒了。

说姚家奶奶让她上山放牛，想用老母牛的安稳和慈眉善目拢一拢她。青草坡，枫树林，花乱开。第一天，她静静待到黄昏。第二天，姚家奶奶上山采猪食，顺着玉米坡望过去，老黄牛卧在草甸悠闲地倒嚼，犄角上挂个野花串，她心宽了。再看，血喷了。大雅倚在老枫树下，长发歪在一侧像拐弯的小溪，男人快把她压成一片抖颤的树叶了。

说姚家奶奶挥了镰刀欲砍杀过去，心脏病突发了。

大雅后来照样走在街头，昂首阔步的。这么野性的小兽，想什么就是什么，没有对错是非，竟是一副无辜天真怎么看都是纯净的面色。大家嘲笑她却还是喜欢看她，赌她将来会做出什么幺蛾子事来。

大雅出去打工，一两年时间拿回大张存折，拉回彩电冰箱洗衣机。有家出两个大学生有体面的工作，也没弄出这些东西来。她打的什么工？羡慕之余稍往深里这么一想，一些人有数了，也不啧啧叹叹，两片嘴早撇到下巴去了，仿佛看到灯火深处的香艳幻影。

隔墙有耳。听说姚家奶奶骂大雅丢人丢到皇城根儿了，要把东西扔大河套去，脏了她的院子。但终归，夜是孙女儿的夜。大雅黑色瀑布一样的长发罩紧了细腰，齐眉，干净，清秀，薄的唇一点红。只是脸色青灰，眼窝青灰，有说不出的倦意，绝不是个二十岁女孩的样。洒着香水，抽的绿摩尔，夹在指尖，吐着烟圈，噼里啪啦鼓捣麻将，炸金花，推排九，输个万八千眼都不眨，压根儿不想做淑女样给奶奶挣个脸。

姚家奶奶倒怕见人了，又说子不嫌奶丑，奶也不该嫌孙儿的。东西不用就坏，不吃就烂，糟蹋也是罪，还糟蹋了孙女的孝心。

除夕，大红灯笼飘在廊下，姚家奶奶倚在大门楼前，看大雅放烟花，她跳着叫着，顶上人家一车人。她还是个孩子。

有女孩偷偷跟大雅走了，年底回来致富了，村庄很是热闹。有个女子似乎找了好主顾，平时守在家里跟老公吃喝玩乐，也不种地，只赌博，一旦兜底精光，立刻出发，三两月回来就是凯旋的富姐，老公接到炕上，大酒大肉侍候。有个女孩在外认认真真为人生儿育女，没有名分，也不再回家。她的母亲说话一向刻薄，此后再也不提这个女儿了。她们是母亲身上的一块疤，好不了更揭不得。

有些人家开始咒骂。“羊腿长在羊身上，谁捆着拉着走了，有能耐也挣一屋子东西来。”姚家奶奶忽然理直气壮，忽然没了黯然，一脸鄙夷，“我们家大雅挣的是辛苦钱，捣鼓铁做生意，累得贫血了。”

一枚青苹果到底晒足了太阳，要红了。大雅领回一个男人，她脸色透出一抹粉，衬着青黑的长发，真美。许是包她的老板吧。可是过不久，他们结婚了。姚家奶奶笑出了泪水，仿佛涉过无数大河才捞回她的孩子，而河水早已清洗掉她身上的污浊，白白净净了。

姚家奶奶大宴全村，大雅一身红旗袍坐在姚奶奶怀里，长发第一次光华地盘在脑后，插一支白生生的珍珠簪子。

转眼，她的小女孩已经满地跑了，她早已是安然的少妇。她在泥污里打滚不觉得堕落，无悲无伤；在青山绿水处，她就是一棵篱笆前的花朵，活泼而欢喜。于她，一切都是理所当然，她从来不加掩饰，纵着自己的心性，像一株草，天上掉下什么雨云都接下，摆一摆，沉一沉，长得更好。因为不觉得受伤，就没有岁月痕迹。不管蜕变多少，她始终刘海齐眉，长发不弯不染，不编麻花辫，就月光一样泻下去。

她的人大概也像她的长发，率性，直接，简单。看过去，她还是山高林密的小村庄里，姚家奶奶门前的那湾溪水。

梨花落，梨花开

一

那年夏天，邻家梨树结满青果时，秀的母亲被一个无赖少年一铁锹拍死了。

确切地说是先在腰上扎了一锥子，又拍下来的，仿佛拍在熟透的西瓜上，见不到伤口流血，但内脏已裂，听得母亲怪里怪气闷哼了两声，她壮硕的肉身即像家门前被伐掉的老梨树，“吭哧”砸在地上。树枝飒飒颤动，刀口厉厉，树一定疼得咬牙，她听到了嘎嘣嘎嘣响，人们欢呼，她也跟着欢呼，骑到树干上玩坐火车，骑着小树枝当女巫。

秀觉得母亲是穆桂英，没有人敢和无赖叫板，她就敢冲上去，因为无赖欺负秀老实巴交的小哥，无赖太蛮横，挥着尖利的改锥叫嚣谩骂，小哥不敢还嘴，父亲老爷们儿不屑出面，母亲必须出头。母亲抄起铁锹咋呼着出来，也不过吓唬对方。无赖不一样，腰里总插着锥子，见谁不顺眼就扎过去。他人小灵活，躲过铁锹绕到母亲背后，照准后腰扎下去，又迅速抽出来。母亲应声倒地。

他横着眼还叫：“装死，谁怕。”抡起铁锹照母亲后腰拍下去了。

父亲正挑土垫猪圈，瞥一眼骂道，“挺大个人跟孩子打架，赶紧做饭去。”

父亲黑塔一样粗声大气，脾气暴躁，秀怕父亲。她喜欢母亲的活泼，早起捡蘑菇从梁头上吼歌，“照相的师傅进村口，东家走来西家留，快到俺家的炕头上啊……”“来啦！”有男人扯着嗓门应唱，母亲的笑声荡穿松树林。母亲胆大心也大，捅一灶膛柴火就溜出去和女孩们踢麻毽子，和门外的大娘小婶唠会儿嗑。哎，长不大。菜干锅了，一锅圈饽饽煳了，必挨父亲骂“蠢货，跑哪儿浪去”。一脚踹过去，母亲早窜了。有一次母亲串门正赶上人家炖肉，给了一块尝尝，回家一说那肉块香得十天不知咸菜味。老奶奶不干了，以败坏家风之罪名，责令父亲和几个叔叔把母亲捆起来，烧火棍一顿好揍。“祖宗八辈的清白丢尽了，饿死都不能馋人家的。”老奶奶恶狠狠呸了一口，奶奶像天宫上可恶的王母娘娘。

母亲躺了一周，刚能下炕就去逛街了，父亲觉得过意不去，拿钱让她买鞋袜穿。等啊等，母亲天黑才回来，惊艳了村里和黑塔父亲。她烫头了，满脑袋发卷飞扬，墨菊爆开，两颗大门牙肆无忌惮地压在下唇上合不拢，而鞋和袜子一边支着俩脚指头。“丢人现眼，不嫌硌硬。”秀怕父亲动手打母亲，赶忙盛饭端过去，父亲斜了一眼破天荒没动窝。母亲对着镜子美美地照了又照，多生机勃勃的人哪。

眼下生机勃勃的母亲趴卧地上，似乎与泥土在说悄悄话。秀和哥跪在母亲身边大声叫，有老人拿手试试鼻息，惊叫一声，没气儿了。

父亲这才急了，套车送医院。没救过来，赶紧报警，但这一折腾，无赖连同家人早逃走了。

二

一切来得猝不及防，秀没妈了。她才八九岁，衣衫脏破，一头乱麻，呆坐门前，看着母亲躺下的地方，抱着门框哭。她总想着母亲一边咬着莹白的梨子，一边摘下发黄的梨扔给她，“秀子，使劲吃！”她就禁不住“妈妈”叫着哭。

奶奶偶尔过来给秀梳头，毫不客气揪着她乱团的头发使劲通开，梳齿断了几根，疼得她大哭，奶奶就训斥：“家里就你一个女的，得学会淘米做饭，缝缝补补，当起家来，我跟你这么大早做全家饭做衣服了，做不了就挨揍，你倒好，梳头编小辫子都不会，养你干啥。”秀想起奶奶对母亲发威的过程，打个冷战，立马闭上嘴巴，跟奶奶学做家务去。

可是奶奶年老多病，不久也去世了。现在她是家里的小母亲，要看家做饭，不能像别的孩子四处跑，她是世界上最悲惨的女孩了，灰姑娘还有水晶鞋和王子呢，她的脚上只有破洞的袜子。秀开始是想妈，后来是觉得孤独，父亲的冷漠沉闷和突然爆发的脾气让家里窒息，她想快点长大逃出去。

“秀，给你。”一大抱映山红香喷喷塞到秀怀里，仿佛半座山的花童都来给她做伴，一朵一朵擦着她的脸她的泪珠。她抬头看，是邻村一个大男孩歪着头看她，她笑了。

他时常上山砍柴，顺带一把青杏几个山果过来，把伙伴叫到她家门前玩耍。还给她扎小辫子，绑得好紧勒得生疼，但对着镜子一看翘翘的像雉鸡翎。只有他注意到了小小的她，小小的喜乐与烦恼。

秀慢慢长大了，身子骨壮了，整个人都生动，脸红彤彤的，做事爽利，张口就笑，抬腿就走，想啥是啥，活脱脱她妈妈的神采。

父亲没有钱，他对哥说，没钱供你上大学，不行回家种地。对秀说，出门认得厕所会花钱就行了。秀念完小学就不念了，村里许多孩子都老早不念书了。

三

凶手仍没有线索，一大家子闪逃，人深不知处。耻辱，痛楚，藏着的深仇，压抑着这个院子。

小哥不吭声，粗厚的嘴唇闭得严实，浑身肌肉块要撑破衣服，仿佛藏着一头猛虎。他深愧自己是个罪人，因为嘴笨怯懦不敢打架，逼得母亲上手丢了性命，他只有拼命学习，咬牙咽下饽饽咸菜，留待来日再做道理，君子报仇，十年不晚。谁也不知道小哥的心里装着伟大的目标，上军校，考不上就当兵。

上天眷顾勤奋者，哥学习一直排名靠前，如愿上军校了，不但不花家里一分钱，还省下钱给父亲和秀买鞋袜。一向黑着脸的父亲挤出一丝笑容，出头之日在后面呢。

军校锻炼哥的体魄，培养他的毅力，也成全了他的梦想。这个诚恳厚道的优秀生一旦吐出心中秘密的伤痛，压抑不住的悲戚，充满正义感的师生立刻展开行动，协调地方，利用网络电视实施全国通缉，一年后，接到外省小酒馆报案，凶手正在后厨改刀，及时抓捕归案了。

压在秀家房梁上的沉重梦魇终于粉碎了，小哥的厚嘴唇方才咧出一个月牙，此后专心投入学习工作，要把一生致力于热爱的事业。

四

隐匿十年，这个罪犯后悔不迭，那个中考完的夏天于他也是噩梦。

逃走不久，一封中专学校的录取通知书就来了，二十世纪九十年代初期，中专也非常难考。他本该坐在校园里读书恋爱，有灿烂的前程，一铁锨都断了。害人如害己，这才是天网恢恢。

枪决前一晚，罪犯母亲去看儿子，儿子喝了一杯酒后，对母亲不停地说了一车话。

还记得家里喂猫的缺角碗吗？爷爷半身不遂，手不好使打了饭碗，你当即大骂，拿来缺角的破猫食碗给爷爷盛饭。我夺过来说，这你不能给爷爷用，我得好好留着，等你老了给你盛饭用。你一惊，赶紧把碗扔了，重新给爷爷换了好碗。我那时是个好孩子，我啥时候变坏的？

我个矮，总受欺负，路上挨劫挨揍，后来自卫就带了凶器，捅了一个胆就大了，脾气横起来，谁也不怕，没人敢惹，宁可我负天下人，不能让天下人负我。伤了人自有你护犊子，你会带着钱袋和三寸不烂之舌去摆平。

村里人背后指点我，若不改邪归正只有两个结果：要么扎死别人，要么被别人打死。你们不听，我年少轻狂更不信，要是痛打我几回，说明道理也不至于这个下场！

母亲脸红了又紫，插不进话。最后儿子说想让妈抱一下，像小时候在妈怀里一样。他跪过去，匍匐在母亲怀里，像婴儿一样静静听母亲心跳。母亲哭泣不止，突然她尖声嘶叫起来，儿子隔着衣服猛然咬住她的奶头，一口嚼下去，她敲打他的头也不能令其松开。直到警官来到强制拉开，她的奶头差点咬掉。儿子竟然给妈上演老故事。但看他颓在墙角，凄惶望着母亲，母亦捂住胸口凄厉而去。

五

小哥不声不响做了件大事，秀也不声不响做了件大事。十七岁野性劲道的村姑之美，吸引了许多男孩子，不久村里人发现，秀的腰围粗了，偶尔会吐，遂拐着弯儿劝秀爸多关心下孩子，别出啥事。秀父亲甩出一句话："乱嚼舌根，这年头生活好了，孩子就是胖了。"

那个满头乱麻的哭泣女孩，忽然是少女了，失了母亲的教导和保护，她只跟从情绪与好奇心，真的有了孕，她好坏都认，坚定向父亲坦白，要结婚。

父亲有多震惊，黑黑的脸憋红了，扬起大手板子要揍她，她尖叫一声护住肚子，"妈，我爸要打死你外孙！"父亲被马蜂蜇了一般疼痛。他不再沉默，找到那个引诱女儿的"杂种"，竟然是那么不堪的一家人。母亲智障，父亲十个辘轳压不出一个屁来，那小子看来瘦弱，还大上六七岁，怎么行。

"就行，他知道哄我，顺着我，而你从来不理会我。就像当年你从来不理会我妈，她心里有多凉，所以她才会死掉！"秀声嘶力竭辩解道。又心想，也许父亲天生就是冷漠的人，心里总像有个冰块堡垒，整个世界都焐不化。父亲早娶了后妈，也是不冷不热，高兴了热乎一晚，不高兴了就撇开，过年都各煮各的饺子，这个家秀实在找不到暖意。

秀坚决和那个男人过上了日子。别人觉得不起眼，她看成眼珠，关键，她能驾驭他，他要不听话她能张嘴嚯嚯骂，抬手挠过去，撅他八辈祖宗，她绝不是母亲那种受气包，她继承了奶奶的狠劲。

不久秀做了小母亲，看起来就是一个小姑娘抱着更小的姑娘。叫小雨，落在掌心的小雨滴，她亲呀看呀，怎么也看不够。不久妹妹小雪也出生了，她们在梨树下玩耍，砍掉的梨树又早蹿出了新枝，开得清白美丽，结了甜爽果子，仿佛母亲赞赏她的笑容。

六

夜深了，窗外电闪雷鸣，震得窗户咔嚓响。

小雨十岁多，妹妹小雪六岁，偌大的院子只有小姐儿俩。爸爸出去打工，妈妈似乎听到了什么，突然也跟去了。

小雪想妈妈，一直哭闹，不吃饭不睡觉，小雨先还哄一哄，越哄越哭，没完没了，她又困又烦，“再哭，黑鬼来抓你。”小雪仍旧咧咧哭，她气不打一处来，照着小妹嫩嫩的胳膊拧两下。

这下开锅了，小雪妈呀妈呀叫，她就再拧，疼不过，小雪只好憋住了哭，直到困意袭来，噙着满窝的眼泪睡着了。可是四处黑漆漆，狼外婆，狐狸精，大鬼小鬼都从犄角旮旯出来游荡，小雨反倒被自己的想象吓哭了。夏夜很短，但对俩孩子来说太漫长了，小雨心中充满了恐惧和愤恨，不知该恨谁。

小雨从小得到父母亲的悉心关照，有唯我独尊的脾气与傲气，但小雨并不知道，妈妈生她时才十七八岁，妈妈对她的爱更多是姐姐对小妹的宠爱溺爱，毫无原则。

“爸妈不在家，我是一家之主，你得听我的。”她背着手吩咐小雪，“搓个棒子喂鸡去，剩饭喂狗去，把碗洗了，咱妈九岁就贴饽饽炖肉缝衣服，你也要学习。”“都让我干，姐你干啥？”小雪噘嘴不高兴。“我指导你呀，我是老师！”小雨三角眼吊起来。

小雪的出生简直蜜罐里插进一把刀，小雨心中怨气一盆一缸的，别人夸小雪漂亮，她当即狠狠瞪过去，“我小时候更好看。”回家就让秀妈带她买洋装。秀依然偏疼小雨，她才敢恃宠撒娇。

“可是一旦爸爸闹事，妈妈眼里就没我了。”小雨弄不明白，她恨爸爸为啥总要往出跑，也恨那个纠缠爸爸的瘦阿姨，妈妈天天跟爸爸干仗，家里乌烟瘴气。有个女人路过家里，说看见爸爸去瘦阿姨家了，妈正给小雪编辫子，立刻扔了木梳，叫着哭着仿佛带了十万兵马浩浩荡荡出门去。

这样山呼海啸地闹腾一番，爸爸觉得很没趣，第二天就远远地出去打工了，瘦阿姨隔一天也走了。妈知道后怒气冲冲，随即拎着皮箱也出发了。

妈一直鼓励小雨，“姑娘能行，我像你这么大早做全家饭了，好好看家等我们回来。”小雨跟妈妈打了包票的，可是这一晚晚睡不好，她和小雪眼窝都青的。

天一黑小雪就哭，小雨把满心的恨都撒小妹身上，一哭就掐她，还掐出经验了，捏住一丁点肉，用力拧一下就放开。跟针扎似的疼，小雪由开始踹着脚哭到不敢放声哭了，偷偷抽噎。几天后，小雪的胳膊上出现许多黑豆包，慢慢青红一片，碰一下就疼。

邻居觉得不对劲，赶忙通知了木讷的孩子爷爷，爷爷这才接到家里去了。

“小雨你这么狠？小妹胳膊都没好地方了。”爷爷训斥小雨，她一句话顶撞过去，“我妈才狠，抬腿就走了，也不怕我们饿死，被欺负。”小雨并不愧疚。

“太莽撞了，他们也不吱一声，得好好说道说道了，孩子才是天下第一大事，这要有个好歹一辈子都后悔。”爷爷仿佛自言自语。

七

小雪渐渐习惯没有妈妈在家的日子，疼痛使她也学乖了，缩在被窝里无声掉泪，有时会讨姐姐的欢喜，“姐我今晚不想妈妈，好好睡觉。”

说着钻进姐姐被窝，小雨高兴地拍她睡。

村里晚上在小广场扭秧歌，小雨学得快，跳得好，又教那些婶子大娘们跳，越扭越欢，大家夸她漂亮又伶俐，小雨十分得意，早忘了小雪。

小雪可不用她管，和别的小朋友玩耍追逐，互不打扰。

一个中年老光棍，最爱和孩子们玩，捉迷藏，老鹰抓小鸡，给大家买冰激凌。小雪最小，玩累了，他就把小雪抱在膝盖上哄着她吃，拎着她转圈，逗得小雪嘎嘎乐。老光棍抱起小雪："走，咱们到柳树下溜达溜达去，那凉快。"

小雪任老光棍抱着离开人群，"等我藏起来，让姐姐找不着，干着急。"音乐声渐小，老光棍抱着小雪拐进了他家的黑胡同，"家里有辣条，小厨师，带你去吃。"小雪拍手说好。

一堆好吃的扔过来，老光棍的手也伸过来，在小雪身上乱抓，小雪初以为逗她玩，还咯咯笑，可是老光棍的手伸进她的衣服，摸来摸去，还捏得生疼，要扒掉小雪衣服，小雪大声哭叫，乱踹乱踢。

要紧关头，老光棍的门被踹开了。小雨终于发现小雪不见，和家族婶子们四处找，闻声及时赶来了。她们痛骂老光棍牲口，冲上去一顿好挠。爷爷也赶来了，马上报警，证据确凿，无可抵赖。警车呼啸而来，带走了瘫软在地满脸血条的老光棍。

小雪吓坏了，嘤嘤哭泣，抓住姐姐不松手。

爷爷内心沉痛自责，怎么跟孩子父母交代？这个老男人感觉倒霉透了，伤心透了。

他一扫懦弱，抓起电话，告知远方打工的秀两口子，"赶紧回家，孩子出事了，为人父母要弄清，到底啥重要！"说完啪地摔了电话。

屋里顿时安静极了，村里也安静极了，热闹的跳舞场面散了，孩子们也都不出来玩耍，仿佛村庄也陷入了深深的思索。

八

秀连夜打车回家。两个孩子都在睡，小雪脸上还闪着泪珠儿。她悄悄上炕搂住俩孩子，眼泪掉下来。她为自己委屈，更为孩子委屈。

她真昏了头，过去心里有多怨恨母亲莽撞丢了性命，怨恨爸爸冷漠不懂得关心她，而现在她自己竟也丢下孩子跑出去看管老公，万一孩子内心受伤留下阴影，影响一生与男性的正常交往，就是讨回公道她也不可饶恕。

说起来，她还是不舍得童年时期一个少年对她的纯真情感，她最糟糕的日子，也是最珍贵的日子，是孩子她爸陪伴她过来的。

小雨醒了，扑到妈妈怀里擂打她，“再不回来，不要你了。”小雪也醒了，哇地大哭起来，释放万千想念与悲切。秀赶忙抱起小雪，“妈再不犯傻了，除了有好男人将来娶走你们，再不扔下你们了。”

天快亮了，墙边的梨树结满梨子，安静地沐浴晨光，等待成熟。梨子似乎没有江湖，成熟完美会自动来临，给它时间就够了，况且今年长不好，还有无数个来年花落花开。人长大成熟却充满了艰辛与酸凉，缺失哪一环都难以完整，一次遗憾就是一辈子。

两个孩子睡得香甜安详，小雨攥着她的左手，她腾出右手轻轻抚摸小雪的胳膊，上面青紫的掐痕仍在。

她心疼地亲下去，斜了一眼小雨，“这孩子必须得管管了。”

还乡

一

黑魆魆的山，一只大鸟横跨万仞，脚下倏然朗润起来，已是月下的村庄，地上横七竖八摞着脚印，布着薄薄的霜。掠过瓦檐、杏树、河滩，忽而阳光闪闪，波斯菊花色未央，玉米顶线带棒，柴门小院，一家人都在。弟弟摔宝玩，哥挑土垫圈，父亲笑眯眯坐廊下看书，勾着红杠杠；姐挎一筐红果进来，母亲的喊声穿过斜斜的炊烟：吃烧棒子了！

我们各自按着过去的样子，在赭黄的背景里，是某一天黄昏的模样。

那些软的梦，伸出倒刺，捏不起来，扎得人生疼。

二

二姐从未离开过村庄，然她的心思都在庄外。一次上课看到二姐电话，不能接，结果一个接一个打进来，九个，家中有事？我的小心脏能喷出八只青蛙来。赶紧回话，二姐兴冲冲喊我小名聊开了。姐的痴劲儿真真无与伦比。

过年，大姐嫁得远，未能回来，二姐酒后一如当年的父亲，独自趴在不住人的凉屋，哭叫：“想我大姐。”她毫不掩饰情感发泄。六个孩子聚起五个，满满的屋了，如果都不回来呢？

那年过年，小侄天天站在大门口等着望着，除夕了，天黑透了，春晚开始了，姑姑叔叔还没有回来，真一个都不回来了！他坐在墙头上放声大哭，哥怎么拽也不回去。后来小侄有三年在深圳过年，亦是想回而不能，等待还乡的人，自己也成了被等的人，多少哽咽不能说。

远远地呼应这样的哽咽，深陷的故乡就热热地升起了。

三

他从小离家，家人也都早搬离了村庄，老房院已是别人的屋檐。他不愿见到村里的人。不知何时结了些怨，他的家人去世在镇上办事儿，或许路远，村庄无一人前去。他伤透了心，他对村庄是有过贡献的。

可是他想念这个土气又执拗的村庄。一旦出差路过镇上，都会鬼使神差拐向村庄，车停在村口，关紧窗户望上半天。山湾，河床，老房，炊烟，等待收割的玉米，二婶摘一筐豆角回家，赶驴车的大叔刚好经过，歪着头看车窗里的人，看不清，摇了摇头。

他的眼眶湿湿的。一踩油门走了，这才打开车窗。

这才，村庄的风吹进来，他的泪流出来。

四

嫂子忽然郑重对小侄说，陪她回一趟老家。小侄诧异了，姥姥家不远常去。嫂子说要回出生的地方看看，念叨了多次，就去了。

嫂子站在儿时住过的地方，房院变成了人家的菜地，只剩着半截土墙。嫂子蹲在地上抠几块碎瓦，嘴里嘟嘟哝哝说着许多话，眼泪砸在地上。童年奔跑的快乐与此地有关，深切的悲伤也发生在此，比如她漂亮的嫂子在这儿离世，那时她的小侄才满月，嘤嘤软软地哭。她最疼小侄，英俊的小侄长大结婚了，有子了，心上也还是依赖她这个姑姑。这个地方才是有生有死的故乡，有乳汁的诱惑与牵挂。

小侄站在旁边，不知如何安慰，想母亲大概是老了。

五

空房院，收拾得亮堂堂，院里种着菜，寂而不荒，像忠实的狗，怀着希望等候主人。

人不能一辈子囿于一小片泥土，但是老了，这样的小村庄才最舒服。清明给祖坟上香，就住家里，开窗，晾被，点起炊烟，熏熏屋子，赶赶霉味，拉亮所有的灯，倚着门槛与过往乡亲说说话，喝几杯酒，灌上一屋的人语，便可滋养长期寂寥的院子吧？春节再请邻居贴上新的春联，树枝系了火红的布条，一似主人逛门子去了，就会回来。去年陌上花，今年楼头柳。总会回来的。

干吗非等有了一身锦衣才回家，偏等老了才回家，偏等村庄面目全非才回家？这就像孝敬老人，牙口好时不往前凑合，瘫倒了金山银山长歌当哭。

未老莫还乡，还乡须断肠。韦庄误人不浅。

六

女人欢天喜地，换了新衣，做这做那，唱着歌，烫酒。

男人说了句话，女人的一口饭噎住了，几天没下去，不停地打着嗝，抻着脖，脸焦黄，什么方法也止不住。

男人说在外面有了新老婆也有了小孩。很寻常，电视里常演，与她隔着一个筋斗云。可是云彩如一坨粪吧唧就落她月亮盖了。

他拍她的背，她打着嗝。

她听电视里的昆曲，断续唱道："看这些花阴月影，凄凄冷冷，照他孤灵，照奴孤灵。"

末了。她说，你走吧，别回来，我只当你没回来过，或者失踪，我守着家，种着地，就这么等着你。

你在外，还有个念想。

七

纸钱在路口烧，纸灰在母亲欲瞎的眼睛里飞。

冰凉的身体，冰凉的灰，横死在外的儿啊，进不了村庄，入不了祖坟，进不了老屋，上不了饭桌，只能蹲在村口啊。

她哭，没了音，没了形，没了日子。

隔壁路口男人的号啕裂了肺。他大哥你又哭啥?

你还有把子灰土能摸一摸，拍一拍。俺那出了家门，就蒸发了，梦也不托半个，有没有魂，在哪里飘?让爹到哪儿去接，去引，去烧一炷上路回家的香?

八

二十世纪八十年代末，城里大伯还乡的长镜头：

来信了，大伯的！小弟从门外叫着，一路跑进屋。

父亲看后乐了，哥姐看后乐了，小不点们蹦着高起着哄，母亲说吃点啥好呢。挑满水缸，打扫庭院，晾晒被褥，磨豆腐，糊发黄的窗户，堵一下撕坏的墙纸。

黑色小汽车驶进村庄，停在老院大门前，村庄的孩子们聚过来。后面还有小卡车，装着两个两头沉的写字台。

大伯下车，黑呢子长风衣，黑呢子帽，笑容满面，像电影里的将军，和老人握手寒暄，人们簇拥着穿过胡同、柴门，端坐炕头。村里的头脸人物与大伯唠嗑，母亲奉上热茶，马上下厨做饭。窗玻璃前，门帘外，一堆小鸟小狗狗。

都进来！大伯招呼，打开黑色皮包，倒出鼓囊囊的糖果，形状各异的动物饼干，槽子糕，中国蛋儿，每人分得一捧，叫着跑开了。

后来我在山坡上挖婆婆丁，想起，那叫荣归。

我同时想起，那晚，父亲清瘦的落寞。

九

我说城市的铁爪不容易翻山越岭，啃咬我的小村庄，文明的铁铲不会大幅度侵略我的乡民。它变得慢吞吞，如同季节自然转换，不会有骤变冲击下的惊骇与慌乱。

幸好哐哐凿石剜山，车一到山门处，凭你换几个车都卡在那儿，仿佛有门神在，门神门神扛大刀，大鬼小鬼进不来。据说山里有金有铁，但整个山体由庞大的蛇家族层层护卫，一干人等望山兴叹，逃窜了。小村安度水秀山清。

忽而京都的工业园区沿着一一二国道奔来了，高速路横冲直撞，你的手还没搭到凉棚，它的舌尖已穿过燕山诸峰抵住了小镇的下巴。

上百年的玉米地就此亡故。幸好离村庄还隔着一座山梁，尚有柴烧。

远处的人或许要返乡了，要一锹一镐刨起故乡的土，赶着村庄往哪儿走？

十

三十年了，第一批打工的人，最能受苦受累的，最先受骗受屈的，带回经验与荣耀的，走的留的，尘埃落定。

有矿的村庄都大发了，说是金砖铺地，男人养五个小老婆，女人一手五个金镏子，金耳坠坠出了豁，金链子捶打奶头。说一个矿主不幸殉难，一堆女人分粥。大老婆威严掌勺：有娃的一处院一辆车一袋子钱不准再嫁，没娃的拿一把钱走人。好繁华，好热闹。

我的村庄，如木匠的家：男人四乡里修房盖屋，早出晚归，女人哄着小孙孙，做热豆腐。儿子媳妇开车四处赶集卖菜，刨药时收药，采蘑菇时收蘑菇，门口盖个暖房，熏蒸草药和蘑菇，有过路的香气。院里，玉米架是半座山，新搜的葫芦条挂成小瀑布。

朴素，一丝不苟，绵长的日子。

十一

男人蹲在河边抽烟，看着跟来的云南苗族小媳妇，有些羞愧。大晌午头，她嚯嚯装沙子，一趟一趟挑家去，好像雇佣的童工。

晚上都闲了，她忙匆匆赶两头大驴一头小驴下山回家，喊着号子，步子兴冲冲。

男人开玩笑下任务，“今年你得刨药一万块，捡蘑菇一万块。”她一笑。所有的女人都在睡，她早打着手电筒猫向山里了，不怕黑路，不怕有野狼。云南的山比这深多了，大多了。

男人很无辜。她根本停不下来，都当唱歌跳舞，好在北方一冬天闲着好养。

想家了吧？不想，这挺好。万水千山的，这么心大。

她有时和男人吵架，气急了就跑，累乏了恐惧了，又折回家来。见丈夫正从村口大步往下赶。这个打工认识的憨小伙，一把抓住她的手咆哮一阵：“满山满村地找你，一分钱不带，人生地不熟，丢了我哪儿找去。”她挣脱着说你欺负我。男人说我就欺负你了。一巴掌打在女人的屁股上，之后蹲下来喊道：“傻瓜，上来！”小女人乖乖伏在男人背上，泪水流进男人后脖颈。回家去。

月上山腰，花娇，她随手扯过一片叶子，吹即兴的小调，流水，石头，黄昏。

十二

儿子说什么也要走，为了心爱的姑娘，从塞北落户云南。

打骂，吓唬，绝食，妥协。那么遥远的山寨有适应不了的习俗，弄死弄活不知，摘心摘肺噩梦，一身冷汗，马上打一通电话，心才落地。儿子却一笑，观念太老土。

老两口万水千山地去云南过一把年，亲眼看到亲家把儿子当成少爷，捧着护着，生了孩子还姓男人的姓，又有四季春的天气，不是野山蛮水，也不贫穷，这才高兴地回来，带一堆苗族绣品，花鞋，挎包，小吃，摊在亲戚朋友面前，把那异乡见闻说上十大箩筐还不减兴，一会儿哭一会儿笑。

女人的家难道不是故乡？自此，孩子的故乡就是娘给的。

十三

半夜。黑松林里窸窸窣窣，野猪来了。大猪率领十几头小猪崽子，吭吭唧唧挪过来，接着拱那半块菜地去。停！哼哼，陷坑味儿，镐头挖锹味儿，一群人味儿，撤！顷刻间，山林静了。

野猪吃庄稼，好一口嘴，人想吃野猪肉，难度有点大。

山上一堆堆的屎，是狼的、狐狸的，还有獾子、狍子、野兔、山狸、黄鼠狼、呱呱鸡子的。它们都回来了！灰鹤呢？早先山上有一个大家族，它们滑过天宇，立在山尖，羽毛闪光。后来一只公的被打死了吃肉，母的气绝而死。三只小的，一只卖给动物园，另两只又吃了。

佛家讲吃素的理由，六道轮回，一碗一碗的肉，炖的可是亲人？你吃得香，他流着泪。伤鹤的人家也流泪了，先后遭遇死伤或大病，甚至无法在村庄生活。

十多年没有砍柴了，没有放牧了。草成了蒿，蒿成了柴，柴成了木，木成了林，水随着吸水石再次登上山尖，动物们还山了，鸟儿还林了，荒野深了，仙鹤也回来吧。

十四

杏树，几十年了，不增不长，不老不枯。只要站在那儿就好了，只要春天开花就好了，结不结成果实，大还是小，谁管。

人怎么过得这么糟糕。面目可憎，没筋没骨。我要是那棵杏树就好了，一头驴子也好，有一群领会自己的鸟。

我在故乡的山坡上，落下来。我原达不到一棵树的高度，只是一棵草，或许就是驴子嘴边的那一棵。倘若陷进泥沼里，失却了天空，那棵草也做不成。

一棵草试图挠我的痒，像一只鸟愉悦了驴子。我回到自己里面闲坐。

十五

空的门，还挂着端午采的艾蒿，时节已过，其根犹在。

流浪者，大地上盲目的影子，还凄惶地找它的肉身。人，植物，动物，村庄，都在路上。被抛弃，或者死掉，偶有归来，痛与蜜，不减当年。

门楣上，又一簇新鲜的艾草，低头，翻看村庄史记。

村庄的眼睛

一

二十年前你若去我的村庄，处处亮晶晶，该有的庄稼把式都得有，各种山坡斜地五谷杂粮，鸡鸭鹅狗牛马猪羊，素朴的男人女人，都是村庄的眼睛，夜里也亮堂堂的。我的赤脚医生父亲还跑得欢实，谁家一嗨哟一皱眉，就有父亲背着红十字药箱听诊号脉针灸，夜半也允许折腾，柴门一摇喊声二先生，父亲就急行在大月亮下了。

现在你去我的村庄，谷子高粱大豆黍子荞麦红薯，那么多的眼睛都闭上了，一码玉米丰乳肥臀，阉割色觉；想像猪一样生活，晚了，猪窝也被玉米霸占，猪在猪场过集体生活；气昂昂的牛阵突然腾云而去，牛郎进城寻找织女再没回来；灶王爷收回了各种粗粮细作秘方，主妇愁得不知吃啥好；各种夕阳西下的孩子撒欢都没了，只有一种机械运动：麻将，看麻将；我原来的村庄是发黄的旧符，一年一年被撕掉，换了新桃。

父亲是最黄的旧符。你要早些来，行医高兴了，也能听到他吐新鲜的形容词。“后半夜，狗也不叫了，一群山耗子排着队唱着歌跳着芭蕾舞下山了，直捣玉米府上，搓食棒粒，塞饱嗉囊，扔一地棒核，晃晃悠悠回山寨了。”父亲行医日久，眼里尽是仁慈，那些地排子、山大王，不能算不劳而获，这一趟打食也不容易。养育你吧，就像谷子在地里灌浆，尽管稻草人虚张声势，胆大的鸟们还是幸福地生育。邻居们可不客气，撒下紫色的诱惑，鼠们歌声呜咽，死于粮道。

最后一只猫眼也闭上了，十里八村听不到一只猫野火春风地骚情。没有牛羊有拖拉机叫唤省时省力很好，没有猫和老鼠的村庄就像没有夜生活，多么寂寥。但是春天说来就来了，勤劳壮丽的女妖山鬼们说出“种地”了，桃花杏花紧忙在山头开放。粮食到底是命根儿，看紧一粒种子在暗处开窍，光下重生，再次轮回为粮食，满地金黄，有大欢喜。

我的父亲无比惆怅，骄傲的“望闻问切”已经不等于种地了。他细细地号脉针灸，解说阴阳五行，书写药方，病人说声谢谢走了。没有人送上柴米油盐的钱，只有种地才能活命。父亲带着一群念唐诗宋词的娃们牵牛扶犁，跌跌撞撞竟也站在秋天的山头，露出胜利的微笑。

父亲几经努力没有消掉讨厌的“赤脚”，虽然他也因为这俩字荣光一回。县委书记体察民生，每个村庄拜访一个老书记，老红军，老赤脚医生，老五保户。县长送来一袋米一百块钱，与父亲在炕上亲切攀谈。父亲把那一百块钱夹在书里时常地欣赏，好像是他的一点尊严。

父亲顶花带刺坐到山坡上了。他的鞋底是加厚的，布面软软的。他到下界大概还得靠赤脚医生这个行当谋生，厚点不磨脚。破角的药箱和玉白的算盘躲在柜子里不成曲调。

“赤脚医生”屈死乡间。好多话儿，好多老的活法儿，后来都沉入地下了，还不断往下走。庄稼是粮囤的盛宴，粮囤是鼠的盛宴，鼠是猫的盛宴，话儿是人的盛宴。话儿是为了人的表达而活，人不靠它吃喝拉撒睡，它必死。父亲常说“八升命不能求一斗”。小孩子去哪儿看见升和斗，早烂进灶膛了。

但我远远地归家，像施了魔咒，那些老话儿纷纷蹿上了树梢，睁开孩童的眼睛猴扑过来。

二

东边来了一群鹅，噼里啪啦就下河。炮竹声中家家大锅里活泡泡的饺子滚去荡来，在外谋生的人陆续坐到了桌上。水爷的儿子却像躲在云后的雨，怎么也不出现。

水爷是打水井出名的，村里的辘轳水井，几口浇地的大眼井，后来谁家的洋井，都由水爷一手操办。辘轳水井夏天青苔丛生，冬天冰冻如鼓，一吃几十年不老，大眼井浮流浮流的水哗哗冲进玉米地里，听着都是笑。水爷是受人敬重的，总是仰着脖子背着手走路，比村长仰得高，比村长更像大官。因为村长再硬气，是绝户，这在村里抬不起头的。水爷有一群丫头片子，但有一个带把的就顶门立户，逢人就夸水奶的一双小母狗眼睛真俊儿。

水爷出去了，回来了，抱着一个黑匣子，和一包钱。说是儿子从高楼上坠下去了，说是无法运回来，怎么就着急占了村里第一个火化的先儿。水爷每天坐在儿子的坟前，眼睛像窟窿，身子像一摊水陷下去。

据说水爷可不像水的秉性，暗里使绊子一溜一溜的，比水井要阴深。例如儿媳妇连生了女孩，水爷掏心碎肝地黑着脸，舍不得摔盆扔碗，大冬天水奶给媳妇煮好了面条，水爷偏把锅盖扔开，“生个丫头片子，还想吃热饭。”例如轮到他放牛了，与谁家有仇就拿锥子扎谁家的牛背，牛绸缎般的皮毛四处伤损，蚊子牛虻扎堆，牛四处疯跑，感染发炎。例如庄稼正在成熟，他偏把鸡猪散放出来踩踏啄吃，地主人不得已下了药，水爷家的两只鸡蹬腿了。不得了，虽然地主人马上拎了两只鸡还上，水爷却一面派出两丫头去地主家大闹，自己则带着两个小丫头去了那块地，一片一片腰斩了玉米。

村长吸了一口烟，“造孽，横没有好处。鞭抽青苗四十里，阳间损寿一十年。”一个车货子每日赶大车穿越庄稼地，无意间挥动鞭子，抽残了两旁的青苗，年纪轻轻就丧了命。水爷可不就绝户了，驼背了，跟村长跳着脚干仗“你能耐你绝户”的光辉时代已成旧历。

姑娘如今都金贵了，“绝户”这话儿在村庄自动消失。辘轳水井没了，大眼井堵死了种菜。青砖瓦房少了，土炕剩不了几个，火盆和柴火没了；挑水的和水筲没了；碾子和磨没了；“淘米压面”用不着，半个村的女人都来筛面的热闹没了。

许多话儿捂不住，留不下，老的活法儿集体休克了。可是村庄茂盛新鲜又闲暇，新修的小庙高悬国泰民安，让人一直想到大河流水小河满。进村先有庙里诸神相迎，有一股子仙气。再遇上村里梳“纂儿”的最后一个老奶奶，晃晃悠悠去赶集，又有隔世的暖了。

我只把时间退回了二十年，我的父亲还坐在炕上，如果退回几十年，我还没有出生，退回一百年，村庄也没有出生，没有历史的山野，根本没有眼睛。惯于在村庄生长的老话儿不会死，只是被时间弃掉了，你说出来，它们便能重生。新生的话儿一树繁花，也禁不住凋零，一茬茬陷落，把老话儿压得越来越深，直到村庄的眼睛看不到它们。

尊 严

一

老姑姥太老了，走几步憋半天，脖子须用力往外抻才捯回一口气，像只鸭，沧桑，无奈，苦难，在大圈套小圈的皱纹，灰烬般的发丝，再也直不起来的腰上都写着了。

还是隔几月就来姑娘家干活。“啥时动不了，也就任其过了，活一天就惦记一天，她能活得人似的。”她的眼窝里，丝丝络络都是泪。

老姑姥特意到东西邻家，说了许多感激关照与抱歉的话，一墙之隔，她家的每一声响动都会传到邻家。老姑姥对女婿老土恭敬无比，说话低声而谦逊，好像，这一切的贫与窘都是她的错，她替姑娘赎罪的。

老姑姥缓缓地挪动不太灵活的身体，指导姑娘做这做那。三十多岁的姑娘此时像个小女孩，抿着嘴笑，乖顺地坐老母身边，看她慢慢地拆开脏被子，到河边洗衣，之后一针一线缝补，又做上一桌好饭。小小黑屋子这才放出光来，有好的味道飘出来，一家人也暂时少了些臊气。

炕上地下干净了，两块小玻璃窗擦了，透出黑屋里的年画，一家人围着小饭桌，女婿喝着丈母娘带来的小酒，脸上多了笑容。这几日是有人疼的，家像个家，在外像个男人。他也有些局促和不安，眼见老姑姥脖子抻得更厉害了。

老姑姥有一年没来，老下了。隔壁的腥臊气再没断过，单调刺耳的咆哮声再没断过。

二

老姑姥的姑娘天生聋哑。发如蓬草，脸色蜡黄，脸颊凹下去。但她知道自己是朵花，能生个三枝五杈的，走在街头，总是昂起头来，两手随着两脚趔趄着，两条反编的麻花辫柳枝摆荡。但有小孩子招呼，即抿嘴甜美状。小孩子突然转做鬼脸咒骂，她竟明了，是要弄嘲笑，小眼睛立刻斜上天，跳脚蹦高，摇头晃脑，小辫花枝乱窜，咆哮出一长串抑扬顿挫锣鼓铿锵的兽语，还不解气，拐着镰刀把儿腿追过去。孩子早奔远了，她无比愤恨地下个腰肩头猛甩两次，眼神满是杀伤力地直视前方，标准探戈。小辫脱了，一头蓬草飘动，仿佛扬起一面胜利的旗帜。

哑妻也知道过年，洗了头发，换了花衣，扯了花布条系上麻花辫，花红柳绿地拜年来。脸上有红晕，进门弯腰九十度深，抬头眼眯眯巡视，坐炕沿上。母亲端来瓜子糖块，指指她的干净衣服，又托起她的辫子点点头。她竟能笑出声来，立即起身，两只辫子像水鸭的翅膀，一高一低晃着走了，去另一家拜年。偏那主人是个不搭情的，真拿哑巴不当花朵，美好期待落了空，她立刻甩头耸肩咆哮而去。那人就算列入她的仇人名单了，再遇见必分外眼红，呸上一口，扭头就走。

哑妻爱长辫，奈何长年不洗，虱子风生水起。初时打游击战，这一沟那一岔布些散兵，眼见虱多势众，预备打歼灭战了，一片狼藉，大有吃掉蓬草之势。哑妻男人老土管着三枝小花，腾不出手帮她清洗，夜间趁她熟睡，剃了秃子，将四代同堂的虱子老小送进灶膛。

哑妻早起也要对镜贴花黄的，惊觉现出个肉包子，枝枝杈杈都没了，哇呀呀大叫，啪啪摔了镜子，扑向灶上烧饭的老土。那悲号不比平日招猫逗狗的小呼小叫，犹如母狼失了崽子。

哑巴包着头巾来诉苦，抱着脑袋哭个梨花带雨。母亲这才明白战争的根源，连忙比画着头发可以养长，要么脑袋被秃疮吃掉，等等就好了。她还是瘪着嘴无限悲伤地走了。

老土再无宁日了，哑妻将他列为头号恶魔。哑妻不用下地干活，也不会做饭，吃好睡好精神旺盛，只等老土一进家就呼地扑来，吼之，挠之，以秃头撞之。老土满脸伤痕，衣服破了，忍。

夜里老土突觉脖子冰冰凉。一摸，是菜刀，寒光闪闪，头发已然割下一把。哑妻光着身子站在炕头，小眼睛刀锋一样逼视他。这一吓。小心起身，与哑妻施展空手夺白刃。

老土遂把菜刀剪子锥子类都藏起来，哑妻找不到越发闹腾，只得捆起来；她不断地号叫，又只得嘴上塞了布条睡觉，早晨忙着上山干活就忘了。哑妻一天没吃喝，终于使出蛮力，咬断绳子，包上头，甩着大裆裤晃在南梁道上，找老土算账去了。

墨黑的松林小路趔趄着那女人，桀骜的最后背影。

三

哑妻走丢了。那时小花才几岁，炕上地下爬。老土成日劳作，几乎无语，不教她说话，更不念书，但并未耽误小花开窍，性情温和，做事伶俐，长成花，生出蜜，招引蜂来。

先是只老黄蜂，对着人事尚不懂的小瓜瓜，以为是好偷的蜜。小花奋力踢踹，决不妥协，黄蜂愤怒，双爪如钳狠命夹住小花的脖子，几乎蹬了腿。恰好有人来串门，这才救了小花一命，小花敢于对恶蜂进行抵抗的英勇事迹传遍了花界。本能，传承？寡语的小花让人刮目了。

小花得意另一只憨憨的光棍大蜜蜂，也就顺当当归他一个巢穴里酿蜜了。光棍儿只有慈悲的老奶奶，像老故事传说的样子。小花很安心，可肚子却一直寸草不生，她嘟囔着要把大葫芦种子抠出来，栽进自己的肚瓜，长出粉团团的娃娃滚在怀里亲。

夜晚，月暗星稠，空气闷热，老奶奶端来一碗解暑的绿豆汤。小花很快睡着了。老奶奶耳语，想要胖娃娃吗？有仙人带你山上求去，乖。是老奶奶讲过多次的老故事，小花趴上陌生男人肩背，出门，出庄，过河，飘飘忽忽上山了。要把她移栽在山里吗，我不去，吃不饱，穿不暖，怕。整个山谷静悄悄，老奶奶不见了，小花躺在花丛里轻泣，夜色浓重，人影朦胧。星空下的破房院，半铺被褥，野花兀自摇，有鲜红的球果落入她的身体，似乎要长出芽孢来。

这样的梦，小花又做过几次，小花就鼓着肚子街头散步了。小花的梦像老奶奶的老故事，悄悄地穿过山坳，树林，驴子响亮的喇叭，有露水草的胡同，在街头浮动。

婴儿特别爱哭。老奶奶高兴夸道："多响亮！"小花熟练地给娃换尿布，唱老掉了牙的童谣，"小小子，坐门墩，哭哭啼啼要媳妇儿。"

婴儿现出月光般的安静，像忧亦忧，像喜亦喜。

乡间的信心

老妈八十了，仍在房前屋后种上些玉米，年底也有几袋子要卖，她就有了骄傲的心，可安慰失落的玉米天堂。家里没有几架金黄的玉米棒子，哪好意思叫农民。世皆萧瑟，我院独春，那太阳的牙齿葵花的衣裳，是大地额头最隆重的花钿。

玉米比鸟类、树木、蚂蚁更接近农家，玉米更像养大的女儿，过去指望找个好婆家要一笔彩礼解解穷气，现在看她金黄满地就是大快乐。想当年玉米是御米，见过天子温过玉碗的，骨子里有贵气。但玉米只和种地者亲，与人携手较量自然，每一轴上的一颗粒子，都是拼命咬食太阳吐出的福咒。当你全神贯注撕开苞衣，扒出赤裸裸的金身，咔嚓掰断，摔脆萝卜似的扔棒子堆去，划出金色的弧线，是一年无数次弯腰中最美的一次。掰棒子上瘾，像掰金子，把福咒带家去，因此哪怕烂贱，哪怕天大旱，遍野矮墩墩冒不出花线儿，哭死的心都有，第二年玉米依旧昂首田野。多年江湖成兄弟，谷子黄豆高粱荞麦都可以丢下，玉米不能，玉米是庇护者，有朴拙的喜兴。

那时我家亦满地堆金，杏树枝，晒衣杆，墙头，窗台，檐下，都是玉米。日头再毒辣些，快快晒干晒透，卖钱还账，买猪，买糖酥烧饼，买红围巾。

我们恨不得给棒子扇风。终于等到半干了，懒洋洋的冬日黄昏，饭后，听刘兰芳的《岳飞传》，全家围坐炕上搓棒子，滚圆的棒粒抓一把温凉饱满，心也温润了。早晨去碾道压一簸箕新棒粒，瓦盆发面贴饽饽，那个暄腾甜美。棒子干透了，就绝不会有这样的口味，粮站为啥不要湿玉米，不想吃这么好的饽饽？

那几天日头好极了，我们歪在棒秸堆上，撕开高粱秆编扎小车，棉袄晒得胀起来，要出汗，棒子也在出汗，棒架上有金黄的热气。晚间继续搓棒子，二奶奶过来看病，末了，神秘地说，她家卖了一大车玉米，像我家炕上的光景，一麻袋多上几斤秤呢，面上很有些喜色。母亲连忙请教怎么过的关。

夜里，听母亲和父亲一直嘀咕。月亮挂在梨树间，风动影摇，像他们摆荡的心。我看月亮则如玉米，忽而变成又大又圆的糖酥烧饼，滴着糖稀，我们伸着舌尖去接。

第二天，父亲借了大车与牛，我们装口袋，每袋都欠二升那么多，母亲把最早干透的棒粒一一倒进去，捆扎好。晚上早早睡了，偶尔听父母小声嘁喳，月亮已然掉进煎锅，滋啦啦油汪汪的了。

早晨天蒙蒙亮母亲就起床做饭，全家人都紧张起来。请车夫吃饭装车，满满的一车大口袋，黑的白的黄的，沉沉的，车与牛都吃力，缓缓走着，像我们一大家子人沉重的生活，就要送出去了。父亲与哥看护车，母亲换了干净蓝布褂子，拎个布兜跟在车后。

大姐擦柜子，唱《九九艳阳天》，二姐喂猪，喜看大猪二猪都吃得滚圆肚子，哼唧唧地蹭墙根儿，我叮当刷锅洗碗，那个利索。我们扫院子，去井泉抬水，学做棉衣，挑针穿线，两个小弟玩耍，乖点别闹腾，晚上有烧饼，一人分一个。

我们都怀着美好的信念，等太阳落山时爸妈就回来了，从胡同拐角就能听见他们轻松的说话声，会满脸笑意推门而入，而后从手提袋里往外掏烧饼。

冬天日短，太阳说话就偏西了，锅里炖好了白菜土豆。大姐去村口望，二姐去村口望，我去村口望，没影儿。弟弟们饿哭了，就是不肯吃小米饭。

天完全黑了，牛车才影影绰绰回来，牛们好像穿着铁鞋，一步一蹭地往村里挪。跟车的人都沉默，比牛还要疲惫。车上口袋鼓鼓的都在，沉沉的仿佛又注了水，仿佛那沉重的生活卸不掉，又载回家了，空气立刻重新染上愁苦的滋味。粮食没卖了。

爸一声不吭，我们大气不敢出，生怕惹着谁挨一顿骂，各自找着事做，牵牛进圈，上草料，别人家的牛和口袋一一送回。舀水，洗脸，放桌子盛饭。电灯昏黄，爸还是沉着脸扒拉饭，平日里吃饭他也很少露笑脸，很会挑拣饭菜的好坏，找米里的砂子，一旦发现敲碟敲碗向母亲开战，今晚也没了劲头，整个饭桌消停停的，弟弟也看出气氛，不闹不打。

妈终究笑了一下，眉头处的小疙瘩平滑了，从布兜里掏着，竟是两个大烧饼！一人一角，饭桌上立刻有了笑意，绷了一天的神儿放松不少。

“我说不行，别闹那事，偏不信。这一整天人力物力的，都累够呛，白搭了不少人情。”十几里的路程还没怨够。

“别人家这样都混过去了，还评上一等，偏咱家倒霉。”妈小声反驳。“每天收粮都是口袋上面抓一把嗑一下就齐了，谁知轮到咱们，拿那么长的铁刺棍一扎到底，各层的棒粒都扎上来。赶咱烧香佛爷掉腚。”

“糊涂了。以后踏实儿地吧，甭琢磨捡啥便宜，差点毁了一世名声。”

卖粮都是换工，明天还有别家去碰运气，实在没有力气吵架找责任，饭后都早早睡了。月亮苍白塌陷了，像少油的饼上热锅，煳焦焦缺了一角，谁咬的呢？

或许这次事件是父母对沉重生活的一次小反抗，但一生二二生三，三就生出一个贪婪者，而大自然要成全一个正直的人，并不姑息任何一次小瑕疵，不会让他侥幸成功，瓦解他意志里的小。此后，我再没见过父母对玉米有过二心，他们同玉米一样纯净金黄坦荡荡。

自己的守住，别人的不馋。他们说。后来大学暑期开学，我第一个到宿舍，门窗被砸了，床铺乱糟糟，床上有一堆钱票，我没有多盯一秒。别人的与我何干，貂衣宝马与我何干？我的骨子里满地堆金，满天月亮，它们都是我的花黄。

父亲去世后，母亲在几个孩子家转了几年，兄长把老院所有空白都种了玉米，秋天母亲回家，惊呆了。

玉米跟石墙、柴门勾肩搭背，直接抵着窗台登上房檐，若开窗，玉米的胳膊肘儿都撂炕上了。玉米的牙齿放肆地排，回家晚了会把房子吃掉，几年不回会把村庄也吃掉了。

舍不得都砍，只依一人走路的宽窄开了条路，必须侧着身子穿过树桩桩的玉米纵队掩映的牛圈、猪圈、鸡窝，杏树、枣花、蔷薇，才到门槛了。

母亲点燃了柴草，炊烟顺着玉米穗子升上天空，荒芜的大院立刻人声满满。烫了酒，炖了肉，新摘的菜下锅，日子又老又新，母亲出来进去腰板挺直。原来在别家过的都不叫日子，围着玉米的老屋才是生活。

母亲的信心回来了！晚上，与玉米人在月下对视；早起，玉米人先用大片露珠洗了脸；我从她们中间穿过去，玉米人湿漉漉的手帮我洗脸。

赫塔·米勒却讨厌玉米，“怕玉米地会直挺挺地环绕整个地球。”我也怕那样过度的单一，是对大地的疏懒，是荒凉，一种虚假的茂盛，老祖宗说五谷丰登才是好的。但玉米会安慰人，玉米的眼睛像牛一样温良，永远忠实于村庄。

我和母亲坐在玉米苞叶编结的蒲墩上，啃着烤玉米说话。风吹过来，玉米人簌簌地笑。

是啊，只要大自然不出问题，玉米就继续排山倒海，世界的额头明亮，农人就永远可以回家。玉米在，乡间的信心就在。

荒谬的诅咒

不说他们，村庄少了一角。性格怪异的三支奇葩兄弟，矬子、聋子和瘸子，娶了疯子、乞丐和哑巴媳妇，后来一个个都坏了，仿佛受了诅咒。

那诅咒是第一个来他家的女人下的。

一

老大，号大蛮子，蛮不讲理。是听不懂道理，听不得劝，一根牛筋抻过去，断了拉倒。

矮小，敦实，黝黑，武大郎的亲弟，只不会做炊饼，叫矬子。说话瓮声瓮气，好像脑袋闷进瓦罐里年把月，发酵了。三十啷当岁说不上媳妇，天天跟老爹干仗，夜里墙头一群乱颤的猫，他抄过菜刀扔上去了，一只猫尾巴死鸟一样掉下来。

公鸡领着一群母鸡沙堆上找虫，高兴了唧喳喳踩绒，几只母鸡背部的毛都踩秃了，露出粉红的皮肉来。他恼了，抡起石头抛过去，公鸡瘸了，回家喔喔哭诉。

鸡的女主人乃村中第一泼妇，捋胳膊“嚯嚯”骂出家门，“缺老辈子德揍出你这王八蛋，没好良心不得好报的玩意儿！”奔到河边，跟大蛮子隔河一顿好骂，又互相抛石头炸水，仍不过瘾，叫嚣着冲到河心掐起来，两个大仰八叉砸水里，这才湿漉漉各回各岸。大蛮子回家继续跟老人撒气，不给你家当牲口，我单过了。

水泉旁边压间茅屋，庄稼野花野坟荒树，他不怕，夜夜盼着狐女鬼妹抠窗户。有男人挑水拦住了求两句找老婆偏方，炕上心得，有姑娘媳妇挑水，他穿透小窗狠盯过去，猫腰，屁股撅起来，花褂短翘翘，脸涨红了，起，这个美。

晚上一个人的荒野好热闹：今儿翻貂蝉的牌子，拜啥月，下来做饭，烫酒，上炕，侍候你吕布大哥；今晚翻贵妃的牌子，让皇帝老儿吃几缸醋吧，我酸死他，儿媳妇都抢，我的媳妇大概也霸占去了，杀！今晚西施和昭君姐儿俩一块来，我妻妾成群，我大红灯笼。

一天他从街里回来，背一堆破烂，领个破烂衣服女人。大蛮子买了烧饼放破包里，女人跟在后面走了一段路，到人少的地方，大蛮子才说，你给我当媳妇，就给你吃。

那姑娘水边洗了头脸，梳通了满脑袋乱麻瓤编上大辫，摘了一把甘菊插瓦罐里，放泥窗台上，动作优美连贯，一气呵成，真俊儿。画里的小姐落地成人了，又会做饭，又会做衣，也拉着大蛮子水边洗去积了三年五载的尘垢，憨憨的竟也耐看了，水泉边一时花红柳绿。人们挑水来去，大蛮子门窗紧闭，知炕上滚着哼哈二将。

小茅屋盖得仓促，四处透风，盆火足也还冷。女人生了小儿，可怜小东西十几天后伤寒死了。大蛮子性情骤变，非说女人睡觉压着孩子，憋死的。说她存心不良，不知恩图报，没出月子，一顿笤帚疙瘩打出门去。妇人号啕着说好听的，仍不让进屋，只好跑到山上冰冷的羊圈屋里猫了一宿，第二天央些邻居说情，这才回到茅屋。

晚上又听大蛮子咒骂打人，质问那一晚是不是跟放羊的上炕了，想下个羊羔子寒碜他。大冬天羊倌儿早回家住了，羊倌儿也有老婆管着，大蛮子自己一经认定就深信了。一捆荆条，隔几天抽断一根，之后把女人压炕上。看她拱着屁股烧火，摁在锅台上；去地里摘菜，摁到西葫芦地里，也不管有无路人，也不管瓜叶的密刺划伤手脸屁股。

早晚挑水的人经过小茅屋，听到惨叫声都想抡上扁担踢破门，揍趴下大蛮子。眼见女人又怀孕了，蛮子非说是羊倌儿的，继续折腾，孩子不成形就掉了。

妇人疯了，常说疯话，光了身子跑出，大蛮子抓回去，又是一顿揍。

她就是我捡来的破烂，想咋样就咋样。大蛮子横着脸说。

深秋，晚上，大蛮子下地回来，说小屋空空，女人不见了，跟着谁跑了。

大蛮子上山下地找，也去街里找，还想再搂个大馅饼回来？

没有，倒常扯些花布，买个烧饼回来，魔怔怔的。

冬天，大风能把茅屋摔断，蛮子哪儿也不去，从来不扒盆火，也很少升起炊烟，常回老爹那儿吃饭，回来只闭紧了风门，屋院死寂寂的，像座坟。

春夜里，第一个雷咔啦啦地劈响了，雨雪加冰雹山崩似的跌下来，据说路上的行人牲口砸死不少。几个胆大的去看大蛮子，他的小茅屋坍了半厦，砸死了。

屋里臭气熏着，大蛮子还拱在被窝里，盖着新的花被子，搂着一段直挺挺的“木头”，有隆起的胸，裹着新的花布，有一头梳得十分柔顺的黑缎子长发。

窗台上，几枝枯萎的甘菊夯拉着，豁角的瓦罐还在，小妇人的疯话还在：“这一家子没好良心，我诅咒他们家非聋即哑，非死即瘸！下一代若有女的像我一样不花一文钱进来，才能扭转！”

二

老二，号二牛叉，高大壮阔，脸像带泥的土豆皮，眼睛细成一条缝，两只獠牙支出来，永远闭不上嘴，适合吹牛最爱吹牛。

说过年放炮谁家也比不过他家，把二踢脚放进洋瓶里点，声响是巨大，把脸和耳朵都炸伤炸聋了。这以后满脸麻坑，说话跟大喇叭广播似的。晚饭后，大家在河边石头上坐着说话，他非站着，说吃肉吃撑着了。其实连油星都没有。

都说怕鬼，他说才不怕那东西呢，他碰见一个有一房多高，长着犄角，他顺着鬼的裤裆钻过去了。又一次走夜路突然前面立起一面墙来，长城那样的大砖墙，他硬着头皮念着老天保佑，穿墙而过。说大冬天走在路上，四周黑锅底似的，突然眼前亮白如昼，花草繁盛，还闻到香气了，细看，草丛里卧着个白衣的女子，跟他招手，他想啊，野巴荒荒的，不是小鬼就是骚狐狸，他使劲一跺脚，喊一声呔，没了。说他家鸡都爬树上睡觉，鸡蛋带把的，都是树上结的，别人看不见，他自己晚上去摘。说他上山打猎，打个母狼，母狼突然跪下，是个大姑娘脸，要跟他过，给他生个仨瓜俩枣。二牛叉说，不敢要，晚上一进被窝给吃了，跑吧。

大家也乐得听他聊斋，打发寂寥的日子。二牛叉走哪儿，乐子就带到哪儿，他自己家实在也过得寒酸，从没影响他发挥吹牛的功夫。

二牛叉好歹娶个媳妇，是哑巴。大家逗他，你能让哑巴开口说话，才算真牛。二牛叉说，我们一直都说话，用的腹语，说得热闹呢，你们听不见。被窝里说的吧。被窝里我是神牛了。

哑巴贤惠，做饭缝补都巧妙，笑起来还有些羞答答。第一胎生了女儿，养到三岁了，冬天全家出去干活，哑巴抱着孩儿不想去，二牛叉挥拳脚上去一顿揍，哑巴哭着被扯去了，说孩子睡觉不碍事。可是回来时，小儿不知怎么滚进炕上的火盆里，虽然是快落尽的灰火，还是烤成玫瑰蛋了。

哑巴哭瞎了眼睛，二牛叉闭紧了嘴巴。此后不吹牛数年，一心一意哄哑巴开心，生产了一头小牛叉。

又生了儿子，活得蹦兴，二牛叉继续蹲在人群里吹上了。

我那小蛋子，看着孬，身子长不溜丢大虾米，脑袋滴溜圆倭瓜似的，大了有招，说媳妇不用花钱，上赶门还得挑挑，住的厅堂瓦舍的，孝敬我，吃大米白面，穿绫罗绸缎。大家嘲笑他，“是，都是纸的，画的，我神笔马良。”

生活一直清苦，也亏二牛叉能自解。渐渐，两老、哑巴和二牛叉前后脚都病死了。春天满山的花开，也不能填补大院的空落，走了一个聒噪的鸦雀，静多了。

好歹儿子还有个三叔在。

三

老三，号三瘸子。板斧样阔肩，铁锅般硕大脑袋，牛粪拍子脸，皮肤极白，极细，五十多了竟没有髭须，眼睛贼大，嘴口也极阔，笑起来，两排生动的大板牙，大河马一样，阴晴不定。要在过去，就是一副奸臣相，孩子们多数怕他，偏他眼尖，老远看见人张开洪亮的公鸭嗓叫起来。一条瘸腿，虚点地上，架个锃亮的榆木拐杖，戳在沙石路上嗒嗒有响，幽深的蒿草小路上，一歪一趟的就是他了。

小时候是正常的，出外学徒几年，听说爬了师傅家女儿的窗户，被打残的。他自己说车撞的，还奋勇救了那家的小女儿，那家非要把姑娘嫁给他，他嫌长得丑。吹过几座山，没人去打听。

其实是真做坏事了。趁他大哥大蛮子上山干活溜到他家，想欺侮小嫂子，这小妇人身形轻快，早有提防，一跃上炕跳窗逃了，三瘸子顺大道追，小妇人往山上跑，三瘸子正中下怀，那山陡峭，一面是高深的玉米地，一面是左弯右转黄土坎，下面是深壑，小妇人闪转腾挪像只花蝴蝶，三瘸子呼哧带喘脚下一滑跌下去了。捡了条命，腿瘸了，现世报。

女人都躲着他，男人也不爱搭理他。但有时不得不客气，比如劁猪，牲畜病了，灌药打个针，牛羊毛驴下崽了，接个生。三瘸子是兽医，这活不是一般人肯干的，十里八村都缺，他不用下地劳动，骑一头毛驴四乡里串串就有钱花。

一帮男孩子漫山躲猫猫，跑三瘸子家了，三瘸子养个大黄狗，吼叫着追过去。小孩穿着厚棉裤屁股也咬出两个三角口子。三瘸子长葱白蘸盐水，对着咬痕啪啪一通摔打，碎了一根再一根，挤出紫血来，好了。这之后，孩子们也不敢进他家大院了。

隔一片高粱地，另一个小山坳住着个妖冶的女人。二十世纪八十年代末期，乡村的妖冶无非是穿花褂子，围红头巾，拍雪花膏，拿烧热的筷子把头帘卷起来。女人的男人在煤矿上班，一周回一次家，嫌寂寞，听收音机播放外国电影录音，心里痒起来。

“看人家外国人，男的叫女的都说亲爱的，咱们一天嗨嗨的，难听死了。”

大河套洗衣裳，她兜售新观点。女人们一齐笑她，“让你爷们儿叫你呀。”

“他那煤黑子，没啥能耐，还不会甜言蜜语哄老婆，打死也没那口。”

这女人撇撇嘴，真个弯眉秀眼，鹅蛋脸，薄嘴唇，她瞧不上那些安分受累的女人，认为她们达不到她的思想高度。

这女人似发现了新大陆。每晚饭后，锁上房门，抱着小的领着大的，穿过那片高粱地，去了三瘸子家。听说三瘸子家灯火明亮，打扫净尽，迎接这个喜欢外国电影，说话拿腔拿调的女人。在大炕上，孩子们玩乐，三瘸子海阔天空讲评书，讲见闻，插科打诨，肆无忌惮，彼此都找到了谈论理想的对手。月上中天，这女人才拖儿带女从深院出来，黑黑的小村庄，女人的尖声笑语，加上一束手电的光亮，刺耳又刺眼，那片山坳一时间已是“春季里开花，十四五六”了。

闲言浪语抡起了飞刀。三瘸子厉害，煤黑子更不是好惹的，找个碴儿把三瘸子截在沟里，狠狠踹他的下体，撕了他的衣服。三瘸子哭天抢地，公鸭嗓号出的死难听。煤黑子哈哈大笑，丢掉三瘸子回家了。之后照常上班，住宿，也不再盯问女人的事。不久，一大家子搬走了。

三瘸子很快也远远地走了，也自以为带走了他的秘密。

可是谁都知道了，三瘸子不知啥时候成了二刈子，压根儿没有根。

四

有十几年，山坳处只剩一个瘦骨嶙峋的小野人，二牛叉的小子，晃着蜘蛛细的胳膊腿，似看非看的黄眼珠，似乎村庄把他遗忘，他的眼里亦没有村庄，从来不与人搭话，被欺侮挨打也不知反抗，赶紧逃回他的破屋。也不知他是怎么默默种地，寂寂然长大的，能活就是幸运，一辈子打光棍那是必然。

可是桃花运自己打上门来，二牛叉的吹牛应验了。

媒婆领个瘦俏的女孩进村相亲，说不怕男人穷，健康能劳动就好，只要接受自家有点聋哑的爹妈。没有人家同意，反放出话来：我们是说媳妇的，不是说老子的。媒人一拍大腿，突然想到了小野人，这一大袋子金元宝“咣当”砸在小野人的头上了。

上好的黄花大闺女白送一样，带着父母和土地进庄了。

大蛮子疯女人的诅咒这回解了，这个家如同风水宝地，传说似的迅速发家了。

老两口话说不利落，干活都是好手，养羊种地，四处抓挠钱，什么都不落下。沉默间一双儿女就四处跑了，不仅香火传递，转眼六口之家何等红火，山间盖了两排大红瓦房，夜晚大灯全村最亮，比谁家都不差，阔气得没边！似乎那里从来没遭受过什么灾难，从来就是暖暖的人家，有幸福的颜色。

咒不咒语的，都是后人添的油醋佐料，想这一大家子的残缺，好比是一条河突然遭遇了旋涡，泥沙石块冲击摔打，之后终于拐出来，穿过青草石头，是一支清澈的溪水了。

一个人的福气是他自己命里的吗？如同这小野人不会怨恨残弱的父辈，只向着美好生活用力，美好就来了。我们不能歧视一个村庄的聋哑残缺、鳏寡孤独，兴许是他们替后人做了承担，抵挡了天外的冷箭，把平常安稳的生活给予了后人与村庄。

门前一树马缨花

一

四姑娘走前只有一个请求，坟前不要柳不要槐，栽一树山樱花，春天艳艳的，她好在树下烧茶看牌等他，也不寂寞。老早以前的赵先生讲过，黑漆漆的炕头上老冯也讲过，说一个爱臭美的女鬼用诗歌勾引男人：

> 钱塘江上是儿家，郎若游时来吃茶。
> 黄土覆墙茅盖屋，门前一树马缨花。

又美又骇人，她爱听。北方没有马缨花，也即合欢，山樱花更野性。

四姑娘也已经上山了。老冯在大山里刨了一棵野山樱树，立在她的门前。几年过去花枝压头，四姑娘安坐樱花树下享受泥土供养，年节有烟火和惦念。

她却睡不稳，有万千小东西彻夜咬噬，尖细的牙齿不急不缓，飒飒地探索她的皮囊。这密生的疼痒把她在世间几十年的好与坏、疲惫与精神、遗憾与梦想都抠出来粉碎掉，她渐渐变成一具干净的骨骼，二百零六块不多不少，变成真的虚无。

这是她在世间最后的修行。忍耐，小东西们是来帮她解脱的，她这雪花的母体任分子们朵朵离枝散去，充满喜悦，偶尔看看昏黄的天堂，两只乌鸦嘎嘎互啄着情话：

> 樱花树下，酒瓶里积了些雨水，喝不到，嘎嘎。
>
> 叼些石子填进去，我在学堂外的树枝上听来的，“一只乌鸦口渴了……”兴奋地嘎嘎念，里面飞出一弹弓石子，差点瘸了一条腿，他们州官放火，咱们点灯熬油也不行。
>
> 人那么强大却怕乌鸦，咱不能自轻贱，哭哭笑笑远离人就是了。

它们安慰着啄啄亲亲，忽然冲向云霄，又翻转直下，蹬乱树枝，花瓣如雪。

花瓣落她身上了，不，一段段白瓷般的枯骨上，更艳，更妖冶。她想拿过一朵闻闻，手抬不起来，她一笑，她的重量不及一朵花。

要是乌鸦懂得绣花就好了，乌衣两三朵，苍凉也勾魂。她试图与乌鸦沟通，嘬了下唇，没声，声音也是有重量的。只有思想轻，瞬间也能生出万千个心思。

她忽觉灵魂开窍，黑是乌鸦的图腾，黑即是红，是乌界的庄重，大好的颜色，如她在土里，土色就是最美的衣冠。

二

梁上有青烟人影。清明了，是她新生的好日子。那年她七十五岁，他六十一。他风风光光一路唱着歌谣，哄着，拍着，把她隆重送到了祖宗的老阴宅。她高兴，也乐意走，棺材不打横不下坠，顺风顺水地上了山。

入土大安的仪式像春耕，有犁铧翻出新鲜的垄沟，她轻得像一颗草籽，由着老冯埋在湿漉漉的春天里，她会一心一意在这面山坡上等他来，一起完成蜕变，在某个春天同时发芽。

都叫她四姑娘。四姑娘没什么遗憾，也不想惦记什么。老冯身子骨硬朗着，这些年眼见着日子更好了，老冯不断给她送新的玩意儿，金山银山之后，接着是电视冰箱洗衣机，后来苹果手机，去年又送了大汽车，配个司机。她托梦说花那钱啥用，我要出去行风行雨的更痛快，留着钱说个老伴才是正经。老冯偏不，说村里重修了马路和广场，明年再给她弄座小别墅配个妞收拾卫生，舒服地等他。

她很少给老冯托梦，托多了人就睡不安稳，会生嗔怨，损折阳寿。她生前最后的十几年，已经习惯了老冯供养菩萨一样待她，她一皱眉，他就坐直了招呼，倚着，夹菜，来口小酒，像他们新婚的样子，只少了些狂野。想吃啥做啥，吃了饭送她去看牌。她一到牌桌不咳不喘，像春天的柳枝，再刮一两个夏天飘轻，一坐到饭桌闻见热气儿就憋气，是老枯叶蝶，只有飘零的份儿了。

枯叶蝶，她自己都觉着十分合意，她娇俏瘦弱，面色和皱纹就是枯叶状，但偏要老来俏，衣裳越发大红大绿，且她有强烈感觉，越鲜丽越是近土色，心越惶惑越想穿更艳的。许是人老就发出了土味，即腐殖质的气味，感觉不会骗人，若在幽林深涧里这气味迷人，在生机盎然的人群中就是朽落的征兆了。她用尽心力把松弛的肌肉攥得更紧，似乎能够风来飞起。

老炕，老男人，更老的女人，一个壮硕一个娇小，透过黄昏的玻璃窗看过去也动人。夜里满炕的月光，他轻易捧起她，对着尿盆哗哗。她瘫在他怀里笑，她像他的女孩。

“唯我是见过世面，经过数次蜕变的，品尝过生活之味的。”

四姑娘淡淡地笑，她矮小，瘦弱，多皱，静黄，像窗台上老成的瓜。她眼窝深陷，睫毛总会掉进眼睛里，揉不出。他专门买来城里人揪眉毛的夹子，在窗前对着亮光细细地夹出，用柔软的棉布擦拭眼屎和泪水。四姑娘最近地看着他，还结实的肌肉，灵巧的手，清澈的眼睛，没什么皱纹的脸。四姑娘突然羞愧，他实际像侍候老奶子一样侍候她了。

她叹了口气。气息有声吗？两只乌鸦突然惊觉，嘎嘎飞走了。

讨厌。四姑娘骂了一句。活人讨厌乌鸦，怎么鬼魂也讨厌它们，可怜的鸟。这些年多亏这对乌鸦双宿双飞闹腾玩耍说些趣话，温着她的魂魄。

第十个清明，他终是一个人来，没讨个填房。其实老冯后来不再将眼光瞟向年轻女人了，也不说她老，对她百依百顺，是枯叶蝶可依靠的强壮老树，一摞一摞子美好的黄昏使她相信，老来福才是真的福，而她必定是个好女人，坏蛋是不配享用静美时光的。

三

那些年的生活绿汪汪，每年四姑娘有两件盛事，少有女人能享受到。

仲夏，是四姑娘一年一度的女儿会，洒在各地的丫头们都记着老母亲，提篮携子跑来了。晚间两条炕上，大月光直接晒到一炕的女人和孩子，她的骨血，天南地北的精气。丫头们长得都不一样，不同的姓，方脸圆脸瓜子脸，单眼皮双眼皮黑头发黄卷毛，梳长辫穿花衣，嘴上甜甜地叫爹妈爷姥，老冯听着心也颤动。孩子们掐烂他的花，摔破木门，打碎碟碗，不生气，不嫌弃。

丫头们上午拆几床被褥，大河套洗净，晾在草滩上，午后眯一小觉，都干了。东屋一床猫戏牡丹花被，西屋一条波斯格褥子，两三个丫头飞针走线，晚饭前做成了，暄腾腾叠起来。又下地烧火，切菜，老冯亲自下厨颠炒，一大桌子菜，女人们也划拳行令，老冯抽着烟斗，听满大院的蝉声人响，很满意，眼里冒出常说的戏词儿：那日子过得厅堂瓦舍的。四姑娘俨然老佛爷盘腿炕头，嘴也无须动，什么都进行着了。

四姑娘第二件得意的事是看大戏，丫头们家在镇上的，早早套了毛驴车来接。她是村里唯一从第一声开锣看到最后一场戏散的女人。

初秋，庄稼尚未开镰，小镇一年一度物资交流大会又开始了。锡拉塔喇河畔是一幅活着的清明上河图，人与物像流水淌进歌管楼台，曲巷幽城，又花红柳绿蔓延到大河上下。牲畜交流在河滩最下游，驴马骡子待价而沽，挨着是林立的小饭馆，上游开辟两个大场子的马戏团。河对岸小商铺两排长龙，卖衣卖布，烧饼麻花，照相馆，农具农产品。顶头河滩上是个大戏园子，早垒起四方高大的台面，戏没开场，垂下厚厚的幔帐，有时拉开，男人挑长枪和身上插满旗帜的女人对打，女人顺势来个《铁弓缘》里的十八转，路人看傻了！

村里每一家子所有人等都要轮流上回街，扯几尺花布，听一场戏，吃个大烧饼，照一张碧叶荷花含羞带怯划船的相片。奢侈些的进了馆子，叫上两个小菜一壶酒，剩下了菜，老婆子抖开了家常大花手帕，小心包上，装在布褡里背家去。

两家有名的杂技表演，河间，吴桥，各有路数，骑着高头大马的俊男靓女，浓妆艳抹花衣彩旗，到主街上游行。狭路相逢了，初时各不相让，男郎女宾唇枪舌剑，剑拔弩张。待人越聚越多阻塞交通了，忽然都绅士起来，各自退让，一队拐进西边茶馆胡同，一队侧身上了石桥东。人群亦分两路，跟着喜欢的队伍走。一家女人眉眼忒风情，离十丈远也灼心，娴熟自在地叼着烟卷，不紧不慢吐出好看的烟圈，两手左抓右挠，一串串的彩带从手心飘出来，没完没了呀没完没了，她就仙子一样立在云霞中了。另一家有十岁小女孩表演吊小辫，粗长大辫子编结在头顶，缠绕在一根横梁上，女孩吊在下面优美地伸展，劈腿，唱歌，掌声喊声不断。近了，看她的泪窝窝水流也不断，后来大声哭了，满脸横肉的胖男人拎着棍子上来就打，孩子吊在杠上撒着欢儿舞蹈。

四姑娘瞅不下去，拎着凳子看戏去了，戏才揪她的魂。台上的生死爱恨都搁心里装着，小姐书生员外媒婆包公奸臣，唱词道白一转一扭都门清，甚至戏子的眼角眉心皱到什么程度，今年穿的戏服还是去年那一件，水袖上的斑点折痕还在那儿，也不影响兴奋劲儿。正演《杨八姐游春》，老太君要彩礼这叫痛快。

> 我要上一两星星二两月，三两清风四两云
> 螳螂翅膀红大袄，蝴蝶翅膀绿罗裙
> 天大一块梳头镜，像那地大一个洗脸盆。

台下人乐得直拍大腿，四姑娘先是跟着唱，后来哭得泪纵横。母亲爱女心切，勇斗昏君，但母亲生了七狼八虎，八姐九妹一生不曾入得洞房，终是误了女儿身。四姑娘囫囵入过多次洞房，酸苦尝遍，但到底是真正的女人，有了烟火人家，可是终因没个母亲支着架势要彩礼，娘更没看到她的苦乐，亦是悲。她的泪落在脚下的车前草上。

锣鼓一收，包公铡了陈世美，刘金定收伏了陈小二，春草闯堂侍候小姐相公拜了花堂，苏三哭一声整个洪洞县就无一个好人，寻夫去了，玉堂春空，珍珠衫凉，西厢月冷，散了吧。可是明儿锣鼓一响，列位又随着铿锵的鼓点，摇晃着雉鸡翎，抛洒着白水袖，红光满面青枝绿叶地

出来了。待四周黑寂，远远的红灯人杳，道白唱腔都像嘤嘤鸟叫，戏台像挂着星星的鸟巢，再向梦里添酒回灯。

这么好的日子过不动了。四姑娘觉出自己在皱缩，肉更贴紧了骨头，皮松了打绺了，像树皮一笑一哭都纵起来，人生到底是荒芜的，太阳再好不落不行，月亮就催了。

那天牌桌下来得早，赢了钱心欢喜身子骨轻，她忽然想给老冯做顿饭，十年双手不沾柴火不碰油烟了，她竟然像年轻时一样不喘不累切菜焖饭，香喷喷摆在锅里，打扫干净，拄着烧火棍坐蒲墩上，右膀倚着墙哼起小曲儿，“我有一段情呀，说给谁来听？”老冯呗，她微笑着越哼越低。

“死亡应该是一场漂亮的撤离，不是被打得七零八落惨烈溃退，若干年后，我也要顶着另一个空位重新沐浴大地之光。”

四姑娘想着，月亮就照在樱花清冷的粉骨上。从前她家里夜晚不拄窗帘，大炕上月明月暗，星辰欲往。

四

四姑娘头几年特别疲乏，骨头沉重。作为一个俏丽的女鬼，应该多和四面山坳的鬼哥鬼姐多接触，和大鬼小鬼多交际下，把老冯送她的汽车手机啥的递过去，上天入地早早投生，鬼家也好行个方便。她不，看邻居们穿来穿去跑得欢实，她表示不屑，清清净净做鬼也心安。待她的肉身一粒粒成了土，她挥洒自如，这才想起身到村庄走走。

村庄已经进入二〇一五年，现代化设备充斥美丽村庄了。

她欣喜地翻过一面山坡，树叶正浓，蚊虫稠密，这碍不住她。她像个妩媚小姑娘，绾髻插花，一步三扭，忽飞忽停。路遇一女鬼吐着长舌恐吓走夜的男人，那男人拿手电一照，女鬼快速收回舌头逃了；一个白衣女鬼坐在井边静静梳头，头发长长地垂在水里；一个满脸血污的男鬼挥着铁锨吭哧吭哧填一个大的路坑。她慌忙逃掉了。

她回家了，且多少留下些痕迹，挪动一包烟，把剪子吹到地下，相片镜子整歪些，门帘卷起半角，柴堆哗哗响，门忽悠地开。老冯诧异地出门发愣，团团转的样子，令她开心。

她站在镜前看自己的貌像，说鬼没有镜像，她分明看到了，竟不是佝偻在炕头的那段朽木，是她十六七岁梳着大辫子，娇憨羞怯地站在乌篷船头。再一定睛，又是二十年后，她三十三四岁，短发鬓上簪一朵红绒花嫁给老冯的少妇。她欢天喜地，好像盘古大哥专为她劈开了新世界，将乱蓬蓬的一场从前蒿草尽除，重新翻耕，又淋了一次透透的春雨，她是一朵桃花才爬上枝头，在重重阳光中探看她的新生。她觉得她年轻、妩媚、风骚、放荡，浑身散发着香气，她是男人最想要的小女人。她想着笑了，镜像跟着消失。

她的身体依然阴湿，仿佛从浓雾里跋涉了很久，她那么贴近灶火，却是怎么也热不了。“活着的人才可以等到暖，我只是被泥土深埋的一把骨头。”

她的衣服都旧了，仿佛一动就碎。老冯年节都送来不少的钱，岂不知，走时穿啥就是啥了，哪有得买。原也以为活着做不了的，死了能做，补一补内心总是舒坦些，却是不能的。一介魂魄能拿得动什么？但可借助人的肉体行事，比如偷过她家一池子大蒜的，跟老冯有过几腿的，她都可以附身上去折腾，报个小仇乐一乐，但那会损折活人的阳寿，她已成土，一了百了吧。只有人总有了不完的事，年年上坟一大堆愿望，请求老人在阴间庇佑，那些老人也无非和她一样，一身孤单，两袖阴风，等着转世为盼。

四姑娘在村头老树下说了一通鬼话后，退一步想，真心假物都好，总是有人念着，鬼世界才是真正的冷。

有时夜里回家，她贴在窗棂上像一片月光，抚摸炕上的老头。他一会儿炕上，一会儿地下，有时哭泣至号啕，路过墙外的人支棱耳朵听。哭啥？想四姑娘，外嫁的女儿，还是旧相好？她也哭，摸一摸什么都没有。“泪水独属于生命，只钟情鲜活的肉体，我只是有灵魂的枯骨。”她快快走了。

五

这天才刚黑，她溜过村庄街头，几棵大柳树浓荫垂地，一个老头呆立暮色中，向远处焦急地张望。

这人从前可是老虎一样发威，如今毛也软了。四姑娘知道他在等他的老伴。他近来常常这样地等，盯着西山脚越来越浓的黑。山色沉下去，像他的脚陷入沼泽。老伴早早提着小筐去田里摘豆角了，他把饭做好等了又等，又到街头等。河水不急不缓流出村庄，西山坡掩住的地方就是菜地，他可以信步踱过去查看菜园，拐过河湾便可见人影语声。但他只在村头等着，他早已经练就了不动声色。老妻了，年轻时一段李花白，一股子干练气，偶然歪在灶前切菜也是白娘子下厨。

想到那个燥热的午后，老头的心还是一颤。他扛着镐头从田里回来，一身泥巴汗水，推开院门静悄悄，透过窗缝，有俩人猫在炕沿上打摆子。他轮起镐头，一脚踹开房门，砸过去……那汉子的女人也闻风而来，号天骂地，满村雨加雪。

那时间老婆对自己小心，低眉。可是不久自己也被村里那老谁家的媳妇瞪昏了，偷偷地把个大白屁股按在玉米地里。那小娘们儿眼神一勾，屁股一扭，能逃？到底也被老婆狠抓了一回，算是扯平。

耐不住寂寞的，贫寂的日子里生出些仨瓜俩枣的好事，惊惊心，刺刺眼，笑一笑哭一哭，权当舒筋活血。某爷的第几个小蛋子，活脱某兄的大脑壳后脊梁，村南家的女儿晃着村北家婶子的眉眼。彼此心知，都不说破，好生将养，说姑娘聘女婿，并无二道。

所以人的悲伤与愤怒到底是大地的厚重与无数生灵给予安慰，还是人与人之间潜藏着最本质的亲情，说不清。再者你有五个儿子他家三四个姑娘，这么一婚一嫁，方圆五十里何处不亲戚？睡不着码列一下，都枝角横生连着襟袖。看似张王李赵各是各家，八竿子打不着，一时间人脑袋打出狗脑袋，可是盘根错节别人不能随便闲话，行事皆需左掂右量，人家打断骨头连着筋的。不可小看一座村庄的生活经济学。

那老汉嘟哝道："年轻是好啊，可以冲动可以犯错，捅上天去也会落下来，乡间这块大土壤什么都能自行化解。"他的脸上浮起一丝笑容。年年春草绿，一茬茬压下，坏事都沉了底烂掉，是重生的粪肥。

庄稼和蔬菜在晚风里香气惆怅，四姑娘在他身后亦焦躁。他等着的，正是他家炕沿上的那对，藕丝早断了，但老汉的女人一去，又顺溜地扯在一处掰不开了。

终于淡淡墨色里拐出两个粗描的身影，劳动归来，哝哝小语，陌上谁家翁媪。

他如站在雪里一般，不断下着的大雪又盖住了他，他挣扎着晃动下枝条，雪片扑棱棱掉进脖颈里，好凉啊。他打个冷战，转身回家了，摆桌子盛饭去。

四姑娘一直在他的心里游走，她都熟悉，树下叹气的是老冯拜把子哥们儿，路上二位，女人是他老婆，男人是老冯。不打不深情，后来两家反而走得越发近了，你耕地我扶犁，你点籽我上粪，最佳互助模式。

所以四姑娘有时到家里空空的，就直接去哥们儿家。他很义气，常请老冯到家里吃饭，推心置腹小酌会儿。那妇人也给老冯殷勤夹菜，要么送点瓜果梨桃，坐在四姑娘的炕头唠会儿。眼见得老冯笑容常挂又年轻了五岁，那老哥分明枯草上堆满了霜粒。

四姑娘觉得脸在发烧，心在狂跳，摸一摸还凉如一井深水。

六

四姑娘家曾经顶是热闹。老冯年轻时也是一把好汉，会整红白喜事，会讲三国水浒，村里的人爱挤在她家。他一在场，大家心里就有谱了。他忽然有相好的了，大家似乎也觉得正常，他还年轻火力壮，四姑娘已老，四姑娘只生仨丫头，好不容易拼出个儿子，还半路夭折，这就完蛋。那么他寻机打点野食，拎回个带把的崽儿?

男人爱后妇，女子重前夫，但四姑娘不是，她天上地下只重这一个老冯。她撒泼成扈三娘打上门去，她也抻着纤细的麻雀嗓，跳到枝头弱柳扶风地骂上一阵。

老冯恼了，拖她，踹她，她死命抱住一棵老榆树不走，任凭老冯拖踹。“你是贞洁烈女一头碰死给我看看?别忘了你是怎么来的?生出儿子才算能耐!”四姑娘发丝乱飞哑了嗓子：“我找了大半个中国才千辛万苦找到你，嫁你就为你贞洁，从没二话，为了要儿子老娘也是拼过性命的。”她忽然松开手朝老冯撞去。

四姑娘那几年是成熟的芨芨草，四面带刺，看着老冯身边转转的妇人就想滚扎上去，扎对方个血窟窿方罢。而老冯就是一头强壮过分的大叫驴，等于先抢了爷儿辈的女人，炮轰哥们儿的老婆，还掐了朵野花，无人敢惹，不怕报应。

某家的大姑娘由老妈领着找上门来，有崽了。四姑娘脸更青了。老冯暗喜，多想让人家生下个胖小子，他偷偷地抱回来养着。姑娘的妈岂是软面任捏，天天晚上准时来泡上三杯话茶，狠话蜜话闲话都有，自己的女儿也糊涂，还要活人嫁人，得顾些个体面。老冯只得出钱给打掉了，可真是心疼。一些老女人撇嘴，少女身上怎么有恶露味？

四姑娘一直像栗子，为保护自己生满了毛刺，披挂厚实的铠甲，还有薄涩的质膜，最后才是她真实的肉身。这甘美的质地直到遇见老冯才真正翻开，十多年工夫又被撂成一片荒地，她急速衰老抽巴了。

她对着观音菩萨像焚香祈祷，亦算忏悔。老冯地里家外都是好手，也算九好，那一孬呢，就算一角折损可以忍过，只要她还是大院的女主。

“不管怎样都要好好活着，替我们活着，走哪儿都要告诉我，我会看着你！”母亲去世前强睁的眼睛射出寒光逼视她，她怎么忍不下去呢？这和她从前的遭遇相比算得了什么，半生从南到北在多个男人中流连，雏妓，小妾，小老婆，老板娘，搭伙人，最后才明媒正娶，坎坷比牛蹄印多，就闭着眼过，统统装进水缸养后半生的枯枝吧。

她更加努力用自己的方式救赎身心，比如做媒人，给孕妇接生，成就一对姻缘就是盖一座庙，接下一命就是造七级浮屠，积攒功德。

她静如一条虫，趴在叶子上咬食，叶是她的肉体，她信，“生活自己会破茧而出的。”

七

看老冯生活滋味得紧，种地有机器，有除草剂，秋收有孩子帮，不缺钱花，不必忧虑，四姑娘想着得替自己打算了。总盯着过去会瞎掉一只眼，完全忘记出处会双目失明，她要趁着自由身重新追寻这一世走过的路，结识的人，要命的事，她是怎么活成凌厉的老冯女人？她也要行忏悔，施宽恕。

她一路向西，山湾溪畔独窝着一家，如今早已换了门庭，她在这个院当过两年后妈，嫌院墙矮，堆了一层厚土，栽上一溜菊花，不茂盛也不断绝，像她那年的心情，听天由命，却也瞅紧重生的机会。

二十世纪六十年代，她从镇上来，做瓦匠王老头第三任填房。她觉着高于村里的农妇，故闭门不出，不参加农业劳动，不想与这村里的人搭讪。她脸沉似水，缺乏热情却也履行媳妇的职责，倚在门口指挥王老头前一窝后一踹的孩子，扫院，劈柴，烧饭，哪个不听她顺手抄起笤帚或烧火棍打过去，她像个母夜叉发泄着无名的愤怒，刻薄的谩骂，有时是止不住的一痛号哭。

王老头五十多了，生着一副闷在瓦罐里挤出来的核桃脸，四乡里有修房盖屋时，就带着两个大小子出门。他一回来，她就憋气烦闷，他一走，她就清凉自在。大门半掩，邻人路过总喜欢瞟几眼，少妇侧身弄花，眼神半呆，也是画里的景，院子偏阴，深深的。偶尔见她出来，绣花的紫袄，抿着微卷的短发，耳侧夹着黑蝴蝶发夹，衬着白净略带忧伤的脸，口音还残留着吴侬软语，像戏里的人物，老榆树下溪边洗衣，山湾樱花旁袅袅隐没，十分妖道。

后来四姑娘开始腆着大肚子门前走动，像个风平浪静的女人了，看不出她曾有过壮阔的小半生，也将善于制造波澜，闹得全村鸡犬不宁，污染了好女人恪守多年的贞娴美德。

月份高了，她照例在门前晒太阳，在溪边撵鸡逗狗。这日，一个高眉深眼的年轻男人扛着锄头走过来，在溪边洗手。

她忽觉肚里的小孩踹她一脚，心里一震，他的面目让她忆起了深深岁月里，她还是红杏枝头，流金溢翠的帘幕下闪出儒雅清秀的赵先生，她的第一个爱恨交加的男人，一别十几年，一片不能再薄的羽毛也能瞬间把他从深涧提到胸口，这是她最宝贵的秘境，想起他的好与坏，再难她也想活着，遇着他那样的男人过一辈子。

生命不相负，他来了，撩到她的心了！只是眼前这一个粗犷得多，红脸膛，肌肉结实。自此她抱着肚子天天坐在门前等他经过，有时胎儿乱踹，她就知道他过来了。她也不看他，只低头编结着绒线小衣，哼一首早年学的小调。

我有一段情呀
说给谁来听
知心人儿呀出了门
他一去呀没音讯

北方的深山乡野，不过家家有个单音喇叭播些豪情的大歌，这样噬魂蚀骨的曲儿谁听过。男人肩上的锄头突然要化成碎屑掉下来了，他愣愣盯住了她，双眼皮小脸蛋大眼睛大肚子的小女人。后来他一过来就吹声口哨，哨音一响，四姑娘就抱着大肚子缓缓倚在门口，瞟着他跨过那条河，上山，耪地，大地都要跟着他虎虎律动。

整个世界都柔软了，焦躁恼怒也随河冲走了，四姑娘急切地盼望生下孩子。她跳绳跳高，大踏步跑，在猪圈墙上使劲压肚皮，擀面条就敲两下肚子。孩子顺当当提前一周生下了，男娃，她不关心，满心都是门外男人看她的样子。

她听见他吹口哨，奶水就蹿下来，孩子咕咚咚吃个欢实。又一天口哨声响起，她说啥也坐不住了，下炕梳洗。还没出月子，婴孩在哭闹，她只当音乐，她细心抹上香粉胭脂，像小姑娘初恋，借着上茅房逃出门去。

他惊愕了，即而拉住少妇的胳膊拐进道旁高高的玉米地，继续跑进山里密密的枫树林去，她蓬蓬的奶子跳起来，他用大手巴掌捂住，双双埋进花草堆里，他一口咬住奶头猛吸，差点呛着，她嘤嘤叫着喜欢。好女十八嫁，她浑身都是烂熟又鲜活的女人味，她是瓜瓜娃的天籁，扭曲的蛇妖，吐着芯子攀住他，他才是她的真命人，她必须要跟他过，让暴雨大雪冰雹们都来吧！

她大他整整十二岁，不仅是海棠压梨花的事，老王头的前妻是老冯的堂姑奶奶，老冯等于撬了爷儿辈的女人。四姑娘不管这些杂七麻八的关系，直接跟老王头摊牌走人，老王头拿出瓦匠的威风咆哮，一通揍，四姑娘趴炕了。他又抡着扁担带上儿子去冯家门口叫骂，冯家兄弟们出来应战，这一场混乱，村中各色人等，鸡鸭鹅狗，牛马羊猪，一面撇嘴啧啧消遣，一面呸呸唾沫。

四姑娘挣扎着起身洗脸，匀妆，她根本不曾正耳听外面的嘈杂。老冯上有老爹娘下有兄弟姐妹七嘴八舌管着，但他就敢要她，不惜与长辈撕破脸，这样敢担当的男人四姑娘当然跟定他，眼不要眨，手不能软，谁横在面前都得走开，什么累赘必甩手撂下。

她忽然想起武媚娘，在老皇帝病榻前与太子在厕所成了好事，那么匆忙、不耻为了什么？找个靠谱的活命法子，不去殉葬或为尼。而她，这多年只是被抛到浪波里的一段哑木头，由着别人接济、可怜、作践，生命的铁轨破破烂烂不知会坏在哪个荒郊野外。这也练就她做事三不管，见桥就过，有河就蹚，落水再爬起来，在路与路交错、人与人的空隙间扁扁地穿来过去许多年，她并没有活成一个人，一个堂堂正正的女人。

现在可不止了，第一次她的心底波涛汹涌，她还可以一树红花照碧海地活着，高举红灯闪闪亮地活着！

婴儿哭得岔了气儿，四姑娘不能回头，她要给喜欢的人再生去。她藏起深长的过去九十九道弯，新世界要来了！

“命运让我趴下，我就打它的脸！”

她穿了旧衣，戴上樱红耳坠，挎着小包袱出门，跟着老冯走了。没有炮声，没有酒席，没有祝福，但她觉得这回真可以安稳了，打死她也不会离开这个男人，这个村庄。冯家大院好歹收拾个低矮柴房，有铺火炕，可了。

她坐在自己的炕头看着老冯笑，她的整个肉身灵魂都在笑，她是老冯的新媳妇了，有黄纸黑字结婚证，是地地道道的农民身份，分得一片田地，即使命运再不济她被抛弃，她还有地。她趴在那块状似大裤衩的山地上又哭又笑，她的每寸皮肤都释放春天的香味。

她跪下向南方磕头，妈，我真活过来了。

八

那个疯狂拼命的妖艳女人是她吗？她为自己的勇敢骄傲，喜欢的生活都是拼出来的，倘或忍耐着跟王老头过几年，又是个悲惨的寡妇，一生灰色，没人疼惜，赶上地指标食物分配，那一窝孩子还不吃了她，兴许饿死了，也不会有个贞节牌坊给她，而跟着老冯她吃饱喝足，青枝绿叶。

她飘摇着出村了，去镇上逛逛。

时间退至解放前。小镇有一条商业街，百多头骆驼物资队穿梭来去，够繁华。

北城胡同郑家烧饼铺子，四姑娘门前一坐，纤弱地喊那么一声，

“宫廷烧饼刚出炉，热乎的。”香甜脆酥的烧饼不停地卖，据说当年慈禧西逃路过此地，御膳房的宫女逃出来嫁给当地人，传下来的宫廷手艺。四姑娘更是好看，满大街褴褛衣衫，独她绾髻插花，描眉画眼，自己缝制的紧身布面碎花旗袍，买不起烧饼看看也好。四姑娘不怕看，低头纤指摆弄烧饼，眼神只那么浅浅一翻，薄嘴唇一翘，得了，您掏大子儿吧。

老郑头矮且丑，但赶上了好茬口接了四姑娘当老婆，识文断字，管卖管账，生意十分好，从此越发低头做好烧饼。俩孩子相继出世，四姑娘稳当当过小日子。

南头有茶馆胡同，晚上有书场，《三侠五义》一出出说，再连带着论些战争时事，坐满了人。也有唱小曲儿的，可怜的小姑娘羞羞怯怯，嗓子拉不开，她真想上去来一段震震，她可是师傅亲自教唱出来的“小周璇”。街心有商家集资盖的大戏楼，戏班子不少来唱，她最爱这一口。烧饼老板娘环佩叮咚穿街而过，小有招摇。

有时戏台上不演戏，开大会训话或批斗。小镇第一次解放后，县长大人声若洪钟讲话，批斗土匪劣绅，号召男人莫种大烟抽大烟，女人莫缠小脚要讲卫生，自尊自爱，勇敢追求自己的生活，说得火热激情，豁然开朗。但是不久他就走了，乌云再次笼罩小镇，又一批恶人登上台，把个好端端的青年拿大石头细细砸碎，那汉子怒眼瞪裂，破口大骂，不叫一声。

这样壮烈，这样有骨气，为的啥？一直逆来顺受的她第一次有了思考，但她的生活触到了暗礁。

白蛇得意许仙，谁知有法海除妖。老郑头是迷信狂，性子比驴倔，一日来个算卦的，说四姑娘是克夫命，好招摇，街里的男人都爱往你家门前跑，万一有个西门庆不怀好意，一包砒霜你小命玩儿完，不宜久留，会生祸根。潘金莲武大郎故事乃说书人最爱，谁不知道，恰好老郑腰腿不适，孩子闹痢疾，四姑娘倒蹦兴，描着画着当窗立骚情，卖烧饼还是卖笑？我可没有打虎的弟弟跟后头报仇。

郑老驴略一思忖，颇信，一纸休书下个劈天大雷，伙同兄弟们把个懵懂的四姑娘孤身撵走，塞进有篷马车，送进深山沟做瓦匠老王头的填房了。反正来历不明，没有婚约，没有娘亲舅大来啰嗦。

老倔驴！我明明是旺夫的，有我在，烧饼卖得多快，日子过得多好。

四姑娘感慨，那时的自己沉溺于现状，自由意识刚启蒙，不知抗争为何物，男方说不要就扔，被休被卖她竟没辙。那个被欺侮的少妇，带着克夫、招摇的冤屈与儿分离，被挟持到那马车上，她才生起的信心灭了，她多么认真养育孩子，侍奉丑夫，但是白头偕老就是个屁。

马车晃晃荡荡走在路上，她往帘外看去，正是春耕时节，田上男人在拉犁，女人猫腰使力，瘦弱的小孩拉滚子。路上还有逃荒要饭的破衣行者，面色仓皇，依然拄杖相携前行。每个人都艰难，都在挺着活着，都不比她更容易。要忍耐，要看着郑老驴会活成什么牛样！

烧饼铺子后来被挤对了，郑老驴悔青肠子。是当时骚扰过她的一个痞子，假借算命先生忽悠老驴，坑了这一家人。值得安慰的是，母女同心，老驴并未阻止那俩女孩惦记四姑娘，骨血绵延。

九

月光下的小镇比村庄还静，四姑娘像一条鱼游在青灰的胡同。

她由街心拐进当铺胡同，一色的青砖灰瓦，二进老院，清代民居，深阔安详，商铺在前，推开砖雕大门，外面多嘈杂，里面也是寂寂的。

四姑娘停在吴家当铺，老院还在。

午后，蝉声从老槐树上嘶嘶掉，四姑娘一条长辫摆在后腰，在葫芦架下，洋井里才压出一小桶水，冰凉地倒入铁壶，打着蒲扇炉前烧水，水滚，宋代莲瓶青花小瓷罐倒出一抹上好龙井，绍兴产紫透了的老砂壶热热浇下，取民国绿小茶盅一枚，又去花盆新摘两朵兰花，一朵置于茶盘，一朵别在耳边，端平了，出屋门，到庭院，擦身木槿、石榴、枸杞，过两层小楼的二门洞，踢着墙根艳丽的罂粟花，到前院，铺子安静的账房处，轻轻放在桌上，说声："先生，茶来了。"倒上一盅，老先生抬头一笑，闻了闻，抿一小口。四姑娘绕到背后，给老先生捶背，兰的香气顺着发尖若有若无飘过。

老板人慈祥，只在年节回乡下老家，回来时几天都是郁郁的，有时脸上带着挠痕，叹气。四姑娘柔声劝解，有时在院里跳舞唱曲儿解闷儿，老妈子和伙计都说没见过这么好看好听的。老先生对她越发爱怜，越是叹气。

一日老板的正妻领着一群小子打上门来，抓破四姑娘的头。

"城西郑老驴岁数大点，人丑，但有个烧饼铺子，没人愿意嫁，想给你遇个好人家，事急将就吧！"老先生对四姑娘说。

四姑娘只得走了，生过一女，取名珠儿。老先生疼得要命，老家一堆小子就差小棉袄。珠儿后来和郑老驴家的妹妹常到村上去，给四姑娘做棉衣洗被子，四姑娘总是流泪，知道老吴惦记她，他们是患难之交。

吴老先生早已作古，大院虽门廊破旧，总还是旧日影子。

那年月闹兵匪闹饥荒，她随着人流要饭这个镇上，实在饿，身上一按一个坑儿，要命的是，她肚子渐渐大起来，不知哪个狗杂种的。她想把自己饿死崽子也饿死了，或者小杂种自己掉了把她带累死也行。偏是命贱好活，那么颠簸受罪，胎儿还好好的。

她只得把自己珍藏几年的宝贝，一对南红樱花耳环递到一家当铺。

拿到钱，却重重地摔倒了。

醒来后，她睡在一条小炕上，孩子小产了，就是珠儿，老先生愿意抚养。

老吴是半老儒雅的清瘦男人，看着就良善，时常接济些要饭的，四姑娘留下来打杂，耳环又给了她。老吴问，孩子父亲呢？你从哪儿过来的？

十

四姑娘觉出疼痛，眼眶似有泪珠涌出，珍贵的人的眼泪。这或是个提示，幽冥时间不多了，她得加快探索步伐，一页页往回翻。她飘过崇山峻岭，闯过许多村庄，波罗诺，蓝旗梁，三岔口，大庙，停在热河街上，除了两道牌楼仍似旧时，繁华得不认识了，当年打杂的铺面早被改造成了大商场。

那年月，小日本占据城市，也就一个衰颓的大镇模样，桥头两岸商铺林立，她从北平逃难到此，见一个铺子招女工打扫卫生，战战兢兢进去找活，岂料是赌场，她掉进了最黑的狼窝。

两个赌徒合开，背后小日本撑腰，根本就是汉奸嘴脸，粗俗恶劣，酗酒豪横，高兴了让她在身边观战，赢了亲一口，输了一脚踹。每晚午夜算账，谁赢的多，她就是谁的新娘，夜夜受尽凌辱，不从，就要把她送日本人做慰安妇。

那两个坑娘的牛头马面，不被抗日军打死也会被小日本刀劈，她做鬼也要找他们报仇雪耻。但她这么些年只顾奔着好日子去，把恨与仇都埋烂了，真做了鬼也不曾动复仇的心思，一把灰万事都了了。

四姑娘叹道：那真是最黑的天，黑到想不起世上还有亮光，肉体是我的吗？遭受日日捶打被击破，碎掉，踩进泥巴，灵魂已然赤身裸体，自尊是一层皮还是一坨肉？灵魂什么颜色什么花纹是雌还是雄？她真想变成人魂寄居的狼熊，以白厉厉的牙齿吞掉那些恶，一口一口咬死那畜生。她究竟有什么原罪，要一次次被老天爷抛弃？

为什么不曾自杀？四姑娘现在细回想，她的心里竟然从未生出过死字，一个闪念没有。有个声音一直叮咛，好死不如赖活着，你的福在后面，是赵先生的话；家里人都没了，你要替我们好好活着，是娘临死前的叮咛，她是留着一条命寻找那个福，寻找小蝙蝠的最后屋檐。

而她不知道肚子里早孕育了小生命，那恶之花。

也许生命走到极致，是无边落木萧萧下那种麻木的微醉感，生死荣辱皆是虚无。命运当你是狗，就拼命奔跑，当你是妓女就攒银子静待出头之日！

“不要看下半身在哪里，看我的头昂在哪里。”四姑娘眼睛盯住前方，夜风清凉。

然而这段经历令她后来在村庄也出尽风头，玩纸牌、支骰子、推牌九、打麻将，她上得了男人的赌场，就算远近村镇的老辣手们上阵，也得掂量她的手段。

她那时跟赌徒混在一起，赌博的技巧带三二意就烂熟于心，水平竟超过两个恶棍，后来都想要她在旁边指点，开始贿赂她。她略用计谋，撒娇打诨，令两个赌棍发生内讧，醉后火拼。

这只小蝙蝠趁机扑棱棱飞走了。她去的方向正是塞外土城子，昏倒在老吴那条街。

十一

四姑娘顺着残存的一点记忆往南游移，处处高楼，她突破门窗看人们吃饭睡熟的安稳模样，钱家老太的老宅不见了。找不到家路，她有些悲伤，秋风越来越硬，她在一条小巷里慢慢飘，想找一个可以躲风的屋檐。

忽然身上打了寒战，她和二十岁的她重合了。

星光暗淡，处处闭门，她是无枝可依的鸟悲伤又恐惧，见一老太太扶着孕妇哼哈地挪步，妇人疼得堆在地上，老太太拽不起来。四姑娘怔怔地看，老太太喊："快过来搭把手，这命快没了，要生了还出去，幸好碰到我老太太。"四姑娘赶忙跑过去，合力把孕妇搀进一家四合院，她马上烧水准备，手脚麻利眼睛好使，该递啥做啥都明白，老太太哪里知道这么小的姑娘已生过孩子，是过来人，她喜欢就留下了。

老太是接生婆，四姑娘甩着大辫子跟老太太出行，背包袱，打下手，看着学，村里人夸说，钱老太快收家里做媳妇吧。

后来四姑娘在自己的村庄里义务给妇人接生，她那么瘦弱，关键时刻可会喊号子，会按摩，把站着生转成倒着生，嘱咐孕妇多活动，但不要推碾子干重活，帮助产妇在适当的时候使对劲儿，孩子几乎都顺生下来。她发上戴朵红绒花，笑眯眯在主家吃饭喝酒，孩子第一眼见的都是她慈祥的细白面目。

一切必有出处。四姑娘心想那都是赎罪，为她不得已丢下的几个孩子，为她慢慢远征与真心人的会师。

看四姑娘梳长辫，穿碎花棉袄，细皮嫩肉，袅袅婷婷，太太长太太短，老太太就有了心。儿子钱英不是白给的，年轻的游击队长，夜半来天明去，走路大步流星，上墙爬树又身轻如燕。四姑娘趁着月色开窗，偷偷看过他，恰好他也一回头，阔脸浓眉大嘴巴，男人嘴大吃四方，四姑娘喜欢了，两下都怔住。不想老太太也一旁看到这幕光景，高兴。

初夏好时候，绿柳扶风，红杏坠地。老太太寻个稳妥的日子，叫了些亲戚办个简单婚礼。四姑娘顶着红盖头坐在炕上，满心欢喜，这里像家，老太太像妈，钱英绝对是个好男人。两桌乡亲在院里吃酒，都是笑声。

时间若停滞，她会成为好媳妇，也可能跟着钱英到游击队，当个女英雄。

可小鬼子突然进村扫荡了，婚床变战场，红妆浸黑血，钱英护着乡亲，老太太护着儿媳，都没了。村庄毁了，才点的红灯灭了。

四姑娘心里有牛角刀搅着剜，那般好人好家好日子，可她愣是没过上。只剩老太太用力喊出的一句话："家里没人了，替我们好好活！"像她自己的生母。

她欠这一家子情，后来那么多年一直顾着眼前的苟且，却忘记擦拭时光深处的金子，罪过。

如今她是孤魂，他们哪儿去了，我又从哪儿来？四姑娘怏怏靠在老槐树下。

十二

溯洄从之，道阻且长。迷乱中，她闻到一股子霉湿的槐花味道，灰色的薄雾下古都老胡同，她本能地捂住胸口，觉着要接近生命中的重要事件。

她回到二十世纪三十年代了，民国世界，杨柳风斜斜吹。

老槐树，四合院，四姑娘的身份是大丫头，侍候赵先生和太太。她区别于别的丫头，有自己的闺房，鸳鸯粉帐，文房四宝。先生常常宿在她的房里，讲唐伯虎点秋香，讲白乐天的樱桃樊素口，杨柳小蛮腰，讲苏东坡与朝云，也教她识字念诗，深巷明朝卖杏花，隔江犹唱后庭花，驿外断桥边，寂寞开无主，都念过的。

太太是个胖女人，吃斋念佛，四姑娘主要侍奉她佛堂上香，祷告。四姑娘后来总是呕吐，吃啥吐啥，胖女人的眉眼笑得花好月圆，待她更好上十分，亲自料理她的饮食，汤水到前，亲昵地抚慰她的肚子。赵先生也高兴，眼里藏着复杂的关切。四姑娘懵懂的，不知福祸，她还是个孩子，拖着沉沉的身子，在青苔湿重的院里走，在高墙厚壁的胡同里走，踩着一地的槐籽天真地笑。

是赵先生带她到京都的。他们从江南来，一路走苏州老街，逛杭州西湖，去扬州金陵，去大上海，她穿旗袍，绾发髻，涂雪花膏，点桃红胭脂，戴翡翠手镯，骑马，乘船，坐汽车，听戏，听书，喝早茶，甚至爬长城，她淘气穿男装和他一起奔跑喊叫，远离乱世尘嚣，就地老天荒两个人。

有时她会唱小曲儿跳琵琶舞，讨赵先生的欢心，他讲十里秦淮，讲苏小小的油壁车，讲钱塘江畔的女鬼用诗歌撩引情人，“黄土覆墙茅盖屋，门前一树马缨花”有多骇人有多美。

偶尔他做些诗文玩，她尚记得一首：

江南乌丝草，茂密又黑亮。
栽到碧窗前，傍着樱花长。

他爱樱花，称它八重樱，过了重重劫难定有开放之日。但她觉得是草命，韧行天涯，三枯三生。

赵先生说他一生都会记得这些日子，记得她的小曲儿，大笑时丹凤眼眯成狭长的柳叶。

四姑娘则再也没有过这样的良辰，这个亦哥亦父是老师是情郎的多重男子，给了她最丰富的爱，也打开了她一生坎坷之门。

十三

四姑娘，这个名字是红楼里的妈妈给叫出来的。赵先生拥着四姑娘出门，扔给妈妈一袋子钱。

那三层小楼香气满庭，有许多姐姐，白天睡觉，晚上涂得嫣红姹紫与男人唱歌喝酒，好不开心。也有哭的，挨打受折磨的。她五六岁，怕打怕饿，她很乖。妈妈给她洗脸，梳好看的头，穿花衣服，请师傅教习小曲儿，认字弹琵琶。她唱得好，妈妈就高兴，给她好吃的，给她花戴。

外面战事乱糟糟，四姑娘的红楼是后庭花，妈妈的教育世界就是灯红酒绿，女人就是要珠围翠绕妖媚千姿控住男人的眼睛和欲望，像秦淮八艳有名有钱也有江湖地位，一辈子吃香喝辣了。四姑娘以为人世就是如此，没心没肺地长大，转眼十五六岁初透妩媚，妈妈似乎对她有了感情，一直留在身边应承。

杏花春雨，楼头夜浅，芭蕉婷婷。这天来了一个儒雅男人赵先生，看了一圈姐姐们都摇头，四姑娘端上茶去，那人眼睛亮了，嘴唇微微一翘。那晚，四姑娘有了自己的小房间，妈妈亲自给她梳洗，盘头，开脸，描妆，上手镯，插金步摇，穿大红刺绣小袄长裙，拿高高的红烛替她在灯前照。四姑娘看到镜前的小美人，像画里的小仙子，比姐姐们都好看。她搂住妈妈开心地笑，跑来跑去向姐姐们炫耀新衣首饰。姐姐们恭喜她，妈妈却哭了，她不明白。

夜去晨来，四姑娘是惊蛰的小虫，随了春灯里的赵先生。先生讲了红楼里的利弊，讲了尊严人格自由之意识，在红楼里就是玩物，外面大世界才是她的天下。他也告诉她，可以赎她出去，恢复自由身，但可能给不了一个家，那时必须靠自己。四姑娘吃了智慧树的苹果，忽然心明眼亮，欲逃离妈妈铸造的“伊甸园”，不愿在泥潭里胡乱生活，只要跟他走，走哪儿算哪儿，遇啥算啥，她都不会生嗔怨。

妈妈抱着她哭了一场，四姑娘其实是才出蛹的小蝴蝶，不知外面的风浪，自由的味道如同新鲜的冷空气，着实呛了满腔。世界原来如此辽阔，日月山川美得看不过来。她的确和赵先生论过女人的生活，她觉得红楼里的生活很好，她不想下田，养蚕，做苦工。

赵先生说，那么你的灵魂呢？不管它了吗？灵魂需要自由，飞翔，需要阳光，勇气，需要跋涉，攀登，人才会有尊严有未来。她第一次听说了“灵魂”“自尊”这些词，懵懂而新鲜，不停地摇曳呼唤，为着这些词里的光辉，还有她的不服输脾气，她毅然离开生活十年的温柔窟。

“现在你是良人了，阳光，天空，河水，柳岸，都是新的。”赵先生牵她的手奔向广阔的田野大道。良人，美的人，新世界，她要为自己活一回了。

四姑娘生下的是儿子，太太乐得拍手念佛，并未给她看上一眼，直接抱给奶妈养护。不过半月太太就变了脸色，撤了四姑娘软床纱帐，拿走首饰绸衣，横七竖八碎砖烂瓦的话扔过来，常和她的赵先生剧烈争吵。四姑娘被迫下地当粗使丫头，住在下人通铺，最终寻个错处被赶了出来。

此时，四姑娘才明白，太太不能生，允许赵先生做生意路上相看模样好的贫家女儿，怀孕就带回家，孩子一生下，给点钱撵出去。也就是说四姑娘无非代孕工具，用完拉倒，想做小妾做丫头没门，纠缠孩子怎么整？

赵先生真舍不得四姑娘，但那是之前与夫人的约定，若留下四姑娘，她就掐死孩子。赵先生无法，这也是他想在红楼里找个姑娘的缘由，知道将来必要抛弃她，伤害她，但至少从悲惨的地方为其赎身出来，也算抵消罪孽。

他给四姑娘包上一叠钱，一对专门为她定制的南红樱花耳环，八重樱，一朵开满，一朵含苞，看着就喜兴，希望她像樱花逢着一片可栖息的土地。他给她一封信，送上黄包车，要她去南方某城找他的朋友，等他出门做生意必去见她，再从长计议。

然而失子，失家，失去男人的庇护，那一路青衣红袖的日子没了，厅堂瓦舍突然变作荒郊野地，周围都是嘲笑的狐仙，她失心了。

这道貌岸然的伪君子，都是陷阱，谎话，那些繁华那些好，她早该清醒的。她落魄羞愧，丢掉赵先生的信，想返回红楼至少有个屋檐，但是灵魂刚刚抽芽，强烈地扭向天空。她决意听从心的指向，挤进了车站，却是与赵先生说的城市南辕北辙。这一去，真个是乾坤翻转，欲说无从。

赵先生究竟是拯救她，还是毁了她？

十四

溯游从之，宛在水中央。四姑娘仿佛坐着船，看她漂流过的两岸，一处处都使她不安，仿佛她在替谁赎罪，她替那么多无辜的好人活着，唯有厚重的大地和苍茫的五谷，才能平息那些冤魂的怒气，平息自己的哀怨。

与赵先生的生活，小红楼里的生活都是她压箱底的故事，是耻辱不幸，也是她的灿烂华年。她后来不再记恨赵先生，命运的深渊四处破绽，她一辈子都在打补丁，往出爬！

她后来总在除夕日礼佛，有一天不食粥饭，把赵先生赠送的樱花耳环戴上一回，独自温了旧人旧事，神情虔诚而迷离。

她很少想起那个婴儿，她的第一个孩子，甚至不知道小孩的模样，小婴孩决不会知道世间有她，就像她早已模糊了家人，反是红楼里穿金戴银的妈妈深刻些，真疼她些。这一生的遭遇都源于那个女人，是她在母亲病死街头时，划来第一条船，带走了孤零漂泊的她。

天那么冷，那么黑，她五六岁瑟瑟的小样子，伏在冰冷的母亲身旁哭泣不止。战乱频发，家乡遭灾，父亲为保护家人被流弹打死，妈妈带着一家逃难，姐姐被匪兵劫走，哥哥去要饭再没回来。各自保平安吧，但凶多吉少了，妈妈是那么说的。妈妈的泪流光了，最小的女孩留在身边，她却得了伤寒守不住。妈不会想到她的女儿这一生走过多少地方，嫁了多少男人，受过多少委屈，只是喘上最后一口气叮嘱她："一定要活着，替我们活着，家里就你一个人了！"

那么多年，一个小姑娘自己教自己长大，先是听教坊妈妈的，后听赵先生的，后来就自己做主。她所在这一村庄的女人男人都算上，谁都没她走的地方多，见过的人事多，但从定居村庄后，她再也没出去过。

外面再新奇，不是她的城池，不是她的旧山河。她彻底变成村里的女人，一身汗水站在玉米地里，学会所有的农活，这是她最好的生活方式，稳妥，安心。

路上那些个男人都是她的渡船，她的行宫，没有人能截住她的漂流筏，享受晓风残月的安眠，她与他们短暂的结合，不过是付的船费，他们一路刮风接力，把她从南送到北，越来越粗粝，一株南方水岸的碧桃，活得像画，原也灿烂，却是坐不住果，直到成为粗朴的农妇，磕磕绊绊跟随老冯上山下地，首次扛起锄头站在春耕的原野，新鲜的青草味、丰厚的泥土味牢牢把住了她，她扔掉旖旎的小曲儿，学唱"社员都是藤上的瓜”。老冯是藤，她是攀上他的瓜蛋蛋。

第一个男人给了她梦，最后一个男人给了她一片安魂的地方。女人就是女王，最终要的是一个好男人；男人纵有万卷山河，也定为着河边浣衣的女人。

十五

“我这样经过山重水复的女人，和从一而终最远到镇上的单纯女人，哪一个更懂得幸福和安宁的涵义?”她觉得自己是坐在高坡上，看坡下忙碌而迷惑的众生。生命就是一场不安的流动，蝼蚁也有自己的三秋桂子四季海棠，这一生足够跌宕。

她飘飘荡荡寻找出生地，无锡、苏杭还是金陵，自然哼起了小调：

我有一段情呀，唱给春风听
春风替我问一问，为什么他要断音讯

再没有一缕可以打问的春风了，于故乡于父母她也是一去没音讯，每个人都是装满心酸的容器。

魂亦可以有思，像人的梦里有梦，四姑娘把这漫长的人生演电影一样，托入老冯的梦里，一帧帧阅过，进而看他的讶异。

“一个女人到底是多少女人的混合体?雏妓，小妾，侍女，老板娘，搭伙人，妻子，这树丰艳的樱花遭受各种劫难却屡谢屡开，越发繁盛，非狐即妖。”老冯做了人生最长最清晰的梦，怎么也醒不来。他惊讶不已，“这女人了不得，下世必还要她。”

突然公鸡长啼，老冯才猛醒了，他落下两窝苍泪：“老婆子这是叫我去了。”

四姑娘也立刻惊醒了。她走了那么远，走了一生处处繁华之地，最放不下的还是老村庄。她穿过茂盛的玉米地立在山坡，她的茅屋门前。

郎若北游来吃茶，门前一树山樱花。赵先生游魂若北行她的家门，也是客了。

她停下来，她的山樱花青了枝梗，结了骨朵，她要发芽了。她抬了抬手，手变作了樱枝；她动了动腿，腿变成了树茎；她仰起头看看就要亮的星空，脸变成了一朵朵山樱花。

树下肉丝、菜汤上，飘落樱花瓣。

四姑娘埋头煮茶烧饭。老冯踏着清明的烟火上山落地了，他摸着树，手叠在她的手上，脸贴上去，也变成了一株山樱。

第三辑

香草大院

良医握住猎枪，医苍生也医鬼心
枝头累累大蜜丸，予荒野这条麇鹿
吞进欢喜，把青涩还给草木
挖掘者嗅到神迹，掌中无限江山

樵夫·郎中

一

塞北原上，白雪猎猎，一九六八年冬天的风抽在身上比皮鞭蘸凉水还疼。太阳一冒头风才静了，蓝天枯土，十里八村山道上行人不断，他们脸色悲戚，急急汇在一条路上，奔往宋村。

一场简朴且隆重的葬礼正在举行，宋家大院行医多年的二大先生仙逝，赶去戴孝磕头的人已经排到村口、街道、河岸，一直到村庄最东头，大门内外都聚满了人，白布黑棺缓缓行，悲伤哭泣的人群一路跟到村西北山坡上，二大先生坐北朝南安下，对面南山松树青青恰是条龙岗，端的好风水。有大先生和先生后代坐镇，村庄一如既往安生。

“这二大先生能人哪，原先也不过一介农夫砍柴郎，愣是自学成事，一把银针一筐草药驰名乡野，有过半个村庄，百亩良田，娶妻三位，养活十四个孩子，带出五六位小爷都是好先生，十里八村受惠，能掐会算能断生死，说提前两天就让家人准备后事了，那个神道。”人群啧啧叹叹，传播着二大先生逸事。

说雪夜里，二大先生的两位小爷出去应诊，才过大河，听见山湾处有哭声，望去是个白衣女人依着家族老梨树抽泣。正是大老太太的影像，生前常在梨树下捡涩梨，用捂梨蒿捂得酸酸甜甜。爷们儿立刻朝天开了一枪，哭声白影不见了。山里林深，孤狼出没，夜间出门他们都带一把土枪。

家里儿孙晚辈正围着火盆与二大先生说话，突然听到他举起长烟袋锅子“当当”敲窗户，口里急急喊道：“快走开，别伤着我的孩子。”孩子们往窗外看时，两个穿着红棉袄的女人扒着窗户叫，“快回家吧，让我们等得太苦了。”孩子们吓得大哭，再一定睛，什么也没有。

第二天早晨家人给二大先生问安，发现窗前雪地一堆细碎的脚印，二位前老太太都是裹小脚的，皆心生恐惧。

二大先生黯然落泪，果断把家里人都招呼回来说话安排，两天后离世，享年八十四岁，其时最小的儿子只六岁。

二

“几百号人壮观的送葬场面，乡间两百多年未见，以后更不会见，就你家老太爷享受到了。”

我蜷在老家的炕上晒太阳，和串门的老爷子聊天。

“你双腿单盘，脊背挺直，说话的表情、腔调，都像你家老太爷二大先生。”老爷子笑眯眯地说。

我吃了一惊，暗喜。老太爷相当于我家族的汉刘邦、元世祖、清努尔哈赤，开基创业占一片山头，悬壶乡里，暖暖远人村。太爷子孙众多，我作为重孙女从未得见太爷仪容，而坐姿言谈竟与他老人家相像，这冥冥中可有什么暗示？我的身上会传承太爷的哪些品性，智慧，叛逆，威仪？

我最敬佩老太爷的是，尽管行医为生，一大家子仍以种地为主业，耕稼勤恳。元陶宗仪《辍耕录》讲过，“释如黄金，道如白璧，儒如五谷。黄金、白璧，无亦何妨，五谷于世岂可一日阙哉！”

皇上闻之大悦，我亦大悦。土地为实，五谷最重，间弄银针香草，或可撒豆成兵，薪火承传，老太爷明智。太爷根底是农民，又为先生，不曾做过土匪恶霸，跟贪官不沾边，所以家族后人才能坦然地读书种地晒太阳，他老人家也能安心地在黑白相片里微笑。

太爷自是一壶陈年药酒，我想瞻仰入酵前那一地的谷子高粱，但那时的月色早被一百多个春夏秋冬层层叠叠覆盖了，几许黄叶怎么呼亲唤友攒到荒野之初？我要学那考古学家弯腰挖掘，一层民国，一叠清末，小心刷去浮土，切忌碰碎青瓷黑陶，站在那片蛮荒的原野去。

三

太爷祖籍在山东老槐树底一带，种地为生，却也出过秀才的，但人多地少天灾人祸不断，生活艰难。《清圣祖实录》载：“人贫地瘠，家鲜益藏，遇岁旱涕饥号寒，比比皆是。”雍正朝下令“借地养民”政策，鼓励移民辽东、塞北，但大多家庭宁可半饥半饱都不肯走，抛家舍业且对前路一无所知。

道光年间，政府不得已实施强迫移民政策，划进地段的必须迁走，且放出风来，就老槐树一带村庄不移民。一时间四面村庄的人家开始投亲靠友，盖棚修屋，偷偷把家挪在老槐树底。这时突然有命令：只有老槐树一带移民。都傻了，仅有的钱盖了房，更加贫穷，但也只能变卖家产，拉家带口洒泪上路了。

说移民，其实是漫长的逃荒之路，那不是三五百里，是去遥远的塞外，荒无人烟，史上罪犯流放之地。车拉肩挑，呼儿喊妇，饥饿贫病，移民队伍一路凄惨，许多人丢了性命。部分手艺人、生意人、读书人涌进北京，艰难挤进大都市生活，大部分耕稼者继续北漂，过古北口后达热河地界，看去还是大面积荒冷草原，半游牧半农耕状态。

燕山月似勾，这才勾出人们的热情与信心，渐渐散开寻找栖息家园，我祖先们停居于隆化县山湾村，开地耕种，但一时来人太多，种了一年仍不够吃。

含悲忍泪，收拾家伙又走了百余里，这一回转入了丰宁地界，接壤塞外高原，天高地阔大了去了，荒山野岭，泉鸣兽奔，当年康熙木兰秋狝路过驻跸此地，曾作诗："烟沙一片塞天围，旧说秋高苜蓿肥。"够富饶，活命总没有问题，他们停止了跋涉漫游，开辟丛林，踏实落了脚，起名"宋村"。

十五里外即是老县城，乾隆爷御赐"丰阜康宁"，镶白旗驻扎，圈地跑马，从大路沟口沿着河岸几乎是笔直地奔向沟里，处子的山野曾经热闹一时，自清廷放弃了热河后，这里才衰败成了荒郊。

我的祖先幸运地选择了这片山野，宋永德和宋永顺兄弟俩各自率领着大家庭，大哥永德祖考虑到一条沟里挤着生存也艰难，带领他家那一支又转奔了石人沟村，开拓繁衍。

永顺祖就留在宋村，寂静的黄昏升起了宋氏家族的第一缕炊烟。接着砍树垦田，压间茅屋，疲惫的祖先就化为一盏犁铧，深耕鸡声茅店月。林子渐渐疏朗，空间大了，房屋多了，孩子的叫声响彻山野。

永顺祖带来五个强壮的儿子，第三支是我家祖脉，生有两子，行二即是我家老太爷，生于一八八五年农历十月，这个家族的叛逆者开始了他不平凡的人生。

四

我阅读《永生之书》，说斯宾诺莎家族每一代都会有一个孩子遗传有家族的大鼻子，并赋予此人超凡的才华和能力，给家族带来荣誉。

那么我的祖先本是农民，是老太爷率先叛逆，学了郎中，改变了自己和家族的命运。爷爷已经是位好先生了，非要做官，招致祸患。这又改变了大伯的命运，为复仇弃医从军。到我们这一代赶上开放搞活，职业各异，飞出的方式就多了。

老太爷三十七岁才学医成事，我突然发现，我亦是三十七岁有转折，在搜狐初试笔雨，二〇〇九年登上《读者》，开启了我的写作之旅，也因此才想追溯我的家族根底，想知道我的来处，不然太爷于我只是一个墓碑，一个符号。又察知老太爷下巴有痣，家里的能耐人老姑奶下巴亦有痣。而我的下巴自出生亦携带黑痣，相信我遗传有太爷的风骨和叛逆的思想。这一发现让我兴奋，腋上生翅一般有了飞翔的力量，至少家族这么庞大的分支，只有我能记述家族这一切，更深切地感受太爷的光芒与活力。

一切皆有缘由，当我重新审视香草大院，一种精神上的内在力量荡漾村庄。

底层农民最大的打击就是疾病，而一百多年来，因为我的太爷勇敢学医，这个村庄沐浴在草药的温情里，只有治不了的病，没有请不到的医生。感觉到爱和希望，人才充满爱和希望，村庄几乎没有丧失信心的人，没有自杀的人，风俗纯正。

温良的医术也给予村庄和煦的正气，我相信是祖先决定了这个村庄的精神和气质，温润，宽厚，坚韧，闻上去有远志和黄芩之味。

五

我刻意和村里的老人坐在一处，把话题引向过去。他们说，这个地方过去哪有平地，都是野生树林，都是砍伐树木，一镐一镐刨出来土地，这一角那一方，刨出房屋、小路、小街。

我的灵魂即刻荡游在野林间，穿过一片枫林到大爷家，绕过老橡树三爷家，跨过野山楂沟到五爷家，像普里什文端了猎枪在丛林逮到绿松鸡，梭罗在瓦尔登湖种土豆。

高祖爷但求家小安稳，有山可依，责令小太爷打柴卖柴，闹个油盐零花。那是个好樵夫，七仙女中二姐以黄梅调赞道：

> 手拿开山斧一张，肩驮扁担上山岗。
> 砍担柴儿长街卖，卖柴买米度日光。

小太爷果然是归来涧底磨刀斧，又作全家明日谋。外面兵荒马乱，深山还算闲静，《西游记》记樵夫一段为证："红瘦绿肥春正暖，倏然夏至光阴转。又值秋来容易换。迅速严冬如指捻，逍遥四季无人管。"

渔樵耕人自古不可等闲视之。像孔明躬耕陇亩，偏有刘皇叔三顾茅庐，小太爷歇在大石盖上，对着山门思索，可有仙人悄然落地？太爷生时，正是国父孙中山奔走天下，欲建设一个新兴的民国，太爷宋春秀也要做一钵馨香四溢的锦绣汤水，怀柔乡里，改变一个大家族的命运。

太爷打柴之地叫元宝山，古老的山戎文化遗址，三千亩地的石板棺材墓被盗得七零八落。草美林密，一度设有鹿苑，说道光爷木兰秋狝遇着一只麋鹿，一路追踪至此，天雨路滑，坠下山崖，忽升五朵祥云托住，外人看去，却是崖壁上一株矮松挂住了衣带。那株矮松因受了皇封终生不再长大。皇帝又命建造庙宇供奉菩萨，凤山书院有秀才作打油诗以记：

道光打猎宝山前，追鹿不慎落崖间，
菩萨相救脱凶险，修庙故事代代传。

小庙全石质，刻录：宝峰潭，道光十五年元月九日。庙门刻对联一副：风调雨顺资神佑，物阜民康荷圣恩。端的上下通透，蕴涵王气，且物阜民康与乾隆御赐的“丰阜康宁”同一源头，不是偶然。庙供菩萨雕像，内有鲜艳壁画，唐僧师徒西天取经，南天门上各路大仙。庙顶两端飞檐雕有硕大龙头，可惜“文革”期间菩萨丢失，龙头被人砸掉拿回家做了猪槽马厩，可是猪瘟鸡死。但这样的纯石头庙，在塞外也是独一份了。

当年真有道士守庙兼种五谷，元宝山顶面积宽阔，土壤黑肥，确有种植迹象。道士住在庙旁的天然岩洞里，称牛角洞。洞口宽阔，容百十头牛羊避风躲雨，越往里越细，越凉津津，爬行至洞尖，见一潭，水清甘冽，饮之消病，原是一片汪洋直通东海，三太子小青龙常在此玩耍，致水淹田庄，二郎神担山路过，发了慈悲，将雌雄两座山囤于此海，担来的二山正是元宝山的公山母山，只留个海眼，即宝峰潭。

这样明丽神奇的山水养出闲云善心，也能孕育医圣慈心。

六

太爷闲时跟着兄弟们读几天私塾，说话间娶妻生子，家贫但也安定，不幸至三十而立之年，第一位老太太病逝，付不起镇上高昂的郎中出诊费，太爷年轻的心遭受沉重打击。

好不容易积攒几个钱，第二位老太太进得家门，生下几位小爷姑奶奶后，又一病不起。太爷急了，牵着毛驴去镇上请唯一的先生。

第一次敲门，说来得太早，先生没起炕，等了一个时辰。第二次敲门，说先生吃早饭，又等了一个时辰。第三次敲门，又说太阳毒害了，先生怕晒中暑。太爷苦苦哀求磕头，许以一车木柴，求至中午，仍没接出先生。

太爷茫然地在大路上走，深秋的田野一片枯黄，正如他的心情再燃不起希望。病人还剩一口气，全家都等着他，他怎么回去？穷人根本看不起病，两任妻子都因病无钱医治，活生生两条命啊！还有许多乡邻病死的惨状晃来晃去，太爷脑袋沉沉，猛抬头见山上有微光闪耀，心里一震，是庙，据说非常灵验。

太爷信步拐过去，他产生了大胆的想法。他郑重跪拜，许愿，一定要自学中医，有朝一日若成名医，一定给穷人看病，没钱也看病吃药！

发送了二老太太，太爷又孤单一人养着一群孩子，每日背着窝头和《本草纲目》上山，打柴间隙，实如神农尝百草，依书中所录图形辨尝草药。有时弄药成痴，背一捆蒿草就回家，晚上煮水煎汤，依法研磨炮制，赶上谁头疼脑热的喝一碗，好了。祖爷爷不信，瞎猫碰了死耗子，直到老人家得了风寒，危在旦夕请不起郎中，才由着太爷熬一锅草根汤饮，竟是一天天硬朗了。这厢疑惑，一本书就能瞅出个先生来？

有时太爷沿着草药线越走越远，燕山山脉高而险，绕来绕去还是原地，大白天鬼打墙了。也吓个好歹，刚定息一会儿，蓦然一双贼亮的眼睛射过来，狼，太爷握紧了镰刀斧头。

狼去了，也累困了，忽见一挑挑儿的老头从山坳拐上来，挑里装的都是草药，给太爷指点迷津，说好好学，待成名后在这山上盖一座药王庙。太爷猛然睁开眼，原来太疲惫打个盹，是药王爷显灵了。太爷立刻对着宝峰潭庙宇跪拜，祈求保佑家族三代名医，定盖药王庙还愿。

这种起家说法玄妙而喜庆，依我的想法，药王爷真真等候太爷多时了。陆游《樵夫》说得好：

酸涩涧边果，青红岩际花。
贪随狙狖去，风雨未归家。

樵夫遇了神仙，一阵风雨遁林而去。

大门开开，年轻的二大先生走进来。

七

“你太爷那才叫瞧病。”串门的老爷子说。

“现在的医生那都不叫瞧病，啥都是问你，有时病痛隐秘复杂真说不出来，一紧张更不会说了。你太爷，不知道的，说不出来的，他都能给你说得清清楚楚，开方抓药，没多少钱还治好病。最拿手的是针灸。”

有天后半夜，有人哐哐凿门，整个大院都震醒了。太爷开门唬一跳，见一男人扛着一大卷花被子，直挺挺冲进来，嘴里岔了腔哭叫：“二大先生快快救命啊！”原来这媳妇睡至半夜突然全身抽搐，双目瞪圆，四肢僵直，气息微弱，挺了。男人赶紧裹上大花被，一径扛到太爷家。太爷立刻净手行针，一会儿妇人哼哼有声，肢体舒缓柔软，好了，终生再没犯过。

太爷抡板斧挑大担的粗手，简直是女人的刺绣，十指唤春风了。

这女人的男人就是同我聊天的老爷子。“你太爷，奇经八脉断得那叫准。”老爷子又伸出拇指赞叹。

有个小孩，别村自己走来看病的，太爷一打量，没等他说话，也没摸脉，直接让他回家了，治不了。他们家又让香头给看，也说不好，果然很快性命就丢了。能治，太爷不收钱也治，治不了，决不让他们花冤枉钱。

有个汉奸腿瘸，一走一点，外号齐歪歪，总想找太爷的碴。一日，那厮自感神清气爽，并无不适，偏一歪一晃进了大院，说浑身上下无一处不难受，请太爷诊脉，只待说得不对就聚众来闹事。太爷郑重摸脉，下笔开方：“想吃啥赶紧做，明天九点见分晓。”齐歪歪破口大骂，半坨身子快点地下去了，专等明日抄家伙砸太爷的招牌。

第二天八点半，齐歪歪忽然全身疼痛，气息不通，满炕打滚哭爹叫娘，老婆子说快去请二大先生看看。齐歪歪哼道：“还去啥，人家昨天就断好了，说过不去九点，看几点了？”一头歪炕上，挺尸了。

太爷没撒谎，没诅咒，从脉象上已断出齐歪歪患了绝症，不可治，不可活。

二大先生能断人生死时辰，不得了。太爷更出名了，似乎进入奇幻之旅，每天都有新发现。有个孩子一到天黑就看不见道，猫屋里出不来，村里人嘲笑他叫雀目眼，太爷叫他吃猪肝鸡肝，孩子晚上的世界亮了。一人泻肚，拉得魂都掉了，太爷采白头翁、苦参、黄连，煮水喝也止了。那些陌生的根茎花实、苗皮骨肉，都是探险的宝贝，生气勃勃的小妖，这个有来有去，那个有去有来，会点灯说话，会释放甘酸苦辣涩味，顺着羊肠小道通向愁苦的病人，亦是大山的慈悲。

太爷即是古时医师的严谨，必依着《本草》所说，分四时带着孩儿们上山采药，磨粉，炮制，亲自诊脉，下方，煎煮，只为掌握火候。今时医生多是一刀切就，不依四时变化，不识药品产地，不问代谢虚实，不管日月盈亏，实是乱用，治得一时一表，却落下许多内伤。

“你太爷，那是穷人吃药，富人花钱，仁义。”炕沿上的老爷子继续赞叹。

“富人看病，当场出钱；家穷的，药钱减半，比如四块钱，没有，给两块，也没有，那就一块，还没有，不要了。秋后，有心人一升米一升豆地还来，你太爷反要说谢了。”

樵夫的脾性，人命千金。太爷自学三年后，就没时间种地打柴了，四乡总有人请郎中，二大先生不管路远偏僻，拎上药箱就去，他牢记自己的誓言。

“穷人吃药，富人花钱！”也是宋氏家族多年行医的誓言，太爷开创，绵延千古。

大宅·出诊

一

二大先生出名了，老宅重新扩修也出名了，那是先生家。

太爷那时算有钱人，能盖更好的大房子，但他又与别人迥异，别人炫富吃穿造大屋摆阔，太爷则把钱用来村庄里办私塾，全村的孩子们不用花钱都可去听，识文断字更明白事理。

所以我说的大宅其实是一种空间感。战争年代所建，格局是泥石茅屋，窗户窄小，但那一扇大门和前后左右的田地树木，门前一条清澈河流，足以说明主人的胸怀，昭示这一大宅定有不凡的过去。后来我哥在老院的磨盘夹缝里，发现康德年间太爷留存的土地执照，这是一出惊喜，也是小日本侵略我东三省建立伪满洲国的罪证。

大院南墙外一条老果园子，山楂、槐树、榆树、杏、李、枣、樱桃。春天满院花飞，榆钱飞，火燕儿飞，六月杏子樱桃熟，秋天枣子红，天然的花果屏风。从前面看大院，只是枝叶缝隙露出点点屋瓦。

西厢房一排最早沐浴阳光，太阳从元宝山蹿过来，越过树脊到大院，正房六七间，太爷太太和小爷小姑奶奶们住。大门东大房大爷一家，大门西三爷一家，东厢房二爷、四爷一家。南房住长工，尚有柴房、仓房、农具房、牛圈、猪窝、鸡巢、碾子石磨，还有四匹马拉动的大胶车，很阔绰，四邻八村都没有的。

大院里最多住过多少人？四十八人，好热闹的烟火人家，十爷十奶都曾有的。

榆木的大门相当开阔，门上七排铆钉，自有庄严处，门闩扁长而壮阔，对小孩来说就是杠子，推关大门需要些力气，正好爬上去转悠悠。一次我的两个手指并排掩于玄关处，拽出来都压扁了，骨肉粘连，哇哇哭着跑回家去，父亲擀了药面，拿纱布裹在一处养，照旧还去压悠悠。两侧有大石礅，夏天凉风洞穿，间看整个村庄。高门槛，要提脚迈过去，是符合风水学的，能把一切煞星挡在门外。

二

太爷既成名医，盖庙还愿是顶天的事儿。寻猛人二老包，吃了一斗高粱米饭，把上好的石材尽都背上元宝山，请石匠打造全石质的“药王阁”，供奉药王爷孙思邈。农历四月二十八是药王爷生日，这一天，十里八村总有男女挎着篮子上山进香还愿，映山红像妇人的脸，红得极虔诚。

药王阁在东侧悬崖峭壁之上，不去爬一次真不知它的陡峻。年初二，我和家人去拜谒祖先的家庙，山野岑寂，一行人怕惊了山神动物，进了山门先放几个二踢脚，昭告一下，顿觉有了敬畏感和神秘感。攀越荆棘丛林颇费周折才上得山去。宝峰潭饮水，拜谒龙王庙，向东去爬家庙所在砬子棚，处处巨石陡壁黄榆，根本无路，只能抠着石头皱褶和石缝里的山榆枝上去，胆战心惊，生怕一滑掉下悬崖，想石匠是怎么把巨石背上去的？有神力也得有神助。药王阁居于崖棚处，两米之内寸草不生俱为碎石，之外密生着黄榆，树上挂霜，清静阴凉，东面崖壁恰是莲花形制，巨大仙容，真个好修行去处，太爷会选址。药王阁还新贴了对联，不知是哪一家年前上来拜谒，阁上干净，并无落叶，心上着实安慰。我们参拜，上香，感恩。

站在大院西厢房处，太爷当年坐在炕上也能看到元宝山，药王阁的香火随着初升的太阳渺渺传过来，仿佛一份迷离又坚定的关注。

满院香草，兰蕙生篱。鸡叫了，天明了，四房里都冒起了炊烟，孩子的吵闹声。各吃各饭后，长工下地，爷们儿出诊，姑娘上山采药，各房奶奶推碾子磨药。晚间，大门闭紧，房间亮着灯，半掩窗，太爷与奶奶们细细地和药泥，团大蜜丸……日久更深的美。奶奶们团着香泥，如同绣兜肚给情人，天然揉进了吉祥心愿，有了温度。谁能吃到我团的这一丸？想着就有一份远意。

三

大门吱吱响起，两个奶奶一左一右拉开大门，太爷缓缓走出来。清瘦的书生样，穿一件质地良好的黑色绸衫裤子，黑色千层底鞋，戴白色呢帽，骑肥硕的骡子，坐太太刺绣的鞍垫，有人牵骡引路，缓缓出大门，过大河，骡子脖上的铃铛有棱有角地响着。

二大先生出诊了。这在乡间是可观的风景，一些人站在门口看。

太爷归来，一到大河边，铃声响起，声传大院内。不得了，家中所有上下人等，务必放下正在做着的活计，自己收拾得干净利落，恭恭敬敬出门迎接，各房奶奶们分别搀扶下骡，我奶奶拿小笤帚轻轻扫掸太爷身上的尘土，递水盆洗手，泡一杯热茶于小炕桌上，太爷盘膝端坐好，奶奶再装上好烟点燃长长的大烟袋锅子，太爷深深地吸上一口吧嗒一抽，一股香烟袅袅升去，歪在东边的被子垛上，露出笑容。

这才算完事，大家方可散去。一旦主妇们做事出来迟了，或蓬头垢脸，太爷回家必要动动门后的牛皮鞭子，不知谁会倒霉了。

太爷讲究！这也算不得摆谱，世道离乱，养活一大家子人，起早贪黑，刮风下雨都得出诊，还要悉心带教几位小爷，实在不易。其实，老太爷性情中人，一到晚上喜欢大家围着坐，爱说爱笑，太爷常出门四处走，自然多见识，抽着长烟袋锅子，聊得山呼海啸。

而当时形势严峻，镇上早由万恶的小鬼子控制，搞人圈，种大烟，四野荒芜，灾民流离，太爷的风光也不过是全家人能吃饱而已。

太爷有两个不出诊。镇上伪满的官老爷抬着大轿来请，是别人眼里的荣耀，这要看好了赏钱多，可那是汉奸，好事不干，欺霸乡里狠着呢，给多少钱贵贱不去，太爷推掉了，他只是自学的郎中，才疏学浅，这病治不了，另请高明。

另一次，穿制服的大兵赶大马车耀武扬威上门，请太爷府上号脉。太爷早已从镇上行医的二爷处风闻消息，故意服了泻肚药，奄奄一息，蒙混过关。为官的一怒给大门贴了封条：禁止行医。且还多次上门找麻烦。

因战乱不断，山间野兽亦多，家中藏有长枪，怕被狗腿子举报，百姓不准私藏枪支，二爷提前拿油布包起来，沉到大眼井里。但伪兵还是闻到味来了，逼迫大院各房的人说出，大皮鞭抽一家之主老太爷，让交出枪来。真交出来，大家都有生命危险，老太爷七十多了，面容更清瘦，但硬气，决不说有。这时二爷快马从镇上赶到，冲上去挡在老太爷前面，“家有千口，主事一人，这事老爷子不知情，问我。”鞭子立刻抽向二爷，白衬衫顷刻间裂成血条子，亦咬牙说没有。最后不了了之。

他们哪能禁得了老太爷和爷爷们行医，骡子惹眼，不骑，老爷子不顾身体带病，晓行夜奔为乡亲看病，赢得十里八村的尊重。

这时的太爷会不会更像樵夫，怀着愤怒，闪着狡黠，星空月下，穿河过桥，急如流星赶月，手中药箱如板斧？喜欢这个老爷子，重孙女双手抱拳，向您朝拜！

四

那姑娘，前发齐眉后发遮肩盖颈，胸前双搭狐狸尾，脑后飘摆雉鸡翎。是说书的。姑娘单眼皮目光炯炯，看人看物毫不躲闪，一条大辫晃在前，蓝布包袱挎在后，千层底布鞋，骑着太爷标志性小毛驴，旦辞大河去，暮至黑山头，上坡下梁，左沟右岔，进的都是高门大户，那些太爷看好了病不给钱的癞皮家。一番唇枪舌剑，风雨冰雹撅过去，搞定，出村，驴背上搭满了粮食，布褡裢也鼓了，高高兴兴回家。

老姑奶奶，家族花木兰，债主们可是闻花丧胆，早早备好了银子是正经。

“别人要不回来的账，单这姑娘出马，决不走空，这些孩子就她淘气，敢顶撞我，不怕我的鞭子。”太爷拄着拐杖站大门前，看姑奶奶过河，一脸笑容。

姑奶奶交完账，立刻看管弟妹玩耍，又帮老太太烧火做饭，听着太爷给小爷们讲草药针灸，也暗自跟着念，又拿医书琢磨，定要日后当个女郎中。后来果真姑奶奶走得远，到城市开中医诊所，专治疑难杂症，近九十岁了不聋不弯，还气贯长虹下江南，上云贵新疆，老也燕山胡骑鸣啾啾，那精气神，无敌。不在话下。

这时三爷挎着药箱出诊去了，门外一辆驴车早候着了。

村里有一家成分是富农，儿子老大不小还打光棍，急得四处求人。

恰好邻村有个姑娘得了精神病，疯疯癫癫往出跑，捆在家里亦不消停，那日突然昏厥不醒，以为命丧，要停地下了，父母仍不甘心，传出口风：谁家能出钱给她治病，治好了就嫁给谁。这个好茬口来得正是时候，他家遂出钱，请三爷去治疗。这关系着一桩美好的婚姻，三爷即怀着美好的信念尽力诊治，草药针灸双管齐下，一个月后姑娘神志清醒了，欢天喜地嫁过来。

三爷的房子盖在老院的牛圈上，牛圈旁边是碾道，三奶奶日日在树荫下套着毛驴轧草药，筛药面，头发、脸和眉毛都布上细细的绒毛，活像黄毛仙姑。碾道不断下陷，再垫起来，太阳一次次从树东边掉到树西边，南园的山楂红透了。

小叔登上墙头喊："摘山里红来！"各家孩子们跑来了，拎着小筐小笆斗蹲在草地上捡。小叔早爬上树，拿长杆子啪啪打，红果四处蹦，砸在石头上碎了，砸着谁的脑袋了，妈呀一声叫，树头疏落，映出蓝天来。

三老太太带走的两个孩子，小爷爷和小姑奶奶也在，他们不愿在新家过，结伴溜回老院住在三爷家，吃糠咽菜也要同家人在一起。半大孩子正是长身体时候，能吃能喝，这一大家子十来口，三奶奶过年过节做豆腐，那都不能过包，直接点卤水压成块，尚能吃上几天，不然狼吞虎咽一顿就没了。

牛粪坑发家，三爷后来全家都升到市里了，那个荣耀。

五

一有喜事，大院就热闹起来，当年从大院离开的亲人一车车都回来了，爷爷奶奶姑奶奶叔伯们在院里四处寻找当年的痕迹，给小辈们讲述大院过去。小辈们满怀兴趣，这是根，是我们的基因之源。

“你们宋家就是先生多！”外人这样感叹，仍是一喜。“穷人吃药，富人花钱。”他们带着誓言开创来路，我们诞生在路上，并得着百年香草的滋养与庇护，也会将这份荣誉和恩惠带给我们身边的人！

三老太太

她是童养媳，男人是个伪满军官，一家子大小螃蟹，惯于欺压弱小，每个人都有专门揍她的棍子，有个茬口就挨揍，三天两头不给饭吃，她像灾年地里黄不拉叽的玉米，现成的外号就出来了：地里黄。

男人闷了就长喊“地里黄——”，她跌跌撞撞跑过来，像一只破了翅的灰蛾子，他扑哧一乐，笑容稳当当在脸上，棍子可就下去了，看她捂着屁股小母兽般地叫，迅速收起笑容，抽大烟去了。她跪下来侍候。

她天不亮就起床磨面，漆黑寂静，细胳膊细腿带动沉重的碾子，仿佛能把她的苦难压碎，她像雨果《悲惨世界》里的珂赛特，迷茫中也会唱歌祈祷：

> 有一个仙女穿白衣，抱着我唱着摇篮曲。

停了磨面才出会儿神，老婆子早赶过来，鸡毛掸子脑袋身子一顿抽，或许也拔下溜尖的簪子一通乱扎。

这时，有人报娘家哥来了，娘家打听到姑娘遭罪，挨饿，想着送点吃的。老婆子连忙把她推进后院柴房，上了锁。她嗓子喊哑了，深宅大院抵不过一声砖头落地。娘家哥见不到妹子，寒暄几句走了，留下半袋子烧饼。

她哪里吃得上，老婆子当着她的面，把几个圆滚滚大烧饼哗啦倒进猪圈，龇牙一笑："你都没我们家的猪金贵，还吃烧饼？"她饿极了，疯狂推开老婆子，叫喊着跳进臭烘烘的泥垢，抢着一块，不管带泥带猪的唾液，急忙吞进嘴里。猪转头就咬，老婆子一帮人哈哈乐，她蹚着泥赶紧爬上来。老婆子一皱眉，一伙人上来，连踢带踹。

她拼死也要离开这地狱门。她跪求老婆子和男人放了她，求家里来人赎买。老婆子大烟袋锅敲敲她的头，极其温柔地说："拿啥钱，都是一家人，想走也成，留点东西做念心吧，一截手指头。"吧嗒一口烟，咣当扔下一把菜刀。

小媳妇的脸一定绷得红了，要炸开。她拾起菜刀，一步步走到八仙桌前，眼里射出根根银针来。她把左手小指单摆在桌上喊道："你看着！你们都看着！"她突然挥刀，剁下。小指头叽叽叽蹦到老婆子脚下，血花溅到老婆子脸上，老婆子惊呼一声，晕倒了。

小媳妇拎刀而去，一干人都惊住了，竟没有人拦她。

家总是暖的，她又恢复面容姣好的小女人了。有人来提亲，她一定要亲自相看，回绝了不少。这一次来的是年轻的郎中，个头高挑清瘦，家有良田，为人正直，名声很好，她笑了。

迎亲的来，她满怀喜悦上车，撩起红盖头一角偷偷看新郎，是那个男人亲自来的，骑着大马，穿着新绸衫，面含笑容，引着她到了高门大院，大门开开，大红对联，院里喜气洋洋，全族的人都恭恭敬敬迎着她进门。她放下盖头，怀着喜悦拜天地入洞房。

酒阑人散，安静了，天黑了，红烛高烧。男人悄声进来了，也不闩门，长烟袋锅子挑开红色珠帘。

小妇人睁眼一瞧，愣了。是个老头，那清秀的后生呢？新妇突然醒悟，惊慌间夺门欲逃。

老头不说话，一手扯回来，拦腰抱起扔炕上了。妇人立马灵巧地翻身下炕，奔着门使劲。老头再次拽过来，扔炕上。有把子力气？但不是她想要的，还是死活要走，跪下央告。

老爷子斜视妇人，突然抄起门后的皮鞭，把妇人摁到炕沿上，抽过去。

妇人哀声告饶，再抽。妇人瘫软在地上，老头一笑，扔了鞭子，把妇人抱炕上。这才转身，咣当拉开门，喊声“滚开！”窗下一拉溜他的小爷们听房，哧哧笑着跑开了。

樵夫的脾气，强悍！小妇人到底服了这份强壮与威仪，第二日就喜欢欢地坐在庭院，对着大太阳梳妆盘髻，断了一截的小指头羞涩地握进手心。此后西厢房里夜夜红灯，小巧玲珑的妇人马不停蹄，大院里又多了两位小爷四位小姑奶奶，一院繁华。

太爷命硬，两位太太先后离世，屋里冷清，大爷那时已经去世，一切由二爷出面张罗，相亲与成亲都是二爷亲自安排，舍身替代，太爷只等欢欢喜喜入洞房。

太爷懂医，自然知道护养身体，儒雅有余。太爷为人极好，轻易不呵斥屋里人，听听哪个孩孙哭了闹了，都出来看看，拿吃的哄一哄。早闻说小妇人的逸事，喜欢她的骨气，自然极宠爱的，而大院的人哪个敢不顺着她，叫老太太，去哪儿都坐上太爷的骡子，穿绸衫戴玉镯小有风光，算掉进福坑了。太爷闲了又教三老太太认字，读医书，学把脉针灸，不上几年，竟能帮衬太爷行医看病了。

太爷走后，没老的庇护，也怕日后空落，自己的孩子都小，指望不上，老太太早有了新主张，暗中托人给自己寻了后路。二爷率弟妹孩子跪倒半个院子，苦求太太守在这里，定会如亲娘一样孝敬到老。这样的阵势，换个女人早会泪流满面地应承了。老太太瞪着二爷，不改初衷，她或许心中有恨，就是眼前这个年轻男人晃了她的眼，造成她的年轻守寡，她握着自己的小指，尖锐的痛楚袭来，她目露坚毅，一定要走，摆脱寡妇的命。

三老太太雇了一辆马车，捣鼓走太爷许多东西，包括一些珍贵的医书，带走四个孩子，再嫁了。

亮了近一个世纪的西厢房，再没点过一次灯。二爷四爷搬到外村行医，又走了两拨子人马，香了几十年的大院顷刻间零落了。

老太爷的坟前石碑上，只刻了贤惠早逝的大太太二太太名字，少有人说起三老太太，只有家族的大团圆照片里，她还在。

她端坐太爷身边，细眉秀目，粉面含春威不露，一群女人和孩子布列左右。她年纪不大，却是大院最大牌的女人，老鼠没毛，长在辈上，我对她仍充满敬意。

大先生

我的意念里，爷爷只是一个我敬重的旧人。人易与人亲，与一段历史难亲，就像老家只种玉米不种麦子，尽管天天吃面，我唯对玉米亲近，对麦子只有敬重。

爷爷是大房大爷，长得最像老太爷，他的第一声啼哭一定震撼了整个大院，并寄予担山养家的厚望。但他三十三岁就屈死外省了，那时大伯十三岁，父亲七岁，老叔三岁。

爷爷从小受太爷的熏染，行医为人都有太爷的光彩，且为人厚道，名号大先生。如果安心就做个医生，爷爷一生吃穿不愁，平静度日不会有什么差池，然爷爷也是家中的叛逆，名声在外后，一群狐朋狗友围绕，撺掇爷爷去乡里谋了官职。

太爷越到晚年越神，五行八卦经络学说天长地久地浸润，又熟读《易经》，他往往料事有度，以为家族三代以内不宜官，官则伤。真不希望太爷言中，但事实是因官要了大爷的命，我们这一支少了爷爷的庇护与教导，但现在说起来只有怀念，爷爷只不过想开拓新的人生，是他生错了时代。

刘姥姥说："守多大的碗，吃多大的饭。"明白的不多，新官炮着蹶子要上任，哪里浇得灭那三把火。

大先生善良耿直，为民做主，凡认为上面的指令不合理，则拒不照办，敢于顶撞上头，乡民自然是喜欢，乡绅官僚不乐意，上头更不高兴了，联合起来欲整掉他。几个大地主请大先生吃酒，暗中点烧了一间仓房，而后报官，嫁祸于他，爷爷被以纵火罪投到满洲国的监狱，辽宁阜新。那地方十个进去，九个出不来，出来的一个也是废人。皮鞭蘸凉水抽，坐老虎凳，灌辣椒水，电影里的英雄受难说的都是爷爷。爷爷骨头真硬，绝不屈服，吐血大骂那些“肝胆相照”的酒友。

太爷无限哀伤，烟袋锅子捶击大门：“这人完了！这家败了！”虽知无力回天，仍命二爷卖了大片田地救赎。二爷行医在外能挣钱也会做事，认识一些头面人物，扛着大袋子洋钱去热河省送礼，那洋钱都不能数，得拿粪箕子直接撮。

地没了，钱光了，大爷人没捞出。但二爷真看见了大爷了，大爷并未判死刑，被押到煤矿挖煤，特别瘦弱，伤痕满身，挣命罢了。等二爷再次凑了钱去赎大爷，说已经得了伤寒病死了，尸骨被草草埋在乱坟岗，连草席也是没有的。

他自己是很好的先生，满腹的药方，可惜世间无药。

二爷慌忙打听到地址，荒草野坡，乌鸦急叫处，他在坟前立了木牌，返乡。

太爷料想到最后的结果，但不甘心，他重视大爷，就是尸骨也要运回家安生。那年月这差事不好做，兵荒马乱时节出门也许就是天涯，是豁出性命来的，二爷是有担当的爷们儿，兄弟情长，不辞劳顿再上东北。但是待二爷带着人再去时，木牌早没了，乱坟被平，秧苗青青了。二爷跪在田边，磕头长叹。

后来家人常梦见爷爷穿着破烂衣衫，从西梁道上跑回村子，喊叫着敲击老院的大门。奶奶不知流了多少泪，奶奶去后，家人又梦见爷爷踉跄回来，欲闯入奶奶独居的墓门，可是撞破头也打不开，因无肉身，亦无衣冠，只好呜咽而去。人怎会无魂？

十三岁的大伯为报仇参加革命了，老太爷亲自送出村口，老人家明白，医能救病不能救人。大伯年龄太小，没有枪杆子高，但做事机灵，给热河地区领导当通信员，常被委派重任，但部队为保存实力大撤退时，他和一些病伤员被送回家等候。大冬天大伯还穿着单裤，奶奶立刻借钱买布，赶着做。

这是相当危险的，解放军一走，胡汉三们就回来了，后账一定狠算。邻村一位军官受伤在家养着，被汉奸告密，那汉子正越墙上的当口，破门而入的大汉奸抄起打场用的长叉子掷过去了，直中心肺，当场身亡。这算痛快的，被抓住了没好，粗砸还是细砸？粗的大石头直接削，脑浆迸裂，细的就恐怖了，有几个年轻头目被抓到凤山戏楼，他们穷凶极恶从脚指头一点点把人砸碎，那些个好汉，除了破口大骂一声不喊疼！壮烈英雄！

还好有二爷在镇上关注风吹草动，天快黑了，二爷骑着快马从镇上跑回到大院报信，说汉奸齐歪歪一瘸一拐往镇上去了。

老太爷一听就觉得要坏事，果然大伯说在路上遇见齐歪歪，还唠了几句，根本不知他早成了大汉奸，一定会告密的。奶奶还在飞针走线，棉裤就差一条腿了，老太爷急得拿烟袋锅子哐哐敲门框，“还穿什么棉裤，赶紧逃吧，不跑没命了。”

大伯不敢怠慢，跟着二爷奔大东坡方向逃跑了。不到一刻钟，村庄鸡飞狗跳，大门被砸开，伪军端着刺刀闯进屋里，挑开被窝找人。

二爷带着大伯逃往二奶奶的老家隆化石砬子沟。随后就有两个陌生人进村探问，在辘轳井台遇到的正是太姥爷，亦是沉稳的老人，脸不变色回答说未曾遇见生人，挑上水桶不急不缓回家报告消息了。二爷赶紧带着大伯继续逃向热河，不料下车后仍有兵严格检查，二爷机灵，掏出几枚洋钱塞过去，趁他们愣怔时，拽上大伯快速闪进人流。

二爷舍出了性命来救大侄子，所以二爷后来遇到性命攸关之事，大伯也是舍得出性命，他们都是我热血沸腾的前辈。

大伯后来给爷爷雪恨了，解放丰宁时抓住了与官府勾结的大地主，发动群众，批斗恶霸。但爷爷的魂魄依旧不安，哀声幽咽。

关山四面绝，故乡几千里。

爷爷，何处青山不埋忠骨，有坟山大人未必念，黄土一抔儿孙常系。请安。

奶奶

太爷重长房，大院正中三间老草房，归了十五岁的大少奶奶。

还是黄毛丫头，上有会摆谱的太爷太太，下边那么多小爷小姑奶奶，还有陆续说进来的新奶奶，奶奶拿得起来吗？

奶奶放上大桌子请太爷上座吃饭，太爷叨着烟袋锅子，立起眼睛视察桌子洁净度。他要求不怕东西旧，一定抹得精光闪亮，他在桌角发现一点污渍，立刻拿大烟袋锅子当当敲桌子，脸沉得挂不住肉了。

“快叫大先生来，看看这桌上啥东西，是拿扫帚扫，还是雇个木匠刨一遍！”

太爷这话说的，真难兴，但他不直接训斥女人，这是老人家德行好。后来每每去给太爷上坟压纸，或端详老人家的黑白相片，斯文清秀的面目怎么会斥出那样有趣的话来？

大先生赶紧跑过来，拿过太爷的鞭子，拽过奶奶象征性地抽一下，得给老太爷面子。

爷爷遭受陷害，奶奶熬成了一枝魂，三十六岁的额头上骤然堆起千堆雪。

望云云去远，望鸟鸟飞灭。

孩子都小，奶奶跟着一群老爷挑担扛袋，拉犁耕田，养活家小，解放后还挣得铁姑娘队长称号，要强的奶奶累得晚上号哭。那时我母亲已经过门，同孩子在门外陪着哭，后来透过窗影看奶奶在灯下刺绣，安静了。

奶奶盼着丰收，但丰收的粮仓即刻空了，奶奶还是有米无锅，有柴无灶。

长夜落寞，奶奶好赌个小牌，又总输个惨淡，秋后粮食一升一斗地量给债主，且还不够，只得给人家做针线，夜夜熬。又要当男劳力使唤，去队里铡草喂羊，那大寒冬腊月，西北风比刀子辣，奶奶衣衫单薄，早起晚睡两头顶着星星灌大风，冻出了憋气病，一口一把的麻黄素扔嘴里，还抻着脖子喘。

奶奶又是存不住货的，但凡有点节余，即刻大锅炖肉，今天不管明天的事儿，过一阵子又穷个丁当了。奶奶像只寒号鸟，春天一来就精神，重复种田、输钱、还粮、替人做活的艰辛日子，直到孩子们都长大自立。

许是人多家贫的日子过怕了，奶奶似乎不大喜欢我们家，孩子多，我父另盖房子搬出老院，但见我们跑着过河去大院玩，奶奶冷着脸赶紧关上大门，“一帮讨饭的羔子。”是她常说的话。

父亲给奶奶耪地留下吃饭，带上五岁大弟，奶奶就让弟站在桌旁看，不递一双筷子。父亲竟也不敢说话，眼泪含眼圈吞半碗饭顺肋骨下去。但我们姐妹尚不懂世故，依然扑颠颠敲大门，帮奶奶推碾子，去井泉抬水，歪歪斜斜穿过野花小径。

那年清明风很大很冷，堂姐千里奔回，上山祭祀。堂姐蹲在奶奶的坟前小声地哽咽，总也不能回乡，压抑了十多年，都成心病了。堂姐三个月大时亲妈离开，她是由奶奶带到十二岁的，奶奶脾气不好，也常掐她，拿她撒筏子，但堂姐记着的永远是好：“隔几天，奶奶会给个鸡蛋，让我去买几块糖。最难的是奶奶守了三十五年，到那边还是孤单，爷爷不在。”

回到老院，看到百年大门还是旧时样，堂姐唏嘘，指着门前四四方方两个大石礅子说：“当年我常站在上面大声地哭，奶奶上山干活回不来，我饿，老太爷就在院里叫，孩子饿了吧，快进来拿个饽饽。”老太爷慈祥。

奶奶千秋之后，是从我家小院抬出去的。奶奶刚强，直到病重自己不能做饭了，才肯让我父母接过来，六个孩子亲亲热热叫奶奶，三姐妹与奶奶一屋睡，要汤要水都不用下地。

奶奶去后，她的小屋堆放米糠，隔一阵子我们就去装一袋子，小屋阴暗幽凉，仿佛奶奶还坐在炕头咳嗽，赶紧装完逃走了，门画上抱着金黄玉米的大姑娘灿烂地笑。

我收着奶奶的刺绣针灸包，小钱包，妖娆妥帖的粉莲碧叶，魅极了。

奶奶心里一定有过那么一段日子，像春天一样，成一小片景，一小朵云。景云是奶奶的名字，有闺秀气。

不醉不休

塞外流行一句酒话：东走西行，喝不过丰宁；南来北往，喝不过围场；走遍天下，喝不过隆化。酒桌上若有这些朋友，人人都会喝爽了，喝透了，喝服了。家中有来客必是一天三顿酒，倒下再起来，不走不算完，让人发怵，但那份情意，实在又痛快。

四方大红木桌子摆在炕上，白底蓝花瓷胖肚小酒壶汩汩淌出热热的酒，同色小酒盅满得要流，小孩的筷子敲着老虎、杠子、鸡，大人们划着拳，吆五喝六，不管输赢，那叫一个快活，无拘无碍。晚间至月上树梢，客散，送出柴门，微风吹着残酒冷香，很舒畅。

我的小爷爷是酒场上出名的风流人物，为人豪爽，仗义疏财。上桌前，跷个二郎腿自拉一段京胡美滋滋地唱上一曲，悠闲静雅。上桌后立时变化，一定要喝个惊天动地，鸡飞狗跳。从这家到那家，下了这张桌，再上另张桌，说不完的话，喝不完的酒，红脸变白，热心变冷，过会儿就深仇大恨地吵闹起来，从炕上到地下，从院里到门外，再到街道上，继而跑到东山根、后梁上，一群人跟在后面拥拉抱拽，像娶亲一样热闹非凡，直到小爷美貌的小奶奶袅袅婷婷从镇上骑车来接，方才软下，服帖帖坐在后椅架上，搂着小奶奶的腰回家了。

村里这才寂静下来，人人都如醉了一样开怀着，感叹着，意犹未尽。我那时还小，简直把小爷崇拜得五体投地，小爷就是明星，就是侠客，一来便满村酒香，一醉就让整个村子都歪歪斜斜。

偶有醉后不刮风闹雨，小爷与孩儿们捉猫上山，捉鱼挖河，哪是爷爷的矜持。

一葫芦春色醉山翁。一葫芦酒压花梢重。

村庄也有人家热闹的，但都没有我家闹得有趣。我家这么好。

小爷喜欢我父，他的侄子。母亲备饭，小爷歪炕上要看书，我爬上柜子拿本物理。小爷盯着书看，一页没过，早山风吹拂柳梢荡月了。

醒来一跃地下，说声天王盖地虎宝塔镇河妖，摘下墙上京胡，背倚酸菜大瓷缸，端坐凳子上跷起二郎腿，吱吱呀呀校起音来。

老乡！小孩子排坐在炕沿上，大姐外屋烧火棍挑帘露一脑袋。小爷摇头晃脑又拉又唱，眼睛瞪得铜铃大，一段标准的二黄原板：

我们是工农子弟兵来到深山，要消灭反动派改地换天。

寂寥的黄昏亦歌亦酒，有如枯涩的黄土坡上开了一树杏花。村里有雅兴的，哪有我家的地道。我家这么好。

江山未曾老，儿又称好汉，小爷的长子更能喝酒。只可惜，媳妇绝不是当年小奶奶的温顺。当年小奶奶产后刚出月子，蒙着头骑车十几里到村上接小爷，小爷就有豪气，是个爷。而小哥的媳妇自己还要耍出姑奶奶派头，二人往死里打架，破裂，走人，小哥更喝得桃李无言，烂醉成蹊。没有个眼前人救命，胃出血，胃瘘，再喝，死神不客气了。

别的恶习只是扭曲智慧，酗酒则完全颠倒智慧，而且打垮身体。蒙田老先生四百年前就说过了。小爷爷又喝得混沌了。他的厚望被酒精淹杀，悲哀在泡沫里招摇，拽着弱瘦的身子且笑且哭，天意苟如此，且进杯中物。

对着两个长醉不醒的酒鬼，日日担惊受怕，谁总有心情桃花面。小奶奶有时真要疯掉了，想下狠心整治下这爷儿俩，不让进门冻他们一夜，拿擀面杖擂得他们哭爹叫娘，还喝那猫尿不！

看着那老核桃一样的脸，想着小爷从前的俊逸，小奶奶的一滴泪落在核桃纹里。小爷上了年纪总还是乖多了，酒少了，酒回来后也讪讪的。

自知理亏，灯下和衣睡。

小爷每晚蜷在小奶奶的沙发椅上，陪着小奶奶看花看草，看电视里的爷们儿嘚儿嗒地干杯。酒都藏在地窖里，小爷忍着，二十年后又是条好汉。哥俩好啊，拳来了！

赤脚大仙

是个庄稼人？

老太爷是二大先生，爷爷是大先生，二爷爷是二先生，到父亲这辈，因排行为二，号称小二先生。热河医专毕业，本在乡卫生院，村医三爷一去城里，父亲就回村了。

小二先生一身汗水回家，房檐挂上锄头，未及水米粘牙，屋里早有人哼嗨地等着。小二先生马上转成一个老医生的面容，小榆木桌子上摸脉，听诊，问询，说病，低头思忖，开箱包药，认真标注吃法，如家中没药，小楷写出工工整整的药方来。

父亲给病人瞧病，定有着老太爷的风范。不分贵贱，不拘结着怨，有个无羞无耻的姑娘，昨日还红口白牙骂天骂地，今天就气壮无愧地来看病，父亲照样十二分地庄重。他倾听病人倒出一碗碗苦水，再说出他可能有的症状，父亲解释，节气的阴晴燥湿，遭了悲欢离合，一日三餐或积或化等等。虽是一病一方，而剂量有增有减，君药或变作了臣药，相宜许就变了相恶。小小方子千斤重，这过程就如作曲，几味药掂量来去，虽依律献韵，但也有着千般变化，应治不同病症，这就是一个好中医的妙手莲花。

父亲最拿手也还是针灸。村人身子骨发紧，都找小二先生来一针，松松筋骨。

一女孩中风腿脚瘫痪。父亲说，两个选择，一个是急治，一针我能给你扎好走了，但是如果再得一次中风，就不能治了。一个是缓治，慢慢针灸扭转过来。她选后者，扎一个月能走了，稍有一点点趔趄，比瘫在炕头是天堂了。

几个人抬来一个大男人，肚子胀得牛大，憋得犄角都快顶出来，老牛般哞哞哭叫。父亲不慌忙，取出银针，颤颤地扎下去，轻捻慢拢，一时三刻，病人放屁连连，腹部眼见得瘪下去，脸色泛红，一会儿站起来说说笑笑回家了。

一男眼底出血，多家医院不治，最后找到父亲。父亲说，我给你看好了，你别高兴，看不好，你也别怨我。他拿出最长最细的银针，顺那人太阳穴颤颤地扎进去，周围人大气不敢出，看着都害怕。结果扎好了，那人一生眼神清澈。

号脉，父亲也是高手。

沟里急匆匆下来个毛驴车，车上的人叫号不止，要拉镇上看病。父亲正好在门口，说快停下来看看。父亲一搭脉就知晓了，急性阑尾炎。父亲很严肃地下话："镇上二十几里路颠簸，人就穿孔了，赶紧抬我家去，缓解了再说。"父亲拿出三棱针，对准阑尾穴位扎进去，立时痛减，竟是不疼不叫，下地走回家了。父亲一分钱也不收。

一女婚后多年不育，搭了几个大梁来找父亲开药。父亲摸脉，问她是不是经常泻肚，女人说是呀，这也与怀孕有关？父亲说已致宫寒，不易怀孕，有胎也坐不住。用个不花钱的法子，田间地边有那小小的紫花地丁，全草熬药，吃上十天半月，就等着抱大胖小子吧。果然。

一个母亲忧愁满面带着女儿瞧病。父亲一搭手，脸色凝重，说这病不大不小，不轻不重，但不好说，还是到镇上再诊诊吧，要尽快。那母亲面色难看，似乎埋怨父亲不好好确诊。第二天那母亲又来谢父亲，说了一车医道高明的好话。父亲一下就摸出那女孩怀孕了，但女孩未嫁，不能说出，给人面子，是医生的含蓄有礼，她们自会揣摩父亲的良苦用心。

父亲看的是病，心里却是对人，用现代的行医观点，是以人为中心，这样的看病有一种被呵护的安全感。

顽劣的小孩一旦蔫头耷脑，父亲拉过来看看舌苔厚薄，拽过手脚，拿出三棱针朝鱼际部位就刺，不深，挤出黑血珠子，再刺下一个，一会儿工夫手脚如莲，都睁了红眼睛，哪里用吃药。父亲种牛痘也是一绝，刀口小而规则，排出漂亮的三小朵，全不是别人家的粗枝大叶。

我不期望理解父亲的愁，但亦懊恼当年无知，不能讨教银针香草。父亲到最后还叹息，没一个继承家学的，可惜了。我那时竟不动心，父亲的针灸包再没有人能拿得起。我抽出一根根针来，拈着看，它是活的，入过无数人的肌肤，旋转，提拉，解开死穴，打通筋脉，给予生命的活力。

父亲前一刻银针轻捻，转身又扛上锄头下地。他和太爷一样，始终不曾脱了土气、山气、烟火气。他是民间的医生、赤脚大仙、守护村庄这条麋鹿。

大火烧了毛毛虫

父亲为什么不种桃，只嫁接了两棵苹果梨？

苹果在枝头让人忧闷，而每阵风都使它们伤心。

清少纳言说梨花让人扫兴，说人没有一点妩媚的颜面才拿梨花来比。这观点与天朝梨花诗的壮阔烂漫十分拗叛。她们是看惯樱花的繁锦，不知十分红处便成灰，我看樱花重重深深，反倒生了烦恼。而梨花满枝，也素净清雅。

花开的时候，我在梨树下烧火做饭，脑袋搭在花枝上假寐，那瓣薄绢，可以夹在书信里，同信寄了去。

有年虫子海了。梨树上一团团像篮球，像鸟窝，层层翻涌。父亲一惊，忙在长杆子上绑了棉团，浸了汽油还是煤油，点着了举向虫子窝。暴响，乱跳，焦虫满地。那是一种被欺压的复仇的快感，若是什么样的害虫都可以来一根火把，烧它个片甲不留，是为快意。然则很多的毛虫你只能享受它的咬噬，叫一声苦也不能够。

只觉父亲与花是相知的，清坚，无欲。院内有梨，才懂得，雨打梨花深闭门，梨花满地不开门，那样的情怀，是不忍，是惜。后来，说院内不栽梨，梨树砍了朽了，连根都不复有，连影子也不入梦，才知心里那份空，是盛大的寂寥。

一个萝卜一头蒜

父亲到死也不想认命，一生都在找机会抗争，挣脱赤脚医生这个名，哪怕离村六里、十六里。他像一只蛹努力挣脱，几次眼见就飞起来了，暗处的一阵风一场雨恰好打下来。父亲的理想，终于像半只蛹蝶，吊在枯树上了。

父，你早已是一只凤凰，蒙尘的金翅，在泥土之上。对于暗处的植物，你是懂得拐弯的一块阳光。是骡子是马牵出来遛遛，父亲你敢，他们不敢。你是可以摆在桌面上的，他们永在泥沙之下。你是向日葵，他们无非是丑陋的鸡爪草，都没有对您仰视的份儿！

因为你在，我们多么安心，邻居多么安心，老人小孩多么安心。敲下门，隔着墙，在河那边喊上一声，你就在了，整个村庄多么安心。

村里，再也不会有一个随叫随到的医生，有一个二哥、二大爷解脉开方。所以人们都念着你，多少年了，你听，他们还在说，那晚的月色，那天的霜雪，那日你两脚泥，披着塑料布，在雨中疾奔，西院大奶奶病重了。

那么，一个萝卜一头蒜，萝卜有坑，蒜有瓣，如此吧，赤脚大仙。

花儿落了结个大倭瓜

我们都是你的花，花的果，不等你吱一声，都走了，远远的。我听见你在风中哭，在墙根下哭，在柴门前哭，在灯下，在炕头，在冬天冰冷的玉米堆上，泪水敲破了窗，和外面的枯枝月色。你喊，你们快回来，都回来，可那时我们听不见，听见了也不曾出发。

我们回家了，坐在当年的院子里，窗台下一拉溜，你认认吧，都是你的瓜果，有老成的，刚熟的，还有你不曾见过的青瓜蛋蛋，都喜欢欢地叫着一个名，家。我们坐在炕头说话，透过玻璃看满院的花和玉米，雾蒙蒙的南山，长尾巴帘儿吹着口哨飞过。和你的从前一样。

你走得好慢，才从山上回来，扛着锄头，喘着粗气，都是草叶味。我们在灶前帮母亲备饭，你洗好手脸，就开饭了，今天一定要喝几盅，听你说几句笑话，讲几句拉丁文，“阿白猜呆饿爱抚该，哈伊揭开爱鲁爱慕奈，窝拍秋日爱斯苔，呜微哇，稀丫哉。”这么多年我们都没忘，就那么年轻地留在你记忆的老院里。

夜幕降临，你吃酒回来，脸红扑扑的，眯着眼，开怀大笑，歪歪斜斜地穿过梨花盛开的小径。

夜已深，柴门外的喊声划破夜色："二先生……"

你立刻离开温热的被窝，背上药箱出诊。赶上风雪交加，好一个"柴门闻犬吠，风雪夜归人"！

猎手纪事

漫山大雪，一头灰狼夹住了腿，正在挣扎，忽然咬断小腿挣脱了。一个人撵不起，父亲下山喊人，几个壮小伙子端着土枪上山了。狼瘸着后腿穿林跳坎满山跑，男人们翻山越岭围追堵截，那个撵，整整一天，狼被活捉了。小伙子们抬着大狼回村里，挂在老太爷的大门上，准备杀死。太爷怒道："赶紧抬远远的，怎么能在家里杀狼，狼死绝地！"

那头狼被转移到离村二里地的北沟，处理了。那是全村最美好的夜晚，家家锅上吱吱响，狼肉极其鲜美的味道混着酒香飘了半夜。沉沉梦中，一声声嘈杂凛冽各种声部的长嚎传彻村庄，胆大的扒门缝看去，乌泱泱的大狼小狼围着那摊狼血冲天哀嚎，一个时辰才去，连续三晚。那块地真的十多年寸草不生，像鬼剃头。

母亲一说起父亲打猎的故事就像话痨，那个特殊年代，一大家子人吃饱饭已属不易，还能野味不断，父亲简直缔造快乐神话了。虽然我一点都不记得那些肉味，但绝不妨碍我无数次想象父亲作为资深猎手的高大形象。

那时的雪总是很大很厚，一冬都不化，动物四处觅食，猎手们悄悄出动了。男人大多有一杆土枪，自制土药。父亲了解动物的习性，根据脚印、粪便就能判断其行踪，白天挖陷阱，夜里埋夹子，第二天凌晨三四点上山搜寻猎物，随时给挣扎的动物补上一枪，有时铁夹子上会留下一段动物血淋淋的腿脚，吓人不浅。父亲总是很幸运，下夹子像给病人针灸，稳准狠。每有收获，乐颠颠地扛回家，掼在地上。孩子们撒着欢儿聚拢过来，母亲烧水收拾，晚餐异常丰美了。父亲一脸兴奋的光芒，喝着热乎乎的烧酒，大讲追赶猎物的精彩瞬间。

父亲主要猎获的动物有六七种：身形像矮鹿一样尖嘴的狍子，酷似猫样灵活可爱的狸子，长着一副猪鼻子的獾子，还有像狐狸一样的貉子，至于野鸡、野兔更是出手就得。有时带回一只活刺猬，浑身硬刺鼓张着，拒人千里之外的傲气，其实肉体收缩成球了，拿木棍逗弄它，缩得更紧，或装死，随它在院子里爬，夜里终于逃走了。

母亲说獾子油特别好吃，炒鸡蛋要香倒牙了，治疗烫伤冻伤也有奇效，常有人讨要。獾子栖居在丛林荒山，体态和貉子相似，粗实肥大，行动迟缓。秋天，獾子拼命进食植物的根茎瓜果、昆虫鼠类，积攒秋膘准备过冬。第一场雪后是猎捕獾子的最好时机，獾子膘肥体壮，尚未完全冬眠，出来觅食便暴露了足迹。父亲早熟悉它的脚印，追踪其洞穴后，不急不慌，拿铁锹一点点向洞穴深处挖掘。獾子却安之若素，很让人费解，对打上家门的威胁不理不睬，一副天塌下来有地撑着的架势。待能看到獾子头朝里，身子朝外蜷缩着，父亲用铁锹猛捅它的屁股，它才突然惊悟，“嗷”的一声蹿出洞穴，恰好掉入提前挖下的陷阱。过年我们登元宝山，还发现两个当年的老獾子洞，一个放入，一个堵截，肯定有父亲的足迹。

猎手医生，父亲名扬在外了。那么冷的寒夜，父亲背起药箱就走，眼神发亮，就像挎上猎枪上山追狐狸。医则欲其活，猎则欲其死，皆是他手中的绝活。

灰狐也成了囊中之物，头吊在门头窗上，尾巴扫着门槛，臊味那个冲，瞬间灌满三间屋子，真是无敌。冬雪夜窗，月光与白雪叠映，父亲和姐姐同时惊愕出声，一道白光突然从后山飘落小院，稍停，从梨树下一闪而过，那精巧的弧线分明是一只白狐！父亲立刻冲出去。满地月光，白狐惊鸿一现，但足以让人兴奋了。

熹微的晨光刚漫过窗棂，我在迷糊中听到父亲兴奋地叫“狐……”它还活着。长坨坨的身子，缎子一般，泛着火红的光泽，美得惊人。父亲竟猎获了一只传说中的火狐狸，红狐。真正的猎手打猎多年也不一定看见个影子，天赐了！这绝妙的火狐，一双哀怨的眼睛似深藏着什么，大家都不忍动它，说起聊斋里聪慧的狐仙。父亲也若有所思，火狐狸皮更值钱，但乡间敬狐仙，就放回山里保佑一方吧。

第二天，父亲早早起来把火狐送进山里，狐拼命逃，到山腰处突然停下来回头张望，又一纵身，一段火红消失于丛林。可是不几天，父亲脖颈后长了大疖子，只觉头被压着，昏昏沉沉。母亲趁机劝父亲别再杀生了，父亲放不下。

一日大雪后，父亲趁着夜色又上山埋了三个夹子。凌晨去遛夹，果有一只闪亮的黑狐过来了，走到第一只夹子前，停停闻闻，大摇大摆绕过去了。父亲呆了一呆。狐又蹿到第二只夹子处，示威一样挺起来尾巴扫掉了夹子。父亲惊了，见那狐三蹦两跳，忽然在第三只夹子处消失了。父亲赶忙追过去，却怎么也找不到夹子，像受了蛊惑原地打转，突然惨叫一声倒地。他踩在自己下的夹子上了。

父亲养了很久。那像一个暗示，他的内心满是矛盾。他一遍遍研习孙思邈《大医精诚》：“杀生求生，去生远矣。”或许了悟，渐渐静心揣摩医道，让猎枪生锈去了。

后来我看屠格涅夫的《猎人笔记》，总会想起年轻的父亲提着一杆土枪穿越丛林，内心却怜悯那些被追赶的猎物。一日读到俄罗斯自然之父普里什文，他把大自然爱成亲人，同时又兴致勃勃地扣动扳机：我们猎获了它们，但同时自然也在猎获着我们。便释然了。

秋风落木叶

门外有两棵杨树，又粗又直，过年贴春联“出门见喜”的。后来一棵给了奶奶，一棵给了父亲。给奶奶的那棵没有半点痕迹了，父亲那棵留了一截木头墩子，母亲后来就坐那儿乘凉。

一

奶奶的最后一口气喷到父亲身上了。

那时，奶奶在炕上跪着捯气儿，剧烈地抻着脖子。母亲扶着她，轻抚后背。父亲端着针过来。奶奶突然跪直了蹿起来，脸憋成青紫的盆，嘴巴撑开成小碗，双手在空中乱抓，嘶叫着再吞进一口气，却只噗噗吐出腔子里的气，人像个空壳，颓然委炕。

说人去前最后一口气喷到身上不好，魂灵会附身，破坏阳气。父亲学医，必是不信，那是他娘，也必不怕。但那一年，父亲身子沉重，昏昏欲睡，也好像一直没有过笑容。烧过头周年后，人才有了暖色。

我们姐儿仨陪母亲到村西小庙给奶奶的游魂送餐。小庙是驾鹤西行的魂魄暂时歇脚，而后起程的地方。给亡人的饭叫倒头饭，一双筷子戳齐了直插饭上。故在乡间决不许小孩拿筷子在桌上对戳，更不许插在饭上，否则定要挨打。从村东到村西头，按理要长哭，要唱着数列逝者的诸般好处，如果家族女眷多，一日三餐送饭，哭哭咧咧数来数去竞相争风的热闹是大风景，有许多人围观。我们姐妹都小，灰冷的村庄，响着母亲一个人孤单的长调："你投奔我来也没享几天福呀……"没有人，家家门口撒一溜柴灰，截着鬼魂。

奶奶腊月走的，冰天雪地，刨坑很难为人，虽然求到谁都爽快，父兄还是要多磕几个头的。棺材抬不出去，大门的石头墙拆了一米。院子突然大了许多，让奶奶宽宽敞敞地走。阴阳先生掐指一算，独我的生辰时刻有禁忌，不能面见下葬仪式。我守在家里，和族中老人负责焚烧奶奶的衣被枕头。年少，没有多少悲伤，但懂得了下跪是顶重要也可怕的仪式。这一跪要代表多少情感？

母亲说人去前一段时间，容貌会脱相。那时正是过年扫房，奶奶进东屋来避风，晃晃荡荡一挑帘，三岁的弟弟哇哇大哭。奶奶当即落泪，大人的心里也就有感知了。母亲说人去后，相片也会脱相。我盯着奶奶相片看，脑袋大了，脸沉着，想必是。

二

那年暑期，才养的小黑贝从窗根底下被偷了，父亲遍寻不到，突发脑溢血，昏迷三天，抬头纹都开了。冲一冲许是好的？伐树，备木料，做装老衣服。同时请二婶主持借寿仪式，点燃三炷香，姐妹仨连同嫂子跪下祷告，看香灰摞的高度。香快燃尽时，漆黑的院子里一道弧光闪过，二婶兴奋地说："你爸没事了！七八年不成问题。"父亲真醒了。木材赶快沉水里，装老衣裳母亲小心收在自己的小木箱，上锁。

七年后的秋天，父亲身体有些沉重，窝在炕头，凄寒地说，老太爷、爷爷奶奶都叫他快去，这冬怕过不去了。母亲着急就偷偷地请木匠合了寿材，知父亲忌讳，趁夜黑，把电视调到大音量，悄悄运到西偏厦里，盖满了棒秸。父亲耳朵极灵，第二天拄棍溜达到西院，拨拉出惨白的大木匣子，立刻青筋暴鼓，当当敲过去："那是什么东西，快劈了它。"

那声音，我没现场听到，可过了二十年，依然能强烈地震碎心脏。

不久，装老衣裳也让父亲瞧见了，那个小木箱父亲从来不会动，母亲怎么鼓捣的，还是依村里的惯例，鲁莽地要征询一下父亲？父亲眼珠子都要蹦出来："恶心人，快烧了！"

我没看见那场景，可我想着，就比父亲还要急，比父亲还要悲凉。

八九十岁的老人做寿材，用什么木涂什么漆，鞋子大袍绣什么花样，请老人过目是尊重，老人很安然。甚至有的老太太更大方，与儿女生了气，自己将装老衣裳穿戴整齐，端坐炕上，把孩孙们吓倒。可五十多岁还有着行医理想的父亲，敏感的心再也无法安定。春天还兴致勃勃研究老鼠得胆结石致死的秘方，夏天认真地蹲马步练气功，秋天就影影绰绰看见黑白无常出没。我们本可以一同帮他打倒那些无常，共筑生的希望，努力度过冬天。但那个庞然大物等在大院里，老衣堆在箱子里，显然如同诅咒，如同招魂，摧折了生的意愿，他就要被世间抛弃了，这个家这个村庄都在等着他卸下生命的筋骨。他有多伤怀落寞无望，家暗了，村庄暗了。我们这些不可饶恕的秋风，都做了死亡的帮凶，快速吹散了父亲身边不多的阳光，把一个满怀畅想的生命赶进了死胡同。而一向隐忍的父亲最终和我们一样，臣服于死亡不断迫近的呼哨。

父亲此后沉默多了，村里有人逝去，再不去大门口送上一程，深深地蜷在炕头，拉上厚窗帘，一言不发。他拄杖缓缓挪动，我听见所有生命的叶子齿轮松动，叮当落地。

他反常地到冰凉的西屋搓棒子，一面搓，一面掉泪。分明那个屋子，原是我们姐儿仨住过的。他多想孩子回家，又极要面子，不肯在母亲面前示弱。母亲只得把火盆端过去。

他挪铺了，不在你家了。父亲永远在炕头睡，隔墙一枕头宽。因哮喘，半夜常披着被子半跪着。月光下，那样的姿势似是祈祷，又像忏悔。忽然滚在光炕席上睡，醒来也惊着了。

他要下去了，不在上边了。父亲睡觉老实，从不“打场”。忽然间，他同整个被褥枕头，一齐往下蹿，距离炕沿一枕头宽。

那些征兆，如一阵紧似一阵的秋风，逼退生命的叶绿素，花青素繁生，一枚叶片也姹紫嫣红起来，是叶子的回光返照。整棵树被砍断，树有感知吗？那片土地有感知吗？

亲戚们回家看我爸，一直躺着几乎水米不沾的父亲竟然能坐起来，吃香蕉，喝奶粉，接过给他的钱放枕头下，脸色红润，笑得像个孩子。我则看到赤橙黄绿的叶子，瑟瑟抖颤。

他躺在炕头，身子沉沉的，意识深深的。他正往一个长长的地心隧道走吧，与阳世隔得越来越远，阳光再怎么强怎么努力也照不到，揪不回他。那个灰蒙蒙的世界，没有炊烟草木，没有鸟兽鸣叫，也没有尽头。他越来越沉，要压破炕了。

空中飘满尖利的手，正一片一片摘走这个人在小屋大院里，在这个村庄所有的声音气息，送它们回归尘土。管事的先生与母亲商量，要是不动，父亲还有一口气或能撑上一两个小时，可是走了穿不上衣服，还要背着大炕走，在地下也累惨了，夜夜托梦要衣穿。但是一穿衣服，这口气马上就断了。你掂量吧。母亲点头。

哥抱起父亲穿寿衣，父亲泪水哗哗地流下来。他有知觉的，他没有走远，根本不想走。他的脸涨成了肝色，头大起来，开始吐气。好面子的父亲如何能同意这等办哩？

他好像说过，要静静地走，千万别折腾他。可是这浓重的乡俗，一步一行都有着规矩，谁老下了，都得这样经过，怎么违背。父亲那一刻一定痛苦到极致，他要能叫，一定是嘶叫。我们怎么这般残暴冷酷，又强行把生命缩短了两小时，我们只想着魂灵在阴间如何，满足自己为人的面子，而不尊重现存的一息生命是如何地痛，生命需要安静自然地熄灭。

阴阳先生掐指一算，我因生辰时刻不能面见父亲入土大安的仪式，古老的乡俗，我必得遵从。我坐在大门前，拨着火堆烧尽父亲的衣被。父亲单只给我托梦来。午夜两点，他穿着黑色长风衣，从没见过的年轻帅气，说要走了。我追过去，他不见了，青山隐隐，云际忽合。

我愿我的父亲不是驾鹤西去，是像老子的骑青牛，隐于青山关。

母亲常常坐在木墩子上，恍惚父亲推开柴门，又停下说话；晚上插门，父亲使劲往门缝里挤，要进屋。母亲吓出心脏病了。阴阳先生说，父亲惦记家，得送送魂，且必须得女儿送。

漆黑的午夜，姐姐点燃一摞画符的黄纸，绕母亲转一圈，念叨：“爸你不要回家看了，有事给我们托梦吧。”再带上些黄符护送父亲的魂灵出门，穿过村庄到西头小庙，磕头燃符，口中作念，请父亲从此地去往西天极乐世界。之后姐儿仨疾疾地回家，不能回头，不能遇见人。我只仰头看看天空，星野灿烂。人真的可以左右魂灵归家或者远去吗？为了生者的健康，我们竟然残忍地把他的灵魂请出家门，请出故乡。父亲有知，又会怎样地痛。等于叶落了，又砍断了树干。

黄天厚土一晃二十年，父亲当又是一条好汉，青枝绿叶在阳光下了，这一轮人生希望他能安然详和地走到老。

母亲的盛事

一

六十多年前，干冷干冷的冬天，小镇车站，一个颇有书卷气的后生走出来，古戏楼万字山墙边聚了一堆人，他也凑过去。是一则求医启事：有女芳龄二九，容貌端庄秀丽，不幸久染一病，多方求治不愈。谁能治好家女，姑娘就跟谁去，不论富贵贫贱，不要一分一厘。老父泪泣而求。

新鲜，招女婿的。那老父萎靡在墙角，听说已有几个郎中看过病人，并无回春之力。这后生一把揭下招贴，掸了掸土："带姑娘去我们那儿吧。"老爷子忙问府上贵姓。"宋家。"年轻人答。老爷子立刻面露喜色，姑娘有救了。

姑娘来了，宋家老太爷亲自把脉，几剂草药加上针灸，姑娘很快调理好身体，面色红润，能吃能喝了。老先生看姑娘单薄秀雅，尚能识文断字，遂做主许了大房大爷的二公子，就是揭下启事的后生，择下吉日良辰。那年初夏，蔷薇花开遍村庄，姑娘坐着毛驴车，风风光光嫁到宋家百年大院了。

这一对新夫妇就是我的父亲母亲。八十岁老妈突然吐出这个秘密，我又惊又欢喜，想再平庸的人生也有些许传奇点睛岁月。

“哪怕你爸是个瘸子瞎子也要嫁，说了就得做。但我针灸时听到你爸在隔壁拉京胡，真是好听。”泛黄的结婚照上，母亲穿着花衣吊脚裤，依在父亲肩头，麻花辫上系着两个大花朵。父亲乐意吗？“大姑娘一分不花，还咋着。”母亲有些娇媚。父亲是香草老院熏出来的乡村秀才，眼神清澈，一看就值得信任。父亲也写得一手好字，过年全村都到我家求写春联，炕上柜子上都是滚着一卷卷红火喜庆的对联，多大的荣耀。母亲说十八岁时，县广播站招收播音员，母亲考中，偏此时高烧咳嗽，一时不能痊愈，痛失机会，不然母亲的后半生得有多花枝招展。那一病也怪，缠缠绵绵总不好，姥爷不得已抛了彩球，恰被父亲接住。

母亲作为新媳妇，小心谨慎，跟在奶奶们后面，生怕不懂出错。

低头和颜色，素齿结朱唇。

斯时老太爷年事已高，早早做得上好的油松木棺材，漆得黑紫紫，收藏在奶奶的草房西屋，奶奶那年去了城里，母亲就住在东屋，晚上睁眼闭眼都想着那个黑家伙，一晚一身透汗。西厢房里老太爷咳嗽一声，母亲都会长舒一口气。

哥三岁上得了重病，人中一扎一个窟窿，就等着卷草垫了。母亲急狂了，撕开哥的小衣，撸下顶针蘸凉水，哭叫着在哥的身上发狠地刮。一点印迹也没有。母亲不肯停下，刮着刮着出现了血道，一会儿就是一溜紫黑的大泡，再过一会儿，血葫芦似的大哥哇地哭出声了！医生的女人不是白给的。

母亲闲时太少，及至终于坐在炕头上，窗外已黄昏，盘腿上桌吃饭，这一天算完。喝上一小盅酒，指挥丫头们做活，老大拾掇家什，老二喂猪鸡，老三刷一锅的碗。之后倚着大被垛，脸色微红，真是家族老母的仪态。

二

母亲老了，最盼望的事情是孩子们回家。母亲年轻时最快乐的事情，则是回娘家。

回娘家不是版画剪纸里毛驴背上绾髻的俏妇，浓妆艳抹的怀里抱着个天真的娃娃；也没有小河流水杨柳依依，情郎小心陪侍左右。回娘家只是乡村过年后的一件大事，是两个大家庭的亲密联络，彼此情感的需求与满足，一年到头大家都健康美好的见证，积攒了四个季节的话也要找个宣泄的空间。如果母亲因事不能回去，娘家这个年就少了许多味道，甚至无法安抚亲族们内心的失落。

姥姥家是大家庭，姥姥姥爷早已离世，三个舅舅极是念亲，每年大年初六必隆重地派出孩子们走十多里山路，接他们的姑奶子回家，能享受母亲这样隆重待遇的极稀。与年有关，自然含着说不尽的喜气，像花朵开满了纸窗棂，挂旗儿缤纷在每一道门楣，红丝带飘在青冷的树枝上。今朝风日好啊。

虽然有一群孩子了，母亲郑重的神情还像是女孩，脸上挂着一点骄傲一点羞怯。这一年的光景受苦受累受埋怨，侍奉老的侍弄小的，今日姑奶奶也扬眉吐气了。且父亲不能阻拦，还要笑脸迎送亲戚。一家人早早起来吃饭收拾，净扫庭院，再准备十几口子人的丰盛午饭。之后母亲仔细地烧水洗头，洗脸，涂平时不用的雪花膏，请父亲用手术剪修理黑亮的短发，梳得一丝不苟。

接母亲一般来四个人，两哥两姐，十八九岁，年轻朝气。往来都是空手，那时不兴礼，亦没有多余的钱使。午饭后起程，母亲换上干净的蓝布衣，系灰格围巾，粉白的脸在阳光下素雅美丽。我也必雀跃，母亲通常带上老丫头老小子一同回娘家。出家门遇上邻妇羡慕的眼神："二嫂子又回娘家了？"母亲骄傲地应着。

天气晴好，田野金黄。途中路过一座山梁两三个村庄，有少妇当街盘坐，敞怀喂奶。大马路上也有一拨拨串亲的人，喜气祥和，母亲一高兴，唱起了黄梅戏"树上的鸟儿成双对，绿水青山带笑颜"。青山绿水在哪儿？母亲说看哪儿哪儿是。

大姨嫁在本庄，接上大姨又聚了一拨人，姐儿俩并排走着，像被簇拥的公主，亦像逛大观园，走一处热闹一处。在家做女儿也未必有多少宠爱，一嫁人提升为姑奶子，要大派儿二派儿地高坐上桌接受款待的。母亲和姨稳当当端坐大炕，上红糖水，花生瓜子糖块，亲舅妈和叔伯的舅妈们围坐过来，嘘寒问暖拉家常，只说开心，不谈愁烦。大姨泼辣能干，说话高声大嗓，在哪儿都是中心，谁有错处也张嘴就训，大家不恼。母亲则是温顺女儿家，慢声细语。地上半大男孩女孩子们挤着笑着，窗外院子里还有更小的孩子们淘气。

吃饭很讲究。四方大木桌摆满满的碟菜，必先上一碗米汤润胃，女人喝一小盅白酒，男人可持续性大喝，猜拳行令，好不热闹。孩子们不能上桌，锅台前胡乱划拉碗饭玩去了。玩的是扮戏，系上花布单长围巾，拿各色铜丝拧成花朵链子，戴在头上扮作青蛇白蛇，男孩子就演法海，被二仙打来撵去，哇呀呀叫。

这情景只让人想到盛世，繁华，人丁兴旺，亲情浓厚。而那时的生活总归是清贫，或唯其清贫，才更懂得联结亲缘，延续美好，自是精神上的小片开荒。如今想来，母亲的回娘家就是一出锣鼓喧天的戏文，一出只在家族内定期上演的大戏，它能借助过年这一喜乐的光景，让人轻而易举地忘掉这一年的许多磕磕碰碰，转而获得力量，对新的年景充满渴盼。

神仙日子也不能多住，轮过各家吃饭，话都说透了，母亲也就启程回家了。照例一群孩子护送母亲。我家已是八口，再来六七个孩子，那种热闹嘈杂非寻常话可拟。孩子们抢着干活，上山砍疙瘩根捡松塔，去井边抬水；晚上带动一村的孩子前街后街疯，围坐大碾盘轮番讲故事，不会讲的就唱歌演戏。村庄仿佛都是我们一家子的了。

母亲笑吟吟地看着娃们闹腾，好静的父亲一定忍耐到极限了，但他一直也笑着。这是回娘家的最后一幕，待孩子们玩够撤离了，母亲就会安定满足。平时怎么踹打都可，独这时父亲若表露不满，就是对整个娘家的亵渎，母亲必定要奋起维护自家的尊严了。

有一年初四的饭桌上母亲同父亲吵架。大概父亲对饭菜挑剔过头，母亲实在忍耐不住，说了一句要命的话："一到年节就找碴儿，挣不来还挑个没完。"父亲恼了，啪啪摔了碗筷下地，母亲继续冷言嘲讽，父亲转回头一茶杯打在母亲额头，流血了。母亲也愤怒了，推门要走，我们拼命拽住哀求，哥哥插上门顶着。初六早晨，娘家来人接，母亲额头还青肿着，父亲心底有些愧色，声低话软，为母亲仔细涂药，还特意撩下一绺头发盖住。母亲亦有分寸，其实养活一大家子人真不容易，而父亲啥时候会说自己错处，有这样的行动已经知足。母亲照样高兴迎客吃饭，眉头不皱一下。父亲和我们都内心舒坦，感激母亲的宽容。母亲不会让任何事情阻碍一年中最开心的日子。

舅家两个大姐出嫁了，两个哥哥娶媳妇了，第二梯队两个二哥二姐领衔接人，说话间第三梯队又长成了，母亲年年演绎回娘家的辉煌光景。但回娘家的路还是渐渐荒凉了。老人渐渐故去，孩子四处飘飞，父亲病了几年又去世，母亲一晃也多年不曾回娘家了，而她的心里一直没放下。初六这天，母亲必还同过去一样地郑重收拾打扮，等待娘家来人，哪怕是小孩子来问候，也要热乎乎地招待一顿，托孩子们传递这一年的阴晴暖雨，亦是满足。

后来娘家看望母亲的人也开始零落了。母亲旧情难忘，初二就开始念叨，准备酒菜，清扫院子，每天满怀希望等着，听到有摩托车声立刻到门外看，车突突开到前庄了，母亲站了好一会儿。我同着母亲过年，真怕母亲空等黯然，提前打预防针：当年接你的哥姐们都有孩子甚至当爷爷奶奶了，年轻人初三四就出发上班了，不要过多牵挂，不行咱们自己回娘家。

母亲果然极高兴。三姐妹恰好都在老家过年，回娘家的女儿陪母亲一起回老娘家了！还是走山路，金黄田野，村庄河流依然从前模样，喂奶的少妇领着孩子玩。一家家串着，虽然老人多故去了，孩子们还是围绕着母亲，抢着请饭，那股子亲热丝毫不减。

母亲偷着抹眼泪，其实她实在也找不回当年的大快乐了。母亲的回娘家是大家庭又重亲情才会有的排场，已不可复制。回想不过是美丽的习惯，一种长绳系日般的愚痴。母亲回娘家的盛事，是漫长生活河流中最欢腾的浪花，终于停留在黑白照片的年代。

不回娘家了，母亲有更多的时间修理老院。母亲的大院母亲做主。房后坡坎上有数株我爱的明开夜合，其中一株生长多年好不容易到碗口粗，一日回家不见了，母亲说树大招风，把土坎吹塌了咋办，抡上斧头砍了，我心惊又心疼。墙边一大丛蔷薇五月一直开到夏末，满院的香艳，一日又不见了，说蹿得太快欺负旁边的枣树，砍了，我再疼。幸好不久酿出新芽。李子树砍了，院内不栽李；樱桃树砍了，霸占土气影响蔬菜生长；杏树一半枝子横到墙外胡同，红花黄杏闹春热夏，怕孩子们爬墙头祸害，凡出墙的枝条都砍了。

我宁想说母亲是因为孤单，因为当年大家庭的盛事逐渐凋零，因为有不得已的烦恼，是一种小小的发泄，只得委屈那些植物了。

我带母亲去逛商场，拉她上电梯，“露着黄边就迈脚。”母亲紧张一脚踩在线上，往后倒去，我扔了袋子拽住母亲，吓出一身毛汗。我们就在电梯中间半跪着喊叫用力，上不去，站不起，几乎要跌下去，尴尬，无助，危险。好歹我拽着母亲着地了。

那几分钟，足抵几十年光景。母亲仿佛一下子由蹦蹦跳跳的少妇，变成行动迟缓的老婆婆，一种强烈的无能为力袭击了我。我真想抱住母亲大哭，可我们都处理得安静。母亲讪讪说：“我忒笨。”我笑着安慰：“以后咱走楼梯，慢点安全。”

我攥紧母亲的手，眼前全是旧时结婚照上的母亲，梳着长长的麻花辫贴在父亲身后微笑；母亲唱着歌穿过金黄的田野走在回娘家的路上，像公主一样被大家簇拥着。

窗花帐子

老屋修缮后还保留木窗，年根儿与老妈去镇上办年货，顺便接年画和窗花。唯有年画窗花不叫买，叫接，足见重视。但满大街没发现一家传统的满族老窗花帐子。

窗花帐子，听听多美，想去就是一幅热闹的戏曲红尘，“红花姐，绿花郎。干枝梅的帐子、象牙花的床。”嘎嘣稀脆的幸福感。

窗花成品一摞摞用针别满黑色大布，挂在墙上，叫窗花帐子。大帐子窗花款式达一百多种，小帐子也有五六十种。以字为主题的吉庆有余、四季平安、福禄寿等，要三联四联一起接；经典的有喜鹊登梅、龙凤呈祥、双鱼戏莲、猫戏牡丹等；还有当年生肖、盆瓶篮碗，态色翩跹，一帐繁花。

二十世纪五六十年代是窗花盛时，塞北从十一月到来年四月，都算漫长冬季枯黄期，刻染窗花不失为有情趣又能赚点小钱的好营生，腊月初就有几家帐子挂上街头，腊月十五六达到高峰，上百挂窗花帐子在大街胡同争雄斗艳，到八九十年代街头也有二三十挂窗花帐子，人们挤着相着讨价还价，冷风冻得指头快僵了，还一帘帘捻。

刻法有精致细碎鲜活的，也有粗枝大叶呆愣的，染色有艳丽也有雅致。讲究买“碎活”的，碎就是细刻，薄透露，粘在窗纸上气韵生动。说这家窗花“太整了”，就是囫囵一片，下刀少，不透不疏。

素白窗纸不贴几只窗花，简直有一屋子年画也空如旷野，因那是窗，人与自然对视的眼睛。乡俗是家里有人去世，才不贴春联窗花不放炮，过个素年。有年除夕夜老妈太忙了，让十三岁的姐姐贴，小姐妹们花枝招展一拨拨找她玩，走不了，她哭泣着粘上了，窗花东歪西扭，但好歹一室生春了。

窗格小的显不出格局，因少了留白，而窗格大，世界就大了，春风荡漾春水多情。木匠家里窗户做成多宝格式，揭的窗花是小品款，这一楼那一阁停着一尾鱼一丛水草，一只蝶一枝花，满是江南意趣，已到艺术境界了。

农房改造迅速，大玻璃窗当道，窗花初时在玻璃上鲜几天，几场哈气下来就毁了，不得不退出春节的欢喜场，但往年街头仍有几份窗花帐子，怎地忽地不见了？失落间，不死心又逮着卖春联的小伙问了一句，终于打听到尚存唯一的一份！赶紧七拐八转奔过去，古戏楼后墙角，一挂黑黑的窗花帐子冷清清挂着，一对老年夫妇守着。

我掩不住地快活，有五六十样，两元一对，看看哪个都想要，经典款都拿下，买了十对，其实老妈家最多也就用十个。老太太手颤颤地捻出一对对窗花，仍用写过字的作业本纸卷好，这方法多年没变，亲切。清瘦的老先生保镖一样帮腔：“明年贵贱不刻了，费神费眼睛，弄不动了。”

没有需求就没了，不用就消失了，小窗花立时珍贵起来。

糊窗户那天风特别狂浪，裁好的窗纸才对好窗格，大风哗啦暴贴上偏左了；揭下重对格，又呼啦扑打偏右了，或咣唧翻上面去，还好窗纸柔韧没有损坏。粘好精心选就的窗花，小窗格上还特意粘了一只狗，一只蝶，完美！

老妈审视一下，说这窗花都早已没有“碎活”了。我找出往年春节拍的窗花一对比，果然。老匠人的眼神、精气神确是不济了，是在竭力维持着最后的需求。

惋惜也拯救不了。就像葡萄酒，再昂贵过了储存年限也败了，就像再有劲儿的人参过了百年就灰飞烟灭了。

当然作为非物质文化遗产，塞北等地的窗花已经进入官方保护，但只是一些民间艺人在鼓捣，供瞻仰、访问、作为民俗礼物，价格贵起来，乡镇街面上见不到了，老百姓够不着了。

而窗花的发展史就是百姓为了迎接春天而创始。《酉阳杂俎》说：“立春日，士大夫之家，剪纸为小蟠，或悬于佳人之首，或缀于花下，又剪为春蝶，春胜以戏之。”宋人多会玩。

丰宁一带的窗花从清代开始走向繁盛，大批八旗子弟在塞北圈马占地，妇人们农闲无事琢磨剪纸，互相切磋，体现契丹文化、满蒙风情，闯关东移民潮又融进来汉民族文化，出现了五彩窗花、挂旗儿、春联，热闹闹一门祥瑞，昭示对大地的感恩对春天的渴望。

凤山书院秦敏清先生记载过满族窗花发展：“咸丰年以形见长，花味不挑筋，人面不开脸。同治年间功夫日深，花蕊劈毛密细，垂柳千条镂空，吕祖鼻眼分明，衣纹粗细相宜。”阳刻为主，阴刻为辅，一刀一剪都是妙思与心血。

我托兄长买了老太太帐子上所有六十对窗花，她满脸兴奋，物以稀为贵，明年还会刻剪窗花也未可知。需要就是挽救，用就是延长生命。

除夕，我抛小家跟老妈守夜，红灯笼整宿亮着，窗纸恰似清白透粉的帐子，鱼跃，狗旺，鹊鸣，花弄影，凤凰于飞。“此日此时人共得，一谈一笑俗相看。”正合了杜甫诗。老妈八十了，这样的老屋除夕也像窗花一样珍贵，不知哪天会忽地不见了，我拥着被子靠紧老妈。

瓦尘瓦辩

一

墙有衣兮瓦有松。面对老家老瓦房，大都市的小男孩说：“哇，你家房子一千年了吧？”他柴门内外跑着，眼睛能瞪碎瓦片、木窗、虎皮墙。

一片瓦里有天下。

三块瓦，盖个庙，里面住个白老道；三块瓦，盖个楼，里面住个红老头；瓦松挑出颜如玉，春檐自宠黄金屋；你弄璋之喜，我弄瓦之乐；她摔瓦罐投生去，我瓦罐新栽金盏菊；自扫了门前雪，也留点余光关注他人瓦上霜；莫拘谨也莫放纵，瓦罐不离井上破；上无片瓦遮身体，下无寸土立足基，董永愣让七仙女下凡劫色生子，勤劳善良等于广厦万间。

烟熏雨浸，苍瓦没有更旧，椽头没有更塌陷，反有一丈红蹿房越脊与瓦松对视。花丛深处，阶前帘后，老妈不经意出来应景，珍贵了。

二

上世纪六十年代瓦房，硬山户，披水脊，两边筒板瓦梢垄，合瓦屋面，盘头处戗檐丁字回文边，早年“松竹”二字任由风雨蚀平了。房檐大波浪形，窗户往里进，粗木桩支住西房椽头，东山花墙鼓出个大肚婆。是旧危了。

房子也有骄傲的历史时刻。当初盖房四根主梁有一根脆弱，十年后必须要更换，但找遍乡村木匠没有敢揽活的，我老舅敢，一个木匠以一己之力换了房梁大柁，我老舅名声在外。

有年暑期中到大雨，午夜母亲和侄女睡得正香，房后传来坍塌的暴响，她们惊慌爬起来，房子要塌了？房子结实着，是后梁高土坎子塌了。硕大潮湿的土堆浸泡后墙数日，墙体变粉，房子重量扭向东南，东南角墙体就压沉了，墙往外鼓包裂缝，窗户自然跟着扭。

老而颓废就失了韵味，少了安全就是愚蠢，修房上了议事日程。老父也积极备战，他指挥推土机彻夜劳作，把门前石头垛、垃圾堆推得溜平开阔，母亲插着手说：“再盖上三间南房！”老父竟然托梦关注，去了二十年，原来从未离开。

三

修房用旧的小蓝瓦，还是买新的绛红琉璃大瓦，家里展开了一系列讨论。

我喜欢老窑烧制的小蓝瓦，带点旧色的老蓝，海洋蓝，天空蓝，炊烟蓝，沉淀后安谧的蓝。它大小盈掌，一俯一仰密集交错，叫鸯鸯瓦。雨天瓦当滴成雨帘，春天垂出冰溜子，都好看。瓦涩涩的，一冬大雪不滑不化，愈显得蓝澄澄的瓦上蓝莹莹的雪，真壮观情厚。

问题是砖瓦窑不烧制小蓝瓦了。从前砖瓦窑最热闹，泥瓦匠一双粗手摔泥打磨，家家砍柴，郑重烧制，出窑时男女老少均要参与，窑口到砖瓦场是高高低低曲曲弯弯红男绿女说笑逗唱的传递队，每一块砖瓦都经了全村人的手，那种情感浓度非现代机器可比。

瓦蓝是旧时光里的“红泥小火炉”，容纳祥和、朴实、大家庭的快乐；瓦上房之后，颜色、形状、大小、排序，不仅呈现粗朴久远的秩序美与格律韵，它其实藏匿着一种精神，匠人的心，百家心。这才动人难舍。

花钱请砖瓦窑烧制？那就得一窑，半窑也是一样功夫，买不起。关键现在讲环保，黏土实心砖瓦占用耕地多，且污染环境。一码青砖卧砖到顶，过去是奢侈，现在更奢侈了。

把房上溜下的好瓦瓦前面，后面用大瓦？搞笑。古建筑修旧如旧曾有人想这么干，房后的好瓦瓦到房前，后面补新瓦，这是违背常伦的，原瓦经了漫长的前朝后代，早已浸透时光的痕迹，前后光照各异，青苔灰影皆不同，挪到前面乱了历史分寸。

另外老瓦匠几乎没了，瓦小瓦难度大，技术含金量高。木匠却说想要小瓦也好办，溜瓦时慢点，保护好，再去修老房的人家换点老瓦也就够了。瓦匠呢？少，也能找到。我们立时多敬了木匠几杯酒，仿佛看到全村只有我家房子还是保持原生态。

哥却不同意，他看得透远，说一是旧瓦不结实了，后房好多略红的瓦是因当年没烧透，图便宜，易碎，费劲巴力修一回，过几年又坏了。

我竟以为砖瓦是永生的吗？早晚有一天砖瓦会碎成齑粉，木头如糟糠，房子委顿成土。

且去人家扒瓦，是说扒就扒的吗？两家修房时间不好对齐。

更重要的是有危房改造补贴活动，村里多数家庭都不花钱换了新瓦，国家给瓦出包工队，已经照相测量存档了，不久轮到，干吗还要花钱受累？

花冤枉钱不如买药，母亲发话了，“瓦上大琉璃瓦多气派，不是留着老窗户虎皮墙？可以了。”还有铁锅火炕、老家具都在，有理。但我不死心，正因为都换新的，咱家保持传统才更有味道，换了就没了。

哥最后定夺：“自己溜瓦，好瓦留着，将来你们退休回来住再修。”好，留得青山在。

其实后来修房活计一开始，那种复杂与累，我惭愧头脑太简单了，也想到许多老建筑物要留存，绝不只是观念陈旧看得不远，许多现实问题无力克服。

失与留也是建筑物自己的命，与人与世界的缘分到了，谁也没辙。

四

母亲很着急，一个月过去了，马上就要耪地，公家包工队还不来。

果然事黄汤了，谁也说不出子丑寅卯来。只怪自家动手晚。

黄梅季节就快到了，以快为主，所有纠结全部抛掉，走大瓦路线，枝枝节节事情多得很，谁也耗不起。

开工。木匠先研究房子状况，才能决定备料。四梁八柱大部分椽子都洁身自好，只需用千斤顶支住房梁，更换损坏的椽子，纠正塌陷的檐头、走形的墙与窗户。终于能抽走窗外支撑多年的木头了，凹了多年的椽头瓦沿直了，鼓包漏风的沉墙拆掉重新垒砖了。

老房看来方方正正，驼背老人抽新枝，不咳不喘还能再活他五十年。

五

说要小心溜瓦，上房就知道小心不起来，直接推掉还嫌慢。

房上很快光秃秃了，土坯罩着，像褪毛的大鸟。瓦是鸟的羽毛，怅惘的毛碎落满地。今人或许缺乏过去的惜物精神，我忽然觉得理想破灭，将来还修得动吗？

农村啥都缺，就是不缺土。哥说。屋里屋外扑腾的都是尘土，它们在房里安居几十年，人在其中吃穿打扫了几十年，竟还那么多，还能稳稳地落回原处，不变色不发霉，不生五谷野蒿。

窗棂上的土，半个世纪风筛雨磨太阳暴晒淘制的精土，细如胭脂膏子，浸在木纹里，说不清是土木味、太阳味或锈味。每每从乡下返城，家人都说我身上有股子老屋的味道，应该就是陈年土精之味，它们在房梁、窗棂、炕席、鸡毛掸子、扫炕笤帚上和母亲身上，我的发丝衣裳皮肤都粘满它们修行的粒子。人间为啥叫尘世，老房子写着。

批八字的先生说我和姐姐都是土命，姐就是这梁上土，广厦千万间，也算丰厚了。我是大驿土，尘土飞扬也用不尽。但我想是辽阔山野皇天后土，杂花生树，五谷丰登。

陈年老土混着砖头瓦块运到坡下垃圾场，费老大劲了。一个姑姑瞅见了叹道："白瞎了这些废料，当街这么狭窄直接把大坡垫平多好，砖头瓦块截水截土，挡脚防滑，几天就踩出路来。"

人的思维眼见果是不同，我家恪守传统保留原状，怕与人麻烦，不曾想到变化、废物利用。不同的屋檐下千百种过法，房子不只庇护人，也是灵魂的修炼场。

六

琉璃瓦一块顶三块小蓝瓦，有个好处，光滑不存雪，太阳稍微一晃，雪就大片大片跌下来，不会压碎瓦，但出门要小心被雪团砸到，尤其早晚天冷，雪水边滑下边冻成冰棚，若整块掉下来那就是大冰刀。小蓝瓦涩，没这些担忧。

琉璃瓦特别沉，房梁和椽子支撑这些重瓦也得耗费点力气，且要支撑很多年，一定需要人气、烟火的帮忙。烟火到底是什么力量？木头砖瓦泥土秸秆，它们彼此怎么融入，又与人怎样感知勾连？这真是神秘的世界。

我想烟火气该是气息的融合，柴火的烟息，人的吐纳呼吸，热饭的气息，也不乏藏进屋角爬行的昆虫、飞来的蜂蛾气息，屋外的瓜果树木气息，以及充斥空间灵神与共的力量。旧时锅盖都是秸秆钉的，淋在雨中很快会烂掉，但常有蒸汽熏着，几年也无损。所以烟火气是重要的五谷之气，生之气，开门过日子厨房不能常年不开火，烟火气定能赶走许多缥缈的异类和腐烂的幽灵。而人气是各种气息的凝聚力，人散了，牢固的束缚力会沿着时间线走向松弛，瓦解，一拍四散，谁也扛不住。

晚上就住在没有瓦的房子里，像洞窟，想这一番折腾一定惊扰了许多生灵，我们安了它们才会安。

七

土沉，和了水草之后的泥更沉，我一铁锨都端不动，这是男人的世界。

修房盖屋讲究章程，一点马虎不得。前后坡瓦到一半合脊时，要放六枚硬币，袁大头最好，小时候都钻眼踢毽子玩丢了，放的一元硬币。说过去有一人家都能吃苦受大累，就是穷得叮当响，修房才发现放的是道光年硬币，钱都盗光了焉能富贵？有家盖房太抠唆舍不得好吃喝，新房还没住进去，一到晚上屋里就有人点灯说话，求了大仙指点拆房子，发现房梁上放了几块人骨头。瘆得慌。

合了房脊之后瓦工停下来，主人家此时应该发红包。钱封好了在哥那儿，而他去镇上买馒头菜肴。肯定不会少了工钱，先干着一会儿补？不行，规矩不能破。他们在房上等着，我们上茶上冰激凌，日头暴晒。

哥回来奉上大红包，挑鞭放炮，噼啪的响声宣告旧房换新，吉祥如意会降临老院子。瓦工马上精神抖擞投入战斗，大琉璃瓦列队铺上房顶，端庄持重，按捺着喜悦。

整个修房程序双方本着虔诚与敬畏精神，一丝不苟，住进温暖的房子一定要感恩。

八

十年前拍村庄全景，绿树环绕着青砖灰瓦，尽显朴拙，如今都换上华丽的深红，翻身了。

想高楼漠漠如织，瓦色蹁跹，吾独纠结青砖蓝瓦未免愚钝。未来改用天然气，许多村庄已率先不冒烟了，炊烟一词沦陷，依依墟里烟将被逼进深山。瓦蓝的天，瓦凉的水，这系列的词和它特有的年代温度，将会藏身字典。

“霜凝南屋瓦，鸡唱后园枝。”从门口茁壮的蜀葵花朵探进小院，嘿，老妈笑容满面正好挑帘出来，给四只肥母鸡搓棒粒儿，琉璃瓦房，黄土梁，新绿的榆钱洋槐，协调，漂亮，舒展。

我忽然有所悟，许是我存在固执和老朽。

九

大鸟接受阔绰的新羽，尽管内核依旧，确乎扬眉许多——远离险情，不再受歪斜、落后的嘲弄与胁迫，站在夹缝中也比被时代遗忘好。

房子走不脱，但它截留了声音，记忆，家族历程，一个时代的纠结、痛楚、快活与福禄，直到周身碎成瓦砾，归于尘土。旧是新的宿命，尘土是万物的宿命。

我穿过老瓦屋，仿若穿过山虚水深，打碎旧泥坯，遇见新出脱的我。旧壳碎掉是因为完成了使命，而骨肉之身岂能更换，锤炼的是内核——灵魂，灵魂就是房屋的四梁八柱，人气在，就精精神神地撑着。

有女如云

一、门前一株枣

时五岁，黄毛小丫，冬着青袄，夏裹花衫。于街头大粪堆、棒秸垛、小阳坡，掏黄娘，编马莲座，把杏核磨出孔来吹。河套摔大泥饼，包进青草，假装结婚，学着吵架，捏小泥孩子，不叫不回家。新房屋才刚修缮齐备，檐角一边松字，一边竹字，亭亭梨花，悠悠碧空。拖着扫帚当大车，笨笨地念数，七十一、七十二，急急跑到八十三、八十九、一百，哥姐笑为更正，父笑而不语，母灶前烧饭，喊一声，放桌子了！

读诗：

> 门前一株枣，岁岁不知老。阿婆不嫁女，那得孙儿抱。
>
> ——北朝乐府民歌《折杨柳枝词》

有个姐儿叫凤姑，面孔白皙，个头不高，无腰无臀。上山下地，碾道河边，星空月下，只爱唱歌，歌谣样板戏，喇叭的每周一歌，无不会。凑上前去叫凤姑唱歌，只管点，小油瓶嘴张口就来。

垒起七星灶，铜壶煮三江。摆开八仙桌，招待十六方。

好阔气。借你的灶膛和铜壶用用。巴掌大的村庄，锁不住心量。萤火虫忽来忽去，蝙蝠忽去忽来，水声自往远处流，流到哪儿？姑娘也不知。姑娘大了，歌里有了惆怅。她是老娘的心尖子，挑多少人家也舍不得嫁，留老了。

知是哪个媒人引来个后生，京都近郊人士，忒人高马大。凤姑一个照面，疯迷了张解元。不曾细细交谈相问，早寻思递了信礼。凤姑包的钢笔一枚，收到绣花手帕，卷的数叠票子。两厢魂魄相吸，双方父母未及商榷表态，已然畅想了红灯喜被、枣子花生、鸳鸯逐水。

你的七星灶，烟火太冲，隔着重重山，我心上的水也沸腾了。

我摆的八仙桌，本欲招待四方诸神，保我嫁个如意郎，难不成这就到了。

这一高一矮，调侃有度，答说从容，仿佛十世之交，不知以后真有的是待月西厢下、迎风霜雪来的愁结。

念去去千里烟波，老娘的老姑娘怎能嫁那么远？哭死也看不到，断然否掉亲事是正经。因此老娘只蹦俩字儿：不行。把凤姑的手绢包退还过去，领着姑娘回家。吃饭一拿筷子，老娘就唠叨，手离筷子头那么远，想嫁爪哇国去？爪哇国在哪儿，反正远得看不见，反正得看管好凤子，在村庄左右才舒坦。

凤姑不低头，赌气筷子拿得更高。大个不肯走，央媒人死说活说。大个买了一堆的酒和点心上门恳求，发誓请愿。老娘一个不收，不许凤姑出去。时已深秋，霜重月冷。大门一闭，又是隔了重重山了。凤姑对着窗台嘤嘤哭，大个长跪在门外，浇了一身霜，不起。

天亮时，大个跑到尖山砬子头上独坐，徘徊，像只逼急的野兽。

老娘松了口。我舍不得闺女，倒插门吧。大个说行。

老娘又说，家里没闲屋，自己想辙。大个说行。

大个和凤姑喜笑颜开，拉着手唱着歌，在村里寻房，寻到谁家老院里两间茅屋。想啊，凤姑在茅屋结婚，闹洞房吃喜糖，天天去玩听唱歌有多好。那家没有答应，明摆着她家老娘故意刁难，她家房屋四间又有偏房，怎么不腾出来。果然别家也是不借。

昭君出塞是她的命。大个终是领着凤姑出村了。一个奇高，一个没长开，大个还是像拐走人家的小姑娘。

妾弄青梅凭短墙，君骑白马傍垂杨。墙头马上遥相顾，一见知君即断肠。

老娘哭得有板有眼。这汉子是谁家的？妈养你二十年，老远山西的汉子只见得一面，就要死要活天涯海角跟人走。爱别人可舍了自己？老娘从此眼里只好多开一条路，从小村庄西行一直通到千里之外，某个村庄，某个房院，炕上龙凤被子，坐着她的凤丫头。

凤姑是《墙头马上》戏文里的小姐，由着马上的翩翩公子驮走了。嘚嘚嘚，敲着石子路，白杨树，深深隐隐的后花园，那么远。

二、打起黄莺儿

小学生，小个头，男孩发，青棉袄，系红巾，憨大个老师教唱歌，花篮的花儿香，听我来唱一唱，忽然走调了，下边嘎嘎笑。其实大家都会唱，只他不会。非叫我教，我胆小。他叫我到办公室，先教他，我还是张不开嘴，窗外扒着一溜小脑袋。我终于颤颤地唱出了：又战斗来又生产，三五九旅是模范，咱们走向前，鲜花送模范。我摸摸月亮盖，一手汗。

读诗：

打起黄莺儿，莫叫枝上啼。啼时惊妾梦，不得到辽西。

——唐金昌绪《春怨》

映山红开了，半面山坡赤日炎炎，要烧到眼眉心了。男人女人都情多起来，到底撂下一会子农活，纷纷上山当采花大盗，折下带骨朵的花一大捆，柴火一样扛回家，瓶子、脸盆、洗衣盆都盛满了花。

花香鬓影。小青搬个小板凳坐在花旁挑针绣线，纳鞋垫，偶尔抬起头，哼着新学的歌。微风吹过，蝶虫乱舞，不一会儿蝶就落在花上，花开在绣物上。累了就和姐妹们一处在村头大柳树下，听娘儿们东长西短地闲侃，扑哧地笑几声，早把边上的小伙子看傻了。却是谁也不敢表露爱慕。小青眼光高，哪里看得上泥土刨食的庄稼汉，就是看上，多少彩礼钱能打住砣。

小青心灵手巧兼伶牙俐齿，说话跟报幕员似的，笑起来一串串花开似的。名声在外，小青家的门槛还是被媒人踏破了。小青一个不同意，她的三六九打在远远的边塞，她有个兵哥哥大军，家在邻村，深山幽幽谷，家贫村陋，可是她喜欢。书信往来，总能说些外面的新鲜事儿，她的心在远远的。夜来清梦多，睡不稳。她就唱：

喜鹊那个喳喳落井台，远方书信乘风来。

大军复员回家，小青就偷偷跑出来，镇头巷尾，田间树林，映山红的花丛，或拥或抱。有偷偷自由恋爱的，哪有这么光天化日的。老爹的脸黑了。老爹指着闺女要份厚彩礼，也好修整下漏雨的房子。老爹撂下重话，再见打断腿！

七月流火，白天蝉声、夜晚的蛙声都让人心烦。小青和她妈坐在炕上搓棒子，唠嗑，都是嘱托的话，别和老爸生气吵架，干活悠着些，身子骨重要。嘴里边吃着什么，山里可吃的东西多，妈不在意，渐渐声音弱了，小青摔在炕上了。

小驴车嘚儿驾地嚯嚯跑下来，到我家门前，青爸满头汗，口吃了，急急叫父亲看。我们跟着蹿出去。青躺在妈怀里不省人事，脸蛋像紫茄子，费力地喘气，浓重的苦杏仁味散开来。

父亲紧着摸脉，听心。快去镇上洗胃，苦杏仁中毒，要死人的。驴车当即跑得冒烟。这孩子真烈性，大伙的心揪得紧紧的。

洗出两盆子黑乎乎的水后，青醒了。第一眼，他爸就放话了："爱嫁谁嫁谁吧。豁出一分钱不要，受苦受罪自己撑吧。"推门出去了。

青笑了。大家伙也高兴起来，老戏儿里的好姑娘都不嫌贫爱富，末了都是男的考状元做大官，冯素贞当女驸马当公主，王宝钏当皇后。瞅着吧，大花轿就会来，放鞭炮闹洞房，闻见糖味了。

三、长叶复从风

初级中学。乡里，两排平房，坡上坡下，后面倚山，左有树林，右有大河，河常泛滥，背着书包上山下梁，蹚不过去，就在岸上玩。秋天，全校学生排长队，进村庄，上大山，捡干柴，一人一根扛回校。冬天与表姐住在校园东侧，舅舅的暖屋里。舅舅的窝头，表姐的咸菜，香极了。晚间，常有个爱说的人大歌：东风吹，战鼓擂，现在世界上究竟谁怕谁。我却惦着黑白小电视里的柳梦梅。“恰好花园内，折取垂柳半枝，姐姐，你既淹通书史，可作诗以赏此柳枝乎？”

读诗：

> 青蒲衔紫茸，长叶复从风。与君同舟去，拔蒲五湖中。
>
> ——南朝乐府民歌《拔蒲》

小美如其名，生得玲珑纤弱，正是一枝柳一枝梅的俏模样。小美做事太麻利，你还没想好做啥饭，她那锅里米快煮熟了，角瓜片切得薄薄像碧玉的纸铺在碟子里，切葱花也决不粗枝大叶，一勺素油能炒出鲜肉的味来。

小美不念书了。晚间坐在梨园里唱歌，每个人都坐着唱，她站起来扶着树枝，袅袅啭出来，妹妹找哥泪花流，不见哥哥心忧愁。以为是录音，一声“啊”，柔肠一寸愁千里，穿破长夜，与星光纠缠闪烁。我们震住了。

> 意欲捕鸣蝉，忽然闭口立。

小美甩头一笑，齐光光的牙齿切出一段葱花：小菜一碟。这是她的口头禅。一堆活计，别人愁死了，她眉头不皱，说声小菜一碟，手脚并做，草船就借得了箭。秤砣那么重的难事，到她就是浮云一把。治大国若烹小鲜，看她也有这样的豪气。

蝴蝶找撒巴拉，屎壳郎找猪尖兽，晚上凑成几堆，玩个昏天黑地。小美已然二九佳人，不曾矜持半点，上山爬树，上房跳墙，吵架闹事，无不有她。常与姐妹闯进村边的军营，看电影，聊大兵，比赛唱歌。那帮大兵唱歌如号，小美一放声“妹妹找哥泪花流”都倒吸气了。

“我们都是你哥，嫁过来吧，就是军中一枝花。”

小美不含糊：“谁能对上我的歌，我就考虑考虑。”

长号如涌的，忽然都羞涩了。一个细眼睛，微胖，面孔憨憨的男人站起来：“唱我家乡的歌试试，《三十里铺》。”

> 提起个家来家有名，家住在绥德三十里铺村。
>
> 四妹子儿爱上那三哥哥，你是我的知心人。

这男子平日唱歌也跟受伤的野兽没两样，还有这绝活，真个苍凉有味，荡气回肠，一荡荡到陕北那旮旯了，也荡进了小美的心脏。

野性十足的小美忽然与姐姐学习纳鞋垫，织手套了。又拆开白线手套，织线衣背心，这些物件俱各跳到憨哥的身上。

小美把憨子带回家，立时投放了一颗炮弹，所有家人决不同意。大好几岁，复员也还是回家务农，况离家太远，家业为人都不知情。二人怏怏散了。

憨子的部队不久撤离。户口页、贴身衣物，和小美同时不见了。

遮不断的青山隐隐，流不断的绿水悠悠。那一阕。

四、足跌如春妍

高级中学。镇上，校区为老县衙门，住宿是老书院，青砖灰瓦，大殿宽阔。出这门，进那门，有两对汉代石狮子殷勤关照。爱背诵小川的诗歌：北方的青纱帐哟，南方的甘蔗林。老班是新毕业青年，长得帅气，管得严格，也是气管炎，爱唱攀登高峰望故乡，黄沙万里长。“五四”青年节在清代老戏楼上敲锣打鼓扭秧歌，猪啊羊啊送到哪里去，送给那英勇的解放军。红绸甩得山响，小歌小腰小脸都是青春的媚。一个黑俊的文艺女生狂追一男生，男生尴尬无处躲。最后躬身施礼道：“姐姐，只要你考上。”姐愣了，长发盖住了眼睛。

读诗：

新罗绣行缠，足趺如春妍。他人不言好，独我知可怜。

——南朝乐府民歌《双行缠》

夜色将晚，小桃父亲端坐炕中，手捧一大茶缸热水，开坛演说。这几乎是一直的惯例，《聊斋志异》，趣事传闻，有声有色，比说书的更逗人。

年轻人更喜欢看小桃。黄白净，鹅蛋脸，小酒窝，端茶递水，招呼众人，吊起来的马尾辫甩来甩去，烟雾扫过她浅浅的笑容，衬衫掖在青裤里，一根皮带扎得紧紧的，越发显得小蛮腰、鼓鼓胸、结实臀。小桃从小经了大场合，会酒，会做饭，会社交，会说话，当然也敢于想做什么就做什么。

早上也去田里摘菜，站在高高的玉米地里摘豆角，每拽一下，叶子的露水珠飞玉溅，头上、脸颊、衣服、筐子都绿浸浸地湿透了。回来的路上烤太阳，一身湿漉漉，一身青翠。小桃真的不像山沟的姑娘，挺着身子走路，少有丝毫的懒散，一脸灿烂，就是挎着菜篮，卷着裤腿，沾上泥巴，也像体验生活的城里人。

小桃是父亲的公主，她想要个什么，没个不依的。

她要晚上熬夜学习，父亲一定等她夜深，稍有一点声音，立刻喊话："桃儿！"

她去远远的城市学烫发技术，父亲就买成套设备，不为开店就为了见识。学成回来也少动，高兴了，偶尔给姐妹们剪个时尚发型，给父母理发，父亲就乐。

她要当老板开饭店，父亲就给她当掌勺师傅，她系围裙，盘发髻，插簪子，好像机智秀敏的阿庆嫂。挣钱是次要，过过瘾。

她热爱闲书，父亲定期从镇上亲戚处拿回一包书和刊物，《十月》《当代》《小说选刊》，也有诗词曲赋读本。这些风花雪月的东西，是泥土地高粱花给不了的，她大方端庄的气质概得于此。

姐妹们近水楼台先得她的月。午后不睡，蝉声赶着小说情节，一人一大本知了知了地翻。晚上对着大月光，在河边在碾道背诵李商隐的名句：锦瑟无端五十弦，一弦一柱思华年。猜测诗里隐隐的惆怅，似乎忧伤也是美。

小桃备受娇宠，但从来知书达理，不凌于众人之上。这样的珠宝要嫁哪儿？得好好挑挑。可是不容挑了。小桃突然宣布谈对象了，在镇上。是几时孟光接了梁鸿案？物资交流大会交流出来的。小桃平静地介绍他：块头高大，面膛略黑，有股子野性，成熟，能干，大她七八岁，已婚，老婆去世，有一子。

母亲当即怒骂小桃，什么眼光。父亲沉默许久，这结果实在出乎他的意料，他相信小桃看小说看多了，生出浪漫心。父亲说，桃儿，以你那样的姿容，嫁到城里也得要挑好人家，进门就当后娘，做填房，非常难，会受许多刁难，况亲戚朋友也都不能同意，村里从来没有过这样的事，风言风语顶得住吗？你又没有错处，为何要委屈？知他前老婆怎么情况？他脾气秉性怎样？保证对你一辈子好？

小桃只说好，非他不嫁。父亲一敲烟袋锅子，见见他。谁知一见如故，谈性颇浓，不是一家人不进一家门。亲戚不好说什么，婚礼就办了。小桃式骄傲，想什么就是什么。

镇上街头，人们常见他们夫妇饭后牵手散步，小桃长长的卷发，小巧秀美，依在男人身边，仰脸看着他，慢慢地说着走着，夕阳的辉光洒在她幸福的脸上。

小桃生了白胖的小子，好看又乖巧，谁都喜欢，爷爷带着。小桃早跟男人到京城闯荡多年了，有房有车，春种秋收从来不忘回村给老爹干活，也偶尔有几条花絮淡淡传着。

五、西方有佳人

大学。出自僻壤，心有卑微，喜欢扎进图书馆，安静摘记。大厅群生起舞，兴味盎然，看蹄上布鞋，意有踌躇。然品貌端庄，笑容甜美，也能一曲接一曲，甚至几个帅哥同时伸手相邀，一时海上韶光，星汉灿烂。时常接到暧昧锦书，出自各大院校，上写“春天来了”。内心高兴，面色平和，卧于床榻，措辞回信。恋爱记录可怜，只与一个弹吉他的男孩走过一次小树林，唱过半段山清水秀太阳高，好呀么好风飘。一次收到匿名信，说若有心，就到校园后面的小树林去，有人在那儿散步。没去揭谜底。今儿忆起这一情节，想，至少该隔着一树花看下，看谁用心？

读诗：

> 西方有佳人，皎若白日光。被服纤罗衣，左右佩双璜。
>
> ——三国魏阮籍《咏怀》

吃松子要细嚼，越嚼越香。像少妇的思春，那种妙，非细细体察不能知晓。

晚云的美就如此，受端详。脸色是日光映出的那种白，乌发自来卷，杏核眼是本土香白水杏的，最惹人两叶红唇，愁时紧锁一粒大樱桃，喜欢时半弯淡淡月，招人。

说话像莲藕，清晰地一段段吐出来，但暗里细白的丝尚连着，有一点黏性，像京戏的青衣道白。一旦语速加快，嗓门提高，与人争论骂架，就像壮士的行书，有重墨，有剑气，有留白，当然，虚幻的轻线都牵着，浑然一体，有力度而不失韵致。听着绝不厌恶，是欣赏人家的行云流水，绿肥红瘦。

我能不错眼珠地看着她半天，简直廊外千朵芙蓉也不及她的俊。小学课堂上，她常常站在讲台前让大家看个够，因总犯小错误。微低头，脸蛋羞惭，一边一朵晚云，慢条斯理念一页深刻检讨，眼睛一耷拉，鼓动厚嘴唇儿嘤嘤保证。回位，落座，云息。

她暗里喜欢同桌。一个聪明健壮的男生，自小失了父母，而能活得像模像样。男生女生界线分明，稍有多语也被耻笑。她不多说，他不多言。待俩人都不念书了，有更随意的说话场合，那点情愫慢慢泛起来，鼓成了花苞。

一场突来的变故，让这苞开花的念心停在了少时。

母亲平静地与她议婚，说小伙人好，模样好，有工作，孝敬父母。是她天天叫着的堂哥。母亲平静地说她不是她的亲娘，她是从小抱来的，亲生父母姓甚名谁一概不知。母亲突然搂住她掉泪，说见不得她到别处去，从小没亲娘，万一有个闪失，下去没法交代，一定亲自看着她在眼前过日子。

晚云不知怎样地诧异，怎样地闹了情绪，怎样地昏天暗地山重水复，终是遂了母亲的心思。那些复杂的变化，岂是外人猜到的。一家人总是一家亲，有小孩到来，晚云就是个沉醉的小母亲了。

男同学也结婚，出走打工，日子如门前溪水，晴风细雨都依着河床流。但值夏季，暴雨山洪偶尔是有的，冲破堤坝一点都不要惊奇。

村里悄悄传着晚云与同桌的小道青青草，又添了枝加了叶，美艳起来。同桌也早婚有子了，也是个热血青年，怀有吉士之心，正遇着夭夭的少妇。本有宿根，才知情爱，原是月老错点了野鸭，纠正一下试试？

晚云散着发，撒着泼，立于村中间，两家人前，立于同桌和他的妻之间，刀锋剑刃，行书草书，和着行行涕泪，一气乱挥。

梁红玉要击鼓占一回金山了！河水解冻了，春风酒醉了，一大把子花都开了。

英姿，炫舞，浓艳，热辣，那光，晃得眼疼，刺得透不过气。鸡鸭鹅狗，十方诸神也要起震动了，要为之想着改变了。

六、隔墙花半隐

嫁人了。和你，和她，和陌路的女人一样，染了烟火。六月山城，有皇家的园子、清宫的鼓乐，有亭台流水、胡同玫瑰，有憨生，有娇娘，有扑人面的杨花。老槐树下，烧饼铺前，青砖灰瓦，独门小院。路有淡淡的霉气，野生的燕子翼，《诗经》里的卷耳，对门女孩平平仄仄的歌谣。黑铁门响三下，一头卷毛狮子兽探出头来，演出三句半：“慢点骑，看点车，早点回来。”嘭！我抱着热烧饼，踏着木屐，走远了。后来牵了小女孩，吃着煎饼果子，领着一条叫巴图的小笨狗，一天三五次进园子逛。孩说，都玩腻了。十月蟋蟀，入我床下，夜愈深愈响亮，是骤雨打新荷的光景。一晃好些年没听到了。

读诗：

隔墙花半隐，犹见动花枝。当有美人摘，讵止春风吹？

——南朝梁刘孝威《望隔墙花》

私奔是林黛玉的咏白海棠诗：偷来梨蕊三分白，借得梅花一缕魂。

小妖与男人私奔而来。走过街头，高低远近层层诧异的眼睛。她紧抓着男人的手，上台阶，推开门，小心进院了。

屋子也还干净，有点不常开窗的糊巴味道，有蓬着花白头发做事利落的老妪，他的奶奶，说话迟钝但一看就知善良的，他的父母亲。

小妖和他坐在夜晚的河边，露水一朵朵滴在鸡爪草和蜀葵花上，有些湿漉漉的惆怅。她抚摸自己的小腹，那里有生命在动。为了这只小瓜瓜，她不得不来这个陌生的村庄，长好粗壮的蒂，等他安稳地落下。她好像是下凡的织女，一眼相中憨实的牛郎，要为他生下一对小牛。有了小生命，小生命就是天，自家，婆家，尊严，面子，一概不去考虑，她得养着。

小妖在村庄住下了，也不与人答话，只在院里走走。这一家子并无多少骄傲，知有许多事等着，必要硬着头皮去做。男人托了媒人备好礼品去了小妖家。再如何的谦卑、诚恳，都是六月天的冰雹。小妖家里只道她出去打工，却早演出了七仙女劫色董永的大戏来，一时滂沱不止。

小妖的家族隐忍着来了，他们不失礼貌和和气气地商谈着婚事，甚至认定了一些细节，顺理成章地把女儿小心地接回家了。

小妖回到自己的房间，立刻挨了母亲两大巴掌。“打掉孩子，结婚门儿都没有。”父亲是镇上的教师，女儿也是高中毕业，如此辱没斯文，怎么在街上走，怎么在学生面前说教。小妖不惊恐，也不流泪，也不辩解，也如父母的不动声色，好好吃饭睡觉。一日父母双双出去吃喜酒，把小妖反锁在家，回来时，小妖不见了。窗户开着，一块玻璃碎了。床单撕成粗条扭了绳索，拴在窗框上，一直垂到三楼底下，乱花枝上晃。

小妖的父母愤怒了，呼朋唤友，坐着两辆出租车大闹村庄。村庄咚咚锵锵动起来了。一伙人抡着菜刀棍子东邻西舍地找，东撵西蹿，南踢北撞，没有两个孩子影儿。

小妖母亲涕泪横流，拍着大腿哭诉不尽的委屈，若交不出孩子，要给这家子好看。一时两家镐头锄头扛上了，拉架的劝说的，全村能出来的男人女人孩子，都到齐了，戏怎么收场？

这一家老的太老了，管不了，能管的人话又说不全的。亏了这门子的亲戚乡里，都如同自己家的事。老人和女人最有力量的安慰话送过去一句：拗不过孩子的，孩子好就万事大吉，将来孝顺你就什么都有了。

哭够了，说累了，人还是没影。也都乱糟糟折腾了，也都围着说尽好话了，也都一帮人马疲惫了，上车走吧，还是想哭，有点凄凉。

像一棵蒲公英与它的花絮，开时不分彼此，长成了必要追风而去，义无反顾。留一个秃光的枝叶，弯曲，委地。

后记：春风复多情，吹我罗裳开

如果时间能止于好，世间就都是幸福。但再好，都是一个点，一个时刻。总要变化。所以坏，也只是一个点，一个时刻。最不容易变的是家，一生也总要搬几次。大的是离开故乡，小的是房子的更换，也可能是因人的更换。山一弯水一程，都是在路上。像植物的种子或枝叶，落了地，而有一番天地伊始。日影变幻，心态更迭。知了，通了，软下来了，可以静静享受阳光，关照身边的植物、弱小。日子长长的，若分成多个段落，当是段段传奇，节节有香。掐了哪一段闻一闻，嚼一嚼，都已不是过去。而且，止不住地向前奔去。但记忆正好相反，会从眼前的一株草，一片云，一个人影，一点飘忽的气息，瞬间就坐到过去的门前。

六

小妖听到母亲叹了一口气。她转回头，母亲的眉头紧皱着，给她的孩子换尿布。她突然意识到，她的私奔和奉子成婚，虽然这年头已是时尚，传统的父母心上仍是化不了的硬痂。

小妖从家里逃离后，立刻给村里的男人打电话。他们直接在车站会合，逃跑了。再次的私奔，或者叫奔波，为了爱还是为了孩子说不清了，只被一种动力激情所驱使。

月份越来越大，两家的父母都急了。滔滔大水咆哮完了，就会自动静息下来，坏事总归要变成好事，好事变成两家的喜事，整个村庄将为添丁进口红火欢庆。有孩子在，就不愁融化两家所有的坚冰。

小妖沉浸在有孩子的喜悦。她突然听到了母亲那一声叹，惊了一惊，比她知道未婚怀孕被母亲打了两巴掌，知道父母顿足捶胸追赶到村庄，父亲绝不谅解至今未来过，甚至比听到婴儿的第一声啼哭，更震颤了心。

小妖抱着母亲哭了一通，母亲反要劝女儿了。

但小妖很快倦怠这一切了，她挤在一群人中看麻将，胸前紧贴着打牌的老男人，仿佛趴在那人背上，揪他的头发，拽他的耳朵，一会儿又捏揉他的老脸，不错眼珠盯着乐着看。小妖男人抱着孩子在院里玩，装看不见？说不明白管不了，都习惯了。

小妖原来是不够心眼，一根筋，她的勇敢爱情你给她升华到《诗经》里的美，而说穿了不过是像她的饮食，馋了要吃肉，饿了盛米饭，见苹果好上树就摘，摘了就啃，有了种子顺当地，生！

五

晚云的壮举是雷大、风大，雨亦大，冲走了泥沙，冲破了河床，却不曾动摇了根基。根基是传统，是母亲，牢牢地攥着她。无生而有养育之恩，噼里啪啦掉下半盆泪，晚云闭上眼睛听黑由命了。

晚云也是小母亲，她的肚子里又有了生命。她想自己生下即无亲，小孩子不能再有此遭遇。她软得像没壳的蛋，捏一下命就碎了。

哭上十天半月，宁是舍了一段锦瑟年华，只当太阳是昨日的好，梦是下世的事。晚云举家搬走了。

有人在镇上遇了她，满面红光，花衣美衫，胖了，做着小生意，有钱。身旁还是那家子人，之间还有过多少花花草草无所知了。她扯住乡亲街头拉家常，笑说已是奶奶啦，显然对生活满足了。

这么多年，她说话还是那么藕断丝连的，当年的兰花指也粗波波了。梁红玉的金山呢，大鼓呢？

四

小桃突然接到电话。儿子在城里学开车，被车撞了。她和男人赶到，孩子已往天国去了，俊白的脸孔灰蒙蒙，凝着泪珠。

失子的痛没有什么可以宽慰，她哑着嗓子慢慢咽下了。她的幸福的光环，永远地缺失了重要的一圈。

她还是一如过去的倔强，想啥就是啥。许多人劝她再要一个，总是自己的孩子好。她摇头，不了，还有一个，亲生一样了！

她多忙碌，打工赚钱，买车，盖上十间大房院，给孩子事业投资，娶妻生子，当奶奶。这么年轻大家闺秀一样的奶奶。

当她一个人对着这一溜空寂的大房子，看着新婚的灯火，呀呀叫的婴孩，她的心疼到极点，跑到路口大树旁，郁郁地哭了许久。

许多人说，外面那么好，别回村了。她说那能行吗，不行，初恋，一辈子的人在家。她嫁的人她至今珍重着，有本事有担当，能做大事，能为她分忧，当然偶尔也会给她添一段愁。她怎的不明白，好男人就是一棵大树，免不了来几只蝶虫，哪只蝴蝶美丽的翅膀上没有斑点呢？

三

小美走得如此决绝，无有预兆。知不知，聘则为妻，奔则妾。地址也没有，气死了疼死了，罢罢罢，断绝关系，永远别再回家。父亲甩出这句话，把女儿截山外了。

父亲可以一直气，放不下面子。母亲却不能，面子哪如女儿值钱。小美也一直有信给姐姐，报告外省的家事。正式办婚礼了，小美是村里最年轻漂亮的小媳妇，“搅房”的孩子挤破了屋门，让她唱歌，她大大方方唱妹妹找哥泪花流，他扯起高调唱《三十里铺》，尖叫声震得碎窗户纸呼呼响。信不断寄给姐姐：男家是大家庭，重视大儿子，意欲同女家相见；生女儿了，婆婆很照顾她；又生儿子了，全家高兴；她学裁剪了，开起裁缝铺子，衣服做不过来；她要得了工夫依次给家里所有人做合体的衣裳寄回家，且在年节给爹妈寄回钱来。

十个春天了，贵妃也得省亲，父亲熬不住了，吐了口。那边枝子漫卷衣裳喜欲狂，青春作伴回家乡。小美一家腾云驾雾地团团回家了。老家那阵势：

> 爷娘闻女来，出郭相扶将。阿姊闻妹来，当户理红妆。小弟闻姊来，磨刀霍霍向猪羊。

不贴红挂绿，也比过年还要新鲜喜气。小美秀发披肩，皮肤光洁，举手投足竟还像个待嫁的小姑娘，两个娃像她的弟妹，憨子像一家人的大哥。酒到夜深，话到鸡鸣，天下的事就是这悲喜交集，分分合合。

小美愉快地返回外省，彼此都放心。斯时，四处开放搞活，小村的姑娘们早已是祖国山河处处春，父母是管不到当处，也疼不过来了。可是几年后，憨子患了癌症，拖上半年走了。黄叶无风自落，秋云不语常阴。泪花四流的妹妹即刻枯藤老树昏鸦，哪个小桥流水也不是她的天涯。

父母亲自来接女儿了，小美拉家带口回乡，家乡的厚土滋身养人，家永远容身又容心。

姻缘线牵得太巧，小美与亲姐尚未婚配的小叔子结为秦晋了。两姐妹嫁哥儿俩，村级美谈震动了，日光月影皆有人世的热辣与温情。

她带着一家去大城市混了，她从不畏难，又新学了月嫂手艺，很快打出金牌来，新生活列队归顺她了。谁的生活也难免缺陷或破洞，必得努力打补丁，日子还会花鸟一样美下去。

二

小青出院后，与大军之间有一次密谈，都以为商量婚事。但不久两人各走各的，如同陌路，谁也问不出什么。随后，小青独自一人奔赴京城，作为村里的第一个打工妹，把天蓝云白、一坡的映山红都扔了。

小人书里，戏里，都只说到劫后的多少喜欢，没有提圆了的镜子又摔破。人们不解了。

后来才了解缘由。小青命大心也大，早想去外面闯荡了。外面世界风起云涌，外来妹成为大工厂的柱子了。那也该是她的天空。她不想把青春埋于狭小的乡村，一双手泡在泔水里，洗不去味道，每天采猪食手绿得洗不掉。她看上军人，是看上他在外受的教育，他的见识，以为心思一定宽阔，可他还是想待在山沟里。她以死换来的爱情与生活，绝不是这样的。

她立刻了结关系出发了。她在一个县工厂打工，她的自信聪明，她的果敢品貌，赢得了年轻厂长的喜爱。厂长没有媳妇，小青姑娘家家，黏米面的饺子，真个不捏也成。

青迅速完成从农村到城市的转换，从村姑到厂长夫人的升级，从自行车到小轿车的阔绰，过年过节，华服的她拉着满车的酒肉粮品，轰响着进了村。因为她，村庄不重生男重生女。

映山红再次火烧云一样霸占山坡，已是采花人杳。年轻人早都浪迹江湖了。小青抱了一捧花坐车走了。这是她最后一次采花，她老了上不动了。她之前的身份是某乡精明强干的女乡长。她的兵哥哥，不提也罢。

一

凤姑嫁出去有没有回过娘家？太久远了，好像一江春水向东流，再也没回过。

和她同一时期坐着马车嫁出去的姐姐们，好像也一直都未回来过。

她们的母亲父亲也大都走了，是她们丢了村庄，还是村庄忘记了她们。

她们在娘家是大家庭，嫁过去的还是大家庭，有四位老人，一群小叔子小姑子，她们像母亲一样不得闲，做勤劳温驯的妻子，以丈夫为天，以婆婆为地，以孩子为日月星辰，独没有她们自己。只得一样好处，生两个可爱的孩子就大功告成，不用养一堆了。

凤姑可难过了。她是连这样的好也得不到。她可以会十八般武艺，上厅堂，下厨房，描龙绣凤，侍弄庄稼，把擀面杖滚得咕噜响，把歌唱得滴溜圆，就是生不出一个大宝宝。她已十次八次地受到婆婆的责难、公公的长脸。她想离了回乡，回到老娘身边撒娇诉苦。

可贵的是原来老娘护着，现在由男人护着。他还拿她是枚珍珠，万水千山地找来的塞外小姑娘。他不能相逢开口笑，过后不思量。他早跟凤姑学会了铜壶煮三江的手艺。

他们共同垒起七星灶，十年熬，十年成珠。凤姑先是抱了一个，接着肚皮拱开了，亲生了一个。她齐全唯美了，他骄傲地赞美她能二活。她一手牵一个孩子，对着他大唱：参谋长，休要谬夸奖……

谁已先我们离去

生命可以看作一个梦，而死亡是从梦中觉醒。

——叔本华

一

撤离村庄的第一头大灰狼，一步三回头的火狐狸；第一个对着荒野长啸的祖爷爷，承受男人第一脚的那些花草，流过干渴喉咙的第一口山泉，碰了一头乱草的第一枝山樱花；在树洞里极其疲惫又安心睡下的第一个夜晚，照亮丛林里第一个人面的那片月亮；第一株承担房子四梁八柱的松木，由男人粗大的手指升起的炊烟，啼响村庄第一个黎明的公鸡，第一个拉着尖白犁铧挑开荒野的黑牛，以最温情的哞声唤醒的第一片土地；灌醉祖爷爷的第一瓶酒，祖奶奶生下村庄的第一个娃，第一个在檐下筑巢的燕子，落在茅屋上的第一场雪，滋润谷子地的第一场春雨，植物的清气串流的葱花香，只有野兽们帮忙分享的第一个大年夜。

嫁出去的第一个村姑，娶进来的第一个媳妇，为村捐躯的第一头牛羊；受尊重的人，含冤的人，委屈的人，第一棵歪脖树下上吊的女人，哭了三天三夜喝农药的女人，生下就是失了明的，瘸了腿的，失了音的，把村庄丢下的木匠，迷失的哑巴。消失的辘轳水井，打柴的板斧，用秃的锄头，豁嘴的铁锨，掏灰耙，教训孩子的鸡毛掸子。

第一个激动村庄的大月亮，最远的天空，最淡的星座，散草秸上才下的霜白，所有的孩子都在大场院跑叫，把所有的儿歌唱遍所有的游戏都做遍，姑娘躲在谷子垛下私语，小子们刺刺挠挠招猫逗狗，忽而几个人一起摔跤，笑着骂着倒在白亮的地上；老人坐在台阶上，有月光的慈祥与宽容。不远的林子山鸡咕咕叫，野兔咻咻地嗅，一只刺猬不小心滚到孩子的脚边……谁都不想回家，不想睡觉，不想先走第一步。那样的月光村庄史上只出现过一次，村庄全体出动也只出现过一次，年轻人暗许了情愫，屋檐下的灯光都不用亮，窗帘不用挂，一些种子在月亮的直视下发芽。

坡上唯一的老橡树，独自张着玫瑰的手指，撒出光滑的橡果，之后也消失了。枯藤，半间房坯，一只土里露半截的鞋子，墙角快锈烂的铁锨，一片毛草不生的山坡，留在记忆里的一声尖啸。你能辨别它们生前的脉络，就会生出敬仰。

先走的，都是通往死亡之路的祭品，为后来的生灵挡住了一次激流，一场冰雹，一次雷霆，一次大旱，一场瘟疫。先走的人老而无愧，面目金黄，有天使的笑容。他们是村庄破晓的梦，惊醒了谁？

二

一生二，二生三，三生村庄。数字的村庄，草生花长。

一二三四五，上山打老虎，老虎不吃食，专吃小毛驴。哄小孩的。

一斗穷，二斗富，三斗四斗开药铺，五斗六斗背筐握篓，七斗八斗可街走，九斗一簸箕，到哪儿稳坐下。说的命运福报。

一旋儿横，两旋儿拧，仨旋儿打架不要命。说脾气的。

桃三杏四梨五。报的花名。

五方六月烂韭菜。说那时的韭菜不要吃。

大门开开，二门进来，全体起立，大家一起唱个哎哟歌。淘气者欺负人的。

一九二九不出手，三九四九冰上走。说节气的。

鸡头鸭二，猫三狗四，猪五羊六，人七谷八。说的春节初一算起，哪天天气好，这一年就养得收得。

要赶三、六、九的日子才吉祥。说的是出门，做事。

头伏饺子二伏面，三伏大饼卷鸡蛋。说的迷人仲夏夜。

这些数字从天亮就一直说话，它们的天从没黑过。一些数字说光了，像落叶说掉就掉了，更多的数字涌过来，像春天房檐下一窝一窝初飞的小鸟。

门口的大爷还在说着话：我看过个十天半月你就来吧，咱好好喝一壶，整两盅，嚷嚷三四个钟头，一觉闷到五六点，鸡叫三遍，七点来钟你嫂子贴一锅饽饽，盛两大碗辣椒汤，三下五除二扒拉光，下地走你！

三

每个嫁来的姑娘都是村庄的喜悦；每个孩子的出生，都是村庄的希望；每个离家的青年，都是对村庄的背叛与开拓。每个日子因此亦笑亦哭。

那些先进来的女人，索性叫女奴，把累受尽了，把骂挨完了，把苦水吞光了。后来的女人站在她们弯下的腰脊上吃吃笑，听不见脚下呜咽的流水。她们已经是女人了，生的男孩很温顺，生的女儿足骄奢。

来的去的，都是村庄的元素，辣的呛人的，呐喊的村庄，过去了。

而老，让一切变得柔软。像夕阳，临去秋波那一转，极媚。像原来咆哮的洪水，如今只是一溪清流。

有过芥蒂的，吵过凶架的，如今眼里都是慈爱，说的都是祝福了。他们曾是天，是强硬，是铁面，亦是主心骨。现在他们是老人，眼神渐渐模糊，走路也需要拐棍了。烟都放下了，女人也都放下了。仇家远走天涯，或者归入泥土。大家守在一处喝一点小酒乐乐就是好，回头亦前亦后，也要各自攀上自己的山坡。

他们是一些要走的人，每一天都临近了那神圣的时刻，世间的一切都如珍珠，贵重无比。不用催促，不用打骂，也不用难过，倾家荡产地留，该走就走了，就像该来就来，是个不需破解的秘密，这时，宽容像箍紧的芽苞松成了叶片。

我在黄昏时候，在可口的晚餐之间听到一些暖爱的词，心中升起无数感动，忍不住要赤脚蹚水撵鸭子，想同那些亲爱的人拥抱。

四

可是谁家的麋鹿毛发黄了，长癣了，肉松弛了，骨头软了，不能生育了，夜里星星似的哀鸣？不认识麋鹿的没见过麋鹿奔跑的，也在那儿捶胸顿足，为丢失和衰落大悲大泣，没落里有没有新生？悲怆的调子可杂有喜悦？得让我们有活下去的理由。

城里吃香喝辣，指望乡村寒蝉凄切地等？汽车飞机一个劲儿提速，还要乡村扶犁耕田，锄禾日当午？

要诅咒就诅咒电吧。是电一点点杀灭了古风，令一切手动的生活有组织地撤退。这么点的世界，老的只好退下去，让位。有个黑洞远远地等着，万劫不复，哭不过来的。要诅咒就诅咒化学药品吧，是它们杀死了植物、勤恳和良知，催生了懒惰与恶。

而大多走失的金贵乡风，不是无，是变换了另一种形式，重新回到身边，像水变了冰，露珠变了霜。有的我们能见，有的我们见不到。

他是先我们而走的祖上，是走了很久的金蜘蛛，还会不断地抛出长丝来，若有若无地往回甩，也说不准搭在哪个门前的树枝上、花瓣上、河边的一块石头上，刚好经过那里的我的手上，黏糊糊细腻腻，我的视觉游丝软系地荡过去了。

在灵魂里，村庄是星，恒久闪亮。沟底的蕨，石上的苔，村口的小庙，庙前的河床，五十米远处的香草大院，草药的残香在瓦罐里说话。

我们的大院，那么好的院子，那么厚的黄土板，那么些个老树，总有一天，家族也将抛弃它。它会住上别的人，也或者是一群动物，再不就是满地蒿草，水又将草淹没，土又拱出来，站着一只鸟，一个仙人，等一个像野马一样，背着药箱又提着猎枪的年轻人来到。

郭小川的凤山古镇

燕山山脉向北撤退的大潮，被承德丰宁境内突兀而起的塞上高原，生生截住了，卷起最后的几朵浪头，凤凰山大黑山元宝山马鞍山，四瓣莲花，将山中各寺庙的禅音和未经污染的林间清气，一古脑倾泻到那片恐龙时代塌陷的小盆地。我就站在那儿，一个诗人，郭小川，和一个古镇，凤山之间。诗人曾经温暖过一座浩瀚山脉的苍凉之心，至今燕山青翠，热河水暖，而生养诗人的小镇却已荒冷太久了。我是小镇的女儿，但我决定重新以朝圣者的虔诚，穿越飒飒诵经的青纱帐，膜拜诗人的故乡。

老街速描

我忽然觉得不安和兴奋，仿佛冬眠的小虫，才张开醒来的触角试探那些熟悉的花朵，整衣净面，绝不邋遢。

凤山街，母亲前面慢慢挪，我后面慢慢跟。我有时快速拐进一条胡同，盯住一棵老槐树、旧门槛，或后山花墙，抓几张照片，再快速转出来。只五六家，都不深，再返回主街，还可拍下母亲稍远的背影。她蹒跚着，一条流浪狗跟过去，十字街头立刻生动了。路西“聚源有”胡同，老县城最大的商号，一头挨着古戏楼，一头通到最繁华的中街。路东老县衙门胡同，有老一中、文庙、新华书店，还有更老的白铁加工铺子，多少年了，还在那儿梆梆敲，你听见他敲，就听见凤山的近代史，看见村庄、纸窗、烟炊了，就会想小川家过去也要在这里买炉筒子暖屋，路南几十米就是他家的老院。路北是城子里胡同，存着千年古城墙。而母亲跟前，是老凤山的供销社，木板牌子上还印着清晰的红字“日杂门市”。

古镇是一条纵行的蜈蚣，此处就是蜈蚣的肚腹，什么表情，什么声音都有了。我似乎要比瓦檐高，一搭手就能摘到瓦上开花的鬼针草，草上飘着的前朝尘烟。六十年前，小川也有过这感觉，他回家乡任县长，写道：“熟人变老了，连房子、院子、街道，也像比以前低矮。”听起来蛮伤感，但幸好古镇几近被遗忘，算是保护了。

高中女同学在老房下开理发馆，她弄发，我盯着她说话，说她一个人多年来像小镇一样孤独而安静的沧桑，然后付钱离开。她没认出我来，我偏不说明。中午进小店吃一大碗酸菜莜面饸饹，转身去新华书店消磨午后时光，翻余秋雨的《冰河》、周晓枫的《宿命》。晚上街头吃烤串喝啤酒，远处有新广场耀眼的灯火，广场舞的音乐。而眼前的老街早已人影稀疏，陷入安好素静的灰色里。

两千年前，这里是一片旷野，草鲜水美，这样的黄昏，哪个牧羊人忽然停下来，发现这里可以安家，做城，拒敌，遗传下血脉？

千年要塞

我摸不到秦汉时期小镇夯土为城的遥远刻度，千年土墙、老石桥、老石狮子替我说话。它叫要阳县。漫漫尘霭，后来许多璀璨的星辰一一亮相小镇土城子。

北魏，花木兰打马飞过，燕山胡骑鸣啾啾；郦道元来过，小镇光荣地登上了《水经注》：“水出塞外，三川并导谓之大要水也。”东南流经要阳县古城东，本都尉治。都尉官衔仅次于将军，三百年古要塞，开四门。大要水，民称西大河、牤牛河，蒙语锡拉塔喇河，三川汇聚，郭小川笔名小水汇为川，冥冥中竟与祖先的河流默契相印，实是天意。

唐王昌龄漫游西北边塞瞭望过这片黄草川，吟道“出塞复入塞，处处黄芦草”。烟锁重重的宋辽格局，出使契丹的欧阳修、沈括、苏颂、苏辙、王安石，亦通过滦平古驿道踩过这片大辽的土城子，那一瞥足够了。杨八郎与辽军在此开过仗；忽必烈铁蹄踏来；徐霞客涉水而去。亦耕亦牧，更多时候它还是一片旷野。

大清时代小镇面目逐渐清晰，风华正茂。顺治爷首次北巡至锡拉塔喇河，勒住马头，若有所思。蒙语锡拉是黄色，塔喇是旷野或草川，黄草川是关内经古北口通往蒙古、东北的唯一要道，亦是皇老爷一大家子木兰行围狩猎的必经之路。很快这里八旗飘飘。

康熙大胜葛尔丹，随军记者山阴县令余采记道：“昼则人呼马叫，夜则灯笼火把，至土城子平原大川，周四山，宽数十里，篱落五六处，耕牧为业。”有位野蔷薇一样的姑娘，干脆袅袅婷婷摆进了康熙爷的塞外大帐。大酒良宵，康熙爷慨然题诗：“烟沙一片塞天围，旧说秋高苜蓿肥。今日边屯皆乐土，茅檐松火接金微。”怀柔天下，气魄东来，也只有创造帝国的康熙爷能脱口而出。热河米，八沟面（平泉），要拉骆驼去喇庙（多伦），土城子的姑娘不用看。关外四大名镇，除了热河，康熙最爱土城子，有了京城的阔亲戚，小镇的腿肚子都粗了。

雍正元年起，土城子大搞建筑事业，修寺庙造大戏台，风风火火。

道光八年绅士朱予德捐资修建凤山文庙，红墙青瓦，门口两座状态含蓄的老石狮子，内设魁星楼，春秋两次行祭祀大礼，凤山就有了头等文化大事。这个朱予德了不起。灾荒年，朱予德见街头卖女儿的，立马掏光钱，把女孩领家养去，等人家过好了又把女儿还给亲娘。办得漂亮！说凤山人杰地灵，我信，有人杰，地才灵。八国联军入京，慈禧逃跑，翰林院的谢先生就此回乡避难，主持凤山书院，小镇的文化艺术上了大台阶。我特地到衙门西墙外寻谢翰林故居，果真有一所经常看到而忽视的宽阔老房院，蒿草丛生，残破的清式雕花木窗门廊，书声幽咽。

乾隆爷设四旗厅，属察哈尔镶白旗，御笔亲赐“丰阜康宁”。小镇正式退下土衣，叫响亮的大名，丰宁。清代戏剧家李调元赴热河亦记：“自丰宁县署食罢，顺舍利塔河（西大河）南行，河在两山之间，曲折做‘之’字，故凡过二十余渡。”秋水野渡，荻花白鹅，多美。

我的村庄元宝山也建过皇家鹿苑，道光帝打过猎，建石头庙以记，“风调雨顺资神佑，物阜民康荷圣恩。”光绪帝又赐匾“道协神祇”，也风光一回。

光绪十九年，小镇迎来了俄国学者波兹德涅耶夫，且看他笔下：一条极长的南北大街，都是客店商家，最富足的是京城“聚源永”商号，每年有一百二十多个骆驼驮子。晚清最后一任知县王文瀚毫不掩饰自豪之心：“丰宁旺气四川收，众水通归岸口流。”锡拉塔喇河带着古镇的爱意，汇入滦河流域，浩浩荡荡闯出燕山。

花容月貌的民国初年，小镇亦青枝绿叶。书院撤废，开办高等小学堂、国民女子小学，引入新式教育。红墙灰瓦，千年流水长风，带着桃花杏蕊细细地吹过来。

他也该来了。我忽有所悟，小镇百转千回的文化积淀，是为着一个人，且不过才完成孕育大诗人的初级养分。一九一九年秋，千呼万唤的小川，终于在父母焦虑二十年后迟迟降临，郭府大门以外悬灯彩，二门以里铺红毡。郭家祖上男人多为廪生、文生、监生，小川母亲李有芳是女子小学校长，父亲郭寿麒是教育长，出个神童什么惊奇。但成就一个大诗人，小镇显然捉襟见肘，要纳大千世界激荡风云，方能蓄大胸怀长大气魄。父母在不远游，他凭什么离开？

历史马上转角了。小日本不费一枪全面占领热河丰宁，十三岁的小川举家避难京城，开始完全迥异的诗人之旅。直到十三年后再回来任县长，励精图治，一年后再离开。小镇亦血雨腥风，县城这个桂冠此后更是摘了戴，戴了摘，折腾来去，大名也丢了，更名凤山。小镇的星辰暗了。

狭窄的长街，草瓦苍檐间种着瓷砖贴就的商铺，时尚招牌下突然闪出半掩的老式木门，时间立刻就弯曲了。古镇的历史窗阁原来一直都开着。

宗教雨露

七百年前，古镇是辽代契丹文化，后不断吸纳渗透儒家文化，到清代满汉蒙回共融，道教佛教伊斯兰教盛行，外国人又带来基督教天主教派，再加上民间自行衍生的鬼神大仙女巫香头，小镇的文化色彩相当浓郁。

明末清初，城南建南佛爷庙，好家伙，占地五十亩，大小七十二殿堂，各路神仙天尊、十大阎王殿，都到齐了。解放后就开始拆，到“大跃进”终于拆光了。祖宗八辈知道不？只剩名字，和庙里一口古井，说里面住着月宫里的金蟾，只要雨后有彩虹，虹的一端必定扎进井里。你来歇脚，还能喝上那口井水，瓦凉瓦凉的，能喝出庙宇的滋味。

天蓝云白，你穿过金黄的稻田，沿着十九世纪初就已铺筑的又宽又平的土路，去千佛寺上香，十二户人家就拥有的一座大庙，天天人来人往，旺盛的香火昭示它的灵验。

康熙十八年，城西，锡拉塔喇河岸，建清真寺，占地二千二百五十平方米，“望月楼”攒尖顶六角亭，采用宋代岳阳楼风生水起之格局，登高望远，霞生青山，大河船渡，渔歌唱晚，郁郁青青，岸芷汀兰。再诵阿拉伯文：“体认独真，唯静唯一。”安了。康熙御笔亲题“万岁牌”大匾，并昭示“不准任何官兵占据和干扰礼拜活动”。都关注到针尖了，康熙这颗柔软的心！

保存最完好、规模最大的是格萨尔苏默，即关帝庙群，黑袍道士尼姑坐镇。雍正十年建，乾隆御笔“与天地参”，咸丰赐匾“万事人极”，光绪御笔“神威普佑”。皇恩浩荡也。十六丈高的沙木旗杆来自云南，鎏金凤铂铜圆顶，八里外还闪闪发光，民间夸谁能耐，就会说：“老爷庙的旗杆，实在是高。”石狮子、牌楼、过马殿、晨钟、暮鼓、大殿，富丽气派。院内百年老槐，枝杈搭到金色琉璃瓦上，满地碎金，安静光阴。

光绪三十年，英国人传播基督教。光绪三十一年，比利时人来建天主堂，五十五间砖木结构，十年前忽然拆了，匆匆赶去的人仅能阻止半座小偏门倒下，看着新天主堂威武而立。

这样一看，小镇的发展史，亦是宗教文化的发展史，先是宗教的大建筑出现，且基本是商人捐资，那可真不是小数目，要耗费几代商人一块一块抠攒的银子。宗教是民间的渴望，它带来匠人、艺术和建筑，带来种种变迁，记录兴衰更替、时代品味，又延续了多元文化，小镇因此分外迷人。穷山恶水出刁民，概因心中无信仰，无庙宇，无敬畏，也就无法涵养出知书达理的灵秀之人。

如果信仰是微雨，那么小镇一直沐浴在春天的细雨中，多元宗教文化在系列民间活动中，彼此纳入包容，难解难分，重新塑造了小镇人的天性，由千年要塞，变成平民生活的可爱街市，官为民想，商人多善，百姓友好相帮。小镇旧而不腐，不卑不亢，从容在灰色的光阴里慢慢拧出绿汁来。它撒出去的种子，如郭小川，一旦顶破泥土，遇到的只能是天空。

古楼遗味

那晚的霞光里就是一场戏。巨阔的粉紫花瓣从墨黑的山根喷上来，横贯长空，底色是不掺杂质的墨蓝，那一通暴泄，浩浩汤汤，车辚辚马萧萧，路过啥，啥就壮丽了，古戏楼和关帝庙，更添了尊贵与震撼。

我立刻想起民国初年，北京的戏班子来凤山戏楼，演《三国演义》里的《定军山》，吕蒙陷害关羽，关羽手拿木质大刀，紧追吕蒙，鼓点绷得紧，见关羽手起刀落。人头亦落了。闻到了血腥，我奶奶拽着大孙女挤向台前，吕蒙的脖子上，刀口还齐刷刷地冒血筋儿。

我奶奶倒吸一口凉气，多年后还啧啧叹叹冰着了我们。大姑嫁到了镇上，一旦有商人请剧团唱戏，立刻兴冲冲跑十里外接奶奶，奶奶一准先站在大门前喊上一声“看戏去了嗨！”撸胳膊挽袖子贴一锅圈玉米面饽饽揣上，黑丝网髻，涂杏核油，换干净大褂，领着孙女出发。不用花钱不设围幔，人越多越吉利，有钱人的好日子也是穷人的好日子。

漫天荒草的塞外黄土川，突现一座古戏楼，本身就充满了创意。坐南朝北，明风清骨，九层石条台基，歇山棚顶悬山挑檐，青砖砌就的梅花丁到顶，万字点缀，五脊六兽。台面宽阔，倒八藻井，斗拱，集木雕、砖雕、石刻、绘画、佛教等传统文化为一体的综合艺术结晶，塞外第一古戏楼，自由奔放，真没得说。

台底下八口大水缸，壮汉“呀～呔”一出，立时震着了十里开外的瓦片，青衣“呜～哇～”那么一扯，心都碎了。台上那是京城响当当的名角，谭鑫培、杨小楼、筱白玉霜、高玉倩，叫得响。天兵天将真是从天上踏云而下，下地狱真是地陷七尺。台下的人，当然也不只褴褛衣衫的平头百姓了，穿绫罗绸缎的摇扇公子，提笼架鸟的皇城根儿富豪，坐小轿的官家小姐，骑毛驴的绾髻村妇，梳朝天锥的娃们，古戏楼与关帝庙前的方形广场，那是密不透风了。

五月十三关老爷磨刀日，大型庙会铿锵开锣了。舞狮弄幡，二跶子摔跤，二姑娘骑驴，小车会，吵子会，落子舞，抖中幡，细听“十不闲”小词儿十分有趣：

一阵狂风真叫大，碾子碌碡飞上天

一口井刮到庙沟里，两头牛刮到北京边

衣食未必饱暖，惯会穷欢乐，这是苍生的活法。百多头骆驼大队、骡马队从远方来，大车店里哪还住得下，小二敞亮的吆喝，驼铃声声回应，路漫漫水纵横的绰约。待戏听足了，茶喝透了，买卖一宗又一宗谈得妥妥的，也有街头偶遇的情缘，这厢一月已过，鸣锣收兵。

风吹过，惊雀铃簌簌响动，谁的舞榭谁的台？

军阀击杀有志青年，小日本残害无辜百姓，英雄热血喷溅，恶人脑壳同着檐角的风铃摆荡，红卫兵尖厉号叫，严打公审大会，一惊一乍好些年。尤其诗人县长郭小川那一声迫切而正义的高呼，多年后震动了我。五四青年节，少男少女在戏台上舞起了大红绸子，顿感时光错落。我挥舞绸缎的手，在北方绵延的青纱帐里，触摸到了古镇的两枚琥珀：

郭小川和古戏楼。他们都已度过了劫难，精神不死，是古镇凤山的象征。他们何时再铿锵亮一嗓子，震醒凤山、承德乃至整个中国呢？

初秋盛会

初秋，东河套，一年一度物资牲畜交流大会，历时半月，那人，海了。百多个村庄倾村而动，布兜小筐，牵牛赶驴，从沟沟岔岔挪将出来，淌进镇子的曲巷胡同，又花红柳绿蔓延到大河上下。下游牲畜交流地，驴嘶马鸣，腥膻浓重。上游林立的家常饭馆，村姑水灵灵地择菜擀面。取水就在河里，水清微凉，衬出干净的石头、幽静的小树林。

“那西大河的血色地流，那东河套的一片树林。”小川诗里怀念过。我上学时常去那里读书，度过许多美好的黄昏。

树林边挨肩两家马戏团争抢人流，搭了三五块石板迈过河西，小商铺两排长龙，顶头搭起大戏台子，垂下紫红的幔帐，城里来的评剧、河北梆子剧团，我的最爱。我同婆婆们早早进园选个靠前位置，能看到台侧乐队吹长笛的小生，少年的心以为他亦看得见我，俊眉秀眼一直晃了几个月。高考时别人恨不得把撒尿的时间都用上，我还是一个人溜到戏园子里，端端正正听上几场。

再有闲时，就去逛上等小吃街，可是宫里传出来的手艺。

芝麻油酥烧饼一层一层地揭着吃，糖稀可别烫着舌头，再来一碗豆腐汤，豆腐必须卤水点，嫩滑清香拿得住；煎饼薄生生又脆又韧性；发面的烙糕暄腾腾烤出好看的花纹；千张也就是豆片，道道手工青石压制瓷实有味，撕一片边走边嚼咂去吧；糖瓜一咬一粘牙，就爱那个咬劲儿；要黏劲儿你找驴打滚，就是黄米黏糕，蒸好后趁热擀成饼，再撒上炒熟的黄豆面卷成卷，但在凤山你可不能说“来块驴打滚”，要说豆面糕，否则直接找骂；坝上的莜面窝子是纯拇指一窝一窝捻出来的，吃的是温度和耐心；木制的饸饹床子机枪一样架在沸腾的水锅上，经典的酸菜卤，那股酸香抛出三寸长芯子，叼出你的根根馋虫来。这一角正熏猪头肉，刷一层蜂蜜再来一层熬好的红糖汁，皮朝下放入熏炉，熏料可是秘密，有丁香、陈皮、肉桂，特别又加了柏木的锯末，出炉了，香、红、油、烂，切一盘下酒！石桥东胡同口突然甩出一嗓子“羊肚羊肝儿”，馋虫又振翅儿高飞了。

胡同文化

这里是凤山文脉的渊源。县衙大院改建凤山一中，方正宽阔，青砖瓦房，虽拆了县衙大堂，但朱门吱吱对开，一对昂首啸天的石狮子，确是厚重庄严。小川任县长时也在此办公，或许我上课的教室就是他的大堂，我靠窗的课桌就是他朱笔批文的台案，他和杜惠在后院打球，我们追逐玩耍也和着杜惠的笑声。老师的教鞭没有变成惊堂木，倒是春天的柳条，抽在调皮捣蛋的男生屁股上。

校长张儒三乃饱学儒雅之士，幼时在县衙书史书法绘画艺术家秦敏清门下读过私塾，身板高挺，面膛红润，行事利落，有板有眼。先生太忙，直到我们高考前才有幸得其赐教三二堂作文课，印象最深的一句话是“你们要做干柴，一点就着，不能做湿柴，还等着烘干”。态度温和，词章隽永，真是不软。另一位教务处付主任赐教数学，脸沉得像独木舟，吓煞了，堂堂课冒一身汗，但先生思维严谨，点拨得当，实在不孬。是读书人的福气。

衙门东南是凤山文庙，红墙太醒目了，小川记忆深刻：“远远的我望见那光秃秃的北山，那文庙的红墙。”其实门口两座状态含蓄的老石狮子，才是镇院之宝，两千年了，汉代老物。内设魁星楼，春秋两次行祭祀大礼，是凤山的头等文化大事。

文庙和牤牛河西岸的文笔塔遥相呼应，一时塞外古镇文绉绉了。光绪年间生员白仁玉留下《秋叶读书记》文，辞韵清澈，读之甚爱。录几句："惟时一灯如鹭，千里音书，万家砧杵，追怀往哲，忆复自伤。且念宋玉何以悲，欧阳何以赋，古人人固别有怀抱也。学生当此长夜漫漫，甘心梦梦，弃可大可久之事业而不为，掷易纵易逝之光阴而不惜，玩愒酣嬉，将一生虚度，亦有如一夜一秋也。"有前辈暗中叮嘱亦是幸事。

日本占领凤山时，学堂里只教日语，学农学，有民族气节的老师偷着教学生唱《苏武牧羊》，学生也编顺口溜表达憎恨："小日本，喝凉水，扳倒缸，砸断腿。""西葫芦，大海茄，日本鬼子过不了八月节。"甭说，还就没过去。文庙的文化种子清气内生，不为污淖。

西口临街老新华书店，冬日火炉上洋铁壶吱吱冒热气，老店员也温厚，有个女人照例倚着玻璃橱上看书，短发黑衣红围脖，就是一本名著，给小镇添了三分韵味。店前跛脚的小男生整个小人书摊，我翻开《牡丹亭》，上写"这天清晨，杜丽娘对镜梳妆，春香帮她做了个宜春髻，插上了八宝簪"。登时酥了心。

但我读一中时文昌祠魁星楼不在了，书院大殿改为食堂，"凤山书院南窗下"那么风雅的地方，是我们打饭的窗口，口福还是耳福？住宿在配殿，对铺大炕，二十人一屋，因无知，梦中亦没有听见书生的子曰诗云。老瓦草萧萧，一晃二十多年了，一中的朱红大门没了，文庙大殿也没了。我们贸然失去了古镇的坐标，是不折不扣的劫数。集体的懵懂只能说是时代作祟，古镇在人们心头一片荒漠。退一步，懂了就能保住吗？是因为存在才要记得吗？幸好四座老石狮子恒在。

砖雕艺术

当铺胡同，一码二进三进大院，街面清静，木门深掩。当铺，意谓着一种逼迫，青春、自由、良心，都有人典。但在这里，我看到更多的是吉祥美好。

我细致研究了其中一家大门楼，竟是十分繁复。从高到低看下去，清水脊，蝎子尾，饰雕花卉，檐头瓦当（勾头）滴水。房檐有六层方、圆砖椽干推冰盘檐，另一家门楼是七层方、圆砖椽连珠混（一溜圆珠）冰盘檐。层数多少是级别的象征。方椽万字，圆椽栀子花。门罩为方砖雕饰的花板，雕有花卉、小鹿榆树、凤凰牡丹。板间折柱，帘笼枋，两端垂帘柱。门楣上有门簪，六角柱形木雕，角上做梅花线，雕四季花草或平安吉祥图案字样。取柱形有重男丁求子孙旺盛美意，实为悬灯结彩之用，二支或四支，因于门户之上，亦称“户对”。

有家大门槛框部位，木装修几尽清代官式，朴素大方，上中下三槛，槛、框，余塞腰枋，上、中槛间设置走马板，两门框间有余塞板，二门簪，实榻门，六角门钹，上下门轴构件铁质，上为寿山，下为福海，都是吉祥意。下槛两端置门鼓石、须弥座、大鼓兽面石狮。民间多称“门当”，即所谓“门当户对”之说。

有的门楼为一殿一卷式，上有二层小阁楼，菱花木窗，十分高壮精美。有的家门罩雕刻大叶牡丹，两旁各一寿字，之外一对盘长（吉祥结，永恒之意），非常吉祥美好。又到一家大门外，所有人吃惊了，高阔的廊心墙，从上到下层次一丝不苟：灯笼框，穿插当（三环相扣，半月，花卉），小脊子，小脊子象鼻，卧八字，搭脑，立八字，线枋子，方砖心，属海棠池，嵌入大号篆字，门左福寿，门右康宁，只觉壮美，令人遥想当年老厚的家底。岔角雕花，下碱墙青砖干摆，角角落落都那么精致大气唯美，开眼了。二门以里，石头墙角，野罂粟花艳得没边，老奶奶无事于此静坐。

砖雕的戗檐，有松、竹、万、福字，以花卉为主，向日葵、荷花、兰花、马蹄莲，细腻明亮，见生欢喜。这一趟走过，民居房屋的规格样式与用材工艺，与我了解的清代古建风格一一对应，感觉采摘了沉郁的果实。

我贪恋繁复创意里的每一个小构件，都有郑重贴心的名字，竟无一是应付，一勾一搭，一探一隐，无处不和谐稳妥，意韵流动。想人生格局如果均由天定，动一下，也就乱了。壮观起于微末，每一钉铆都必有自己的位置，万象在旁，你在这里。

私塾年代

城子里入镇，胡同口有个著名的“老头商店”，定是全国独有，六十五岁以上“八个老头”一字排开，木讷温和，风情极了。胡同里还有三个老私塾四合院，其中一家是秦敏清老先生。乱世流离，正是四合院的读书声，艰难培植了老凤山的文化麦芽。

秦先生家贫，早年在“聚源永”当账房先生，书法师承赵孟頫，真草隶篆，都有所通，又以《芥子园画谱》《拙政园画谱》等学习水墨丹青。出名后，被请到衙门当课房书吏，清朝没了，遂回家办私塾谋生，号“德兴书斋”。院外有石镌刻“泰山石敢当”，二门过影壁墙正房三间，西厢房夏天读书用，东边辟有小花园，种名贵白芍，秋季施鸡血肥。尚有桂花、无花果、石榴、丁香、海棠，花丛中嵌两个大鱼缸，龙睛红鲤，自行繁衍。早晨星未落，灯亮书声起，晚上灯亮星出，书声亦不绝。那样的光阴多金贵。

一段关于剪纸窗花的日记更见先生可爱："近日邻里姑嫂求余勾勒花样，然窗花丹青两功相殊，提笔踌躇，心中茫然。忆做童年期所见窗花熏样，咸丰年以形见长，花味不挑筋，人面不开脸。同治年间功夫日深，花蕊劈毛密细，垂柳千条镂空，吕祖鼻眼分明，衣纹粗细相宜。"深巷花草间，男孩念书作画，女儿家随师姐剪纸绣凤，是一方清平小乐世。

腊月大商铺求写宽大长幅烫金对联，秦先生郑重思忖，内容字体绝不重复，大年初一贴在凤山街头，赏者众多。同时小川为了弄点钱分担家事，也去街头挥毫，这一北一南，一老一小，墨宝联香，古镇大风景！

这样的乡村古镇就有丰子恺的缘缘堂画意，才有小川的动情之笔："瑰丽的春天，暖和的金黄色的太阳光，照着我童年的香甜而安宁的梦。"好梦突然失去，十九岁的小川辗转异乡走上抗日，对着汾水河写出凄美苍凉的童谣："月光光，照他乡，他乡儿郎想爹娘，孤儿流浪苦难当。月微微，照汾水，汾水奔流永不回，家乡何时才得归？月暗暗，照河边，河边狗吠不能眠，家乡何时才得还？"我爱那同照汾河水和大要水的月光，一读就哽咽。

小川故居

小川离家时，"对面的南山还是那么乌蓝，罂粟花开得一片粉红色，天空飞翔着稳重的风筝。"民国到日本占领期，丰宁全境种植大烟，畸形的贫穷。小川还劝过抽大烟的三叔："久入烟霞里，倏之已有年，自此身患疾，莫恋烟灯前。"十三年后，他已成为诗人战士，老家呢："大烟鬼铁青色的脸，在势力面前驯服得像狗似的眼睛。他们永远也饿不着，他们忠实于每个统治者。”形势异常复杂，他必须警惕，要与土匪斗争，要土地改革，要田间炕头谈话，甚至帮村民盖茅厕，不然街头都是粪尿。

但他不失望，真想大干一场，《把家乡建成天堂》：“公民们，不要只看见，撒满村街的狗屎牛粪，那来来回回，快乐地走着的，有多少高尚纯洁的人。”他登上古戏楼，宣传正义：“谁跟先进的力量在一起，谁就过着幸福的时光。”小镇嗅到了春风，人心拂动。

小川吃住在县衙，只有过年才与杜惠回到二叔家，石桥东胡同。石桥西是茶馆胡同，五花八门的人都去喝茶听书，亦影响了小川的见识。一座汉代石拱桥还埋在地下，能走四匹马拉动的铁车，名曰“万载桥”，桥墩马莲垛形，类同赵州桥。有桥就有水，故居遥远的过去一准是重地，好风水。据说文庙魁星的笔尖分毫不差正对小川家，钦点文曲星小川下凡了。

我的小表姐误打误撞嫁进了郭家大院，很荣光。我刻意宿在表姐家，先路过小川家门口，蒿草微瑟，阳光朗照也有些清冷，但大门二门影壁墙都齐全。家里雇佣了一个听差，一个大师傅，亲友往来不断，小川七八岁上见过这种派头。“昔我去草堂，蛮夷塞成都。今我归草堂，成都适无虞。”小川进家门时可流下杜甫一样的苍泪？门上配有好联：

小院朗魁星，享文苑千年清誉。
川流归大海，领诗坛一代风骚。

向东转个弯，进胡同，郭家大院的端正大门原立在胡同右侧，青砖卧顶，门楼是七层方、圆砖椽干推冰盘檐，宽阔的青砖影壁墙，三间外宅，隔墙二重门楼，里面内宅。非常讲究。

因分家时一子一处院，小川故居也许不够阔大，重要的在人心。绍兴铺天盖地的鲁迅，也不能阻止他的文章被踢出教材，青藤书屋只有深巷小院，三两间小屋几幅字画，就通向徐渭的心灵。小川本不讲享受，当年住老县衙门冰天冻地，缺柴少米，杜惠又怀孕，二叔请他们回家热炕暖窝都断然拒绝，如今定不肯侵占老人和旧忆。就让老家人继续住着无妨，来看小川的人转到前院，和小川的家人唠会儿嗑，有多亲切。钗于奁内的古镇风山，更要思考的是，怎么能真正接过那把秋风中柔韧的梳子，梳理古镇的发展脉络，“喝三瓢雪水，放万朵花蕾。”

三伏天下雨哟，雷对雷，咱们今儿晚上哟，杯对杯。晚上喝二锅头聊古镇聊小川，我们都有些醉意。廊前飞舞着大红灯笼，月亮斜挂高天，瓦房，窗花，老杏树，石阶，这样的夜色，小川当年在厢房读书写字时，抬头就是。小川也定然在念：“长城外，生我养我的小镇哪，在滚滚的风沙中，是不是比在我小的时候更坚毅？我家房前，那与祖父同年的杏树呀，你四伸的枝叶可又该，染上春天的新绿？”

当然，有诗人的召唤，坚毅的古镇都将铺上新绿，它们在春天及时苏醒了。工业园一个个开进了青纱帐，高速路修到古镇家门口，岌岌可危的老胡同，也将直起腰身呼吸，老风山人将要铆足了劲儿书写新青纱帐了。

生命的香气

一

“擀面杖，敲门框，丫头小子养一炕！”

喊叫声中，小男孩拿起长长的枣木擀面杖，哐哐敲击着门框。新郎新娘炕上坐着，被簇新的阳光照红了脸。喜娘抱着的一对红花瓶，插着绿挺挺的葱，葱乃聪明之意。进门后，要把水倒进水缸里，水是财气。

大院迎来家族第六代子孙小侄的婚礼。曾祖爷从同治年间自山东闯到塞北，老太爷靠中医发家，娶过三位太太，香火旺盛。大院里的喜事不知办过多少，但像今儿这样在镇上最好的饭店办三十桌酒席，整个村庄都沸腾起来，还是第一次。

爷爷、姑奶奶们及其子孙，能回来的都回来了，一棵树一块石头都涌动着温情。姑奶奶八十八了，抚摸老门老墙找寻当年打仗留下的弹孔，在院子里指认东厢房西厢房，牛圈鸡圈，磨盘碾道，说起老太爷当年行医采药修庙盖房种种家事，仿佛悠长苍老的记忆依然鲜活着。

二

婚礼是钱铺出来的，从紧勒着，到把口袋倒过来，唰唰地花，不能眨眼，倒空了只能借。这一辈仗着兄弟姐妹亲戚多，大家一凑好歹能应付，不至于太“嘬瘪子”，想将来那些独生子女，遇到个为难招窄的事儿，若没有铁杆朋友，只能看老天垂青了。

相亲、定亲、下礼、婚礼，买楼、装修、添车，没有百十来万下不来，新人越发金贵。

彩礼是少不了的，有的人家被要惨，20万就去了家产的三分之二。紧随其后买楼、车、衣服钱，离娘米、离娘肉也要折算成现金，临上花车，还要再出三万块红包。娶进家门并非消停了，媳妇怀了娃，又是一笔开销。

事情总有例外，也有那不要彩礼的。有一个女孩非要嫁到我们村一个清贫的残障家庭，父母阻挠，她就私奔，挺着大肚子住到男家。父母自然不干，闻讯而来，将村庄闹得鸡飞狗跳，把闺女接回家监禁。却不料，闺女揣着沉重的身子把床单拧成绳索，顺下高楼跑了。父母端着架子的凌人盛气生生被一憋三折，最后无奈只能在众人的嘲笑声中促成婚礼。婚礼当天，两家都笑了，一家是苦的，一家是甜的。谁说安在王府的燕子窝就一定比安在寻常百姓家的好呢？窝温暖不温暖，只有燕子知道。

三

春节去一位叔叔家拜年，进院把我惊到了：四五个壮观高耸的大棒子架横亘东西，我在架前就像一根小小玉米秆。盛大的金黄是安慰和保障，更快地开启儿子结婚的大门。我突然想，若把娶一个媳妇需要收割的玉米一根根铺在路上，要铺到哪个国家，绕地球多少圈才转到家门口？

塞上是滦河、潮白河源头，供着京津冀的水源，禁牧退耕，没有工厂，只能靠种田打工积累财富。哥嫂从小侄小学毕业起就开始积攒结婚专项费用了，早上五点就起，是村里的晨钟。

而被彩礼要惨的叔叔家每年承包土地六七十亩，加上责任田足有百多亩，他和婶子必须没早没晚虎虎地干活。一次我上山挖菜，见到他家部分山地，原本只有一两亩，他们夫妇俩愣把四周连挑带刨扩充延伸，沟沟坎坎填平，那形状由一个精瘦女人的三角裤头被抻拉成肥胖男人直达膝盖的大裤衩，达三四亩光景。有时劳作暴晒时间太长至晕倒，只为了多打一点粮。俩儿子也早早出去打工卖苦力。

地里一旦没活计，男主立刻到煤矿背煤，矮处猫腰，低处爬行，而他患雀目眼，一到暗处看不见，跌跌撞撞时有碰伤，为了多背一筐，他的腰已经直不起来了。女主更不闲着，凌晨即起上山刨药捡蘑菇，打着手电钻松林子蹚露水草，手脸腿脚常被松针柴火扎伤，甚至遇到过大灰狼寒光凛凛盯过来，幸好和周围人一阵镰刀乱砍，撵跑了。我早晨跑步时，她们早带回一筐筐香喷喷的肉蘑，河边洗脸了。

但种地的钱也就够一半，剩下的打工或借，再种地慢慢还。每一块钱都来于攒、抠、挤，那花白的、瘦弱的、疲惫的、堆满皱褶的乐与忧，滴滴掉落在山地上。那是一场筋疲力尽的拼搏，久久不能还阳。一两年后孙子到来，还未直起的腰身即刻套上新枷，人生就是一场戴枷的旅行。

四

娶妻是为了“点灯说话，吹灯做伴”吗？背着沉甸甸的担子只为延续一代代生命。

就像在大海里渴望抹香鲸的人，他们忍受污浊和烈日烤炙，只是为了从其粪便中提取一点儿龙涎香。一个未出世的小生命就是这点儿香。

丈母娘白白背上了一个污名，她会说，你娶的不是我闺女，而是一枚卵子。一场盛大婚礼的背后，是两大家族的角力，一个索债，一个还债。还债的，不惜再重新背债，为了小蝌蚪能安安全全地住进温暖的卵房中，十八般武艺都要使出来。

生命尚未降临，就要经历这般盛大的迎接仪式，楼、车看似给新人准备的，其实是给那个不知是男是女的小家伙准备的。

主管婚姻的神是月老，但山路十八弯，哪片村庄都没有月老的庙。破“四旧”后依然保留下来的，必有一些送子娘娘庙，足见人们对生育神的敬重。最早的生育神是蛙，莫言的《蛙》便以此为象征。巧的是，人们管精子叫“小蝌蚪”，莫名地和“蛙”有种神秘的契合。

“蛙”散发着生命的香气，并且足够金贵，站到云头看，是维系生活最重要的力量。因为没有人在意婚姻质量好与坏，孩子一旦出生，公公、婆婆便会定下心来。孩子决定了儿子和儿媳得为小生命奋斗，为孩子的孩子奋斗，他们的生命意义就是以此为原点的，这是一切生活的动力。

至于生活是否艰难，为婚姻背负的债务如何还，是不重要的，只要有了这团血肉凝结成的“龙涎香”，一切都不是问题。此“香”据说治“咳喘气逆，神昏气闷，心腹诸痛”，简直是万能神药。

五

繁衍子孙必要经历求偶，充满智慧甚至惊心动魄。如果我们不是人类，没有道德与社会公德的约束，求偶竞争将是非常残酷的。动物同样需要昂贵的聘礼、盛大的婚礼，能否求偶成功全看硬条件，自然界里没有对弱者的同情，只遵循“生命诚可贵，爱情价更高”的自然法则。

窄额鲀没有鲜亮的披挂，为了吸引雌鲀的注意，必须拼命完成创意性产卵床。它日夜不停持续一周时间，发动鱼鳍像拖拉机一样翻耕海底，掘出精细的沙粒一沟一壑地铺造，遇到珊瑚或贝壳亦要叼来装饰它的墙垛和窗棂，成品直径两米像盛开的偌大葵花，雌鲀远远望见这层次丰富的神秘山峦，欣喜奔来，进入幽谷中心检验细软安全的产床，脊线越多越兴奋，因为能成功阻挡洋流对产卵区的破坏。没有卑贱的生命，只有为生命打拼的父母。

四五米长的“别墅”，精巧的编织技巧，对于身长不过十几厘米的织巢鸟来说是一种打眼的炫耀，它以一种极致的铺张浪费来吸引异性的目光。如果人类以这样的方式求偶，一定会受到谴责，而雌鸟不但不埋怨雄鸟的奢华，反而苛刻地挑剔巢穴是否结实，“豆腐渣工程”是休想骗它们嫁进门的。一只织巢鸟是无论如何也建不起这样巨大的宫殿的，幸亏它也有兄弟姐妹，八亲九族，它们齐心协力筑成婚姻的殿堂，一如人类靠亲属帮忙成就一桩婚姻。

天下没有免费的新娘，在动物界，这句话绝对是至理名言，一只成熟的卵子必须找到一只最好的精子，缔造最有活力的生命，只有那些最强壮、最勤快、最聪明的动物才能找到最好的伴侣。从这个意义上来说，那些逼迫、榨取村庄财富的女人控制并影响着男人，也决定了村庄的气质与走向。

六

抛开人类社会的繁文缛节和形形色色的民俗文化，或许你会惊讶地发现，繁衍的意义是高于人文色彩的，从皇家到草民都是一个愿望：丫头小子养一炕。康熙爷儿孙几十个，何其旺盛的生命力，往后一代不如一代，到末代溥仪竟不能生育，真是气数已尽，拿什么回天？

男人一旦不育，乡野会偷偷进行一个古老的风俗——借种。可以向亲辈间强壮的男性、通常子嗣健康旺盛的，借精。那得冒风险，至少六个人同意才能成事。女性不孕就难了。

所幸科技发达，如今的人类可以用试管婴儿来生育后代，甚至有了克隆的手段。但这也只是应急，人类最主要的繁衍手段，还是得通过两性结合，在性别比例失调的情况下，意味着高昂的彩礼将会继续下去。而这样的婚嫁行为显然提前透支了消费能力，村庄里每一对夫妻都背着沉重的债务，他们为自己还债，也为儿女还债，然后生命就成了一场欠债与还债的行为，成了蒙尘的玫瑰，等待擦亮。

我对着老院大门，面对一场盛夏大婚之欢，想起我的来源。我一只脚各踩一块大地，那是曾祖爷爷给予的山东大地和脚下老太爷给予的塞北大地，姓氏的繁衍这样磅礴豪迈，足以为之骄傲！我日夜惦记它们，有浓深的乡愁，可也真的没有一寸土地是我的。并不悲哀，这大片家园生机勃勃，我在我耕种，我背负着万千生命的沉重，耕种着被金钱割得伤痕累累的家园。

贞静的粮食

一

粮食是乡间的信心。谷之上为“粱”，有粮才有支撑，有安全的粮才有底气。

一个村民说，他们村家家每年必囤粮5000斤，新打了粮再卖旧藏新。这个村庄一定遭过大灾，饿死过不少人。我家乡的村庄都没有这习惯，我却同意这做法，粮囤打着饱嗝，比钱更安心。明代陶宗仪《辍耕录》讲过：“释如黄金，道如白璧，儒如五谷。黄金、白璧，无亦何妨，五谷于世岂可一日阙哉！”文化是国之灵魂，五谷则是生之道。

女友家夫妻双方都不少挣钱，仍把丈夫老家的土地租出去，不要租金，就要粮，金黄的米粒坐拥老屋的大缸大柜，每个季节回去住上一晚，放出潮气，摸一摸那硬硬的籽粒，感觉很踏实。想着那情景就动人，稳固的后园养育着一份安宁，米粒跳跃着扑向鼻息，是纯粮的香气，是真的富足安康。

细细地咀嚼米饭馒头，微甜，是五谷在口腔唾液淀粉酶的剪刀手下，修炼成麦芽糖的花冠。粮食不够吃的年代，玉米还没完全成熟，那湿湿的玉米棒，刺啦搓下紧紧相抱的玉米粒儿，一饼饼粘在碾子上，轧出带浆的面，蒸出暄腾腾的饽饽，那汁水丰饶的美味牢牢在记忆深处打坐。用茶缸在火盆上煮大米粥，冒泡的时候香气满屋，能舔一口粥沫也是好的。半夜，母亲为小弟做面疙瘩汤，香味直冲梦里。水锅里蒸一碗大米饭，那种香气是瓷实实的。炒棒粒，看玉米粒一个个变胖、蹦跳，扑哧一嚼，烫乎乎的香甜是有韵律的。

只有种粮的人，因与节气同在，才更懂得粮食的贞静。

二

农民最担忧什么？

2014 年大旱，一半玉米没冒花线，冒出来的也多结棒娃子，甚至是乌米，满地颓废，别说农民，谁看见心思也都倒了。2015 年玉米上个七八成，笑容还没展开，价钱由一块二毛直降一半去，近两年上了点儿也就八毛左右。“国外更便宜，谁要你贵的。”他们听从市面传来的理由，脸上流露的那份无奈，像认命一样无力。

内心瓦凉瓦凉的耕者。老天爷给雨水也会给干旱，自古如此，似乎也怨不得天，最扎心的是粮食贬值。种地有补助，但种子化肥农药雇工那都是钱，且年年攀升，刨去各项花销，甚至还要倒贴。粮道养生之路严重受挫，一两年尚能忍受，三五载后田里荒芜是必然了。

再有养羊的。养大一群羊刚能卖，价格突降，养还是不养？老羊倌儿忍着。看起来种庄稼、养羊等都如股市充满了飘忽不定，有高峰有低谷，历来挣的时候也要想到会有跌落的时候。但新的牧羊人没掌握规律，认定发不了羊财，一脸颓丧，都卖了干净。

饱经沧桑的老人说出不一样的话：“抱怨啥呢，羊在山上吃草，那是吃天；回来喝水，那是吃地，靠天地养活，人就是搭个工夫，贵贱不要太计较，多挣点儿少挣点儿的事。”耕稼土地数十年的汉子，老得风烟俱静，说得多么明白，想想看什么问题不是如此呢？

但种粮的为粮所伤，养羊的为羊所伤，还要承担社会的咒骂，比如良心坏了，种转基因粮、有毒蔬菜，农民愿意背这个黑锅吗？更多是无可选择。地越来越薄，化肥需要越来越多，劳力越来越少，丰收在秋天苦巴巴等着，他们果腹之外也要繁衍生息，要进行文化教育，他们一分一分计较的表情，深藏着可怜。有一次粮价突然升上一分，三叔家恰好之前都卖了，三个巨大棒架的玉米呢，他叹息很久，仿佛把深爱的姑娘嫁给了特困区已毁不了婚约。你深入村庄就知道，即使生活富足，儿女常给钱，他们也绝不敢浪费一点粮食，不养猪鸡了，剩饭菜也要倒在特备的盆碗里，给流浪的猫狗吃。

在街头我和两个妇人聊天，一个很能干的婶子我以为是乐天派，但她满脸忧心：“现在最惨的是我们五六十岁的人，出去打工没人要，辛苦种地卖不上价，做生意没条件也不会，没人养老的话沦落到要饭了。”

另一个是说话嘎嘣脆的少妇，我以为年轻人啥也不怕的，但她同样表示不安：“老年人过去受过大苦大累，但好赖前半辈子吃的粮食都干净，不会得怪病，现在都吃的是细粮肉蛋，担心呢，里面有多少毒性，不知道将来得啥病。”

她们的眼神流露出无奈，对粮价的焦虑，对未来生活与健康方面的隐忧。他们能否想到如果粮价上来了，生活其他方面的花费也会多起来呢？但转眼她们又坚定地笑了，我就知道没有什么能压倒她们。

在我们村庄没有撂荒地。粮食烂贱还种不种，没二话，种。地撂荒，那是家里没人了。地不长庄稼那叫荒野，粮食还是最可靠的，也是最后的指望。一年不好再等下一年，虽然周期太长，一个劳力能有多少个整年？失败焦虑和少有的兴奋，头发说白就白了，但你还能看到他们农闲时开心地纳凉打牌，他们宽广的内心惯会自我调整，顺其自然，村庄就在这种悠然的叹息中缓慢地变化着。

你坐车沿着村级公路看过去，沿途村庄都修建了村名牌坊，颇有些雕梁画栋富丽堂皇，最贵的是汉白玉雕刻，据说花了几十万，我却以为大不必，仿佛土坯茅屋却修了青砖卧顶大门楼，不大相宜，不如我们村就地取材，立块石碑，几根木头搭个凉棚更古朴好看。一些村修广场竟然花掉七八十万，而许多人家并没有因此把家安回村庄，许多人家并没有持续发展的技能，艰难供子女上学，担忧养老治病，广场像一枚突兀的傻笑。

百姓原来对扶贫的认识就是造个广场刷刷墙，缺乏实质性拓展，如果那些钱用来做“创新性生态研究”，以虫治虫提升纯粮价值，给百姓进行生态种植教育，解决土地为什么越种越薄，如何科学配种施肥，那该多好，那才是八亿农民的真正梦想！好在精准扶贫工程纠正了那些荒唐，正领着农民一步步走向生态致富的正轨。

三

什么样的农民是可靠的？

我二叔推着独轮车咕噜噜穿过街头来了。他像纯粮一样结实红润，笑着朗声说话，就觉着这村庄也阳光板正，希望无限。

他有用不完的力气，自信热情，明事理有担当，谁家有事都上前抻头，是“都选他做模范，人人都把他夸”的“二黑哥”式地道新农民。

他锄了一天地累草鸡了，回家一看，锅里没饭壶里没水，“小芹”姑姑打麻将尚未归来。不急，去麻将场瞅瞅，一看夫人输急眼了，叫回家去必定憋火闹病，遂不声不响，赶紧回家自己做饭去了。

心疼女人的男人一定耐心侍弄庄稼，不会亏待土地。当然女人也是特别能干，和合四邻。当年在生产队砖瓦窑干活，二人技术精湛排在一起，一个兜沙子，一个脱泥坯制砖，眼到手到，配合默契，砖瓦烧透，心事亦成。在别人家媒妁之言父母之命时，他们就算自由恋爱，结婚闹洞房轰动全村，男的唱“一条大河波浪宽”，女的接“风吹稻花香两岸”，那被人流簇拥的甜蜜夜晚，小孩子得到的几块糖都格外甜味浓厚。我说：“姑姑你真幸福，多少家吵得天翻地覆喝药动刀的，你找到爱的人过一辈子。”姑姑对自己的选择也骄傲：“好说歹说这么多年我们俩没红过脸，可是当初敢嫁过去也得有勇气，那家庭五六个大小伙子得受多大累。”他们亦种百十亩山地，盖大棚种蔬菜卖菜，闲了刨药捡蘑菇，从来听不到他们抱怨啥，两个儿子均已成家，头一甩要当爷爷奶奶了。

心气顺，就不会把不良气焰撒在土地上，种出的庄稼就一定好吃。我希望乡村更多这样的男人女人，人正良心正，不玩歪的斜的，亦不浮不躁，这样的人耕种一定不会糟蹋土地。我是说，有限的珍贵土地，一定要交给优秀的农民，村庄才有正道，粮食才会安全。

四

有人看到颓废，有人看到生机。一个镇中学老师业余承包五十亩山地，就种谷子，购买牛羊粪肥，不打除草剂，薅苗耪地蹚地，都花钱雇用村民来做，确保所产小米为纯粮，15元一斤精包装，供不应求，那小米就是黄，熬出的粥有细细的香味，养人。但隔年一场大旱都赔光了，纯粮的路又断了。

我们村也只有两三家养牛养羊的在山地里种点谷子，就上羊粪牛粪，小米温润好吃。我张口问一个爷爷要 100 斤留着送人，他大笑：“哪有，这就是给亲戚种的，也不过十斤二十斤大家分点。”我羞愧无知了。

小米价高，但大片的土地仍没人种谷子，小九九一打就出来。一斤谷子出 0.85 斤小米，一斤玉米棒也出 0.7～0.85 斤粒儿，虽然玉米价低，却只在耕种、蹚地施肥、秋收三时忙碌，而谷子地始终离不开人，要薅苗，头遍二遍三遍，秋收要掐谷穗，要脱粒儿、加工，机器收谷子损耗太大，系列人工费下来，多挣不了多少，还耽误去外地打工赚钱，自然是种玉米省事，好赖保本，地不撂荒看着体面，老天爷赏脸多赚点儿就十分开心了。

所以要大家种小米致富，得先解决好薅苗、机器收割这些问题；种玉米，关注下价钱提升问题。好农民的耐性也是有限的。

另外麻雀为什么会少？麻雀喜欢吃高粱谷子的汁水，它们的小嘴咬不动大粒儿玉米，没吃儿活命，自然少了。而且一定还有些动物或昆虫因为单一性种植失去了口粮，繁衍成了问题。多样性种植是今后的方向，人需要五谷杂粮，也需要多给动物一些关注。

五

一个令人心寒的问题是，人们更多担忧的是粮食的安全，而不是农民的生存危机。这么多年农民能撑下来还能保持身心健康，基本属于“傻小子睡凉炕，全凭火力壮”。

比如我老家大门外就是个垃圾坡，坡前方是个低洼坑道，行走得从垃圾中踏出小路来，一下雨冲出各种脏物无法下脚，冬天完全暴露实在难看；在老树下街头聊天很开心，转过头河滩就是垃圾满河道，鸭子们无望地叫着，唯希望发一场大水冲刷干净，可脏污冲到下游怎么办？让下游村庄去发愁。从七八十年前知道盖茅房解手，到现在还在随处乱丢垃圾，乡村的卫生意识提高多少？

垃圾堆里生存的农民，拿什么精神来种纯粮？农民知道自己被研究，被歌颂，或被写入诗歌吗？所有关于农民的话题、担忧，那些调查、非虚构，或褒贬，或希望，农民自己无从知晓；曾经是被真空的一层，由天定，由社会定，由不了他们自己定；种什么，怎么种，选择余地很少，所谓弱势，不只是被欺侮被损害无还牙之力，可能根本是无知、被动。

在这种被动的耕种中，高昂的生活费用逼迫农民渐渐脱离了农民的本性，追逐利益甚或成奸商，滥用杀虫剂、除草剂快速结束田间劳动，而后打工挣钱去。

我和二姐去山上挖曲麻菜，二姐看着葱绿的菜说，这地没打药，若打药了菜就变黄变苍白，再打一遍药就死了。正庆幸地挖着，一个妇人背着药箱上山了，她说要准备打三遍药，地里将会一棵草也不长。二姐家地去年打药，今年没多余的钱买药了，地里成片强壮的灰灰菜和刺菜，遭到村里人的嘲笑。我和大姐早起帮她耪地，累得够呛，但想到土地少打一点药内心舒坦。

村人已经发现，满山奔跑的“山驴驹子”好几年不闻其声了，但仍没人会想农药的危害性。百姓在无知状态下，喷药的都以为能耐。菜农说你们城里人真强壮，这么多农药都毒不死。杂草不生，害虫不孕，人吃能有好？悲观点说，过度农药把蚯蚓也杀死了，大地的微生物也被杀死了，生命的腐烂回归都成问题，最早由地衣腐蚀岩石、苔藓绞杀湖泊艰难生成的土壤，在人类的步步进攻下又会退到太古荒凉之境。

土地失去了土地的本性，粮食也就失去了粮食的本性，吃粮的生命自然也就失去了生命的本性。技术的过多介入，失去对大地和粮食的尊重，少有渗透情怀，生命受到强制改变。切尔诺贝利核泄露后，农民忍不住收割马铃薯、玉米，还是金黄纯良的样子，但是它们已不是吃儿了，是放射物，已失掉本性。

但就像病因的复杂性，来自遗传的、基因突变的、环境污染的，导致精准医疗的艰难，乡村振兴、精准扶贫奔小康也极其艰辛。最要紧的是让农民知晓政策，科学种田，明白透彻，用新的思潮来冲击他们根深蒂固的经营模式。

土壤虚怀若谷，任意糟蹋也伤透心。谁会做土壤的医生，谁才是农民的心腹。

六

未来粮食不够吃了，我们吃什么？

土地沙化，环境污染，农药滥用，单一化种植，会诱使以此为食的昆虫疯狂孳生，一旦产生抗药性超出人类的控制，也许会导致粮食大面积减产甚至颗粒无收。或土地日益板结，有一天撒下种子再长不出果实，吃什么？

粮农学家指出了新型食品：昆虫蛋白！昆虫比人类生发早，种类数量巨多，一时是吃不尽的。傍晚，人们拎着啤酒坐在路灯下，随手捋过几只蛾子塞进嘴里，咚咚灌酒，扪蛾而谈，是未来的晚餐模式？《西游记》里写到盘丝洞时，蜘蛛精呈上一桌昆虫荤菜，毛骨悚然的昆虫吓煞了唐僧师徒，但如今蝎子、蜈蚣、蜘蛛、蚕蛹、知了、海龙、海狗等已悄悄爬上我们的餐桌了。据测，蛋白质含量高于常用肉类。

我们有吃昆虫的传统，3000年前《周礼·天官》记载着天子食用蚁酱等美味。现在广东新疆已有“昆虫宴”，红烧蚂蚁、糖醋蜘蛛、香辣蚜虫、烤蝗虫、炸蝎子、熘蟑螂，价格不菲。请问你敢吃吗？

其实看不到昆虫可怕的肉身，也就减轻了厌恶感，超市卖的肉松、蛋白粉、氨基酸营养液，天知道是来自哪里。

如果人类不得已更改了食谱，孩子一出生就喂食昆虫，吃虫就是理所当然。如果米面比黄金还贵，只有拿虫做粮，那么未来人，吃纯粮的，吃昆虫的，吃杂食的，是不是又分出了三六九等？

但是让我们多吃点儿昆虫，给大地多些休养生息的时间吧！可问题又来了，如果飞机大面积空中喷洒杀虫剂，荒山植被带毒，昆虫呢？

这一场口粮的革命，谁会是胜利者？饥饿，死亡？人类必须有远瞻。

野性的未来

一

只有存一点野性，才有生机。

二

乡村是人心的最后归属，是谦卑和美德的最后避难所。

草木萋萋，点缀着不慌不忙的青涩小镇，阳光懒懒地照着，人们缓缓地出门劳作，骑自行车驰过金色的田野，那里一定有人心，肉质的柔软，蕴含自由、独立和人道的美，这些美长生，乡间的信心就长生。

那么谁来收拾乡村，等着你来洗脑洗肺，还原精神？

现在热衷于建造大都市，开车都久久开不出去，你得走多远才能踩到实实在在的泥土，看到连绵的田地荒野，呼吸到乱生生野蒿的香气？

有一天，我从 20 层楼上看城市，密集的楼宇竟然像碑群，而里面是活生生的人，立刻恐惧起来，有出逃的欲望。

三

村庄回归荒野，值得庆幸还是糟糕的事？

离我们村五里地，有个深山围起来像口水井的小村，七八户人家，六年前还是煤油灯、溪流、古树、老房、窗花，现做饭现去山上捡柴火，不误吃饭，山外所有村庄鸡瘟光了，山里一只不折。突然开进去一个私人铁矿队，接通电，好歹修了路，卡车彻夜不停拉了好几年，末了走了，山上留下巨大骇人的伤口，只有让野草慢慢舔舐。交通仍不便，一下雨路就冲没了，一冻冰路都是冰，不再有女人嫁进去。精准扶贫工作组打算舍弃小村，把他们全部搬迁到大村，老人还舍不得肥厚的土地、天然果树、蘑菇、药材。其实就是不搬迁，十年二十年后老人老下了，那里就自然回归荒野了，草会吃掉一切，把生机还给动物。

每个村庄都曾经是荒野，打上人类的印记就是对自然的污染和破坏的开始。

已得到必然伴随着已失去。被子植物的花朵打乱了绿植的世界，种植的五谷打乱了野生世界，城市打乱了乡村世界，原子弹打乱了整个自然界。如果这一切往回来控制，自然界吞噬原子弹，乡村湮没了城市，野性击退了五谷，草吃掉花朵，蕨统一了春天，人就是恐龙一样的爬行动物。

站着便觉高于自然，只关注自己的领地，不理会荒野的坍塌，人的生存其实缺失了安全性。如果村庄只是向城市的过渡，村庄就没有未来。

都不养猪，就出现了猪场；都不养鸡，出现鸡场；都不种地，就出现种地专业户；都不愿在农村，村庄就荒芜了。产业与利益搭档，一切趋向简单粗暴，精耕细作变成了傻瓜经济。

但前提是，农民为什么不养猪鸡不种地了？是自动放弃，还是生活逼迫？离开土地，他们有没有过上更好的生活？哪里是最好的着陆点？土地是被占用，被腐蚀，还是回归荒野了？

人是情感动物，需要关注，哪怕什么都没有给予，只是陪伴，坐下来说上几句话，他就获得了力量，不觉孤独。

只靠农民的自我意识来挽救乡村和荒野，太高估农民了。需要新技术新理念，也不能完全忽视老人的智慧，他们对土地的那份执念，才是乡村开拓的基石。

放弃了锄头，但不能放弃贞静的粮食；开拓了一个村庄，但不能丢掉土地的安全。土地丧失良性，生命只有凋零。

四

有精神的乡村才有未来。

乡村更愿意恢复古老的乡俗文化，比如民间五月十三是关公老爷的磨刀日，我有一次返乡正赶上一个“美丽乡村”举办大型祭祀活动。万没想到啊，过去都是老远地去镇上看大戏，坐石头硌疼，站着累疼，现在大戏台搭在家门口，旁边就是玉米豆角向日葵，搬着自家椅子舒舒服服看，台上披红挂绿高亢嘹亮唱上三五天，引进许多外来商贩，村里杀猪炖肉，烤上十只羊，凡来看戏做生意的人都可以自由吃肉喝酒，着实热闹红火。一时街头闲聊摊空了，麻将桌空了，但乡村不空虚了，有精神了。

又如求雨，是一种关于雨水的神性文化。我家附近元宝山一遇大旱，每天都有别的村庄抬着龙王爷上山求雨，敲锣打鼓一进村，村庄一定有热心人自发张罗，组织村人谨慎迎接，村民跟着上香，超市老板娘搬出冰冷的啤酒，村民你拿一斤肉肠，他拿一筐豆角茄子，去某婶子家切切炖炖忙碌起来，童男童女要跟着上山，以使苍天雨露均沾。十几个村庄男女老少热烈虔诚地跪拜祷告，祈望老天降雨使五谷丰登，那种心往一处使的自救力量，真让人热泪盈眶。

那朴素苍然的心是乡村的本质、土地的本色，亦是乡村的信心。

未来留置在乡村的，一定是热爱土地、能沉静下来的人。让喜欢城里的人去城里，热爱乡村的到乡村，不能穷人遗憾富人也遗憾，城里遗憾乡村也遗憾。

听着你们乡村你们农民如何，觉得扎耳朵，正是这样的人只知索要干净的粮食蔬菜，而不去问问农民的精神状态如何。乡村是漏斗的底部，这个底太宽广了。

养一座城市需要多少乡村联合，养活一个村庄需要多大的荒野？乡村是城市之母，荒野是乡村之父，我们应该关心的不是村庄有无未来，而是土地、粮食、人类的未来。

五

傍晚，大地开始沉思，芬芳、声音、色彩和祈祷的心灵，呵护着深处种子的历险。

那些空了的房屋，好像荒草投出无数的绳索终于拽塌了墙壁，水在草底下修房盖屋，昆虫居住，鸟随即做窝，得意地呼哨，这又惊动了远处丛林的大动物。

荒野在不断入侵。不，这曾经就是它们的世界，人占领了多年，它们退让了多年，它们是天荒地老矢志不渝的战士，有序有谋排下阵地，左跳右闪埋头作业，吃掉院落，吃掉鸡圈猪圈，并把种子随风送进炕头地下，围剿一座房子。就像当初人一锨锨铲除、压制它们，建造一座房子，焚烧出一片田野，好了，现在都寸土不让地归还了。

那种执拗的性格，就是野性，就是生长力，万物都要拜倒在野性的石榴裙下，臣服于它坚韧不拔的面孔。

每一座空房院都像一条被主人遗弃的狗，风雨无阻等着主人回来，但终于等不到，而它老去了。村庄不断咳嗽，少有新生娃娃啼哭，最后那个守庄的老人，和最初荒野铲下第一锨土的男人，都是伟大的诗人，凝望第一缕炊烟升起，注视最后一抹暮色逝去，是这块大地上最悲壮的诗行。

六

田野把人引入深山。

有钱难买六月旱，不旱不风不会深扎根。野菜更加灿烂，大风扫过，它们只是欠了欠身，四处伏击，串根通联，从不孤军作战，见到一个就是一小股游击队，发现一片就是一个师。如果打药，它们就集体消失，转战南北，屡遭打击亦无限蓬勃。

这就是野性的魅力。

风成就秧苗，也成就野草，和勤恳的人。大地成就风，给风无数支点，吹动种子，喂养生灵，被风环抱，被野草环抱，被大地环抱，都是恩惠。

我不由自主跪向蓬松的大野，叩拜浩荡起伏的群山，它呼出的气息搔痒我的膝盖，它当我是一株苗。不拿肉身触摸大地的皮肤，怎么知道什么是皇天后土、什么是辽阔深情，怎么懂得为什么历代耕者为了一寸土地要揭竿而起。

这宽厚润泽的黄土地、汁水丰盈的蓝天云朵，真真看不够，我凝视它，它即奉献启示和力量。

七

新的土地政策下来，三十年不变，这一坡那一洼还都归咱们鼓捣，人心突然像茅草扎根成稳妥的大树，我三爷爷一拍大腿：“太好了，我还要再种它三十年！”

他霍霍在牛圈起粪，六十多了那劲头还像小伙子，耕稼几十年，从来都那么自信，从不打麻将，少有抱怨，看到他就相信一切都是可靠的，有葱郁的未来。“明年准备多种谷子黄豆，这大粪用不了的！”他叼着自家种的旱烟卷，有好闻的久远的烟味。墙外有堆成小山的粪肥，发酵好的熟粪，带着热气的新牛粪香，混着三奶奶柴灶上烙饼的香气，真迷人，想深吸一口。三爷爷勇气备足了，赶着六七头牛爬上允许放牧的山坡。这时槐子兄也带着他的羊群荡过河滩，“三千佳丽”腥膻浓郁如浪，秋日的阳光朗照他们的背影。

他们是乡野的未来吗？他们种不动地放不动羊时，广袤的山野会走向哪里？

未来仍是纯良与毒素掰腕子，掰不过要么死亡，要么废墟上被迫进化，而胜者的智慧是造更大的毒，还是拯救地球？我知道的是，安逸并不利于健康，生机永远倾向于大地上的劳动者。

我深爱这现世，有弱者的一口饭吃；我深爱这土地，给出辛劳的粮食、肥硕的牛羊，给出优秀的农民医生矿工教授，未来可能渐渐回归于荒野，那都是它的定数，自然自有道理。

村庄是大地的单元，也是大地的伤口，其消失也是大地的一种自行愈合方式。“土返其宅，水归其壑，昆虫勿作，草木归其泽。”再超前的智慧也许也是一厢情愿，代表未来的所有文字，早已隐藏在大地深处。

图书在版编目（CIP）数据

击壤书／绿窗著. -- 北京：作家出版社，2019. 1（2023.2重印）
（中国少数民族文学之星丛书）
ISBN 978-7-5212-0373-8

Ⅰ. ①击… Ⅱ. ①绿… Ⅲ. ①散文集 - 中国 - 当代
Ⅳ. ①I267

中国版本图书馆CIP数据核字（2019）第031552号

击壤书

作　　者： 绿　窗
责任编辑： 史佳丽　李亚梓
特约编辑： 杨玉梅　郑　函
装帧设计： 孙惟静
出版发行： 作家出版社有限公司
社　　址： 北京农展馆南里10号　**邮　　编：** 100125
电话传真： 86-10-65067186（发行中心及邮购部）
86-10-65004079（总编室）
E-mail:zuojia@zuojia.net.cn
http://www.zuojiachubanshe.com
印　　刷： 固安兰星球彩色印刷有限公司
成品尺寸： 152×230
字　　数： 304千
印　　张： 25
版　　次： 2019年6月第1版
印　　次： 2023年2月第2次印刷
ISBN 978-7-5212-0373-8
定　　价： 75.00元
